André Pilz

# No llores, mi querida – Weine nicht, mein Schatz.

Ein Skinhead-Roman

André Pilz

München 2006

André Pilz

# No llores, mi querida – Weine nicht, mein Schatz

## Ein Skinhead-Roman

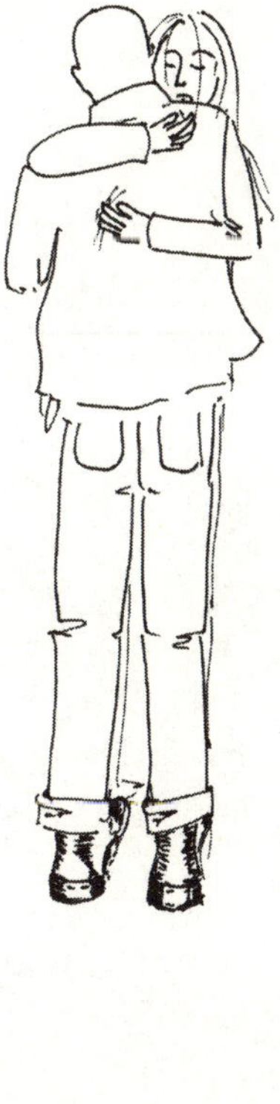

Originalausgabe


Herausgeber:
Archiv der Jugendkulturen e.V.
Fidicinstraße 3
10965 Berlin
Tel.: 030 - 694 29 34
Fax: 030 - 691 30 16
www.jugendkulturen.de

Vertrieb für den Buchhandel:
Verlag Thomas Tilsner

Lektorat: Klaus Farin

Titelzeichnung: Esther Bernhard
Layout: Conny Agel
Druck: werbeproduktion bucher

Die Deutsche Bibliothek – CIP-Einheitsaufnahme
Der Titeldatensatz für diese Publikation ist bei
der Deutschen Bibliothek erhältlich
ISBN 3-86546-031-3
ISSN 1439-4316 (Archiv der Jugendkulturen)

Für Esther Bernhard

# 000

Ein Leben lang der letzte Dreck. Ein Leben lang haben sie mich geschlagen und gedemütigt, und ich habe es regungslos hingenommen. Ein artiger, braver Junge. Habe das Spiel der Großen und Starken akzeptiert, nie in Frage gestellt, mich immer schön gefügt. Doch irgendwann war irgendein Schlag zu viel, und ich habe begonnen, mit meinen Augen zu sehen, mit meinen Ohren zu hören, und meinen Verstand gebraucht. Bin ganz tief in mich hineingetaucht und habe gelernt. Und mir den Kopf geschoren und euch den Krieg erklärt.

# 001

„BAUEN STATT STAUEN“ stand wochenlang auf einem Wahlplakat vor unserem Block. Ich hätte dem Esel, der diesen Slogan erfunden hat, gerne alle Autos und Lkws geschenkt, die Tag für Tag, Nacht für Nacht, am Haus vorbeidonnerten. Hätte ihn gerne gequält, mit dem Lärm und dem Gestank. Ich hasse Autos. Ich hasse Straßen. Und ich hasse Politiker. *Straßen sind die Lebensadern des Wohlstands!* posaunen sie von den Rednerpulten. Würde den Schwachsinn vielleicht sogar glauben, wenn ich nicht an einer gewohnt hätte, die die Hölle war.

Ich wohnte in einer Scheißgegend, ganz im Osten der Stadt, dort, wo es ständig Ärger gab. Meine Cousine Klara sagte mal, hier würde es aussehen wie in Kasachstan, und weil die Jungs das hörten, nannten sie den Stadtteil von nun an nur mehr Kasachstan. Aufgewachsen bin ich aufm Land, in nem kleinen Ort in der Nähe vom Bodensee mit nicht mehr als 1.000 Einwohnern. Dort hab ich mich jahrelang mit meinem Cousin in einer Baumhütte vor den Menschen versteckt, das war die schönste Zeit in meinem Leben. Als ich acht war, zogen wir nach Lindau, eine miefige Kleinstadt, die das unbeschreibliche Glück hat, an einem See zu liegen, aber selbst ohne See wäre sie noch tausendmal besser als Kasachstan, denn Kasachstan ist das Letzte. Kasachstan ist das Scheißhaus Deutschlands. Da wimmelt es nur so von Zuhältern, Kriminellen, Pennern und Kanaken – und so kranken Typen wie mir.

Ich zog mich aus und rasierte mir vor dem Spiegel über dem Waschbecken die Haarstoppel vom Kopf. Die Maschine summte und vibrierte, und ruck-zuck waren die Härchen im Waschbecken, auf dem Boden und meinem Rücken. Ich spielte mit meinen Muskeln. Ey, meine Muckis sind absolut okay. Ich mein, ich hab nie ernsthaft Gewichte gestemmt, war noch nie in meinem Leben auch nur für ne halbe Stunde in nem Fitnesscenter, aber wer wirklich arbeitet, der braucht das auch nicht. Jau, ich bin stark. Ein Skinhead bin ich, ein Krieger, ein Boxer. Keine Schwuchtel, kein Feigling. Ein Krieger.

Ich weiß gar nicht mehr, wie das ist, Haare auf dem Kopf zu haben. Es ist so lange her. Es wird nie wieder sein. Klara sagte immer, eines Tages, spätestens dann, wenn sie mir altersbedingt ausgehen, würde ich bereuen, so viele Jahre mit nem Glatzkopf rumgerannt zu sein.

Nein, liebe Cousine, ich bereue all die Jahre, in denen ich Haare hatte. Ich schäme mich für nichts so sehr wie für die Zeit mit Haaren.

Ich sprang unter die Dusche und wusch mir die beißenden Dinger vom Leib, als wären sie Flöhe, in denen all das steckte. Die Leere, die Müdigkeit, die Verzweiflung. Die Zeit, die so viel versprach und doch nichts hielt.

Das Telefon klingelte, aber ich hatte keinen Bock ranzugehen. Ich war schon zu spät dran, außerdem rief eh meistens nur Hausmeister Renz an, weil ich zu laut Oi! hörte oder Schlachtgesänge ausm Stadion grölte. Manchmal drehte er dann einfach den Strom ab. Ich duschte wie immer kalt, trocknete mich ab, schlüpfte in die Kleider, zog meine Bomberjacke, die Doc Martens und meinen Fußballschal an. Mein Messer steckte ich in die rechte kleine Tasche der Jeans. Vor dem Stadion würde ich es in meinem rechten Schuh verstecken. Ohne mein Messer geh ich nirgendwohin. Nicht mal in die Dusche oder ins Bett.

Ich stürmte aus dem Haus und rannte zur Straßenbahnhaltestelle. Die Leute sahen mich an. Den Glatzkopf mit den Docs und der Bomberjacke. Das ist das Geile, wenn du Skinhead bist. Übersehen tut dich keiner mehr. Und wenn dir so n scheiß Penner nicht ausm Weg gehen will, dann remple ihn um, dann lass ihn deine Stahlkappen spüren, damit er weiß, wer du bist. Überall lungerten sie herum, die Zuhälter, die Alkis und Junkies, die verfluchten Kanaken. Der Punkerin vom Nachbarblock, die alle wegen ihrer feuerroten Haare die „Rote Zora" nannten, spuckte ich vor die Füße.

„FICK DICH, DU SCHEISS NAZI!"

„HA! DICH FICK ICH IM LEBEN NICHT! DEINE FOTZE STINKT JA BIS HIER NACH FISCH!"

Die Rote Zora war der einzige Mensch in der Nachbarschaft, der null Schiss vor uns Glatzen hatte. Das irritierte mich. Angerührt hätt ich die nie. Die hatte sicher nen schwarzen Gürtel in Taek-wan-do oder ne Gaspistole. Und da war auch noch Störtebecker, dieser scheiß Riesenköter, der keine Sekunde von ihrer Seite wich.

„Ey, leckt dich der Köter eigentlich?" fragte ich aus sicherer Distanz. „Oder ekelt er sich vor den roten Schamhaaren?"

Sie streckte die Zunge raus und überquerte mit ihrem Killerhund ohne einen Blick nach links oder rechts die Straße. Die Autos wichen aus oder blieben quietschend und hupend stehen.

Die Straßenbahn war überfüllt. Fußballfans krakelten, kleine Burschen mit geleckten Frisuren und gewaschenen Fußballschals küssten kleine Mädchen mit denselben Schals und grapschten nach ihren Babytitten, andere Kinder brüllten in ihre Handys oder machten lautstark Witze über Türken, Neger und Schwule.

Ich bin FC-Fan, seit mir mein Bruder nen FC-Schal vom Jahrmarkt mitgebracht hat. Ich hab Dutzende von Schals, aber nur für den würd ich killen. Ich weiß immer, wo er gerade liegt oder hängt, und weiß ich es nicht, dann muss ich es auf der Stelle herausfinden, so wie eine Mutter wissen muss, wo ihr Baby ist, wenn sie es nicht gerade in den Händen hält oder hinter dem Haus verscharrt hat.

Mein Bruder und ich, wir sind uns nicht immer grün. Wir kamen als Kinder miteinander aus, aber nachdem das mit Mama passiert war, war alles aus. Wir vermöbelten uns jeden Tag, zerstörten uns gegenseitig Spielsachen und Freundschaften, spuckten uns ins Essen. Manchmal frage ich mich, ob es mir egal wäre, wenn er abkratzen würde, und die Antwort auf diese Frage ist die Liebe zu diesem Schal. Ich glaube, er hätte mir jeden Schal der Welt bringen können. Es konnte für mich nur noch einen Verein in meinem Leben geben. Und es war mir scheißegal, dass er gerade in die Regionalliga abgestiegen war und seine Schals an jeder Ecke verbrannt oder verscherbelt wurden.

Ich stieg eine Haltestelle zu früh aus, um den Umweg über den Einkaufspark zum Stadion zu machen. Alte Gewohnheit, um den Bullen aus dem Weg zu gehen. Als ich am Einkaufszentrum vorbei an den großen Parkplatz kam, sah ich, wie n Penner eine Bierflasche in die Unterführung warf und dabei nur knapp zwei Kinder auf ihren Fahrrädern verfehlte. Die Kinder, ein Mädchen und ein Junge, beide mit Sturzhelm, schauten groß, aber noch viel größer schaute der Penner, als ich ihm zur Strafe einen Arschtritt verpasste und gleichzeitig meine Faust auf sein linkes Ohr knallte, in der Hoffnung, kein Doktor der Welt wäre fähig, ihm das Trommelfell jemals wieder zu flicken. Wie hatte ich sie satt, diese besoffenen, hässlichen Scheißkerle, die Leute anstänkerten, Leute angriffen, überall ihren Dreck und ihren Gestank verbreiteten, dieses verdammte Gesindel, das sich dann wieder kleinlaut und mit Unschuldsmiene in die nächste Ecke kniete, um zu betteln. Ey, ich hab nix gegen Obdachlose, nichts gegen die, die nur saufen und grölen, aber ich hasse die aggressiven unter ihnen, die Stänkerer und

Schläger. Vielleicht, weil sie ein bisschen sind wie wir. Nur wilder und schmutziger, nur unberechenbarer und verzweifelter.

Seitdem die Wachstube um die Ecke aus Spargründen geschlossen wurde, gibt's hinter dem Einkaufszentrum Mord und Totschlag. Der private Wachdienst hat die Sache nicht im Griff. Sie können zwar die Autos auf dem Parkplatz und den Platz vor dem Eingang schützen, aber über die Plattform, die hinter dem Gebäudekomplex liegt, haben sie längst jegliche Kontrolle verloren.

Kein Wunder also, dass ich keine zwanzig Meter weiter auf eine Gruppe Halbstarker traf, die ungestört und hemmungslos auf nen Fettwanst in ihrem Alter einprügelten, als wäre er ein Sandsack, den es vom Haken zu schlagen galt. Der Dicke flehte um Gnade.

„HEY!" brüllte ich, als ich mich mit einem Blick zurück vergewisserte, dass der Penner mir nicht folgte. „LASST IHN IN RUHE!"

„Geht dich n Scheiß an, Glatzkopf!" maulte einer, den ich sofort als Anführer ausmachte, aber sein Protest klang halbherzig und nicht sehr überzeugend. Ich hatte schon gewonnen.

„Haut ab, sonst reiß ich euch die Schwänze aus und stopf sie euch in die Ohren!"

Sie ließen von dem Dicken ab. Der plumpste auf den Boden, Tränen kullerten über seine roten Backen. Ich bückte mich, half ihm auf die Beine. Provokant langsam schlenderte die Bande davon.

„Schwanzlutscher!" hörte ich einen von ihnen noch sagen.

„Du musst dich wehren, Kleiner", sagte ich zu dem Dicken. „Du musst dich wehren."

„Sie sind so viele!" schluchzte er.

Ich gab ihm eine Kopfnuss.

„Na und? Mike Tyson hätte sie platt gemacht."

„Ich bin nicht Mike Tyson."

„Dann werde einer, verdammt. Du musst stark sein, Kleiner, sonst bist du schwach. Wenn du schwach bist, bist du der letzte Arsch. Und der letzte Arsch beißt immer als Erstes ins Gras."

Der Mops sah mich mit großen Augen an. Ich sah in ihm den Feigling, der ich einmal war. Der Klassentrottel, über den jeder lachte. Ich gab ihm noch ne Kopfnuss.

„Die Menschen sind böse. Die meisten jedenfalls. Ein Leben lang wollen sie dir nehmen, was dir lieb ist. Ein Leben lang wollen sie dir sagen, was du zu tun hast. Ein Leben lang hast du die Chance, sie zu vernichten."

Er verstand mich nicht. Er sah mich nur mit großen Augen an. Ich ließ ihn stehen. Die Jungs warteten im Stadion.

Als ich kaum hundert Meter weiter war, sah ich, wie die Bande den Dicken jagte, und es blieb mir nichts anderes übrig als zurückzulaufen. Shit. Mit den Doc Martens nen Sprint hinzulegen, das ist ne verdammt unangenehme Sache. Ich kauf mir nämlich die Docs aus Prinzip zwei, drei Nummern größer, weil's einfach geiler aussieht. Aber zum Laufen sind sie beschissen. Ich hatte das Gefühl, die Stiefel würden Löcher in den Asphalt rammen.

Die Feiglinge hatten den Mops wieder in der Mangel. Ich wusste nicht, wen ich mehr hassen sollte. Den Anführer, der wie wild auf den Dicken eindrosch, oder die grinsenden Mitläufer, die den Dicken festhielten. Als sie mich sahen, formierten sie sich. Hatze hat mir beigebracht, immer der Erste zu sein, der zuschlägt. Niemals der Zweite. Immer voll drauf und killen. Sonst bist du der, dessen Kiefer bricht.

Ich packte den Anführer und schleuderte ihn gegen eine Plakatwand. Sein Kopf prallte mit solcher Wucht gegen das Holz, dass ich dachte, der müsse zerbersten. Zwei der Mitläufer entkamen, den zwei anderen verpasste ich Ohrfeigen, dass ihnen das Blut nur so aus den Ohren rann. Dem einen, der mich benommen anstarrten, rammte ich als Draufgabe das Knie in den Bauch.

Es gibt sie überall. An jeder Ecke. Die Schläger. Und ihre feigen Helfer. In der Berufsschule waren es Erkan und seine Türkengang gewesen. Jeden Tag Prügel, jeden Tag Demütigungen. Sie steckten meinen Kopf in die Klomuschel, sie steckten mir gespitzte Bleistifte in den Arsch, sie bohrten in den Nasen und ließen mich ihren Rotz fressen. Einmal musste ich sogar den Urin eines dieser verfluchten Kanaken trinken. Wer das nicht selbst erlebt hat, der weiß nicht, wie das ist. Jeden Morgen aufzustehen mit der Angst und dem Ekel vor sich selbst. Jeden Abend ins Bett zu gehen, mit der Gewissheit, dass morgen dasselbe wieder geschieht. Das ist n Alptraum, aus dem man nie erwacht. Du wünschst diesen Kerlen den Tod, aber sterben tut der Abschaum nie von selbst. Dafür musst du schon selbst sorgen.

Ich schlug dem Anführer, der am Boden lag und sich den Kopf hielt, die Doc Martens in den Bauch, bis er Blut kotzte und um Gnade flehte.

„Hör auf, du Schwein!" jammerte er. „Hör auf!"
„WICHSER!" sagte ich und trat noch mal nach. „Kleiner, elender Wichser."
Erst als n Bullenwagen mit Blaulicht an uns vorbeifuhr, ließ ich von ihm ab.

Wir standen schon damals auf nem Abstiegsrang, fünf, sechs Punkte hinter dem rettenden 14. Platz. Trotzdem ging es voll ab. Fast immer gab es Randale, kleine Scharmützel mit der Polizei oder gegnerischen Fangruppen. Und mit Hatzes Comeback würde alles noch viel geiler werden. Dachten wir. Aber Hatze hatte sich verändert. Nicht nur, weil er abgenommen hatte. Er wirkte älter, ruhiger, und er lachte auch nicht mehr so viel. Wir glaubten, das sei nur am Anfang so, aber es sollte nie mehr so wie früher werden. Ich wollte ihn umarmen, aber er erlaubte es nicht.
„Ey, was ist 'n los?"
„BIN ICH SCHWUL ODER WAS?!"
Als wir zufällig beide auf dem Klo waren, fragte ich ihn, ob die schlechte Laune daher komme, dass er im Knast noch mal ordentlich gefickt worden sei. Ich lachte dabei, er aber schlug mir die Faust in die Leber. Ich krümmte mich, denn wo Hatze hinschlug, da wuchs kein Gras mehr. 106 Kilo brachte der Arsch auf die Waage, und er legte jedes seiner Kilos in den Schlag. Er wollte davongehen, drehte sich aber noch mal um und sagte: „In nächster Zeit will ich keinen Ärger mit den Bullen."

Ich zog eine Grimasse, bekam kaum mehr Luft. Mit der rechten Hand griff ich in eine Pisslache.
„Hast du verstanden?" fragte er mich und packte mich mit seinen Bärenpratzen am Nacken und drückte meinen Kopf nach unten, bis Nase und Stirn die Pisse küssten.
„Bist du bescheuert oder was?" stöhnte ich und hielt dagegen.
„Jetzt hör gut zu, du kleiner Scheißer. Ich geh nicht zurück in den Knast. Nicht, bevor ich mich an den Ultras gerächt habe. Am 1. Februar steigt die große Schlacht, da kriegen sie die Abreibung ihres Lebens. Bis dahin sparen wir unsere Kräfte."
„Willst du mich verscheißern? Bis zum 1. Februar sind's noch fünf Monate. Mich juckt's heut schon in den Fäusten!"

Er ließ mich los, sah mich an, als wär ich das letzte Stück Scheiße, und ging hinaus. Ich wollte mich nicht gleich am ersten Tag mit ihm anlegen, schließlich war Hatze auch nach der langen Zeit immer noch der unumstrittene Boss der Truppe. Die Clique bedeutete ihm alles. Einmal küsste er mich im Suff auf den Mund und sagte: „Ich scheiß auf die Weiber, so lange ich dich hab, Rico. Dich und die Jungs. Ihr seid alles für mich. Ich bin nichts ohne euch. Und ihr seid nichts ohne mich."

Ein betrunkener Fan half mir auf die Beine. Ich wusch mir die Hände und das Gesicht. Draußen lärmte die Nordtribüne, der Vorsänger peitschte die Masse gegen den Erzfeind, die Violetten, ein, obwohl die heute gar nicht unser Gegner waren.

„VERRECK! VERRECK! VIOLA-DRECK!"

Die Ultras der Violetten waren schuld, dass Hatze sitzen musste. Die Schweine haben ihn zu fünft aufm Marktplatz aufgemischt, ihn wirklich böse zugerichtet. War eigentlich schon vorbei, die Geschichte, aber als sie noch ne Runde auf ihn eintreten wollten, da hat er n Messer gezogen und zweien von denen die Bäuche aufgeschlitzt. Irgendwie war's Selbstverteidigung, irgendwie auch nicht. Vielleicht wär er freigesprochen worden, wären seine Haare länger und sein Vorstrafenregister kürzer gewesen und hätte er die Richterin nicht „Stinkfotze" genannt.

Bevor die Spieler auftauchten, schickte man eine Gruppe 12-jähriger Cheerleader aufs Feld.

„AUSZIEHN! AUSZIEHN!" krakeelten die Jungs und darauf die ganze Nord. Ich starrte die Mädchen nur an. *Ausziehn, ausziehn.*

Sie waren so schön. Und unverdorben. Diese weißen Kostüme. Ihre dünnen Beine. Ihr unschuldiges Lächeln. Die hatten doch nicht mal Haare auf der Muschi! Sie taten mir leid. Dieses Geschrei hatten sie nicht verdient. Ich klatschte Beifall, als könnte ich so die obszönen Rufe übertönen. Doogie und Hatze sahen mich erst groß an, dann stießen sie sich an und brüllten vor Lachen.

„Das nützt nichts", sagte Hatze. „Die werden heut Nacht Rotz und Wasser heulen. *Mama, Mama, die Leute im Stadion wollten uns nicht hüpfen, die wollten unsere Titten und Ärsche sehen!*"

„Und was würdest du tun, wenn da unten deine Tochter stehen würde?"

„Runterlaufen und sie in den Arsch poppen, ist doch klar."
„Du bist vielleicht n perverses Arschloch."

Hatze drückte seine Zigarette auf meinem Schädel aus.

„LIEBER N PERVERSES ARSCHLOCH ALS N LANGWEILIGER SCHLAPPSCHWANZ!" schrie Doogie in mein Ohr.

Darf ich vorstellen? Doogie, eigentlich Dominique, einundzwanzig, geboren in Ost-Berlin. Will dort auch sterben. Die Zeit bis dahin verbringt er bei uns.

Für Doogie zählt nur der Spaß: Saufen, Sex und Fußball. Doogie war schon mit vierzehn Skin. Sein Vater hat's ihm verboten. Er hat trotzdem weitergemacht. Haare rasiert, Docs und Bomberjacke getragen, *Onkelz* gehört und sich mit den „Rude Boyz" um den Verstand gesoffen. Da hat ihn sein Alter ausm Haus geprügelt. Sein Alter war sowieso völlig durchgeknallt. Als Doogie noch ein Kind war, so hat er uns erzählt, da hätte ihn sein Vater jahrelang mitten in der Nacht geweckt und Laufen geschickt. Er hätte Fußballer werden sollen, hat vor ein paar Jahren sogar mal 23 Minuten in nem Cupspiel gegen Borussia Mönchengladbach auf dem Rasen gestanden. Ist trotzdem nur n Säufer geworden. Hat wohl Durst bekommen vom vielen Laufen.

„WANN HATTE DIESER MANN SEINEN SCHWANZ ZUM LETZTEN MAL IN NER MÖSE STECKEN?" schrie er, als es für einen Augenblick ganz still war, aber keiner hörte ihm zu.

„Vor zwei Jahren, hab ich recht?" sagte er, umarmte mich und gab mir nen feuchten Schmatz auf den Schädel.

„Ich will ne Prinzessin", sagte ich, als sich die Bullen gerade nen Typen schnappten, der ein Bengalenfeuer auf nen Ordner geworfen hatte. „Keinen Fickfrosch."

Wie ein Rudel hungriger Wölfe stürmten zwanzig, dreißig Fans auf die Polizisten zu, die darauf sofort Reißaus nahmen und ihre Beute aufgaben. Der ganze Block erhob wütend seine Stimme, und keiner wagte es, nicht mit in das Schlachtlied einzustimmen:

*„WIR SINGEN HIER, WIR SINGEN DORT, WIR SINGEN RUDE BOYZ IMMERFORT, OB IN DER ZWEITEN, OB IN DER DRITTEN, WIR BLEIBEN IMMER AUF DER NORD, WIR SINGEN VORNE, WIR SINGEN HINTEN, DIE SCHEISS BULLEN SOLL'N VERSCHWINDEN, DENN IHR WERDET'S NICHT VERMUTEN, NUR WIR, WIR SIND DIE GUTEN!"*

Doogie hatte immer noch seinen Arm um meine Schultern.
„Die Mädchen, in die du dich verliebst, verlieben sich niemals in dich. Schon mal aufgefallen?“ sagte er wie beiläufig zu mir.
„Kann sein.“

Das Spiel war wie alle Spiele zum Vergessen. Aber wir hatten trotzdem unseren Spaß. Sangen unsere Lieder, tranken unser Bier, feierten die elf Versager, auch nach einer 0:7-Klatsche wie heute. Es waren gute Zeiten.

## 002

Ich arbeitete bei der Post damals. Die suchten ständig Leute. Post war wie Fremdenlegion. Keiner fragte nach deinem Gestern, nach deinen Qualifikationen oder Motiven. Ein Handschlag genügte, und du warst an Bord.

„Briefträger zu sein, das bedeutet, jeden Tag zu versuchen, so schnell wie möglich fertig zu werden. Jede Minute Arbeit ist eine Minute weniger Freizeit“, bläuten mir die Kollegen ein. Aber ich kapierte schnell, dass man den Wettlauf nur für einen Tag gewinnen konnte, denn am nächsten Morgen ging alles wieder von vorne los. Du fühltest dich wie Sisyphos. Manchmal hatte ich das Gefühl, vor lauter Hetzerei meine Seele abgehängt zu haben. Alles war dann dumm und leer.

Meine Route war unter den Postlern berüchtigt und gefürchtet. Ein Mann alleine schaffte sie nur mit ner Menge Überstunden. Ursprünglich war das eine Route für drei Briefträger, aus Spargründen musste sie jetzt aber von einem einzigen bewältigt werden. Hinzu kam, dass da draußen gebaut wurde wie die Hölle. Über Nacht wurden Häuser aus dem Boden gestampft. Bezahlt wurden die freilich nicht, die Überstunden. I wo, keinen verfickten Cent gab's dafür. Als ich mich beschwerte, da sagte mir so n Postfuzzi, dass ich selber schuld wär, wenn ich so lange unterwegs sei.

Ohne Scheiß, dieser Job war die allerletzte Kacke und verdammt mies bezahlt, aber ich hatte nen prima Boss, und das ist viel wert. Edde ist ein Mensch, der keiner Fliege was zuleide tun kann. Edde war einsam, nachdem seine Mutter gestorben war, so einsam, dass er n bisschen wunderlich wurde und ständig mit sich selber sprach, aber das war nicht so schlimm. Schlimm war, dass Edde von allen verarscht wurde. Der war einfach zu gutmütig. Hat jedem geholfen, jedem vertraut, hat stets seine Geldbörse geöffnet, wenn wer um ein paar Kröten bat, aber das spielt sich auf dieser Welt nun mal nicht. Da tanzen sie dir bald aufm Kopf rum. Edde machte für alle den Trottel, aber das hab ich den Bastarden schnell ausgetrieben. Ari und ich haben uns seinen Nachbarn, der Eddes Hasen vergiftet hatte, und die Typen vom Stammtisch, die sich ständig von ihm die Zeche zahlen ließen, vorgeknüpft. Dafür durfte ich jeden Morgen beim Briefe sortieren die *Onkelz* hören. Volle Pulle. *Böse Menschen, böse Lieder, Böhse Onkelz immer wieder!*

Edde und ich, wir hatten viel zu lachen damals. Und wenn einer von uns beiden gestorben wär, hätte sich der andere mitbegraben lassen. Da hättest du deinen Arsch drauf wetten können. Wir beide, Edde und ich, wir waren ein Herz und eine Seele.

„Zu spät!“ rief Edde, als ich am Morgen nach dem 0:7 um zwanzig vor acht das Postamt betrat. „Er ist zu spät!“

„Nur nicht hetzen“, sagte ich. „Ich werf was von dem Werbemist weg und schon bin ich wieder im Rennen.“

„Aber erwischen lassen darf er sich nicht.“

„Ay, ay Captain.“

Edde spricht mit allen Leuten nur in der dritten Person. Er sagt nie „du“ oder „Sie“, er sagt immer nur „er“ oder „sie“. Das dauerte dann natürlich seine Zeit, bis die Kunden checkten, was und wen er da meinte. Ich sagte ja, n bisschen wunderlich ist der Knabe schon, aber das sind sie bei der Post alle.

„War er gestern im Stadion?“

„Ich bin immer im Stadion“, sagte ich knapp. Aber Edde legte nach.

„Und? Wie haben sie gespielt?“

Ich sah ihn an, den Edde, und er wich meinem Blick aus. Da war n klitzekleines Lächeln zu erkennen. Ein klitzekleines, schadenfrohes Edde-Lächeln.

„Baby, Baby“, sagte ich. „Du musst noch viel lernen. Beim Rückspiel ficken wir die Ossis, aber fix. Die ficken wir, wie sie zuletzt von Erich Honecker gefickt worden sind. Da holen wir die drei Punkte wieder.

Lieber einmal 0:7 als siebenmal 0:1, das sagt dir jeder, der was von Fußball versteht, was man von dir ja nicht behaupten kann.“

Edde ist n Violetter, seit dreißig Jahren ehrenamtlicher Ordner bei diesem Scheißhaufen. Jedes zweite Wochenende ließ er sich von Asozialen mit Bier beschütten, ohne auch nur ein einziges Mal nen Cent dafür zu bekommen. Nur zum Jubiläum, da haben sie ihm nen Schal geschenkt. „30 JAHRE TREUE“ stand auf der einen Seite. „EDDE, WIR DANKEN DIER!“ auf der anderen Seite. („DIER“ mit „IE“, was wieder mal dem IQ der Violetten entsprach.) Für Edde ist der Schal genauso heilig wie der Schal meines Bruders für mich. Hatze hätte nicht wissen dürfen, dass ich mit nem Violetten zusammenarbeite. In solchen Dingen kennt Hatze keinen Spaß.

Eigentlich hätte ich ja nur fünf Wochen als Urlaubsvertretung dort arbeiten sollen. Aber der reguläre Mann war zwei Junkies im Weg, als sie ne Tankstelle überfallen wollten, und da haben sie ihm eins mit dem Geißfuß übergezogen. Jetzt ist das arme Schwein arbeitsunfähig, für den Rest seines Lebens. Ein Krüppel wegen 278 Euros und 48 Cents. Edde konnte seinen Vorgesetzten überzeugen, dass er keinen besseren Ersatz als mich kriegen könnte.

„Die beste Aushilfe, die ich je hatte.“

„Sieht aus wie n Nazi.“

„Absolut topp, der Mann.“

„Sieht aus wie n Schläger.“

„Der ist in Ordnung.“

„Nein, kommt nicht in Frage. Wir nehmen doch nicht jeden!“

Ich bin im Hinterzimmer gestanden, wo ich jeden Tag die Post sortierte und in die verschiedenen Fächer warf, und hab mitgehört. Nach fünf Minuten war alles in Butter. Ich durfte bleiben. Weil sie eben doch *jeden* nahmen. Die hätten gar niemand anderen gefunden. Nur Rico Steinmann war so blöd, für die deutsche Post den Affen zu machen.

Wie gesagt, die Route war knallhart, und das, obwohl die Gegend alles andere als abgefuckt war, im Gegenteil – ich hatte den nobelsten Bezirk der ganzen Stadt. Dort gibt es alles, was du in Kasachstan nie finden wirst. Schöne Häuser, Alleen mit uralten Bäumen, höfliche Menschen und prächtige Gartenanlagen. Hier wohnen die, die „Bauen statt Stauen“ propagieren. Die meisten leisten sich einen privaten Sicherheitsdienst, um vor Einbrechern und Hausierern sicher zu sein. Durchzugsstraße gibt es keine. Die Stille ist richtig unheimlich. Da kannst du ne Eidechse furzen hören. Ganz komisch wurde einem da. Wenn man ständig von Lärm zugedröhnt wird, dann glaubt man, die Welt stehe still, wenn's mal so leise ist.

Dort draußen ist der Fluss noch unschuldig, nicht der riesige Abwasserkanal, der in der Nacht gelb schimmert, weil sich die Straßenbeleuchtung darin widerspiegelt. Bei uns in Kasachstan ist das Ufer total verdreckt, ein Schlachtfeld voller Scherben, Dosen, McDonald's-Verpackungen, Spritzen und gebrauchten Kondomen.

Das schönste Haus stand in der Gutenbergstraße. Es war ganz anders als der Rest der Häuser hier. Uralt und alles verwildert und zugewuchert. An der Wand hing n Traubenstock, Efeu und so Zeug. Fenster und Türen konnte man kaum mehr erkennen. Vorm Haus war so n kleiner, dreckiger Teich, Rasen gab es keinen, das Gras wuchs bis zum Himmel. Da musstest du mit der Sense deinen Weg bahnen.

Ich hätte dem Teufel meine Seele verkauft, um dort zu leben. Nicht, dass ich scharf auf so ne Bonzenvilla oder ewige Friedhofsruhe gewesen wär, aber dort draußen gab es keine Hackfressen, keine Zuhälter, keine Kanaken, keine Obdachlosen. In Kasachstan wirst du ständig angepöbelt. Auf der Straße, im Supermarkt, in den Lokalen, selbst die Oma im Rollstuhl nebenan schimpft dich nen alten Hurensohn. Alle wollen es wissen. In Kasachstan wollen's alle wissen.

Jeden Tag so um halb zwei kam ich an das Haus, in dem sich nie was rührte. Wenn ich – was selten vorkam – mal Zeit hatte, machte ich hier meine Pause. Kletterte auf den Balkon, legte mich in nen Liegestuhl, ließ mir von allen möglichen Vögeln auf den Kopf scheißen und mampfte mein Jausenbrot. Naja, und an dem Tag nach dem 7:0, da bin ich einfach dort eingepennt, und als ich aufwachte, wollte ich nur so schnell wie möglich zurück zum Auto, aber wie ich den Liegestuhl zusammenklappte, dachte ich mir, warum nicht wieder mal in so ne Villa einsteigen? Haben wir doch vor Hatzes Knastzeit so oft getan. *Das Leben ist ein Spiel, du kannst gewinnen und verliern, willst du nur im Schatten stehn und nie etwas riskiern?*

Ich also da rein, das kribbelte so richtig in meinen Beinen, genau so, wie wenn man an nem steilen Abhang steht und in die Tiefe schaut. Und frag jetzt bloß nicht, wie man so was anstellt, einfach so in ein Haus einzusteigen, denn der Kavalier genießt und der Kavalier schweigt.

Ich hab mir nie groß den Kopf zerbrochen, wenn ich was tu, was andere niemals tun würden. Ey, ich denk nicht lang drüber nach. Ich bin n Bauchmensch. Ich lebe Volldampf, immer volle Kraft voraus. Und nie ohne ein paar Promille. Aber selbst wenn ich einmal nüchtern bin, scheint mir das Leben irgendwie unwirklich zu sein. Als würde sich irgendein durchgeknallter Typ voll bekifft und stockbesoffen ne Geschichte ausdenken und ich wär die Hauptfigur darin.

Wie sagt Tyler Durden in „Fight Club“? *Lass die Dinge einfach laufen.*

Klar frag ich mich manchmal, wer ich eigentlich bin und was ich da tu, aber kaum ist die Frage in meinem Kopf formuliert, ist auch schon die Zeit weg, über ne Antwort nachzudenken. Skinhead bin ich, und sonst bin ich nichts. Ein Krieger, so hämmern es mir meine Bands immer wieder in den Schädel, hat vor nichts Angst. Vor gar nichts. Ich fürchte keinerlei Konsequenzen. Ich habe nichts zu verlieren. Ich bin n Kerl, der sich mindestens fünfzig Mal „Fight Club“ und „Taxi Driver“ reingezogen hat. Tyler Durden und Travis Bickle waren meine Helden.

Nein. Tyler Durden und Travis Bickle waren meine *Götter.*

*Lass die Dinge einfach laufen.*

Ich inspizierte das Zimmer. Es war gemütlich eingerichtet, wie das nur Mädchen hinkriegen. Alles ordentlich aufgeräumt und geputzt. Auf dem Bett lag ne Kette, n echt feines Stück, die steckte ich ein, für Klara, die stand auf so Klunker. Auf dem Schreibtisch stapelten sich jede Menge langweiliger Bücher, so Zeug, dass man in der Schule oder auf der Uni liest, und in dem großen Wandschrank fand ich jede Menge Slips und BHs. Scheiße, und wie ich grad so an der Wäsche rumschnüffelte, stand da plötzlich dieser Köter vor mir und glotzte mich an. Das war n ganz junger Hund, n hässlicher Hund. Pechschwarz, mit struppigem Fell und wedelndem Schwanz. Ich war mir sicher, dass der gleich zu kläffen anfangen würde. Oder mich ins Bein beißen. Aber er tat nichts. Der glotzte bloß und hechelte wie blöd. Ich hab ganz vorsichtig den Rückwärtsgang eingelegt und bin da raus, mit nem schwarzen Slip in der Hand.

Verdammt, war ich froh, als ich in Sicherheit war und die Schiebetür zuziehen konnte. Aber da traf mich auch schon der nächste Schock: Ich stand vor meinem eigenen Spiegelbild. Ich erschrak wegen der Glatze, der Bomberjacke, der hochgestülpten Jeans, den Doc Martens und dem bösen Blick. Ich bekam Herzklopfen, weil es so ein verdammt geiles Gefühl war, ein Krieger zu sein. Und auf dem T-Shirt unter der Bomberjacke, da stand nicht nur *Skinhead-Power*, unter der Bomberjacke, da steckte sie auch. Tief in dir, diese Wucht, diese Kraft, dieser Stolz. Das packt dich einmal. Und dann ist es für immer. Niemand kann das begreifen. Niemand. Der nicht selbst einmal bewundernd seinem Spiegelbild gegenüber gestanden hat. *Ich hab, ich hab mein Herz verlor'n, es ist, es ist, als wär ich neu gebor'n. Ich bin jetzt Skinhead, ein jeder soll es sehn, ich bin ein Krieger, ihr könnt das nicht verstehn ...*

Ich ging auf die Knie, um Aug in Aug mit dem Köter zu sein. Ich zog Grimassen, bis er anfing zu kläffen. Ich knüpfte meine Jeans auf und präsentierte ihm mein bloßes Hinterteil. Der staunte, und das nicht schlecht.

„Bye, bye", sagte ich und winkte ihm zu. „Auf Nimmer-, nimmerwiedersehn."

Wenn ich gewusst hätte, wie oft ich Peluches wiedersehen sollte. Und wenn er gewusst hätte, dass ich ihm eines Tages mit ner Eisenstange den Schädel einschlagen würde. Wir wären beide laut schreiend davon gerannt. Er bestimmt ein bisschen schneller als ich.

## 003

Am folgenden Wochenende fuhr ich nach Lindau zu meinen Eltern. Niemand setzte sich zu mir ins Abteil. Nicht mal der Schaffner wagte es, meine Karte zu kontrollieren, dabei hatte ich das Messer nur rausgeholt, um mir die Fingernägel zu polieren.

Irgendein Typ schmiss sich kurz vor Friedrichshafen vor den Zug und wir steckten vier Stunden in einem Waldstück fest. Scheiße, ich war so dumm, die Notblockade aufzuheben und auszusteigen, und da sah ich dann ein abgetrenntes Bein und noch so anderes blutiges Zeug. Ich bin ja sonst n echt harter Hund, aber so was lässt einen nicht kalt.

Kein Wunder, dass Soldaten völlig bekloppt ausm Krieg kommen. Ich beruhigte meine Nerven mit zwei Flaschen Wodka, was dazu führte, dass ich mich auf dem Weg vom Bahnhof zum Haus meiner Eltern verirrte. Ich torkelte durch die Gassen, versuchte Hausnummern zu lesen, fragte Passanten, aber ich war so randvoll, dass ich nach ein paar Sekunden schon wieder vergessen hatte, welche Richtung ich nun einschlagen musste. Ich ging zu einem Taxistand, aber kein Fahrer wollte mich in sein Auto lassen. Vielleicht auch, weil ich meine Klappe nicht halten konnte und ständig „SKINHEAD-POWER! SKINHEAD-POWER! OI! OI! OI!" grölte und viel Spaß dabei hatte, mit meinen Stiefeln die Mercedessterne von den Kühlerhauben zu kicken. Die Taxifahrer wollten mich vermöbeln, aber ich war selbst im Vollrausch und mit den Monster-Docs schneller als diese Horde Fettärsche mit ihren Schnauzbärten und CSU-Parteibüchern.

Von der Brücke am Bahnhof pinkelte ich runter auf die Idioten und da jaulten und tobten sie, ich aber schwenkte meinen Schwanz vor Freude.

„GRATISSEKT FÜR ALLE!" johlte ich und stolperte weiter.

Kurze Zeit später fuhr ein Bullenauto langsam an mir vorbei, aber ich riss mich zusammen. Der Mittelfinger blieb in der Faust, die Zunge im Maul, der Arsch in der Hose. Ich hab eigentlich überhaupt nix gegen Bullen, aber die haben was gegen mich. Wär ich n Bulle, würd ich die Glatzen vielleicht auch aufm Kieker haben, weil man ja immer wieder mal hört, dass irgendwo Skins nen Bullen halbtot geschlagen haben. Trotzdem. Sie haben kein Recht, uns alle in einen Topf zu werfen.

Im Hafen legte ich mich auf ein schickes Motorboot, trank n bisschen von dem Champagner im Kühlschrank und schlief ein, aber die Bullen weckten mich und schickten mich nach Hause.

„JA, VERDAMMT, WENN ICH NUR WÜSSTE, WO DAS IST!"

„Abmarsch, Glatzkopf! Aber dalli!"

Ich marschierte weiter, wankte zum nächsten Haus, drückte die Klingel und hämmerte mit meinen Fäusten gegen eine Tür. Die Frau, die öffnete, war hübsch, aber recht unfreundlich. Ich erkundigte mich nach der Fischergasse 23a.

„Willst du mich verarschen?"

„Tschuldigung, aber ..." Ich spuckte auf den Boden, der Geschmack in meinem Mund war unerträglich. Ein Teil der Spucke landete auf der Hose der Frau. Ich wollte mit meiner Hand die Sauerei aufputzen, aber die Frau wich zurück.

„Komm rein!“ sagte sie.

Ey, ich geb's zu, ich steh auf ältere Ladys. Schon als Kind bin ich lieber unter Tante Christianes Rock gekrochen, als dass ich mit meinen Cousins meine Cousinen beim Pinkeln beobachtet hätte. Trotzdem winkte ich ab.

„Nein, nein, ich muss ... ich muss zu meinen Eltern, wenn es zu spät ist, schlafen sie, und ich will sie auf keinen Fall wecken ... also, wirklich, auf keinen Fall. Ich mach denen schon genug Ärger, ich mein ...“

Ich stellte meine Sporttasche auf den Boden. Ich hörte Glas zerbrechen.

„Rico“, sagte die Frau. „Ich bin deine Mutter.“

Ich rotzte wieder auf den Boden. Dieses Mal bekam meine Bomberjacke was ab. Ungeschickt wischte ich die Spucke weg.

„Oh ... oh nein. Meine Mutter ... ich würde doch meine eigene Mutter erkennen.“

„Komm rein.“

Sie packte mich am Arm, nahm die Tasche, aus der Wodka tropfte, und führte mich in das Wohnzimmer. Ich umarmte die Braut, die wollt's ja wirklich wissen. Ich grapschte nach ihrem Hintern, kassierte dafür aber nur ne kräftige Ohrfeige. Sie zeigte auf ein Photo auf dem Bücherregal über dem Fernseher. Auf dem Photo war ich. Ich mit der Frau.

„Leg dich auf die Couch, Rico. Papa ist noch bei der Probe.“

Ihr Blick war so traurig, Scheiße, das ging mir richtig ans Herz. Ich stand da, völlig zugedröhnt, mit dieser Frau, und machte mir in die Hosen. Ich spürte, wie die Pisse in den Stoff drang. Ich zog mir die Bomberjacke und den Lonsdalepulli aus. Ich ließ mich auf die Couch fallen. Die Frau schnürte mir die Schuhe auf und zog sie mir ab. Die Frau deckte mich mit einer Decke zu und brachte mir ein großes, weiches Kissen.

Mama und Papa waren die Fixsterne meiner Kindheit. Ihre Liebe überstrahlte alles. Fixsterne sind wichtig, Fixsterne geben Sinn und Orientierung. Umso unheimlicher, wenn sie erlöschen. Ich hatte Angst vor den Nächten. Angst vor den Träumen.

Wenn ich träumte, dass Mama und Papa starben, war das schlimm. Wenn ich jedoch träumte, dass Mama und Papa böse waren, verlor mein Leben jeden Sinn. Ich erinnere mich noch gut, wie ich sie belauschte, in einem dieser Alpträume.

„Wir müssen Rico in der Leiblach ertränken, wenn er schläft."

„Ja, ich denke, das wird das Beste sein."

„Wir können ihn nicht mehr gebrauchen."

„Nein, das können wir nicht."

Ich bin nicht davongerannt, weggeflogen oder aufgewacht wie üblich, wenn Gefahr drohte. Nein, ich öffnete die Tür und trat aus dem Gang in das Wohnzimmer, wo meine Eltern am Tisch saßen und ihre Pläne ausheckten. Ich wollte nicht sterben, aber wie hätte ich weiterleben können, wenn diese eine Sicherheit, diese alles überragende Gewissheit eine Lüge war?

In meinem Leben haben sich alle Gewissheiten nach und nach als Ungewissheiten oder Lügen erwiesen. Nichts ist fix, nichts ist klar, alles unsicher, nichts zu greifen, nichts zu verstehn. Alles ist ein Rätsel, ein Geheimnis. Nur meine Eltern sind immer das geblieben, was sie waren. Die einzige Hoffnung. Die einzige Liebe. Der einzige Halt.

Nachdem Mama ins Bett gegangen war, betrachtete ich die Kette, die um meinen Hals baumelte. Die Kette, die ich geklaut hatte, die Kette, die ich Klara schenken wollte. Eigentlich war sie nicht schön, sie war alt und schwer, und trotzdem hatte ich ein schlechtes Gewissen. Ich dachte an den Fußballschal, den mir mein Bruder geschenkt hatte, und dass ich eher sterben würde, als ihn herzugeben. Vielleicht fühlte jemand genauso für die Kette. Der Gedanke an ein trauriges Mädchen in dieser traurigen Nacht ließ mich nicht einschlafen. Ich war völlig übermüdet, völlig k. o., aber erst als ich mich entschloss, die Kette zurückzubringen, konnte ich endlich mützen.

## 004

Das erste Mal rasiert hab ich mich vor knapp sechs Jahren. Es war Dezember damals und kalt, und ich wollte mich umbringen, weil mich so ein Mädchen verlassen hatte. Weil die mich dauernd verließen, die Mädchen. Ich sperrte mich in meinem Zimmer ein und schnitt mir mit einer Schere die Haare vom Kopf, *schnipp-schnapp*, bis nur mehr so Stoppeln standen. Die waren viel dunkler als meine eigentliche Haarfarbe, sie waren beinahe schwarz, sie waren gefährlich. Ich starrte in den Spiegel und konnte es kaum glauben. Mein Gesicht war so hart, so fremd, so anders. Mann, ich sah zum Fürchten aus. Petrus würde Augen machen, wenn ich an die Himmelspforte klopfte. Petrus würde mich zur Hölle schicken.

So ne Glatze, das war damals schon nichts Besonderes mehr. Nicht wie früher in den Achtzigern oder frühen Neunzigern, als die Leute zusammengefahren sind, wenn sie nen Glatzkopf auf der Straße sahen. Nein, vor sechs Jahren war das längst Mode. Und doch. Mit den Doc Martens und der Bomberjacke war's immer noch das Schärfste, was es gab. Skinhead war die radikalste Kriegserklärung an die Welt. An die ganze Welt. Niemand konnte uns ausstehen. Nicht einmal die alten Nazis mochten uns. Die freuten sich zwar über jeden Asylanten, der brannte, aber wenn wir mal zufällig ihre Kinder oder Enkel aufmischten, hörte der Spaß für sie auf.

Ich hab mir die Haare rasiert und die ganze Zeit über dasselbe Lied gehört. *Über den Wolken fühl' ich mich zu Haus, ich such mir hier oben die schönsten Plätze aus, ich weiß, es ist gemein, doch die Welt ist viel zu klein, also lasst euch bombardier'n, bombardier'n, ich bin Bomberpilot, ich bringe euch den Tod, Bomberpilot! Bomberpilot!*

Ich wollte immer schon ein Skinhead sein. Ein Bomberpilot, ein Fascho, ein Krieger. Ich wollte nie so sein wie ich war. Skins waren so stolz und so stark. Ich habe sie bewundert und gehasst zugleich. Ich hatte nicht den Mut gehabt, einer zu werden, weil ich wusste, wie die Welt darauf reagieren würde. Aber jetzt gab es keine Welt mehr. Es gab nur noch mich. Ich war fertig mit den anderen, fertig mit Cleo, die mir den Laufpass gegeben hatte, fertig mit allem, ich konnte nicht mehr, ich wollte nicht mehr. *Verwüsten und zerstören ist alles, was ich kann, und seh' ich was, was mir gefällt, fang ich zu bomben an.*

Mit der Glatze sah ich so verdammt geil aus, dass ich keinen Bock mehr hatte, mich umzubringen.

Gleich am nächsten Tag, einem 24. Dezember ganz ohne Schnee wie in all den Jahren zuvor und danach, bin ich in den Amishop am See und habe mir Doc Martens und eine blaue Bomberjacke gekauft. Eine Woche später eine Severin-Haarschneidemaschine. In meine Brust ritzte ich mir mit meinem Messer „SKINHEAD". Mama hat geweint. Mama hat wirklich geweint. Saß da am Kachelofen mit den grünen Kacheln und war nur mehr ein Häufchen Elend. Es ist ein Scheißgefühl, Mama weinen zu sehen und zu wissen, sie tut es wegen dir.

„Wie kann man sich nur so verschandeln?!"

„War bloß ne Wette."

„Du lässt sie dir wieder wachsen."

*Du lässt sie dir wieder wachsen.* Das war weder Frage noch Aufforderung, es war ihre Hoffnung, die sich nicht erfüllen sollte. Arme Mama. Sie tat mir so leid. Obwohl ich sie nicht verstehen konnte, fühlte ich mich schuldig. Sie dachte, sie hätte mich verloren. Sie dachte, ich wäre jetzt ein Nazi, und sah mich schon hinter Gittern. Mir kamen Zweifel, aber die waren wie weggeblasen, als ich den festlich geschmückten Christbaum im Wohnzimmer stehen sah und keine Cleo darunter lag. Da wusste ich, dass ich es tun musste, und dass Mama noch tausendmal mehr geweint hätte, wenn sie mich gefunden hätte, in meinem Zimmer, tot.

Irgendwann nach Mitternacht wachte ich auf, und Papa saß neben mir auf der Couch. George Bush sah mich aus der Glotze so traurig und mitleiderregend an, dass ich ihm am liebsten alle Sünden vergeben hätte.

„DIESES VERDAMMTE YANKEESCHWEIN! DIESER LÜGNER! DIESER VERBRECHER!" Papa war mit einem Satz auf dem Sofa, schimpfte und fluchte und fuchtelte so heftig mit der Weinflasche in der Luft herum, dass er damit die Lampe abschoss. Eine Nudel hing in seinem Bart, wahrscheinlich noch von einem Mittagessen vor drei Wochen.

„Hai", presste ich heiser hervor, und er sah auf mich runter. Er musterte mich. „Warum schläfst du denn nicht in deinem Bett, Jens?"

Er hielt mich für meinen Bruder, der sich immer verkrümelte, wenn ich zu Hause auftauchte, weil er wusste, dass wir uns spätestens nach zehn Minuten die Fresse polieren würden. George Bush sprach von der großartigsten Nation unter Gottes Sonne. Ich applaudierte, denn ich war mir sicher, er meinte die Rude Boyz.

„Das war doch alles wie in einem schlechten Film, Filius. Das war doch alles Slapstick pur! Die ganze Vorgeschichte zu dem Krieg, die

Lügen und Peinlichkeiten, der Krieg selber mit diesem irakischen Informationsminister, die Zeit danach, die alle Befürchtungen bestätigte, die Großaufträge für Dick Cheneys Ex-Firma, die Misshandlungen der Kriegsgefangenen, das war alles nur ein schlechter Witz, jemand soll endlich sagen, dass es nur Show war, nur n Gag, n bisschen Ablenkung für uns arme Malocher. Sie sollen endlich sagen, dass alles gar nicht wahr war. JENS, SAG MIR, DASS DAS ALLES NICHT WAHR IST!"

„Ich bin nicht Jens."

„Das kann jeder sagen, Filius", sagte er, während er einen Rülpser ausstieß, der einem Urschrei glich und die Luft mit Knoblauchduft würzte.

Papa hatte einen sitzen. Papa hatte jeden Abend einen sitzen. Er war nie richtig betrunken, aber immer ein bisschen in der Welle, immer ein bisschen high.

„Hast du uns eigentlich überhaupt jemals unterscheiden können?"

„Natürlich. Du warst der, dem man nie was in die Hände geben durfte. Auf der ganzen Welt gab es keinen größeren Tollpatsch als dich!"

Papa lachte, und wenn Papa lachte, dann vibrierte sein ganzer Körper und sein Kopf lief feuerrot an. Er hüpfte mit seinen kurzen Beinen auf dem Sofa wie ein kleines Kind, bis Hessens Ministerpräsident auf dem Bildschirm erschien.

„Arschloch", sagte er und setzte sich wieder. Er zündete sich eine Zigarette und blies mir den Rauch ins Gesicht.

„Die Politiker sind Marionetten", sagte er. „Die Großkonzerne, die Unterweltbosse, die haben doch das Sagen. Und außerdem: von wem wird die Regierung gewählt? Schau sie dir an, diese stumpfsinnigen Menschen, Weltmeister im Autofahren, Fernsehschauen und Einkaufen. Die wählen die Regierung! Die Politiker versuchen, weder Kapital noch Masse zu verprellen, um sich so lange wie möglich oben zu halten. Auf der Strecke bleibt der Rest. Auf der Strecke bleiben wir. So Typen wie du und ich." Er stand auf und ging hinaus, die Tür fiel ihm aus der Hand, die Wucht hob sie beinahe aus den Angeln.

Wenn man die Grünen nicht erfunden hätte, wäre Papa bei der RAF gelandet. Papa ist ein wütender Mann, wenn es um Politik geht, genau wie Opa. Opa hat im Krieg ein Auge und den Glauben an alles und jeden verloren. Wir haben keinen Kontakt mehr zu ihm. Er hat gesagt, wenn wir noch einmal vor seiner Tür aufkreuzen, schieße er jedem von uns die Augen aus dem Schädel.

Ich hörte Papa in der Abstellkammer lärmen und stolpern, und als er zurückkam, ließ ich n Furz vor Schreck, denn er hatte statt ner Weinflasche ne gottverdammte Pistole in der Hand. Er zielte auf den Fernseher und drückte ab. Der Knall ließ mich zusammenfahren. Der Fernseher lief weiter, aber einer der Bierkrüge auf dem Regal darüber zersplitterte in tausend Stücke.

„Wow!"

Er reichte mir die Pistole.

„Schenk ich dir", sagte er, setzte sich zurück auf die Couch, griff nach der Weinflasche und trank daraus.

„Das ist ne Beretta. Die hat die Polizei Opa abgenommen, als er mit ihr auf dem Balkon rumgesprungen ist", sagte er, als er sah, wie ich das Ding bestaunte. „Munition ist noch jede Menge im Abstellraum, in der untersten Schublade des alten Kastens. Los, knall den Penner da im Fernsehen ab!"

Ey, ich hatte noch nie in meinem Leben eine Schusswaffe in der Hand. Sie war viel schwerer, als ich es mir vorgestellt hatte. Ich streichelte sie ehrfürchtig und küsste sie, die kleine Braut. Jetzt gehörte sie mir.

„KNALL DEN PENNER AB!"

Papas Hass auf die Konservativen und die Bonzen hat mich geprägt. Die CDU ist für mich das Letzte, da würd ich vorher die PDS oder die Grauen Panther wählen. Nicht mal mit vorgehaltenem MG würd ich das Kreuzchen an dieser Stelle des Wahlzettels machen. Die CDU ist die Partei der Philister, der Wirtschaftsgläubigen und Kernkraftwerksbauer. Die SPD ne Lahmarschpartei, und die FDP? Keine Ahnung, über die FDP hab ich mir nie Gedanken gemacht. Eine Zeitlang mochte ich die Grünen, aber die quatschten dauernd nur von Homosexuellen und Ausländern, von Randgruppen und Frauen und niemals von mir. Ich habe noch nie in meinem Leben gültig gewählt, und ich glaub auch nicht, dass ich's jemals tu.

Papa stand auf, seine Knie zitterten, die Jeans hing so tief, dass ich seine weiße, löchrige Unterhose sehen konnte. Er ballte die rechte Faust, reckte sie in die Höhe und fing an, sein altes Schlachtlied zu schmettern: *„AUF, AUF ZUM KAMPF, ZUM KAMPF, ZUM KAMPF SIND WIR GEBOREN, AUUUF, AUUUUUF …"*

Er zupfte mich am Ärmel, bis ich aufstand und mit einstimmte: *„ZUM KAMPF, ZUM KAMPF, ZUM KAMPF SIND WIR BEREIT, DEM*

*KARL LIEBKNECHT HABEN WIR'S GESCHWOREN, DER ROSA LUXEMBURG REICHEN WIR DIE HAND!"*

Wir haben alle Strophen geplärrt, bis Mama im Nachthemd in der Tür stand, mit struppigen Haaren und kleinen Äuglein. Ich ließ die Beretta schnell unterm Kissen verschwinden und sang voller Inbrunst: *„VIELLEICHT IST ER SCHON MORGEN EINE LEICHE, WIE ES SO VIELEN UNSERN BRÜDERN GEHT."*

„Was war das für ein Knall? Ihr seid wohl nicht ganz dicht!" sagte Mama und sah uns völlig entgeistert an, als wir fertig waren.

Papa stand auf, packte Mama, ließ sich mit ihr auf die Couch fallen und kitzelte sie so richtig durch. Der Ministerpräsident laberte inzwischen mit ernster Miene von Demokratie und Freiheit, Fortschritt und Wachstum.

Ich glaube nicht an Demokratie. Demokratie ist nichts anderes als ein Kampf der Lobbys – jeder will ein großes Stück vom Kuchen, und der Stärkere setzt sich schließlich durch. Mir war schon bald klar, dass es bei diesem Kampf (wie bei jedem Kampf) Menschen gibt, die unter die Räder kommen. Demokratie war für mich nie etwas anderes als die Diktatur der Mehrheit, und ich gehöre nicht zur Mehrheit. Ich fühle anders, denke anders. Ich bin ein Verlierer, ich bin der letzte Arsch. Einer, der von keiner Lobby, keiner Partei vertreten wird. Einer, der selber sehen muss, wo er bleibt.

„Rico, sag doch mal was. Wie denkst du über die ganze Scheiße?" fragte Papa, nachdem sich Mama von ihm befreit hatte. Die Nudel hing jetzt auf seiner Stirn, grad so wie in dem berühmten Sketch von Loriot. „Was würdest du tun, wenn du Ministerpräsident wärst?" - Ich wusste nicht, was ich sagen sollte, und verschwand aufs Klo. In der Schule hab ich nie groß mitdiskutiert, wenn's um Politik ging. Ich hab auch nicht mitdiskutiert, wenn es um sonst was ging, aber gedacht hab ich mir viel. *Leckt mich am Arsch!*, hab ich mir gedacht. *Leckt mich doch alle am Arsch.* Ernst genommen hat mich ja sowieso keiner, und das war das Schlimmste. Ich wollte ihren Hass und nicht ihr Mitleid. Deshalb wurde ich Adolf-Hitler-Fan. Nicht wegen seiner Kriege oder anderer Verbrechen. Nein, wegen seiner Reden. Die Art, wie er brüllte und gestikulierte und dabei den Trotz, den Willen und tausend andere gute Sachen heraufbeschwor. Das gefiel mir. Wie er sich gegen die ganze Welt stellte, sich mit allen anlegte und sie für kurze Zeit in die Knie zwang, das machte mir Mut.

Ich weiß nicht, ob sich jemand vorstellen kann, wie schrecklich das ist, wenn niemand für dich spricht und dir auch keiner zuhört. Was bleibt dir anderes übrig, als dich wie ein Igel einzurollen und deine Stacheln zu zeigen und darauf zu hoffen, dass möglichst viele sich daran aufschlitzen. Die Jungs und ich, wir haben uns in all den Jahren nach einem gesehnt, der uns aus dem Dreck holt, der für uns da ist, und für den auch wir hätten da sein können. Einer, der nicht lange rumredet. Es gab nichts mehr zu reden. Wir mussten das Schiff auf neuen Kurs bringen, sonst rissen sich die anderen alles unter den Nagel und wir gingen leer aus. Und das durfte nicht sein. Das durfte einfach nicht sein.

Ich Trottel bin dann auf dem Scheißhaus eingeschlafen, und als ich aufwachte, sah ich in das grelle Licht einer Taschenlampe. Ich verdeckte mein Gesicht, aber das Licht schien meinen Arm zu durchbohren, es wollte meine Augen fressen. Ich drehte meinen Kopf zur Seite und stöhnte. Ich hörte Papas Stimme.
„Wir haben einen Kurzschluss. Ich muss zum Sicherungskasten in den Keller." Erst jetzt bemerkte ich, dass ich mit heruntergelassenen Hosen in meiner eigenen Kotze lag.
„Geh ins Bett, Filius", sagte Papa und leuchtete mit seinem blöden Licht herum, als hätte er gerade ein Pharaonengrab entdeckt und müsste die Schätze darin bewundern. Ich zog meine Unterhose hoch.
„Ich mach erst noch die Sauerei weg", sagte ich und wischte mir den Mund ab. Überall hing Kotze. An der Wand, auf der Schüssel, auf dem Spülkasten, meiner Unterhose, dem Klopapier, und der Boden war sowieso völlig versaut.
„Du hast in die Steckdose gereihert", sagte er. „Das hat den Kurzschluss ausgelöst."

Vielleicht hatte Papa Recht - ich war Spezialist darin, Dinge kaputt zu machen. Er hatte mir schon früh verboten, auch nur in die Nähe von elektrischen Geräten zu kommen. Fernseher, Videorekorder, Stereoanlage und sogar der Toaster waren für mich jahrelang tabu.
„Rühr nichts an, du machst alles nur kaputt." *Kaputt, kaputt, kaputt.* Das einzig Gute, was von Papas 68er Generation übrig geblieben war, war dieser Spruch. MACHT KAPUTT, WAS EUCH KAPUTT MACHT! Als ich den das erste Mal hörte, hab ich ihn nicht kapiert. Als ich ihn das zweite Mal hörte, hab ich ihn mir auf den Oberarm tätowiert.

## 005

Am nächsten Tag stieg Großtante Marlenes 90. Geburtstag in nem Kaff im Allgäu, dasselbe Kaff, aus dem Papa als 15-Jähriger vor Opas Rohrstock geflüchtet ist. Wäre Großtante Marlene in den zwei Jahren, in denen Mama in der Klapsmühle war, nicht Tag und Nacht bei uns gewesen, hätte mich nicht einmal das Abschiedskonzert der *Onkelz* dorthin gelockt. Die ganze Gegend dort mit ihren trostlosen Lagerhallen, ihren Erbsenzählern und ihren vielen Autos macht mich depressiv, und meine Cousins und Cousinen nerven nicht weniger. Die studieren alle oder stehen mitten im Berufsleben, ein Leben, das viel verspricht. Viel Geld, viel Ruhm, viel Aussicht auf Karriere. Die lesen die *FAZ*, die *Süddeutsche*, den *Spiegel* und sogar die *Financial Times* oder das *Wall Street Journal*. Ich les nur den *Kicker* und *Asterix und Obelix*. Man hält mich für einen Taugenichts, einen Fußballplatz-Proleten, für einen, der (wie Onkel Lothar immer sagt) nicht kapieren will, dass der Ernst des Lebens längst begonnen hat. Der Ernst des Lebens, pah! Wer sagt denn, dass das Leben nur aus Schule, Arbeit, Tod, aus Ängsten, Mühen und Sorgen bestehen muss? Ich will n bisschen Glück, n bisschen Spaß! Strength through Oi! Kraft durch Froide! Jau! Ich fick eure Ernsthaftigkeit! Schaut mich nicht so an, mit euren besorgen Gesichtern und euren besorgten Ärschen! Ich scheiß auf die Rezession, auf die Angst um einen Arbeitsplatz und die Rente! Ich geb Vollgas, Augen zu und durch! Morgen kann ich tot sein, vielleicht sogar schon heute. Jau, den Spaß muss man bewahren, egal, wie dreckig es einem geht. Ein Tag, an dem man nicht lacht, ist ein verlorener Tag. Ein Tag ohne Tänzchen kannst du streichen. Verschwendet, vergeudet, verloren, vorbei. *Generations have been working in jobs they hate, just so they can buy what they don't really need.* Sagt Tyler Durden. Und Tyler Durden ist mein Held.

Ich habe lange darüber nachgedacht. Was ich brauche, und was nicht. Ich brauche kein Auto, kein Handy, keine Digitalkamera, kein Kabelfernsehen, keinen DVD-Player, ich brauche keine 50m²-Wohnung mit Balkon und Keller und Blick über die Stadt, kein Warmwasser, keine Heizung. Ich brauche Doc Martens, zwei Fred Perrys, zwei Lonsdale-Pullis, zwei Jeans, eine Lonsdale-Harrington-Jacke, eine Bomberjacke, Unterwäsche, ich brauche ein Haarschneidegerät, ich brauch das Geld für Fußball, für Bier und Pizza und natürlich ne Anlage mit genug Power, damit ich zur Musik meiner Bands Pogo oder Ska tanzen kann. Ja, das brauche ich, das und ne Prinzessin, und sonst brauche ich nichts. Denn alles, was du hast, hat irgendwann dich.

„Meine Güte, ist Fasching nicht längst vorbei?!" lachte Onkel Hans-Peter, als er mir die fetten Pratzen zur Begrüßung entgegen streckte. „Du könntest ja fast als Skinhead durchgehen. Allerdings" – seine Stimme schwoll an, damit ihn keiner überhörte – „müsstest du noch einige Zentimeter wachsen, sonst könnten dich die Leute auch für nen homosexuellen Zwerg halten." Für die Meldung hab ich seinem schwarzen BMW sämtliche Reifen aufgeschlitzt. Der Arsch hat natürlich gleich die Bullen gerufen, und ich bin dann ganz wichtig dabeigestanden, und hab mit Onkel Hans-Peter rumgeplärrt. Ausländer! Neger! Überall! „Schlimm! Schlimm ist das! Und immer schlimmer wird's!"

Die Bullen haben mich ganz krumm angeschaut. Haben sofort gecheckt, dass ich n gottverdammter Skinhead bin, mit ner gottverdammten Wut im Bauch und nem gottverdammten Messer im Sack. Alle checken, dass ich n Skinhead bin. Nur meine Verwandtschaft checkt nichts. Die glauben ernsthaft, Skins würden Ausländer aus der U-Bahn schmeißen und Rollstuhlfahrern Hakenkreuze in die Fresse ritzen, und das trauen sie mir nicht zu.

In unserer Stadt gibt es seit Mitte der Neunziger zwei Skinhead-Cliquen: Neonazi Ramon und seine „WHITE-POWER"-Skins aus der Neubausiedlung und Hatze mit seinen „RUDE BOYZ" aus dem Stadion. Die Nazis wollten mich nicht, wollten mich schon, aber nur als Laufburschen, doch das Bier, das ich für sie holen sollte, trank ich am liebsten selbst, und Rumkommandieren ließ ich mich schon gar nicht. Und so landete ich bei Hatze, zwei Wochen lang hing ich in seiner Stammkneipe, dem Rosetta, rum und machte ihm schöne Augen. Wie ein Tausendfüßler in ein Holzloch kroch, kroch ich Hatze in den Arsch, Bein für Bein verschwand in dem großen schwarzen Loch. Aber wahrscheinlich hätte ich ihm sogar einen runtergeholt, nur dass er mich in seine Gang aufnimmt. Naja, das hab ich dann auch getan, ihm einen runtergeholt. Zwei-, dreimal, als er besoffen war und es verlangte.

Klara reservierte mir den Platz neben ihr. Klara war die jüngste und schönste meiner unzähligen Cousinen. Und mit Abstand die witzigste. Mit Klara konntest du sinnlos blödeln, sinnlos lachen, sinnlos saufen, dieses Mädchen sprühte vor Lebensfreude. Sie hat mir bereits gefallen, als sie elf war. Mittlerweile war sie zwölfdreiviertel, aber Arsch und Titten waren ihr mindestens vier Jahre voraus. Sie war ein Prachtstück, und ich war mir sicher, dass sie eines Tages den Männern auf der Nase rumtanzen würde. Als Doogie sie das erste Mal sah, meinte er, er würde sein ganzes Geld draufsetzen, wenn die Kleine mit ihrer Möse an die Börse gehen würde.
„Das ist ne geile Sau", sagte er und hielt auch nicht seine Klappe, als ich ihn niederboxte.
„NE GEILE, GEILE SAU!" Er lag schon am Boden, im Dreck, aber sein Maul halten konnte er nicht. Konnte er nie. Wenn er mal tot ist, wird man sein Maul extra erschlagen müssen.
„Ich sollte mir die Rechte für ihre Muschi sichern, dann könnt ich ein Leben lang kassieren."

Klara erzählte mir von diesem neuen Kinofilm, den sie sich bereits viermal angesehen hatte, und ich sagte ihr, dass der Hauptdarsteller eine Villa in meinem Zustellbezirk hätte.
„Das ist nicht wahr", sagte sie.
„Hab ich dich jemals belogen?"
„Du hast gesagt, du hättest niemanden gesehen, der an Onkel Hans-Peters Auto rumgemacht hätte."
„Hab ich auch nicht."
„Weil du's selber warst."
„Ich hasse Autos. Und Onkel Hans-Peter ist ein Großmaul."
„Besorgst du mir ein Autogramm? Mit Widmung? Mit Widmung wär geil. Meine Freundinnen würden vor Neid platzen! Ich hab erst letzte Woche sämtliche DVDs gekauft, ey, ich hab sogar eine dabei, du nimmst sie mit, und wenn ..."
„Keine Chance", sagte ich. „Ich krieg den nur selten zu Gesicht."
„Vielleicht doch! Nimm sie, bitte nimm sie, und wenn du ihn siehst, soll er aufs Cover ne Widmung für mich schreiben, ja? Oh Mann! Das wär so geil!"
Sie kramte in ihrer Handtasche und reichte mir die DVD.
„Bitte, bitte."

Ich konnte ihr nicht widerstehen.
„Okay, ich besorg dir n Autogramm. Versprochen."
Sie küsste mich auf den Mund und jauchzte, dass die ganze Bagage zu uns rübersah. Wir tranken und lachten, ich streichelte ihr nacktes Knie, ließ meine Hand weiterwandern, aber sie verbrannte mich mit ihrem Feuerzeug.
„Autsch! Bist du blöd oder was?"
Sie lachte. Stand auf und stolzierte hinaus.

Zwei Stunden und achteinhalb Bier später war ich knülledicht. Ich torkelte durch die Räume und grölte Weihnachtslieder, zwickte Tante Christiane in die linke Pobacke und spielte mit den beiden Söhnen meiner ältesten Cousine Playmobil. Wir bauten Flugzeuge aus Lego und ließen sie ins World Trade Center stürzen. Wir hatten viel Spaß, bis ich einem der Kinder auf den Kopf kotzte.

Ich wollte den Kleinen im Bad waschen, aber das Bad war besetzt. Ich sah durch das Schlüsselloch, sah Klara, wie sie vor dem Spiegel stand, ihre Brüste herausstreckte, ihren Po von der Seite betrachtete, für mich, natürlich für mich, kaum für Onkel Lothar, der unter dem Tisch masturbiert hatte, was wieder mal keiner außer mir bemerkt hatte oder bemerken wollte. Ich klopfte an die Tür, die Tür ging auf. Sie kam auf mich zu, mit einem Lächeln, sie war so weich, ich hatte Angst, sie zu umarmen, dachte, sie müsste zerschmelzen.
„Mich zwickt's da unten", sagte sie.
„Was ist los?" Ich bückte mich, weil ich dachte, mit ihren Plateauschuhen sei was nicht in Ordnung.
„Ich bin ganz feucht", sagte sie und griff sich an den Schritt.
Ich sah den Kleinen an und zuckte mit den Achseln.
„Frauen ..."
Sie nahm meine Hände und legte sie auf ihre Titten.
„Ich liebe Skinheads", sagte sie und steckte mir ihre Zunge ins Ohr. „Das Wort alleine macht mich nass. Skinheads sind wild und brutal, Skinheads haben keine Angst, nicht vor den Bullen, nicht vor dem Tod. Skins sind die letzten Krieger, die letzten Männer auf der Welt. Alle scheißen sich vor euch in die Hosen. Wenn ich ein Mann wäre, würde ich ein Skinhead sein!"
„Uh-uh", sagte ich, und zu dem Kleinen: „Verpiss dich mal schnell, ja?

Nachher wird gewaschen. Und kein Wort zu Mama oder sonst wem, verstanden?“
Der Kleine nickte und verdrehte die Augen.
„Also dann: Husch! Husch!“
Er rannte davon.
„Und nun zu dir, Klara.“ Ich war so betrunken, dass ich nicht wusste, was ich mit ihren Worten und Titten anfangen sollte. Ich hatte zwar nen Mordsständer, aber in meinem Kopf drehte sich alles nur um die Frage, wo ich die nächste Flasche herkriegen könnte. *Stell dir vor, es gibt Freibier, keiner weiß wo, Hunderte von Litern fließen irgendwo ...* Mama hatte sämtliche Alkoholika und Kinder vor mir in Sicherheit gebracht *... dort sind sie lustig, dort sind sie froh. Stell dir vor, es gibt ...*
„Gibt’s hier in der Nähe ne Tankstelle?“ fragte ich und befahl meinen Händen den Rückzug. „Ich brauch nen ordentlichen Schluck.“

Danach hab ich für zwei, drei Stunden nen Filmriss. Das Nächste, an das ich mich erinnere, ist, wie ich im Bett in meinem alten Zimmer im Haus meiner Eltern lag und mir die vielen Photos über mir an der Pinnwand ansah. Ich mit langen Haaren! Ich mit Seitenscheitel und den süßen Grübchen in den Wangen, wenn ich lächelte. Bei dem Anblick kam mir abermals der Magen hoch, aber ich würgte das Zeug wieder runter, um das Bett nicht einzusaun.

Ich hab wirklich wie der letzte Trottel ausgesehen. Kein Wunder, dass die ganze Welt auf mich geschissen hat. Ich war so schüchtern, dass ich mich nicht einmal traute, um Hilfe zu rufen, als ich in die Baugrube neben der Schule gefallen war und mir den linken Knöchel gebrochen hatte. Ich war so voller Mitleid, dass ich Erkan, dem Schulschläger in der Berufsschule, auf die Beine half, als der die Treppen runtergestürzt war, worauf er mir als Dank die Nase brach.
Mit der Meute bin ich nie gelaufen. Ich stand immer abseits. Immer allein.

Opa sagte mal zu Mama, sie hätte ihren Sohn besser abgetrieben, er hätte keine Eier. Und er hatte Recht. Ich hab niemals mein Maul aufgerissen, niemals auf den Tisch gehaun, niemals zurückgeschlagen. Immer nur eingesteckt. Immer nur gekuscht. Ich lebte nicht mein Leben, ich lebte so, wie es die anderen von mir verlangten. Und sie verlangten viel. Sie verlangten mein Pausenbrot, mein Taschengeld, die Mathe-Hausaufgabe, meine Zeit, mein Lachen, meine Ehrerbietung, ja, hätten sie meinen Arsch gefordert, ich hätte mich nicht getraut, mich zu verweigern.

Ich war ein Sklave meiner Schüchternheit, meiner Feigheit und meines Mitleids. Aber die Welt war mir nicht dankbar dafür, dass ich niemals widersprach, mich niemals wehrte, dass ich kroch, im Gegenteil. Verlacht hat mich die Welt, geschlagen und geflüstert hat sie, die Welt. Du gehörst nicht hierher! Du gehörst nicht hierher!, und fast hätt ich's geglaubt, und fast wär ich gegangen, aber irgendwann hab ich ihnen das Recht abgesprochen, das zu sagen. Und wenn Millionen gegen mich stehen, wenn Milliarden und der amerikanische Präsident, der Papst, der ADAC, Franz Beckenbauer und Thomas Gottschalk gegen mich stehen – kein Menschenleben ist mehr wert als das andere. Drei nicht mehr als zwei, fünf nicht weniger als sieben. Milliarden nicht mehr als eines. Jedes einzelne ist unendlich viel wert.

Auch deines.

Auch meines.

Und eines Tages dachte ich nicht mehr im Traum daran, zu verschwinden, weil ich anders dachte, anders fühlte. Aber der Weg zu dieser Erkenntnis war lang und schmerzhaft.

Mit fünfzehn bekam ich zum ersten Mal nen Polizeiknüppel in die Rippen. Völlig unschuldig. War zufällig in ne Gruppe von Punks geraten. Die Bullen sind wie die Verrückten auf die Asseln los, weil die vorm Rathaus bei ner CDU-Wahlveranstaltung rumgestänkert haben.

„Ab nach Tschernobyl mit dem Dreck!" hat ein Bulle zu seinem Kollegen gesagt, mich dabei angesehen und seine Handschuhe angezogen. „Ab nach Tschernobyl, in den Sarkophag einbetonieren."

*Ab nach Tschernobyl mit dem Dreck.* Ich hatte schon längst nen Hass auf den Staat. Dass da überhaupt wer war, der uns rumkommandieren durfte, der uns verurteilen, freisprechen durfte. *Ihr wollt mir sagen, was ich tun und lassen muss, wo fängt das an, und wo ist Schluss.*

Als ich am Boden lag, völlig unschuldig, da hatte ich so ne scheiß Wut, dass mir noch auf dem Heimweg die Tränen die Wangen runterliefen.

*Nach Tschernobyl. Mit dem Dreck.*

Ich bin Dreck.

In meiner Klasse auf dem Gymnasium in Lindau war ich der einzige Linke. Links zu sein war das Letzte. Nur Babyficken oder Drogen verkaufen war schlimmer. Sie waren doch alle so stolz auf Schwarz-Rot-Gold, Helmut Kohl und die deutsche Fußballnationalmannschaft, den Sieg der Marktwirtschaft über den Kommunismus, die Wiedervereinigung, auf ihre Eltern und sich selbst. Als wir in der 4. Klasse im Deutschunterricht Eichendorffs „Aus dem Leben eines Taugenichts" lasen, wusste ich, wie ich meine Mitschüler künftig nennen würde: Philister.

Sie passten sich an, sie strebten nach Gewinn, sie wollten Sicherheit. Philister.

Ein Haus bauen war ihr Ziel. Eines besetzen meines. Ich träumte von Rebellion und Aufstand und sie von Karriere, Haus und Auto und gesicherter Rente. Philister, gottverdammte Philister. Wie waren sie froh, als ich in Mathe und Physik durchflog und der Klassenvorstand meinen Eltern riet, mich von der Schule zu nehmen.

Ich riss die Photos von der Wand, zerfetzte sie. Fick diese Zeit! Fick den Schmerz und die Demütigung! Nie wieder wird so etwas geschehen.

Ich setzte meinen Walkman auf und drückte auf START. Die Erde drehte sich nicht, sie schoss auf und ab und kreuz und quer wie das Bild eines Fernsehers in seinen letzten Zügen.

Als ich schon dachte, es wäre gar keine Kassette eingelegt, durchbrach die Musik die Stille, und die *Onkelz* sangen: *Wenn du einsam bist, rufe nur nach mir, wenn du mich vermisst, komme ich zu dir ...*, und dann überkam es mich wieder. Ich hab das öfters. Da lieg ich im Bett, kurz vorm Einschlafen, hör nen traurigen *Onkelz*- oder Ska-Song ... und plötzlich, plötzlich überfällt mich diese unbeschreibliche Sehnsucht. Das ist ein Gefühl, stärker als jedes andere Gefühl. Da krieg ich ne Ahnung davon, dass das hier nicht alles ist, dass da noch was anderes ist, ne andere Welt, n anderes Leben, andere Schweinereien. Die Sehnsucht, die nimmt dich mit, die kennt kein Erbarmen. Du treibst dahin, wie eine Luftmatratze auf einem Fluss treibst du dahin. Und du weißt, wenn sie dich zu weit wegführt, kommst du nie mehr zurück. Dann bleibst du dort, in dieser anderen Welt. Dann kratzt du ab, dann bist du hin, dann ist's vorbei.

Die Einsamkeit ist unser Schicksal. Ein Leben lang versuchen wir, sie zu überwinden. Aber egal wie, wir scheitern alle, und mit jedem Schei-

tern wird die Lage verzweifelter, mit jedem Scheitern stirbt ein Teil unserer Hoffnung, und somit auch ein Teil von uns.
*Fuck.*
Wir sind einsam, weil wir nicht finden, wonach wir uns so sehnen. Nichts und niemand auf dieser Welt kann diese Ursehnsucht stillen.
*Fuck.*
Einsamkeit ist unser grausamster Feind, der größte Schmerz. Dieses völlig verloren sein, für immer und ewig, und niemals davonkommen, das ist das Schlimmste. Als ob man unter einer Glaskuppel sitzen würde. Man sieht die Welt, aber man kann sie nicht berühren. Niemand hört dein Schreien. Niemand fühlt deine Verzweiflung. Niemand holt dich raus. Du bist mit dir allein. Ganz allein. In dieser Welt. In der nächsten Welt. Immer allein. Es gibt keine Wahrheit, keinen Trost von Menschen.

Wenn mich so ne scheiß Sehnsucht überfällt, dann krieg ich ne Mordsangst vorm Sterben. Das ist ne Angst, wie sie größer und brutaler nicht sein kann. Keiner soll kommen und sagen, Sterben sei ein sanftes Entschlafen oder so. Das ist eine Lüge. Fast alles ist eine Lüge.

Ich schoss hoch, mein Herz raste und ich zitterte wie n abgefuckter Junkie vorm Schuss. Ich spürte einen harten Schlag gegen mein Knie. Ich hob die Bettdecke und fand Klara. Ich konnte mich nicht erinnern, sie eingeladen zu haben.
„Bist du verrückt?“ weinte sie. Sie hatte mein Knie abbekommen, die Scheibe volle Pulle in die Fresse. Aus ihrem Mund hingen blutige Speichelfäden, und als ich auf meinem Schwanz dieselben Fäden sah, wurde mir klar, dass sie den Kerl die ganze Zeit gelutscht hatte.

Klara war noch ein Kind. Ihre Brüste waren enorm, aber ihre Lippen noch ein wenig zu schmal, und ihre Haut babyweich und schneeweiß. Mit kleinen schwarzen Punkten. Und da war etwas in ihren Augen. Etwas Schönes, Unschuldiges.
„Klara, ich wollte nicht mit dir ... ich mein, das hat doch keinen Sinn. Erstens bin ich stockbesoffen, zweitens ... Mensch, Klara, nie im Leben würd ich dich ... ey, du bist viel zu jung! Ich bin nicht gut mit Gummis. Die rutschen mir immer ab. Stell dir vor, du würdest schwanger werden.“

Klara weinte und hielt sich ihr Kinn. Sie wischte sich die Spucke ab. „Ich bin schon schwanger, Rico.“

„Du solltest weniger zweitklassige Dramen mit drittklassigen Schauspielern anschauen“, sagte ich und packte sie an den Haaren. „Da verliert man den Bezug zur Realität.“

Und du solltest weniger trinken, denn besoffene Schwänze riechen noch muffiger als sie das sonst schon tun.“

Ich bin natürlich ausgeflippt, hab gesagt, sie solle mich nicht anlügen, aber sie log nicht. Mein Schwanz roch muffig.

Und Klara war schwanger.

„Sag mir, wer's war, und ich mach ihn platt. Ich tret den zusammen, das kannst du mir glauben! Ich mach den alle, ich hau der ...“

„Er hat mir so schöne Sachen erzählt“, unterbrach sie mich, indem sie mir den Mund zuhielt. „Ich habe ihm geglaubt. Ich wollte ihm glauben. Und käme er noch einmal, ich würde es wieder tun. Immer, immer wieder tun.“

„WER IST DAS SCHWEIN?“

„ER-IST-KEIN-SCHWEIN!“

Ich ließ ihre Haare los. Sie boxte mich auf die Brust.

„Krieg dich wieder ein, Mann!“

„Wie konnte das passieren?“ fragte ich. „Wie kann so etwas passieren?“

Es war kurz, nachdem ich meine Tage hatte. Er meinte, in dieser Zeit könne man gar nicht schwanger werden.“

„Du weißt, wie man einen bläst, aber wie man verhütet, weißt du nicht.“

Sie zuckte mit den Achseln. Ihr Blick war müde.

„Verdammt, Klara“, sagte ich. „Das darf doch nicht wahr sein.“

„Jetzt mach du mich auch noch fertig“, sagte sie, rollte sich auf den Rücken und zog sich die Decke über den Kopf. „Und abtreiben werd ich nicht. Niemals! Vorher bring ich mich um.“

„Du musst dich nicht umbringen“, sagte ich. „Das erledigt schon dein Vater.“

„Ich weiß“, sagte sie und tauchte wieder auf. „Aber sag nicht, ich hätt mir das vorher überlegen müssen. Ich hab dich immer dafür bewundert, dass du nicht solche ausgelutschten Sprüche bringst.“

„Ey! Was erwartest du? Wer heutzutage noch rumbumst, ohne zu verhüten, und sich dann wundert, wenn n verdammter Balg rauskommt, dem ist nicht mehr zu helfen.“

„Arschloch.“

Wir lagen lange stumm nebeneinander. Wir berührten uns nicht. Irgendwann stand sie auf und zog sich an. Ohne Abschiedskuss wollte sie sich davonmachen.
„Du kriegst dein Autogramm", sagte ich, als sie die Tür gerade hinter sich zuziehen wollte. „Das hab ich dir versprochen. Und ich krieg auf der Stelle noch n Kuss!" Sie konnte ihre Augen kaum mehr offen halten, strich sich mit ihrer Hand durchs Haar und verabschiedete sich mit einem traurigen Lächeln. Und ohne Kuss.

## 006

Am nächsten Morgen fuhr ich mit dem Zug zurück nach Kasachstan. Der Zug war ein Geisterzug, ich war der einzige Passagier. Ich schlief ein und stieg zwei Stationen zu spät aus. Zu Hause setzte ich mich vor die Glotze und warf ne Münze, ob ich „Taxi Driver" oder „Fight Club" in den Videorekorder schieben sollte. Die Wahl fiel auf de Niro. „Listen, you fuckers, you screwheads. Here is a man who would not take it anymore. A man who stood up against the scum, the cunts, the dogs, the filth, the shit. Here is a man who stood up." Jau, knall sie ab, Travis! Knall sie alle ab! Die Zuhälter, die Kinderficker, die Penner! Against the scum, the cunts, the dogs, the filth, the shit! PENG! PENG! RATTATTTATTTAMMM! Die letzten Zuckungen dieser Schweine zu sehen, das muss geiler sein, als ner Braut die Ladung ins Gesicht zu schießen. Aaaaaaaaaaaaaah!!!!

Nachdem ich abgespritzt hatte, nahm ich fünf Hammerschlaftabletten, um den Rest des Tages nicht mehr erleben zu müssen. Um nicht länger an Klara denken zu müssen. Fünf Tabletten mit einem Schluck. Kurz vor Mitternacht wachte ich trotzdem auf mit dem Gefühl, eine Schubkarre Sand im Mund zu haben. Ich kippte sechs oder sieben Bier, um den Dreck runterzuspülen und wieder einzuschlafen. Ich träumte davon, mit Mama im Postauto zu sitzen und in eine Herde Kühe zu fahren.
„Jetzt werden wir nie mehr Milch haben", sagte sie.
„Dann melken wir eben dich", sagte ich und riss ihr die Bluse vom Leib. Nachdem ich ihre Titten zerfetzt hatte, wachte ich auf, und ich saß im Bett, ich lag nicht, ich saß. Meine Hände waren voller Blut. Ich

rannte zum Waschbecken und sah, dass aus meiner Nase ganze Sturzbäche von Blut schossen. Ich hätte vielleicht doch die Warnung auf der Packungsbeilage ernst nehmen sollen, auf keinen Fall mehr als eine Tablette zu nehmen.

Der September war heiß wie die Hölle. Die Sonne brannte jeden Tag vom Himmel, als wär's Anfang August in Palermo. Die Ozonwerte übertrafen alle Grenzwerte, der Fluss sank auf einen Rekordtiefstand. Ich hasse die Sonne. Jeder schwärmt von der Sonne. Wolken sind viel schöner. Vor allem die großen weißen, die wie schwere Schlachtschiffe übern blauen Himmel kreuzten. Wolken können sich verändern, können verrückt spielen, sich türmen und zerbrechen. Wolken können Regen, Hagel, Schnee und Blitz und Donner bringen. Die Sonne kann gar nichts.

Ich schwitzte wie die Sau, als ich Montagmittag die Halskette zurücklegen wollte. Erst lief alles nach Plan. Ich klingelte minutenlang, aber das Haus schien wie immer leer zu stehen. Ich kletterte auf den Balkon, knackte die Tür und legte die Kette unters Bett. Als ich wieder draußen war und mich gerade über das Geländer geschwungen hatte, sah ich den Hund. Den Hund und die Negerin.

Und genau hier endet mein Leben. *Because everything up to now is a story.*

Hier beginnt mein neues. *And everything after now is a story.*

Das Mädchen starrte mich an mit ihren dunklen Augen, voller Angst, aber auch ich hätt mich vor Schreck fast angepisst.

„Ach, du Scheiße, was hast du hier zu suchen?“ stammelte ich, aber sie konnte mich durch die geschlossene Tür nicht hören. Der Hund fing an zu kläffen, ich rutschte aus und fiel hinunter. Ich wollte aufstehen und flüchten, da fuhr der Schmerz wie n Blitz ins Knie, und ich konnte mich nicht mehr rühren.

Shit.

Ich hörte, wie die Balkontür geöffnet wurde. Das Mädchen beugte sich über das Geländer. Sie hatte Tränen in den Augen.

„Ich werde es überleben“, sagte ich und hielt mit schmerzverzerrtem Gesicht mein Knie. „Keinen Grund zu weinen.“

Sie sah mich an. Wie ein Kind, das noch nicht sprechen kann. Sie sah mich an, und mein Leben war nicht mehr dasselbe. Ist doch bescheuert, so was. Du siehst nem Menschen in die Augen, vielleicht nur für nen Augenblick, und alles ist anders. Dein Herz schlägt in nem andren Rhythmus und du schwebst davon. Unter dir die Scheiße und der Müll, der Alltag, der Schmerz, die verfickte Vergangenheit.

Verliebt sein, das ist das Größte. Das Beste. Das Geilste. Da kann kommen, wer will. Wer nicht dasselbe behauptet, war noch nicht verliebt. Ich brauch mir keinen Schuss zu setzen, um das zu wissen. Mehr geht nicht. Mehr ist auf dieser Welt, in diesem Leben einfach nicht drin. Verliebt sein, das ist das Größte.

„Alles klar?“ fragte ich.

„HIJUEPUTA!! WER BIST DU?! WAS MACHST DU IN MEINE AUS?!“ Sie stampfte mit dem Fuß auf den Boden, dass der Balkon nur so wackelte und der Hund anfing zu jaulen, als hätte sie seine Eier plattgestampft.

„Ich bin der Briefträger“, sagte ich kleinlaut, mehr zu mir selber als zu irgendwem.

„¡POR DIOS! DU ERSCHRICKST MIR ZU TODE!“ sagte sie, und hier in der grellen Sonne war ihre Haut nicht mehr ganz so schwarz, sondern eher kakaobraun. „WAS SUCHST DU AUF MEINE BALKON?!“

„Dornröschen. Ich bin der Prinz, der dich wach küssen soll.“

„Ich abe nicht geschlafen.“

„Ich abe aber geklingelt“, äffte ich ihre Unfähigkeit, „h“s auszusprechen, nach.

„Ich mache nie auf“, sagte sie. „Wer bist du?“

„OI! OI! OI!“

„Oi?“

„Rico Steinmann“, sagte ich und salutierte.

„Ich rufe die Polizei.“

„Dann verlier ich meinen Job.“

„Du warst auf meinem Balkon! Du bist eine … eine Verbrecher!“

„Einbrecher“, sagte ich. „Du meinst Einbrecher.“

Sie setzte den Hund ab, tippte in ihr Handy und hob es zum Ohr.

„Ey! So nen guten Postboten kriegst du nie wieder!“

Ich lag immer noch auf dem Boden, die Kleine verschwand, ich sah hinauf zum Himmel, da waren keine Wolken, da waren nur zwei Flugzeuge, die sich kreuzten, aber leider nicht gegeneinander knallten,

denn nur das hätte noch verhindern können, dass die Kleine die Bullen rief. Dabei wollte ich ihr doch nur die Halskette zurückbringen.
„ICH WOLLTE DIR DOCH NUR DIE HALSKETTE ZURÜCKBRINGEN!“
Es rumpelte da oben, und sie war zurück.
„Wo ist sie?“ fragte sie und zeigte mit ihrem Zeigefinger auf mich, als wolle sie mich damit erdolchen oder verwünschen. „¡Mamón! Wo ist meine Kette?“
„Unterm Bett“, sagte ich.

Wieder verschwand sie, wieder kam sie zurück. Sie hielt die Kette in Händen und lächelte. Für nen Moment lächelte sie. Und mit dem Lächeln war sie noch schöner. Sie hatte Feuer in den Augen, Feuer im Arsch, Feuer überall, sie war lebendig, sie war da. Wie kamen sie mir auf einmal lächerlich vor, die Plastikbräute in Fernsehen und Werbung mit ihrem künstlichen Lächeln und ihren künstlichen Titten. Die hier, dieses Mädchen mit ihren schwarzen langen Locken und den dunklen Augen, wischte sie alle weg.
„Krieg ich nen Finderlohn?“ fragte ich.
„Ich will dich se’en nie mehr“, sagte sie. „Komm nicht wieder in die Nä’e von diese Aus, sonst ich befehle Peluches dir zu jagen!“
„Aber ich muss dir doch die Post bringen.“
„Ich will dich se’en nie wieder ier. ¡Punto!“
„Bye, Bye“, sagte ich, klopfte mir den Dreck von den Händen und machte mich humpelnd auf den Rückweg zum Auto.

„Ge’ört der dir?“ rief sie mir nach, als ich fast schon um die Ecke war. Ich drehte mich um, sie hielt meinen Autoschlüssel in Händen, hielt den Arm ausgestreckt, als wäre der Schlüssel ne tote, stinkende Ratte. Ich nickte. Sie warf den Schlüssel hinunter, er landete in einem Busch, als ich ihn holte, zerkratzten mir die Dornen die Hände. Einige Stacheln blieben in der Haut stecken.
„Ich mach ab und zu Pause, auf dem Balkon. Dachte, hier wohnt eh keine Sau. Tut mir leid.“
Wir sahen uns in die Augen, ein bisschen zu lange.
„Ich bin Lena. Magdalena“, sagte sie, gar nicht mehr so böse. „Und du … du bist cabrón, denn du stiehlst Kette von mir!“
„Tut mir leid, das mit der Kette. Okay, ich hab sie geklaut. Aber … ey! Ich hab sie auch zurückgebracht. Schon Jesus sagte, eine verlorene

Seele, die umkehrt, ist ihm lieber als ein lahmarschiger Spießer, der immer nur das Rechte tut."
„Was du für Blödsinn redest."
„Du bist nicht von hier?"

Sie nahm den kleinen Köter wieder in den Arm. Er sah nicht so aus, als könnte er nen Skinhead durch den Garten jagen. Er sah nicht mal so aus, als könnte er Großtante Marlene durch den Garten jagen.
„Meine Mutter, sie ist aus México, mein Vater, er ist aus den United States. Ich bin gekommen nach Europa vor zwei Jahre und ich bleibe noch für zwei Semester. Ésta es la casa de mi tía. Das ist die Aus von meine Tante."
„Ich habe deine Tante noch nie gesehen."
„Ich deine auch noch nie."
„Ich mache immerhin schon seit einiger Zeit diese Route", sagte ich. „Aber so was wie ne Tante ist mir hier noch nie begegnet."
„Meine Tante, sie ist gestorben in Juni."
„Herbie ist auch im Juni gestorben", sagte ich und dachte mir dann: Shit, denn Herbie war Hatzes Ratte gewesen und der Vergleich war wohl nicht angemessen, aber sie fragte nicht, wer Herbie war, sondern wie ich in ihr Haus gekommen war, und ich gab ihr nen Tipp, wie sie ihre Balkontür besser sichern konnte.

Wir quatschten noch ne ganze Stunde, quatschten über alles Mögliche, quatschten, bis ein Polizeihubschrauber knapp über den Bäumen den Flusslauf auf- und abflog und der ohrenbetäubende Lärm jedes Gequatsche unmöglich machte. Ich sah sie an. Ganz lange. Und sie sah zurück. Ganz fragend. Als wolle sie wissen, ob ich das ernst meinte. Ich meinte es ernst. Verdammt ernst. Ich brachte kein Wort mehr heraus, ich wusste auch nicht welches, ich stand da und fraß sie mit meinen Blicken. Ich konnte nicht flüchten. Sie sah zu Boden, sie sah zur Seite, sie schloss die Augen. Nützte nichts. Nützte alles nichts. Und dann lächelte sie. Kapitulierte sie. Und wir schlossen heimlich einen Pakt. Auf dem Balkon vor der großen Linde in der heißen Herbstsonne. Verbündeten uns. Verliebten uns.

Der Hubschrauber zog wieder ab, wahrscheinlich waren wieder mal irgendwelche Besoffene aus Kasachstan mit Schlauchbooten unterwegs gewesen.

„Ich muss jetzt gehen, Magdalena."
„Lena", korrigierte sie mich. „Me llamo Lena."
„Ich werde dich Maga nennen", sagte ich.

Sie zuckte mit den Schultern und ich ging davon. Ich wusste, sie sah mir nach. Der Schmerz im Knie war auf wundersame Weise verschwunden. Als ich durch ihren Garten zur Straße kam, wollte ich ein Loch in den Himmel schlagen und all die Engel purzeln sehen, aber ich wusste nicht mehr, wo Himmel und wo Hölle war, und so legte ich mich mitten auf die Straße, um die Welt zu umarmen.

## 007

Als ich am Montagmorgen in der Schuhmannstraße einen eingeschriebenen Brief vom Landgericht zustellen musste, öffnete mir ein Mädchen im Morgenmantel. Sah ziemlich fertig aus, die Kleine. Ihre Haare standen in alle Richtungen, ihre Augen waren knallrot und die Ringe darunter tief und schwarz. Sie bat mich herein und bot mir was zu trinken an. Das Mädchen war total verstört, in der Küche knallten ihr zwei Gläser auf den Boden. Als sie die Scherben aufhob, schnitt sie sich in den Daumen. Ich wollte ihr helfen, aber sie schüttelte energisch den Kopf. In der Wohnung roch es nach Sperma und Möse und Alkohol. Als ich schließlich meinen Maracujasaft schlürfte, drehte sie sich um und ließ ihren Mantel fallen. In ihrem Arsch steckte ein kleiner, weißer Vibrator, der wie eine elektrische Zahnbürste aussah. Er flutschte heraus und fiel auf den Boden. Ich verschluckte mich, der Maracujasaft kam durch meine Nase wieder raus. Dann hörte ich Gelächter. Hinter dem Vorhang trat Doogie hervor. Er bog sich vor Lachen.
„RICO, RICO! OH MANN, RICO!"

Das Mädchen warf sich den Mantel wieder um, sie hatte Tränen in den Augen. Doogie umarmte mich, sein Mundgeruch war widerlich. Er trug nur ein T-Shirt. Darunter baumelte sein Riesenschwanz.
„Ich hab dich vom Fenster aus gesehen", sagte er. „Und da dachte ich, ich bereite dir ne kleine Freude." Er griff mir zwischen die Beine, fühlte meinen Ständer. Ich schubste ihn zurück. Er lachte noch lauter. Dann scheuerte er mir eine.

„Die Sau hat mir zwei Zähne ausgeschlagen", sagte er zu dem Mädchen, und er sagte es todernst. Doogies Stimmung konnte von einem Augenblick zum nächsten kippen. Wenn er getrunken hatte, war er unberechenbar. Genau wie die Penner hinterm Einkaufszentrum.

„Das ist zwei Jahre her, Doogie", sagte ich und hielt mir die rechte Wange.

„Na und? Die Lücke bleibt."

„Ich hätte dir auch zwei Beine ausreißen können. Dann würdest du jetzt auf deinen Eiern watscheln."

Doogies Zahnlücke ändert nichts daran, dass er verdammt gut aussieht. Er sieht so verdammt gut aus, dass man schwul werden könnte, bei dem Anblick.

„Mach mir ein Frühstück!" sagte Doogie, umarmte die Kleine, griff ihr an die Titten und setzte sich mit nacktem Hintern vor den Fernseher, um auf Eurosport ein Monstertruckrennen anzusehen. Wäre er mein Sohn gewesen, ich hätte ihn geblendet.

„EY! UND VERGISS DAS BIER NICHT, BABY!" brüllte er Richtung Küche.

Doogie hat alles verpfuscht. Schule, Lehre, Beruf, Vergangenheit, Gegenwart, Zukunft. Wäre es nicht wirklich gewesen, man hätte sich darüber totlachen können. Alles, was er konnte, war, Mädchen und Frauen aufreißen.

„Das war meine 77. Fotze!" sagte er zu mir, als die Kleine in der Küche verschwunden war. „Mein 77. Loch."

*Siebenundsiebzig*. Wenn man sich das vorstellte! Wenn man die Augen schloss und sich *das* vorstellte! 77 Bräute in einer Reihe, womöglich auf einem Fußballfeld, nackt, und die Nationalhymne singend. Mann, was hätte ich dafür gegeben, so ne Parade abschreiten zu dürfen. All die vielen Ärsche sehen und küssen. Ach, scheiß drauf. Ich hatte erst drei Mädchen, aber das war egal. Denn wenn ich an Maga dachte, wurde mir so richtig schwer und weh ums Herz, und ich bin mir sicher, dass Doogie noch niemals so etwas erlebt hat.

Am Abend erklärte mir Doogie im Rosetta, die Kleine mit dem Vibrator im Arsch sei die Tochter seines Ex-Chefs gewesen. Der rote Abdruck seiner Hand war immer noch auf meinem Gesicht zu sehen.

„Hat mich immer auflaufen lassen, die schwule Sau. Deshalb hab ich die Lehre geschmissen, verstehst du? Der hatte mich auf dem Kieker, weil ich n Fascho war. Nur deshalb hab ich die geknallt. Um der roten Hur n Photo von seiner Tochter zu schicken."

„Das ist doch krank."

Doogie kam jetzt so richtig in Fahrt. Er lächelte selig, und sein Blick war verklärt, als würde er nach zehn Bier zum ersten Mal Wasser lassen. „Die Schlampe hat nix gecheckt. Hab voll Karacho Musik aufgedreht und ihr die Augen verbunden. Danach bekam sie ne Karotte in die Möse und nen Dildo in den Arsch. Klick, klick, schon waren die Photos im Kasten. Hat erst geweint, weil sie es hasste, was in den Arsch geschoben zu bekommen. Musste ich n bisschen sülzen, bis alles wieder im Reinen war. Hab ihr versprochen, dass wir bald zusammenziehen würden und so n Mist. Dass sie vor dir nen Vibrator reinschiebt, das war n noch härterer Kampf. Das wollt die Lady nicht ums Verrecken. Naja, da musste ich halt von dem Photo erzählen. Hab ihr gesagt, Baby, wenn du nicht tust, was ich will, tapezier ich morgen deine Schule damit. Vom Keller bis zum Dach."

Ich fand es zum Kotzen, wie Doogie seine Mädchen behandelte. Und weil Doogie das wusste, erzählte er mir immer mit größter Freude jedes Detail.

„Zieh nicht so n Gesicht, Baby. Sie ist ne Schlampe wie alle Schlampen. Du musst die Fotzen verarschen, bevor sie dich verarschen. Fressen oder gefressen werden, das läuft in der Liebe nicht anders als im Leben. Die Prinzessin, von der du träumst, die gibt es nicht."

„Manchmal wünschte ich, ich hätte genauso wenig Gewissen wie du. Ist bestimmt leichter, so zu leben."

Das Rosetta war abgefuckt und am anderen Ende der Stadt, aber es hatte keinen Türsteher, und deshalb gingen die Jungs und ich dorthin. Der Chef hatte nichts gegen Glatzen. Buschel hatte gegen keinen Menschen was. Ihm war alles scheißegal. Wenn er betrunken war, hauten wir ab, ohne zu zahlen. Wenn wir betrunken waren, kassierte er für Dinge, die wir nicht getrunken hatten und auch nie trinken würden. Hatze nahm als Entschädigung hin und wieder ein paar Biergläser oder Stühle und so Zeug mit. Buschel rannte ihm dann nach, und sie schrien ne Weile auf dem Gehsteig rum. Nicht nur einmal hat Hatze den Typen dazu gebracht, ihm die Gläser wieder abzukaufen.

Wir kippten ein Bier nach dem anderen und grölten *Onkelz*-Lieder, als ein marokkanischer Rosenverkäufer das Lokal betrat. Keine Ahnung, was der da zu suchen hatte, denn die einzigen Frauen, die sich ins Rosetta verirrten, waren 50-jährige Huren vom Straßenstrich, die sich hier kurz aufwärmten. Doogie stellte ihm ein Bein, der Kerl fiel auf die Schnauze. Ich half ihm wieder hoch.
„Nazischwein“, zischte der Marokkaner und wollte auf Doogie los, ließ es dann aber bleiben und zog zum Nachbartisch.
„Hey du!“ rief ich ihm nach. „Wie viel kostet so ne scheiß Rose?“
Der Kerl sah kurz rüber, dann schnell weg.
„Davon kannst du doch nicht leben“, sagte ich zu Doogie. „Für das Geld, was der heute macht, kann er sich nicht mal Klopapier kaufen.“
„Vielleicht klaut er sich's ja auch bei Buschel, wie Hatze.“
„Das will mir nicht in den Kopf, wie man vom Rosenverkaufen leben kann.“

Doogie laberte weiter über seinen Way of Life. Über sein Gewissen oder besser: Warum es nichts bringt, eines zu haben.
„Wenn ich hin bin, bin ich hin, ob ich gut oder böse war. Warum nicht Spaß haben, solange man lebt? Kinder vergewaltigen, Juden vergasen, alles nur ein netter, kleiner Zeitvertreib.“ Doogie grinste. Nach dem zehnten Bier fing er immer an zu schielen, bekam nen Silberblick, dass einem ganz schwindlig wurde davon.

Ich zog mein Messer. Klappte es auf. Legte es auf den Tisch.
„Dann stich den Rosenheini ab. Ey, der hat dich Schwein genannt! Los, ramm ihm mein Messer in den Rücken. Ist doch eh alles nur Spaß!“

Er grinste immer noch. Sein Kopf wankte vor und zurück. Er nahm das Messer und folgte dem Rosenverkäufer. Er holte aus, ich sah die Klinge, aber er klappte das Messer im letzten Moment zu, und so landete nur seine Faust im Rücken des Marokkaners. Doogie kam zurück zum Tisch. Der Marokkaner fluchte vor sich hin. War n ziemlich kräftiges Kerlchen, konnte vielleicht sogar recht anständig boxen, aber was hilft das schon gegen nen Typen wie Doogie? Auf Doogie konnte man endlos eindreschen, den brachte nix um, der grinste bloß dämlich. Und wenn alle deine Kräfte verpufft waren, schlug er zurück, und dann Gnade dir Gott.
„Rico, du begreifst nicht“, sagte er. „Ich will nicht im Knast landen wie Hatze und von Kanaken geschmolzenen Plastik auf die Eier ge-

tropft oder nen Kleiderhaken in den Arsch gesteckt bekommen. Aber sei ehrlich, wie würdest du leben, wenn es keine Gesetze gäbe? Du wärst doch der erste von uns, der nen Penner totschlägt. Du wärst der erste, Rico!“

Um Mitternacht standen wir am Fluss und ballerten mit Opas Beretta Bierdosen tot. Mit der Knarre fühlte ich mich wie Robert de Niro in „Taxi Driver“. Unendlich cool. Als die Polizei das Ufer mit Scheinwerfern ausleuchtete, waren wir längst verschwunden.
„Ich muss nach Hause“, sagte Doogie, und der Sabber hing in seinen Mundwinkel. „Theresa wartet.“
„Ich dachte Conny?“
„Die auch.“

Doogie stieg in die Bahn, er winkte mir zu, dann setzte er sich auf die andere Seite neben eine hübsche Blondine.

Ich hielt die Pistole an die Schläfe und schloss die Augen. Eine kleine Bewegung, und die ganze Scheiße war vorbei. Nie war es so einfach. Nie so verlockend. Eine kleine Bewegung hieß: Nie mehr um halb sechs aufstehen, nie mehr Briefe, Päckchen, Werbesendungen austragen, nie mehr schlaflose Nächte, weil die Autos und die Kanaken in der Wohnung über mir und neben mir und unter mir lärmten, nie mehr mit den Pennern beim Einkaufszentrum streiten, nie mehr von Bullen auf den Boden geworfen werden, weil du nem Wichser eins aufgelegt hast, nachdem er Kindern auf Fahrrädern Bierflaschen nachgeworfen hat.
Nie mehr. Diese ganze Scheiße. Diese verzweifelte Wut in dir.

Ich denke oft an Selbstmord. Ich denke öfter an Selbstmord als an sonst was. Zu leben ist wie eine Braut zu lieben, die man niemals kriegt. Leben ist Leiden. Warum länger leiden? Weil's da n Baby in der Gutenbergstraße gab, deshalb! Scheiß auf den Job, den Frust, den Dreck! Solange es Mädchen und Bier gibt, gibt es keinen Grund zu gehn! Und überhaupt: Wer kann einem schon garantieren, dass die nach dem Tod nicht noch viel mehr Scheiße mit uns vorhaben? Keiner. Keiner weiß was. Der verdammte Sokrates war der klügste Mensch aller Zeiten. Weil er gecheckt hat, dass man gar nichts wissen kann. Eigentlich paradox, oder nicht? Der Klügste ist der, der checkt, dass er n Dummkopf ist. Ein Dummkopf ohne Hoffnung auf Besserung, ein Dummkopf auf ewig.

## 008

Über Nacht fiel der Herbst ins Land. Er kommt jedes Jahr über Nacht, wie ein Dieb, nur dass der Dieb sich wieder davonmacht und der Herbst bleibt. Am Tag zuvor waren wir noch Baden, im Baggersee bei der alten Militärbrücke. Und jetzt war Herbst. Auf dem Parkplatz standen die Pfützen, und in den Pfützen schwammen die Blätter.
Und ich war verliebt.

Als ich das Zeug ins Postauto lud, erkannte ich die Welt nicht wieder. Sie schien um Jahre gealtert und den letzten Rest an Farbe verloren zu haben. All die Menschen waren verschwunden. Das Land war wie ausgestorben. Es war, als hätte der Herbst seinen großen Arsch auf diese Stadt gesetzt und würde gar nicht daran denken, auch nur einen Zentimeter zu weichen.
Und ich war verliebt.

Der Wind war kalt, der Regen lästig. Ich mochte den Regen, aber nicht, solange ich arbeitete. Die Unterschriftenlisten waren nach fünf Minuten unleserlich und die Scheiben des Autos beschlagen. Ich drückte alle möglichen Knöpfe, aber nichts geschah. Stundenlang musste ich im Blindflug ein- und ausparken. Ich stieß nen Motorradfahrer nieder, er rappelte sich hoch und hüpfte vor meinem Auto auf und ab. Ich winkte ihm zu und fuhr weiter. Nach einer halben Stunde hatte ich ihn abgehängt.

Maga war leider nicht zu Hause. Und mit einem Schlag wurde aus dem himmelhoch jauchzend ein zu Tode betrübt.

Freitagabend gab's nur eins: Feiern bis zum Reihern. Anstoß war pünktlich um sechs im Bunker. Vorher hab ich mir immer die Haare rasiert, geduscht und ne Pizza verdrückt. Im Bunker, da haben wir die ersten zwei Kisten vernichtet, und dann ging's ab in die verfickte Stadt.

Zwei-, dreimal im Monat fuhren wir auf ein Ska- oder Oi!-Konzert. Und zwei-, dreimal im Jahr fuhren wir auf ein *Onkelz*-Konzert. Auch

wenn die *Böhsen Onkelz* längst keinen Oi! mehr spielten, waren sie immer noch die Größten für uns. Wir wären keine Skinheads geworden, hätte es die *Onkelz* nicht gegeben, diese ersten beiden Scheiben, „Der nette Mann" und „Böse Menschen, böse Lieder". Warum sie sich vom Skinheadkult verabschiedeten, haben wir nie verstanden. Sie hätten den Nazi-Skins die Stirn bieten müssen. Sie hätten den wahren Kult verteidigen müssen. Einmal hab ich Kevin erwischt, bei nem Soundcheck in Karlsruhe. Hab ihn genau das gefragt, warum sie ausgestiegen sind und so. Ihr hättet die Bastarde ficken müssen, hab ich gesagt, ihr hättet Skins bleiben müssen, allen Nazis zum Trotz, aber ehe Kevin die Klappe aufmachen konnte, hatte mich so n Gorilla auch schon am Kragen und warf mich raus.
„KEVIN!" hab ich gerufen. „WIR MÜSSEN DAS KLÄREN! WAR'S WEGEN DEM GELD? WAR'S WIRKLICH WEGEN DEM GELD? KEVIN! KEEEVIIIIINN!!"

*Onkelz*-Musik ist Hassmusik. Wenn ich wen hasse, so richtig hasse, mit Leib und Seele hasse, und dann die *Onkelz* höre, dann hass' ich das Schwein danach nicht mehr oder ich bring es um. Nichts dazwischen. Entweder der Hass ist weg oder der Kerl. Ich schwör, da gibt's nichts dazwischen.

Als ich vor dem Block auf Hatze wartete, prasselte der Regen mit solcher Wucht herunter, dass ich fürchtete, es wären Steine, die vom Himmel fielen, und mir voller Panik die Bomberjacke über den Schädel zog. Nach zehn Minuten hätten sich in meiner Unterhose Büffelhorden ertränken lassen.

Und so stand ich an der Straße, die sich wie eine Wüste auszubreiten schien. Gierig fraß sie sich durchs Land. Wurde breiter und breiter. Aus vier Spuren wurden sechs, aus sechs wurden acht. Bauen statt Stauen, das ist nicht nur ne hohle Phrase, Bauen statt Stauen ist längst Realität. Die Lkws donnerten mit einer Entschlossenheit vorbei, als müssten sie Soldaten an die Front bringen.

Zwei Prostituierte standen leichtbekleidet unter einem Haltestellehäuschen. Sie waren jung und hübsch, hatten eine dunkle Haut, genau wie Maga. Sie schienen auf ein Auto zu warten. Hin und wieder lief eine der beiden auf die Fahrbahn. Ich stellte mir vor, Maga wäre eine dieser Nutten, Maga würde auf ein Auto warten. Der Gedanke ließ meine Hände zittern. Ich sprang in eine Pfütze, der Dreck spritzte mir bis zum Arsch.

Schließlich kam das Auto, ein großer schwarzer BMW mit Frankfurter Kennzeichen. Die Mädchen stiegen ein, ich rannte auf die andere Straßenseite, klopfte an die Fensterscheibe auf der Fahrerseite. Das Fenster ging auf, ein Mann um die 50 sah mich fragend an. Ich sagte nichts, ich hielt ihm nur die Beretta vor die Fresse. Ich sah Maga, wie sie vor ihm kniete, seinen Schwanz in ihrem Mund. Ich wollte seinen Schädel zerfetzen, seine Augen platzen sehen, ich wollte hören, wie er nach seiner Mama schreit. Keine Ahnung, warum ich nicht abgedrückt habe. Alles in mir hat danach geschrien. Tu's! Tu's! Nun mach's schon! Sei kein Feigling! Fick das Schwein! Fick es! Fick es! Fick es! Aber ich ging nur einen Schritt zurück und das Auto raste davon. Ein anderes Auto hielt, der Fahrer schrie mich an. Was ich denn mit dem Scheißding auf der Straße wolle, ob ich völlig verrückt geworden sei.

„Hallo Hatze", sagte ich und steckte die Beretta wieder weg.

„Eines Tages landest du im Knast", sagte er, nachdem ich eingestiegen war. „Eines Tages legst du einen um."

„Ich weiß", sagte ich.

„Ich war im Knast, Rico. Das war die Hölle."

„Manchmal muss man töten. Manchmal kann man nicht anders. Sonst frisst einen die Wut auf. Und das ist schlimmer als Knast."

Hatze beruhigte sich wieder, legte den rechten Arm um meine Schultern, während er mit der linken Hand lenkte und immer wieder wie blöde hupte, sobald er nen Rock aufm Gehsteig sah.

„Ich hab schon zu viele Kameraden hinter Gittern verschwinden sehen", sagte er. „Will nicht auch noch meinen Kleinen verlieren. Bist doch wie n Sohn für mich." Er packte meinen Schädel und schüttelte ihn durch. Im Auto stank's nach Diesel. Genau wie in meiner Postkarre. Den Dieselgeruch wurdest du den ganzen Tag nicht los, und wenn du am Abend in die Heia hüpftest, hattest du immer noch diesen Geruch in der Nase.

„Erzähl mal vom Knast", sagte ich.

„Vergiss es."

„Stimmt das mit dem geschmolzenen Plastik?"

Hatze machte eine Vollbremsung. Der Beifahrersitz hatte keine Nackenstütze und mein Kopf wär beinahe abgebrochen.

„Arschloch!“ sagte ich und rieb mir den Nacken.
„Wer hat dir diese Scheiße erzählt?“
Ich zuckte mit den Achseln und schob eine Kassette in den Rekorder.
*„I want all you skinheads to get up on your feet, put your braces together and your boots on your feet and give me some of that old moonstomping, are you ready? Start stomping! YEAH, YEAH, YEAH, YEAH, YEAH, YEAH, YEAH, YEAH, YEAH!!!“*

Kurz vor dem Bahnhof staute sich alles. Busse, Straßenbahnen, Lkws, Autos, Motorräder und wir. Nix ging mehr.
„Hast du mal 150 Euro?“ fragte Hatze. „Ich bin blank.“
„Du schuldest mir noch 400, Hatze. Mindestens!“
„Ey Baby, das ist längst verjährt!“ Er hielt seine rechte Hand auf und lächelte.
„Die sollte man dir absägen“, sagte ich und kramte in der rechten Tasche der Bomberjacke nach ein paar zerknitterten Scheinen.
„Nächste Woche fang ich bei nem Zustelldienst an. Dann verdien ich endlich wieder Kohle. Danke, Rico, du bist n echter Kamerad.“
„Was stellst du zu? Pizzas? Drogen? Weiber?“
„Fressen. Für die Alten im Heim.“

Hatze hatte dunkle Flecken auf seinen Händen, seinen Armen, sogar in seinem Gesicht. War mir schon im Stadion aufgefallen, aber ich hatte keinen Bock, ihn nochmals nach seiner Zeit hinter Gittern zu fragen.
„Wir müssen noch Locke abholen“, sagte er, und ich war recht froh darüber, bald zu dritt in der Karre zu sitzen.
„Kannst du mir erklären, wo wir den abholen sollen? Soviel ich weiß, lungert der seit zwei Monaten auf der Straße rum.“
„Locke geht nicht verloren.“

Ich wollte die Musik lauter drehn, fand aber den Lautstärkeregler nicht. Hatze sah mich an, verdrehte die Augen und drehte an einem Knopf. Das ganze Auto vibrierte von dem hämmernden Bass. Obwohl es arschkalt war, trug Hatze kurze Hosen und ein ärmelloses T-Shirt.

Wir fanden Locke vor dem Kiosk beim Bahnhof. Er stahl gerade einen Stapel *Bildzeitungen* und wir verfolgten ihn. Auf seinem Hals prangte eine riesige Spinne.
„Leck mich am Arsch!“ sagte Hatze. „Was hat denn der an seinem Hals?!“

Als Locke auf der Flucht vor uns in eine Seitengasse einbog, öffnete ich die Tür und brüllte ihm nach. Weil er sich nicht umdrehte, nahm ich die Beretta und schoss in die Luft. Er blieb stehen, nahm die Arme hoch. Wir pissten uns fast an vor Lachen.

„Oi! Oi! Oi! Ihr verdammten Arschwichser!" sagte Locke außer Atem, als er in die Karre stieg.

„Sieht aus, als würde ein Rieseninsekt an dir kleben und dein Blut saugen", sagte ich.

„Hä?"

„Das Ding an deinem Hals."

„Geile Tätowierung!" lachte Hatze. „Echt geil!"

Hatze fuhr los und ich beobachtete Locke im Rückspiegel. Er sah immer ernst drein. Ich habe ihn nie lachen gesehen.

„Warum klaust du eigentlich Zeitungen, wenn du eh nicht lesen kannst?"

„Brauch ich zum Arschabwischen. Hab seit Tagen kein Scheißpapier mehr."

„Such dir halt nen Job", sagte ich und bekam dafür seine Knie in den Rücken gestoßen. Locke arbeitete nicht gerne, und hatte er mal nen Job, war er ihn bald wieder los oder die Firma ging Pleite.

Locke hat 59 Tätowierungen. Locke hat Hepatitis C. Die Ärzte geben ihm noch zehn Jahre. Ich habe nur vier Tattoos, aber ich wäre froh gewesen, noch zehn Jahre zu leben. Tschernobyl hat Lindau voll erwischt. Roter Regen kam vom Himmel, als wär überm Bodensee ne Atombombe explodiert. Knallrot war der Regen und brachte uns die Asche aus Tschernobyl. Opa sagte, das Rot wär Sand aus der Sahara, und wir sind dann draußen rumgerannt mit offenem Mund. Wollten den Wüstensand schlucken, die große weite Welt schmecken. Werd ich nie vergessen. Wie uns die Wichser angelogen haben. Dass das alles nicht gefährlich sei. Dass unsere Kernkraftwerke sicher wären. Sicher wie nur irgendwas. Glaubt nichts! Ich sag's euch. Glaubt nichts. Überall Lügen, überall stinkt's nach Lügen. Nach Blutsaugern. Macht kaputt, was euch kaputt macht. Sie oder du, es gibt kein Erbarmen, keinen Kompromiss. *You can't fool me again, you can't fool me again and again*.

Wir fuhren durch das Gewerbegebiet zur Stadt hinaus und mir wurde wieder mal bewusst, wie hässlich Kasachstan war und wie schön es dort gewesen war, wo ich aufgewachsen bin. Ich wusste nicht, wie lange ich dieses Grau noch ertragen würde, wenn ich das Grün so sehr vermisste. Lieber dort sterben als hier leben.

Als die *Onkelz* kurz nach neun die Bühne betraten, lief es mir eiskalt den Rücken runter. Vielleicht weil Doogie mir ne Bierdusche verpasste. Nein, schuld waren die *Onkelz*, denn als Kevin zu singen begann, füllten sich meine Augen mit Wasser. Ich warf mich in die pogende Masse. Wir sprangen rum, wir schubsten uns, wir schlugen uns, wir brüllten, als würden wir abgestochen. Irgendwann verloren wir uns in der Masse. Der erste Ellbogencheck streckte mich zu Boden, und ich schluckte Blut. Ich sang jede gottverdammte Zeile mit. *„WIR WAREN JUNG UND STOLZ, HATTEN NICHTS ZU VERLIER'N, DIE ERSTEN TATTOOS, DAS ERSTE MAL RASIER'N."*

*Onkelz* und Oi!, das ist wie Kotzen, Kotzen mit Stil. Oi! kannst du nicht 'hören'. Mozart kannst du hören, Miles Davis, die *Beatles* und Robbie Williams von mir aus, oder auch José Carreras. Aber nicht Oi!. Oi! musst du leben, Mann. Oi! ist wirklich, ist hart, brutal. Oi! hat was mit den Stiefeln zu tun, denn Oi! ist ganz nah am Asphalt. Am Dreck, am Gestank, an der Scheiße. Oi! ist Leben, unser Leben, nichts Entrücktes, Fernes, Verlogenes. Oi! ist der Faustschlag in die Fresse. Direkt und kompromisslos, einhundert Prozent. Und auch wenn's mir im Moment gut geht – das Leben ist scheiße, ist nicht so wie in Filmen und Büchern und Träumen. Leben ist kacke, besteht aus vielen Stunden Alltag und Frust und Schmerz. Aber Oi! gibt dir die Hoffnung und ein bisschen von dem Spaß zurück, den sie dir versuchen zu stehlen, Tag für Tag.

Nach dem Konzert traf ich Hatze auf dem Klo wieder. Er paffte, der Rauch qualmte ihm aus sämtlichen Körperöffnungen. Das grelle Licht der Neonröhren machte mich blind. Wir pissten gleichzeitig in dieselbe Schüssel, aber irgendwie trafen wir nicht mehr. Ich pisste ihn an, er pisste mich an, aber an so nem Abend war das scheißegal. Ich erzählte ihm von Maga. Ich beschrieb ihm, wie sie aussah, wie wir uns kennen gelernt hatten und dass wir bald ein Paar sein würden. Ich war so heiser, dass jedes Wort schmerzte, als müsste ich n Kind zur Welt bringen.
„Mich hat's noch nie so erwischt, Hatze. Noch nie."

Er sah mich an, als hätte ich ihm in seinen Bierbecher gepisst, der auf der Spüle stand, dabei waren nur ein paar Spritzer darin gelandet.

Als wir vor dem Waschbecken Schlange standen, fragte er mich: „Hab ich dich recht verstanden? Diese Lena ... ich mein … das ist wirklich ne … ne Negerin?!“

„Nein, also ... schwarz ist sie nicht, aber ... na ja … äh, ziemlich dunkel.“

Hatze klatschte in die Hände, als wollte er die fetteste Stechmücke der Welt fangen. Er sah mich spöttisch an.

„Ist das ein Problem?“ fragte ich.

„Von einer Bimbobraut lass ich mir nicht mal einen blasen, wenn sie dafür bezahlt!“ sagte er und gab mir eine Kopfnuss. Er steckte seinen kahlen Schädel unter den Wasserhahn und rotzte und spuckte so lange, dass ich mich schon verpissen wollte, aber er deutete mit einer Handbewegung, ich solle bleiben.

„Solange ich der Boss bin, kommt mir keine Bimboschnalle in den Bunker, verstanden?!“ sagte er, nachdem das Waschbecken voller Blut- und Rotzflecken war. „KAPITSCHI?!“

Ich nickte. Ich hätte nicht nicken dürfen. Ich hätte mir eher den Kopf abreißen als nicken dürfen. Aber ich nickte. Weil ich dachte, ich würde das schon hinkriegen, irgendwie. Hatze war kein Nazi. Doogie auch nicht. Ari? Niemals. Nur Locke haben sie zweimal wegen so nem Nazischeiß verurteilt. Hat auf ner Parkbank SS-Lieder gegrölt und die Bullen mit „Heil Hitler!“ begrüßt. Und er war auch heut als einziger nicht in die Halle gekommen, weil er weiße Schuhbänder trug.

„Warum nicht, verdammt?“ fragte er den Security-Typen, denselben, bei dem ich kurz zuvor die Beretta in der Bomberjacke durchgeschmuggelt hatte.

„NAZIS BLEIBEN DRAUSSEN, KAPIERST DU NICHT, DU IDIOT?!“

„Ich bin kein Nazi!“

„Warum die weißen Schuhbänder?“

„Weil’s besser aussieht! Weil’s einfach geiler aussieht, du Arsch!“

Wir sind Skins, keine Adolf-Hitler-Fans. Hatze ist kein Rassist, aber er sieht es als Schwäche an, sich allzu gut mit Ausländern, Schwarzen, Schwulen oder Linken zu stellen. Er hat einen Ruf zu verlieren! Der Boss einer Skinheadgang zu sein. Deutscher zu sein, härter als hart zu sein. Jedes Zeichen von Schwäche schadet seinem Ansehen.

Wir gingen zum Abschluss noch zum endgültigen Festplattenlöschen ins Rosetta, wo Buschel Hatzes Autoschlüssel einkassierte, weil Hatze zwei Tage zuvor zwei Barhocker und das Clockwork-Orange-Poster von der Klotür geklaut hatte. Also nahmen wir ein Taxi nach Hause. Beim Autostoppen würden wir eher überfahren als mitgenommen.

Ich saß vorne, lehnte meinen Kopf an die Fensterscheibe. Ich durfte nicht an den nächsten Morgen denken, an das Aufstehen, den Kater, die 97 Zeitungen, die auch am Samstag zugestellt werden mussten. Nur nicht denken. Augen zu und schlafen, für immer schlafen, einfach nur schlafen.

Die Stimme des Taxifahrers weckte mich: „Wenn ich was zu sagen hätte, ich würde die Bimbos zusammentreiben und erschießen."

Ich rülpste. Er musterte uns.

„Ihr seid Rechte, stimmt's?"

Ich rülpste noch mal.

„Nazis mein ich. Ihr seid doch Nazis? Mit den Glatzen und so. Ich weiß Bescheid. Ich hab nichts gegen Nazis. Im Gegenteil."

Ich hab geschrien, er solle sein gottverdammtes Maul halten, und als er dann trotzdem die Klappe aufriss, hab ich die Beretta rausgeholt und ihm genau auf die Eier gezielt. Der Wichser hat die Beine auseinander gerissen, ne Vollbremsung hingelegt und nach dem Funk gegriffen. Wollte die Bullen rufen, der scheiß Kanake, ließ sich gar nicht davon abbringen, die Bullen zu rufen.

Hatze hat mir eine gescheuert, dem Typen den Funk aus der Hand gerissen und ihn ne Weile bearbeitet.

„Wenn du die Bullen rufst, hetzen wir sämtliche Skins der Stadt auf dich, das schwör ich dir! Du wirst nie mehr eine ruhige Nacht verbringen. Wir ficken deine Frau, deine Kinder, dein Auto ... und vor allem ficken wir dich."

Dem Taxifahrer wurde ganz anders.

„Das ist nur ne Schreckschusspistole", sagte Hatze langsam und deutlich, als spreche er zu einem kleinen Fratz. „Unser Rico wollte dir nur nen kleinen Schreck einjagen. Weil seine neue Flamme ne Negerin ist, deshalb. Unser Rico, der hat's nicht gern, wenn wer über Bimbos lästert." Er warf ihm ein paar Scheine auf den Schoß.

„Wer hat dir ins Gehirn geschissen?" sagte Hatze, als wir alle drei auf der Straße standen. „Bist du völlig durchgeknallt? GIB MIR SOFORT DAS SCHEISSDING ODER ICH KLOPF DICH WINDELWEICH!"

„Du hast dem Nazi mein Geld gegeben", sagte ich. „Bist du bescheuert? Mein Geld für diesen Nazidreck!"
Hatze war kurz davor, mir ein paar Zähne auszuschlagen, und deshalb gab ich ihm die Waffe.
„MEIN GELD DIESEM SCHWANZLUTSCHER!"
„Sag heute besser nichts mehr, du!" sagte er und verschwand mit Locke und Doogie über die andere Straßenseite.
„VON MIR KRIEGST DU KEINEN CENT MEHR! DAS WAR DAS LETZTE MAL!"
brüllte ich ihm nach.
„GEH DEINE BIMBOFOTZE LECKEN!"
„UND DU DEINE MUTTER!"
„DA MUSS ICH WENIGSTENS KEINE ANGST HABEN, MIR WAS ZU HOLEN!"
*„HU-! HU-! HU-! HURENSOOOHN! HURENSOOOHN! HURENSO-HO-HOHN!"* sang ich. *„HU-! HU-! HU-! HURENSOOOHN!"*
„NEGER HABEN ALLE AIDS!"
„ICH LIEBE AIDS! ICH BIN VERRÜCKT NACH AIDS!"

Danach versagte meine Stimme. Ich war so heiser, dass ich keinen Pieps mehr raus bekam. Auf die weiteren Schmährufe der Jungs antwortete ich mit dem Wurf eines Mülleimers, der knapp neben den Jungs aufschlug, worauf mich Hatze und Locke bis zur Haustür verfolgten, aber ich war schneller.

Ich konnte lange nicht einschlafen. Die Kanaken über mir lärmten. Die Decken und Wände waren dünn, waren gar nicht vorhanden. Der Mann schlug die Frau, ich hörte, wie erst Geschirr und dann ihr Körper auf den Boden knallte, wusste, dass er mit den Füßen nachtrat. Sie brüllte, als würde er sie häuten, und es hätte mich nicht gewundert, hätte der Kerl das wirklich getan. Ich rief die Bullen schon lang nicht mehr. Beim letzten Mal hat die Jugoschlampe den Bullen beinahe die Augen ausgekratzt, obwohl ihr das Blut nur so aus dem Mund schoss und ihre Nase völlig verbogen war.

Ich vergrub meinen Kopf in meinem Kissen, aber es nützte nicht. Als es dann endlich ruhig war und ich endlich einnickte, klopfte jemand ans Fenster. *Tipp, tipp, tapp.* Ich sah hinaus, es regnete. Dunkle Tropfen fielen von einem dunklen Himmel in eine dunkle Welt. Ich stand auf, öffnete das Fenster. Ein Windstoß nahm mir für einen Augenblick den Atem.

Ich liebe den Regen und die Dunkelheit. Den Sturm und den Donner. Alle lieben die Sonne. Den Strand und das Meer. Ich hätte die Sonne am liebsten vom Himmel geschossen. Sie mit den Füßen zertreten. Fick die Sonne. Fick die Menschen, die sie lieben.

## 009

Am Montagmorgen, auf dem Weg von unsrem Block zur Bushaltestelle, holte mich so n Jeep, so n verdammter *Land Rover,* wie ihn in letzter Zeit immer mehr Leute in der Stadt fahren, von den Beinen. Er kam von links, war hundertmal zu schnell, ich hatte keine Chance. Keine Ahnung, ob die Fußgängerampel auf Rot oder Grün geschaltet war. Ich mein, kannst du dir vorstellen, wie schwer es ist, dort über die Straße zu kommen? Ich hatte keine Zeit, einen Tunnel zu graben, und die Ampel weigerte sich seit Jahren, von selbst grün zu werden. Da musstest du so nen gelben Knopf drücken, aber das hatte gar keinen Sinn. Da konnte man zehn Minuten warten, und vor lauter Warten verpasste man den Moment, da es für wenige Sekunden grün wurde. Klar drückte ich, wenn da so n verschissener Balg stand, aber das letzte Mal, dass hier n Kind gestanden hat, ist es platt gefahren worden. In den folgenden Monaten schaltete die Ampel sofort bei Knopfdruck um, aber der ADAC protestierte, weil der Verkehrsfluss ins Stocken kam, und ein protestierender ADAC ist mächtiger als irgendwas.

Ich sah also nach links und rechts und ging los. Im nächsten Augenblick checkte ich, dass dieser schwarze Monsterjeep in einem Höllentempo auf mich zuraste. Ich streckte noch wie zum Schutz die Arme aus, aber da lag ich auch schon auf dem Asphalt und hörte zwei alte Funzeln schreien. Ich rappelte mich hoch, nichts tat mir weh, ich wusste, ich war davongekommen, würde nicht im Rollstuhl landen. Der Fahrer machte keine Anstalten, sein Auto zu verlassen. Er gab Gas und fuhr an mir vorbei. Selbst wenn ich tot gewesen wäre, hätte er bleiben können. Kein Gericht hätte ihn hart bestraft, weil es keine Sünde ist, mit dem Auto zu rasen. In sämtlichen Radiostationen werden Autoraser täglich vor Geschwindigkeitskontrollen gewarnt. In Deutschland hat jeder Bürger das Recht, Menschen zum Krüppel zu fahren.

Die Leute starrten mich an, die Leute in den Autos, die Leute auf dem Gehsteig, die Leute in den Häusern. Alle starrten auf mich. Drei Rotznasen mit Baseballkappen lachten.

„Boah äh, geil!"

Und dann bemerkte ich, dass ich blutete, im Gesicht. Und dass die Ellbogen brannten. Und das linke Hosenbein zerfetzt war.

Fünf Minuten später waren die Bullen da, aber alle Zeugen verschwunden. Einer der Bullen, der umherging wie John Wayne und aussah wie Michael Ballack, kaute Kaugummi und hörte gar nicht zu, was ich sagte.

„Bist wohl bei Rot über die Ampel, hä?"

„Verdammt, nein. Es war grün!"

„Das sagen alle", sagte dieser Arsch mit Ohren, der eine Sonnenbrille trug, obwohl die Erde schon seit Tagen keine Sonne mehr gesehen hatte. „Ich kann dir gar nicht sagen, wie viele Fußgänger wir jeden Tag dabei erwischen, wie sie bei Rot über die Straße watscheln."

„Habt ihr nichts Besseres zu tun, als Fußgänger auf den Kieker zu nehmen?"

„Ist nicht dein Problem, oder?"

„Diese scheiß Yuppiesau hat Fahrerflucht begangen", sagte ich und spuckte auf den Asphalt. „Die Bonzen rasen mit ihren Riesenkarren durch die Straßen, warum tut ihr nichts dagegen? Jeder von denen hat ein Handy am Ohr, das ist verdammt noch mal verboten! Warum tut ihr nichts dagegen? Weil's Bonzen sind? Uns habt ihr schon aufm Kieker, wenn wir nur schon auf den Gehsteig pissen."

Der Bulle grinste zu seinem Kollegen, der gerade irgendeinen Witz über Neger machte. Der Penner hörte mir gar nicht zu! Ich packte ihn am Arm, worauf er meine Hand sofort abschüttelte.

„Vorsicht!" sagte er und hob drohend den Zeigefinger. „Mach das nicht noch mal!"

„DAS WAR FAHRERFLUCHT!"

„Hm."

„Ihr Bullen seid immer auf Seite der Starken, hab ich nie anders erlebt."

„Ja, ja", sagte er und schaute zum Himmel, als würden dort die Engel ihm zu Ehren um die Wette trompeten.

Ich ließ die beiden einfach stehen. Ich beschloss, von nun an auf meinem Weg zur Arbeit und zurück eine entsicherte Granate in meinen Händen zu halten, denn falls mich so ein dreckiger, verpisster Yuppiehurensohn in einer dieser Safarikisten mal erwischen sollte, dann wollte ich erleben, wie es seinen Schädel zerfetzt, seine Eierdurch die Luft gewirbelt werden und sein Arschloch mit nem Knall für immer von dieser Erde verschwindet.

Im Postamt erzählte mir Edde, dass eine Gruppe Boneheads auf der Heimfahrt vom *Onkelz*-Konzert nen Afrikaner im Zug halbtot geschlagen hatten. Sie hätten auf ihn eingetreten, als er längst am Boden lag. Volle Pulle mit den Stahlkappen in die Fresse, in die Rippen, in die Eier.

„Sein Gesicht ist demoliert. Alles gebrochen, keiner weiß, ob er überleben wird, und ob das in seinem Zustand überhaupt wünschenswert wäre."

„Und?" fragte ich Edde. „Was geht mich das an? Ich bin Skin und sie sind Skins, aber keiner kann es wem verbieten."

Er verstand nicht.

„Es ist ganz einfach: Mit diesen Bastarden haben wir genauso wenig zu tun wie mit den Normalos. Es ist scheißegal, was wir sind. Immer werden irgendwelche Typen, die genauso aussehen, völlig anders sein als wir."

„Ich versteh nicht, warum er sich wie ein Nazi kleidest, wenn er kein Nazi sein will", sagte Edde.

„Der Skinheadkult ist in den 60er Jahren in England entstanden, Edde. Die Skins damals haben Reggae gehört. Haben mit Schwarzen getanzt! Das waren keine Nazis!"

„Die Mafia war ursprünglich Schutzmacht für die armen Landarbeiter. Was ändert das daran, was sie heute ist?"

Ich gab es auf. Es ist sinnlos, von Laurel Aitken zu erzählen, wenn die Zeitungen nur von *Störkraft*, *Endsieg* und den *Zillertaler Türkenjägern* schreiben. Zum ersten Mal war ich von Edde enttäuscht. Aber mein Ärger wich der Aufregung, als ich dieses dicke Kuvert in die Hände bekam. Post für Maga. Aus New York. Eine verfickte Männerschrift. Ich

stand im Hinterzimmer des Postamts und hielt es in meinen Händen, ganz ehrfürchtig.
„Manchmal würde man seine Seele verkaufen, nur um bestimmte Dinge zu wissen“, sagte ich, mehr zu mir selbst als zu Edde, der gerade am Computer n Telegramm schrieb.
„Er muss nicht seine Seele verkaufen, um einen Brief zu öffnen, ohne dass es jemand merkt“, sagte er.

Acht Stunden später hielt ich in Eddes Bude ein zerfetztes Kuvert in den Händen. Im Topf vor mir brodelte das kochende Wasser, daneben stand eine Flasche Vogelbeerschnaps.
„Verdammte Scheiße!“ fluchte ich und nahm einen kräftigen Schluck von dem Schnaps. Das Zeug brannte in der Kehle wie Geschirrspülmittel.
„Er hätte mich lassen sollen“, sagte Edde, der am Küchentisch saß und in einer Zeitschrift ein Kreuzworträtsel ausfüllte. „Sein Vorgänger hat mehr Briefe geöffnet als zugestellt. Mit kochendem Wasser geht das ganz leicht.“
„GANZ LEICHT?! Oh Mann, Edde, ich geb dir gleich ‘ganz leicht’. Wie soll ich den jetzt wieder zusammenflicken?!“
„Autor des Weltbestsellers ‘Der Alchemist’, sechs Buchstaben?“
„Wie soll ich den jetzt noch zustellen, Edde?!“
„Einer von 100 Briefen in der EU geht verloren. Hab ich erst letzte Woche im *Spiegel* gelesen“, sagte Edde.
„Scheiß auf den *Spiegel*. Scheiß auf die EU. Die Kleine kann sich doch ausrechnen, dass ich den verschlampt hab. So wie ich die angestiert hab, letztes Mal.“
„Autor des Weltbestsellers ‘Der Alchemist’, sechs Buchstaben, der dritte ist ein ‘e’.“
„Coelho. Mit ‘h’ nach dem ‘l’.“
„Ist das Buch gut?“
„Wenn du schwul bist, ja.“

Den Rest des Abends zog ich mit Ari um die Ecken. Ari ist Skin, seit ich ihn kenne, und wahrscheinlich noch viel länger. Wenn Hatze das Hirn und Locke das Arschloch der Truppe waren, war Ari das Herz. Immer fest am Schlagen. Keine Droge, die er noch nicht versenkt hätte. Bei jedem Gesetzesbruch dabei.

Vor Pedros Imbissbude habe ich mich dann ausgekotzt. Die Leute wichen angewidert zurück. Pedro hat geflucht und kam sofort mit einem Kübel Wasser angerannt.

„„Es iste immer gleiche Scheiße mit euch, ey!“

Pedro heißt eigentlich gar nicht Pedro, sondern Ahmed, stammt aus Trabzon und spricht perfekter deutsch als Hatze, Locke oder ich. Aber er gibt sich als Italiener aus, so wie sämtliche Pizzerien der Stadt von Türken unter italienischem Namen geführt wurden.

Ari sah mir beim Kotzen zu, es machte ihm nichts aus, er biss genüsslich in seine fette Bratwurst. Er hatte immer noch den Blaumann an, seine Hände waren verdreckt, seine Nägel abgebissen, und in seiner Gesäßtasche steckten Meterstab, Schraubenzieher und n Pornoheft.

„Ich sag dir, Ari, das Leben ist scheiße.“

„Das Leben ist nicht scheiße. Es ist, wie es ist. Nicht gut, nicht schlecht.“

„Oh Mann, Ari. Ich hab mich in ne Negerin verknallt.“

„Na und?“

„Sie hat nen Freund.“

„Na und?“

„Na und, na und“, äffte ich ihn nach. „Hatze würd mir Feuer unterm Arsch machen, wenn ich mit der auftauch, und ihr Freund ... ey, Ari, ihr Freund, der ist ne Nummer zu groß für mich! Der macht richtig fett Kohle da drüben in den Staaten. Schau dir die Photos an! Hier! Philipp mit BMW-Cabriolet in New York, Philipp mit Mercedes-Cabriolet in Paris, Philipp vor den Trümmern des World Trade Centers, Philipp beim Bungeejumping im brasilianischen Regenwald ... ey! Der Typ sammelt Aktien wie ich Veilchen und fliegt in der Weltgeschichte rum, so wie du und ich Bus oder Straßenbahn fahren. Hier! Seine Wohnung in Paris! Mann, der hat ne Wohnung in Paris! Was hab ich? N Furz im Arsch und n fettes Minus aufm Konto.“

„Wir haben alle Fürze im Arsch und sind im Minus. Der Einzige, der im Plus ist, ist Hatze, und das nur, weil er unser Geld hat.“

„Maga will doch nichts von einem Postler! Keine Frau will was von nem verschissenen Postler! Nicht mal n verschissener Postler will was von nem verschissenen Postler! Nein, Ari, ich habe keine Chance. Ich werd auch dieses Mal auf die Schnauze fallen.“

„Quatsch“, sagte Ari, der wie immer schmatzte wie ein Schwein. „Du bist n Weiberheld. Die Weiber wissen’s nur noch nicht.“

Und dann krakeelte er über den ganzen Platz: „WENN ICH NE BRAUT WÄR, WÜRD ICH JEDE NACHT FÜR DICH DIE BEINE BREITMACHEN!"

Ich setzte die Wodkaflasche an, aber das Zeug kam sofort wieder hoch. Ich übergab mich in die Flasche. Wie ein angeschlagener Boxer ging ich auf die Knie. Ari half mir wieder auf, ich wischte unauffällig meinen Mund an seiner Harrington ab.

„Es kommt nicht drauf an, wie du aussieht", sagte er. „Sondern was du tust, was du lebst. Du musst den Weibern dein Herz beweisen."

Auf wackligen Beinen bewegte ich mich vorwärts.

„Ich piss mich an", sagte Ari und sein Gesicht bestand nur mehr aus einem Grinser. „Unsern Rico, den hat's ganz übel erwischt. Und die Braut ist auch noch ne waschechte Negerin."

„Ich weiß, sie ist es", sagte ich und klopfte mit meiner rechten Faust auf die Stelle, wo das Herz schlägt. „Ich weiß es, ich weiß es, ich weiß es. Ich fühle es tief in mir, und wenn das nicht wahr ist ... wenn auch das eine Lüge ist ... dann ... dann weiß ich nicht mehr weiter, Ari, dann bring ich mich um. Maga ist der einzige Mensch auf dieser Welt, den ich lieben kann."

Ich trank aus der Flasche, in die ich vorhin gekotzt hatte. War doch scheißegal, es kam eh alles wieder hoch oder zum Arschloch raus.

„Ey, gib Gas, Alter!" sagte Ari, dessen Kopf halslos auf den Schultern steckte. „Schnapp dir die Kleine. Du hast Grips, im Gegensatz zu uns. Lass dir was einfallen, verdammt! Heul mir hier nicht die Ohren voll! Oi! Oi! Oi!"

Am nächsten Tag lieh ich mir Eddes Photoapparat aus, schrieb „RICO LIEBT DICH!" mit fettem Filzstift auf einen Pappkarton und ging damit in die Fußgängerzone. Ich fragte alle möglichen Leute, ob ich sie mit dem Karton photographieren dürfte. Die meisten fanden's cool. Ein Bulle fühlte sich verarscht und wollte mich gleich einsacken, ein Penner warf mir eine Handgranate nach, die sich als Feuerzeug entpuppte, andere gingen mir aus dem Weg. Der Glatzkopf war ihnen nicht geheuer. Zwei Schwarze rannten vor mir davon und ich rannte ihnen nach. Es hatte keinen Sinn. Die liefen um ihr Leben. Ich wollte nur n Photo.

Schließlich hatte ich drei Filme verschossen und über 100 Bilder im Kasten, alle mit demselben Motiv. Alte Menschen, junge Menschen, große, kleine, dicke, dünne, schöne, hässliche, alle mit dem Plakat „RICO LIEBT DICH!“ in den Händen. Ich ließ die Photos bei nem 24-Stunden-Service entwickeln und steckte sie in ein Kuvert, das ich in Magas Briefkasten warf. Vor ihrer Tür standen ein Paar Schlittschuhe. Ich ging ins nächste Sportgeschäft und kaufte mir auch welche.

## 010

Zwei Tage später wurde gestreikt, keine Ahnung warum und für was, jedenfalls hatte ich frei. Mich interessierte die Kacke nicht. Wenn das so weiterging mit den Überstunden, würd ich sowieso bald kündigen oder vor Erschöpfung tot umfallen. Ich machte hier den Trottel, aber Forderungen zu stellen hatte ich nicht. Hinter mir standen Hunderte, die genauso den Trottel gemacht hätten. Die Gewerkschaft ließ sich eh jedes Mal breitschlagen. Wollte nur ein bisschen mit den Muskeln spielen, n bisschen in die Schlagzeilen, ihre Daseinsberechtigung verteidigen. Wenn schon Streik, dann Streik, bis die Forderungen erfüllt sind oder zumindest ein akzeptabler Kompromiss auf dem Tisch liegt.

Ich schloss mich mit Doogie schon am Vormittag mit zwei Kisten Bitt und zwei Paletten Gambrinus im Bunker ein. Doogie war Dachdecker, und wenn es regnete, hatte er frei. Und wenn es nicht regnete, machte er blau. Aber weil er's der Chefin und deren Tochter ordentlich besorgte, wurde er nicht gekündigt.

Der Bunker war früher n Jugendzentrum gewesen. Das mussten sie dichtmachen, weil sich so n scheiß Raver mit seiner Freundin ins Jenseits gebeamt hatte. Haben Ecstasy-Tabletten erwischt, in denen Rattengift war. Mann, die sind elend verreckt, so nen Tod wünsch ich nicht mal nem Violetten. Es kam zu nem Prozess, die Story war sogar auf der Titelseite der *Bild*, und der Dealer musste für acht Jahre in den Knast. Die Stadt akzeptierte, dass wir uns da einnisteten. Das war denen lieber, als wenn wir in der Innenstadt Ärger machten. Wir stellten einen Kicker auf, nen kleinen Fernseher, montierten ne Dartscheibe an die Wand und konnten fortan ungestört unsere Musik hören.

Doogie öffnete ein Gambrinus nach dem anderen. Der Idiot soff immer nur Bier aus Dosen. Ich hasste das. Die Stadt erstickte im

Abfall. Im Umkreis von zehn Kilometern gab es drei Deponien und zwei Müllverbrennungsanlagen.
„Musst du die scheiß Dosen kaufen?"
„Yep. Stört's dich?"

Schon als Kind haben mich alle ausgelacht. Weil ich den Fröschen nicht die Beine ausriss, sondern über die Straße half. Weil ich Bäume mochte und mir schon das Herz blutete, wenn einer nen Ast abbrach.
„Rico, unser Öko-Guru."

Ich riss ihm die Dose aus den Griffeln und warf sie an die Wand. *Blup, blup,* wir sahen zu, wie das Bier rausgluckerte. Minuten vergingen, ohne dass wer was sagte. Dann stand Doogie auf und holte sich die nächste Dose.
„Sind halt billiger, sonst würd ich mir auch Flaschen kaufen", sagte er und zuckte entschuldigend mit den Schultern. Er warf mir auch eine zu, und ich öffnete sie, trank daraus, spuckte das Gesöff aber wieder aus.
„Das trinken die Penner!" sagte ich. „Bin ich n Penner? BIN ICH N PENNER, DOOGIE?! Scheiß, ich sauf das nicht."

Am frühen Abend waren wir absolut knülle. Mein Herz schlug so schwer, dass ich Angst hatte, es könnte stolpern und sich den Hals brechen. Der Schweiß drang mir aus sämtlichen Poren, und zum Kotzen schaffte ich's nicht mehr aufs Klo. Als wirklich nichts mehr ging, kam uns die Idee, Ramon zu besuchen. Ramon hat nen Tätowierladen, gleich in der Nähe vom Stadion. Auf dem Weg dorthin kamen mir aber Zweifel.
„Jeder Arsch läuft mittlerweile mit ner Tätowierung rum", sagte ich. „Jede Tussi, jeder Raver, jeder Yuppie. Ist ja schon cooler, kein Tattoo zu haben."
„Tu, was du willst. Ich brauch jetzt die Nadel."

Wir mussten dreimal klingeln, wollten schon gehen, da ging das Licht an und Ramon kam zur Tür. Hätte nichts dagegen gehabt, auf die Hackfresse zu verzichten. Hatte immer n mulmiges Gefühl, wenn er die Nadel ansetzte. Bei mir war's erst das dritte Mal, ich schnitt mir lieber selber in die Haut.
„Wollte grade gehen", sagte Ramon.
„Kein Problem", sagte ich und war schon zur Tür raus, als mich Ramon am Arm packte. Ich wollte ihn abschütteln, aber der ließ gar nicht mehr los.

„Na, wo ihr schon mal da seid, Kameraden."

Ramon war der Anführer der Boneheads der Stadt, obwohl er bei jeder Gelegenheit betonte, wie unpolitisch er sei und wie sehr er Hitler *und* Stalin hassen würde. Um Ramon rankten sich die wildesten Gerüchte. Zum Beispiel, dass er im Suff seine eigene Mutter vergewaltigt oder bei ner Schlägerei in nem englischen Pub nem Bullen nen Baseballschläger dermaßen übern Schädel gezogen hätte, dass der Prügel entzwei gebrochen sei. Dass er in Friedrichshafen ne Nutte vom Balkon geworfen hat, weiß ich. Hatze ist dabei gewesen, und wenn jemand wie Hatze zu feig ist, Ramon zu verpfeifen, sagt das alles über Ramon.

Auch mir war der Typ nicht geheuer. Der hatte so n spöttisches Lächeln im Gesicht, wenn er mit mir redete. Hielt mich wohl für nen Luschi, weil mein Körper nicht von Tattoos übersät war. Wenn ich was hasste, dann die Snobs unter den Skins. Die sich als was Besseres fühlten, weil sie von Kopf bis Fuß tiptop gekleidet waren und mehr Tätowierungen hatten als andere Leute Pickel am Arsch. Die glaubten, sie seien die einzig wahren Skins. Sie hatten die Nase in der Höh' und behandelten dich wie Luft. Dabei war ich lange davon überzeugt gewesen, dass alle Oi!-Skins gleich wären und dass man zusammenhält. Wir alle gegen der Rest der Welt, gegen die Arroganz und Überheblichkeit, davon habe ich geträumt! Vergiss es. Vergiss es schnell.

Trost fand ich in der Bibel. In der Skinheadbibel, wo George Marshall schreibt: *It's where your heart is that really counts.* Das Herz zählt. Dein Herz! Nicht die Kleidung. Nicht die Anzahl der Tattoos oder der Schlägereien. Auch nicht die Größe deiner Docs. Nicht einmal die Glatze. Nur das Herz.

„Nun?" fragte Ramon und sah uns an.

„Mach, was du willst", sagte ich. „Ich vertrau dir!" Ramon vertrauen, so ein Blödsinn, da kannst du genauso Michael Jackson und Marc Dutroux als Aufpasser für deine Bälger engagieren. Schmeicheln wollt ich ihm, dem Wichser, weil ich besoffen war, und weil ich irgendwie Schiss vor dem hatte. Ramon war ein Teufel.

Doogie blätterte sich die Mappen mit den Motivvorschlägen durch. Dann verschwand Ramon kurz in die Hinterkammer. Doogie sprang ihm gleich nach, ich hörte die beiden lachen. Ich saß auf dem Stuhl und versuchte krampfhaft, nicht die Augen zu schließen. Sonst wär der

Hubschrauber gekommen und hätt mich mitgenommen. Nur schnell die Nadel jetzt, und dann nach Hause. Die Nadel. Dann nach Hause. Nadel. Nach Hause. Nadelhause.
*Oh Shit. Ich war mal wieder rotzedicht.*

## 011

*Am Morgen danach geht's mir immer furchtbar schlecht, ich hab die ganze Nacht gezecht, und das nicht schlecht ...* Als der verdammte Wecker abging, wusste ich nicht, wer ich war und wo ich war, und vor lauter Orientierungslosigkeit pisste ich mir in die Hosen.

*... und immer wieder schwör ich mir, es war das letzte Mal, ich sag dann zu mir selbst, ich rühr nie wieder etwas an ...* Ich zog meine Shorts aus und torkelte zum Wasserhahn. Was ich im Spiegel sah, war so schrecklich, dass ich ihn mit der Faust zertrümmerte.

Schlimme Dinge können auf dieser Welt geschehen. Die Violetten können in unserem Stadion Meister werden und Deutschland kann bei einer EM in der Vorrunde ausscheiden. Dein Schwanz kann beim Vögeln brechen und Hatze kann sich mit seinem fetten Arsch auf deine Lieblings-LP von Laurel Aitken setzen. Es gibt bei Gott grausame Dinge. Aber n Hakenkreuz und „NEGERFICKER" auf der Stirn ... ich mein, n Hakenkreuz und „NEGERFICKER" auf die Stirn *tätowiert*, das war härter als hart, das war selbst für n altes Kampfschwein wie mich zuviel.
*Negerficker.*

Ich hab auf meine Hand gespuckt und versucht, das Zeug wegzuschrubben. Aber das ging nicht ab. Ich steckte den Kopf untern Wasserhahn, drehte auf und rubbelte. Ich schrubbte mit einem Waschlappen, ich sprayte mir hochkonzentriertes Putzmittel drauf, aber nichts geschah, außer dass meine Augen tränten wie nach einem Pfeffersprayangriff der Bullen im Stadion. Da ich den Spiegel zerdeppert hatte, checkte ich meinen Kopf immer wieder aufm Klopapierhalter.
*Negerficker.*

Es gibt Laser, dachte ich mir. Man kann das wegmachen. Es gibt Laser, das hab ich bei den Simpsons gesehen, in dieser Weihnachtssendung, in der sich Bart tätowieren lässt. Heutzutage geht fast alles, oder? Scheiße, Scheiße, meine Gedanken blitzten in meinem Schädel hin und her wie Billardkugeln. Den Vormittag übersteh ich mit ner Kappe, hab ich mir gedacht, und am Nachmittag fahr ich sofort in die Klinik. Das muss weg. Das Hakenkreuz muss weg.

Ich rannte wieder zum Klopapierhalter. Ich versuchte es nochmals mit Spucke, und dieses Mal funktionierte es. Ein Balken war schon weg, der nächste würde auch gleich dran glauben. Hab mich vor Erleichterung auf den Boden gehockt. Hab mich selber ausgelacht. N Hakenkreuz auf der Stirn. Hätte doch wissen müssen, dass sich ne Tätowierung am nächsten Tag anders anfühlt. Aber bei Ramon, da wusste man nie. Das war einer, dem du nie zu lange den Rücken zudrehen durftest. Sonst steckte da plötzlich n Messer drin.

„Scheiß Nazi", sagte ich. „Gottverdammter, verschissener, scheiß Nazi. Dich bring ich um. Dir schneid ich die Eier ab. Dir kotz ich ins Maul."

## 012

Manchmal wollen uns die Rechten ködern. Keine Ahnung, warum und für was. Im Stadion, auf Konzerten, auf Partys, sie sind überall! Erst gaffen sie ständig rüber und flüstern, und plötzlich stehen sie vor dir und werfen mit Scheinen nur so um sich. Sie zahlen das Bier, den Schnaps und die Weiber, und tun so, als wärst du wichtig, und irgendwann bist du es auch. Ich hab nichts dagegen, wenn mir wer die Zeche blecht und beim Saufen respektvoll auf die Schulter klopft. Sie sind schick gekleidet und schauen recht passabel aus, aber irgendwie haben die allesamt nen Hau. Sie hängen an deinen Lippen und lauern auf ein Stichwort, und ist es gefallen, so fangen sie an, wie besessen über Neger, Juden und Linke zu schimpfen, und dann gibt's kein anderes Thema mehr. Keinen Fußball, keine Bräute, nur noch Zecken und Kanaken und Blut in Gefahr. Ich sag's dir, die haben nen Komplex, die sind bestimmt mal von riesigen Negerschwänzen in den Arsch gefickt worden, und jetzt spaziert ihre Scheiße unkontrolliert in die Welt hinaus, weil der Schließmuskel nicht mehr zumacht. Um nicht ständig die teuren Designerhosen voll zu kacken, entsorgen sie die Sauerei aus

dem Maul. Wenn du ihnen dann klarmachst, dass du ihre Scheiße nicht ertragen kannst, werden sie ausfällig.
„Du siehst zwar aus wie ein Rechter, aber mir kommt vor, du bist nix anderes als ne Judensau im falschen Kostüm. So n verfluchter Redskin, lieg ich richtig?“ sagte dieser Typ von einer schlagenden Studentenverbindung, der mich an der Imbissbude vor dem Eisplatz angesprochen hatte. Neben ihm stand ein riesiger Glatzkopf mit so nem bekackten Aufnäher auf der Bomberjacke. Ich bin stolz, DOitscher zu sein! In seiner Linken hielt er ein Dosenbier. Ich erklärte den beiden, dass ich nicht links war und nicht rechts, sondern Skinhead.
„Ein Skinhead ist ein Krieger, und Krieger sind wie Wölfe! Von allen gejagt, von allen gehasst, von allen gefürchtet. Links, rechts, oben, unten, scheißegal. Wölfe gehen ihren Weg. Wölfe glauben nur an sich.“
Die beiden sahen mich verächtlich an.
„Das ist ein Lutscher“, sagte der Student in seinem lächerlichen Janker zu dem riesigen Glatzkopf. „Ein mieser kleiner Lutscher.“
Ich packte den Studentenkopf und zog ihm die Ohren lang.
„Es ist dein Glück, dass ich dir hier vor allen Leuten nicht die Hoden kaputttreten kann. Aber wenn ich dich mal erwische, in ner dunklen Gasse, dann bring ich dich zum Weinen“, sagte ich ihm, und er sagte nichts mehr. Wenn dir einer blöd kommt, musst du dir Respekt verschaffen. Dann musst du dem eins vor den Latz hauen. Voll drauf und killen, ohne Erbarmen.

Der Glatzkopf fuchtelte mit seinem Aufnäher und der Dose vor meiner Nase rum.
„BIST DU ETWA NICHT STOLZ, DEUTSCHER ZU SEIN?!“ Der Kerl brüllte rum, als hätte ich tonnenweise Schmalz in meinen Ohrwascheln.
„Den muss ich mir nicht aufnähen, den Stolz. Den trägt man im Herzen oder gar nicht.“ Den Stolz auf ein Deutschland, das es noch gar nicht gibt. Den Stolz auf etwas, das nur ein Wort ist, eine Fahne, ein Versprechen. Die schönste Fahne der Welt, das traurigste Versprechen aller Zeiten.
„VON WAS REDET DIE ARSCHMADE EIGENTLICH? GLAUBT DER ...“
„SCHREI HIER NICHT SO RUM, KANAKE!“ fuhr ich ihm übers Maul. „Sonst steck ich dich in den nächsten Bus und dann geht’s ab in den

Irak oder nach Afghanistan." Der wär fast aus den Latschen gekippt, der Arsch. Das war n uralter Gag von mir und Hatze, Nazis mit „Scheiß Kanaken!" oder „Scheiß Zecken!" und Linke mit „Scheiß Nazis!" zu beschimpfen. Das verwirrte die Idioten meistens so sehr, dass sie danach gar nicht mehr wussten, was sie nun waren und wen sie nun hassten.

„Pass auf, was du sagst", sagte der Glatzkopf nach ner kurzen Atempause. „Pass bloß auf!"

Na ja, Held war das keiner. Ahnte wohl, dass ich zuschlagen kann. Das war einer von der Sorte, die sich nie mit ner Türken- oder Jugogang angelegt hätte, sondern nur groß dabei war, wenn es darum ging, zu fünft nen Afrikaner zu Brei zu schlagen. Ich spuckte dem Fettwanst vor die Füße. Er tat so, als wäre nichts geschehn.

Ich ließ die beiden stehen, neben mir knallte ein Pflasterstein auf den Boden. Nicht mal zielen konnte der Wichser.

„SCHEISSJUD!" hörte ich seine Stimme aus der Dunkelheit.

*Scheißjud.*

Der Eisplatz hatte nur an zwei Nachmittagen geöffnet. Dies war der zweite Tag, an dem ich hinging. Ein nebliger Mittwoch Mitte November. Und tatsächlich sah ich Maga auf dem Eis. Sie war nicht allein. Eine ganze Schar von jungen Männern umschwirrte sie. Aber Maga hatte nur Augen, Ohren und Herzen für mich. Unsere Blicke kreuzten sich ständig.

Ich saß auf der kleinen Tribünc, legte meine Doc Martens dem Vordermann mit Schmiss im Gesicht auf die Schultern, worauf dieser es vorzog, die Fliege zu machen. Hier schien ein ganzes Nest von diesen Hirnwichsern zu sein. Ich stand auf, ging hinunter zur Bande und beobachtete Maga. Sie lächelte und wendete ihren Blick nicht von mir ab. Ich zog meine nagelneuen Schlittschuhe an, kletterte über die Bande und machte drei Schritte. Neil Armstrong hat nur einen kleinen gemacht und war schon auf dem Mond. Ich brauchte drei und stand vor ihr. Sie war schöner als der Mond, heller als der Mond, größer als der Mond.

„¡Hola!"

Vielleicht hat sie gar nicht ¡Hola! gesagt. Man konnte sich nie so ganz sicher sein, ob sie was sagte oder nicht. Man sah sie an und war völlig hin und weg.

Ich wollte cool sein, irgendnen Spruch loslassen und ne Pirouette drehen, klatschte dabei aber wie ein Sandsack aufs Eis und biss mir die halbe Zunge ab. Die ganze Studentenbande brüllte vor Lachen. Maga nicht. Sie half mir auf die Beine.

„¡Cuidado!" sagte sie.

Weißt du, das Mädchen konnte schauen, dass es dich killte. Niemand konnte das. Lachen und traurig sein zugleich. Maga konnte es. Ich glaube, sie konnte alles. Sogar fliegen.

„Kannst du fliegen?"

„Ich kann alles."

Maga, Maga, süße, kleine Maga. Eine Haarsträhne fiel ihr übers Gesicht, verdeckte ihr linkes Auge.

„Gehen wir heut Abend was trinken?"

„Ich bin schon verabredet", sagte sie und deutete auf ihre Freunde, die mir am liebsten mit ihren Kufen das Gesicht zerstückelt hätten.

„Schade."

„Du kannst mit uns kommen", sagte sie. „Wenn du mir gibst Versprechen, nicht mehr zu klettern auf Balkon. Du musst wissen, meine Erz ist beina'e stecken geblieben."

„Ay, ay", sagte ich und drehte noch eine Pirouette, fiel noch schlimmer auf die Fresse und schlug mir dabei das Kinn blutig. Die Studenten lachten nicht mehr.

Wir verabredeten uns für die Stadt und trafen uns an der Siegessäule, wo sich alle treffen und deshalb keiner den anderen findet. Ich trug meine polierten 12-Loch-Docs, ne Wrangler-Jeans, 'n blaues Fred Perry und meine schwarze Harrington-Jacke. Mich übersieht keiner. Mich findet jeder.

Wir saßen dann in diesem verrauchten Studentenlokal, mit all den Schwachköpfen. Wirtschafts- und Jurastudenten aus Berlin, Lübeck, Bremen und Kiel. Die Berliner waren am lautesten. Wenn sie nicht gerade an ihren Handys klebten, laberten sie von Autos, Aktien, Reisen und ihren Prüfungen. Ich bestellte ein Bier nach dem anderen, um ihre Scheiße ertragen zu können.

„... bin erst gestern Abend aus Melbourne zurückgekommen und übermorgen flieg ich schon wieder nach New Orleans ..."

„... mit 250 über die Autobahn zu brettern, das ist ein geiles Gefühl, da geht mir voll einer ab ..."

„... gestern war ich mit Ingo in Ischgl einen heben. Der hat vielleicht abgefahrne Sprüche drauf, da fällste vom Stuhl, und Comics zeichnen kann er, da brichste ab. Im Frühjahr kriegt er ne Show auf Pro 7", sagte Fabio, einer der Fischköpfe.
Und ich sagte zu ihm: „Dich anzünden wär auch die volle Show. Benzin über deine Bartstoppeln gießen und ein Streichholz drunter halten." Er klopfte mir auf die Schultern, der Fischkopf, und lachte. Er hatte kein Wort verstanden.
„Was machst du denn so?"
„Ich bin Postbote."
„Puah, sei mir nicht böse, aber sind das nicht alle Spastis bei dem Verein?"
„..."
„Und? Wie bist du unterwegs bei der Arbeit? Per pedes?"
„HÄ?!"

Es scheint nur mehr schöne und glückliche Menschen auf der Welt zu geben, das sagt mir der Fischkopf, das Fernsehen und die Werbung, und das ist nicht traurig, das ist toll, wär ich nur einer von ihnen. Schau an, wie sie lachen, lachen und Geld ausgeben, Geld, das sie im Überfluss haben, weil sie Traumjobs haben, weil ihre Eltern wichtig sind. Für sie fängt jeden Tag die Party von neuem an. Ich muss mir jeden Tag aufs Neue den Arsch aufreißen, um zu überleben.
„Ich bin reich, und das mit Recht!" sagte Fabio, und der Fischkopf meinte das ernst.

Wenn man trinkt, dann erreicht man den Punkt, an dem man high ist, für nen kurzen, schönen Augenblick. Diesen Moment versucht man festzuhalten, und wie macht man das? Indem man weitertrinkt, indem man versucht, den Level zu halten, aber gelingen tut dir das nur einmal in tausend Jahren. Eigentlich ist es mir bis heute kein einziges Mal gelungen.

Für jedes Bier, das der Fischkopf zögerlich nippte, vernichtete ich dessen ganze Sippschaft. Bruder Bier, Schwester Bier, Mama Bier, Familienzusammenführung in meinem Bauch. Ich fühlte den Rausch wie einen weit entfernten Zug, bekam eine Ahnung von seinem Donnern, von seiner Geschwindigkeit, aber ich ergab mich gerne, heute war die Nacht der Nächte, heute wollte ich herausfinden, was mein Leben noch wert war.

Mein Hirn löste sich auf. Wurde richtig weich. Schwabbelte hin und her. Alles wurde so leicht und schwerelos. Ich schwebte zur Theke.
„Noch n Aventinus!“ lallte ich und glotzte nen Typen auf dem Barhocker an, der mich schon viel zu lange fixierte. Der zog n Gesicht, als hätte ich ihm seine Hämorrhoiden blutig gekratzt.
„Oder besser ... bring mir gleich zwei, ja? Ich hab nen Mordsdurst“, sagte ich und fixierte nun meinerseits den Penner.

Die Kellnerin nickte ohne aufzusehen, machte zwei Strichchen auf ihren Block und fetzte davon. Als sie zurückkam und ich die zwei Bier hintereinander ex trank und dem Typen ins Gesicht rülpste, drehte er sich wieder weg.

Ich setzte mich zurück auf meinen Platz und wünschte mir Opas Pistole zu mir. Ich hätte diese Affen getötet, ohne mit der Wimper zu zucken. Ich stellte mir vor, wie ihre pickelfreien Gesichter explodierten, Blut und Knochenstücke ihre teuren Klamotten versauten, und ich musste lachen. Ich beneidete die nicht. Kein bisschen. Ich war nicht glücklich mit meinem Job, und die Kohle reichte nicht mal für ne Busfahrt in den Europapark – aber so sein wie die? Niemals.

Fabio machte vor meinen Augen den Scheibenwischer.
„Hallo! Wir haben dich was gefragt!“ Sie lachten.
„Ja?“
„Welches Auto du fährst!“
„Ich habe keine Karre“, sagte ich.
Mit einem Schlag war es still. Ich sah den Triumph in ihren Augen.
„Du hast kein Auto?“
„Ich brauche keines. Ich habe zwei Beine“, sagte ich. „Würde sich ein Vogel in ein Flugzeug setzen?“ War nicht grad n Bombenwitz, war eigentlich gar kein Witz, und vielleicht schmunzelte Maga gerade deshalb. Aber irgendwie war danach das Eis gebrochen, zwischen uns. Ich stupste sie mit meinen Docs und sie stupste zurück. Ich berührte heimlich ihre Hand, sie zog sie nicht zurück.

Aufm Klo tauchte plötzlich der Fischkopf neben mir auf. Er telefonierte, während er sein Geschäft verrichtete. Ich erlaubte mir den Spaß, ihn anzupinkeln. Er fluchte und schimpfte und wollte mir an den Kragen. Aber ich lachte und spritzte um mich. Ich verfolgte Fabio breitbeinig bis zur Tür, aber der Fischkopf war schneller.

Als ich am Spiegel stand und mir die Hände wusch, ging die Tür auf und Maga trat herein. Sie lehnte sich an die schmutzige Wand mit den schmutzigen Sprüchen und sagte kein Wort. Sie lächelte nur traurig. Sie streckte sich, sie war beschwipst. Ich konnte ihren Bauchnabel sehen. Jeder Mensch hat einen anderen. Manche haben einen eigenartigen, und manche haben einen ganz normalen. Maga hat denselben wie ich. Eine kleine, tiefe Höhle. Mit ein, zwei Bären drin.

„Wenn ich sah dich das erste Mal, ich dachte, du bist eine Nazi."

„Ich bin kein Nazi", sagte ich, immer noch mit dem Rücken zu ihr.

„Du siehst aber aus wie eine Nazi."

„Es ist mir scheißegal, ob einer Neger, Jude oder Türke ist. Ich hasse alle Menschen", sagte ich. „Und sie hassen mich."

Hab sofort gecheckt, dass die Meldung nicht gut kam, aber da war's auch schon zu spät. Sie zog n Gesicht, als hätt ich ihre Kette das Klo runtergespült.

„Yo no te odio – Ich asse dich nicht", sagte sie leise. Und sah mich an. Ganz intensiv und nicht, wie Menschen sonst schauen. Für einen Augenblick fühlte ich, dass ich da war, dass ich lebte. Und wenn ich auch mein ganzes verschissenes Leben zuvor gestorben war. In dem Moment lebte ich. Als wären nicht zwei, sondern alle Augen der Welt auf mich gerichtet. Als wäre ich der wichtigste Teil des Universums. Ich hörte den Himmel nach mir rufen, und hatte das Gefühl, ganz nahe an etwas zu sein. An etwas, das mich in Frieden sterben lassen würde, das meinem Leben einen Sinn gäbe, egal, wie verpfuscht und fertig es auch gewesen sein mag oder noch werden würde.

„Ich abe Photos in Wand in Klo aufgehängt", sagte sie. „Damit ich jeden Tag werde beim Pinkeln erinnert, dass ein Einbrecher ist da draußen, der an mir denkt."

„Ich bin kein Einbrecher!"

Ich wusste, wenn ich sie jetzt küsste, gehörte ich ihr für lange Zeit. Ich wusch mir immer noch die Hände. Maga drehte das Wasser ab. Sie griff nach meiner Hand, ich drehte mich um, wir umarmten uns. In dem Moment kam Fabio mit dem Lokalbesitzer zur Tür rein.

„Lena! Das ist die Männertoilette!"

Maga warf die Tür vor deren Nase zu. Und sie tat es mit solcher Wucht, dass sie wieder aufging. Der Fischkopf und der Lokalbesitzer standen da und glotzten. Und Maga und ich, wir küssten uns.

Wir verbrachten die Nacht am Fluss. Wir waren nicht müde. Uns wurde nicht kalt. Wir küssten und tranken und sangen, bis wir heiser waren. Und wir aßen irgend so n mexikanisches Zeug, das aussah wie Coca-Cola-Haribos und in Plastiksäckchen verpackt war. Nannte sich Pulpa und schmeckte schrecklich, aber selbst wenn mir Maga Rattenschwänze zum Essen gegeben hätte – ich hätte nicht nein gesagt. Ich war so glücklich, so überglücklich, es war, als wäre ich das erste Mal in meinem Leben überhaupt glücklich.
„Warum sprichst du spanisch und nicht englisch?"
„México ist in meine Blut, in meine Erz, und auch in mein Kopf ist keine Platz für Gringos."

In meinen Armen erzählte sie mir von Mexiko. In welcher hoffnungslosen Gegend ihre Mutter aufgewachsen ist. Viel Dreck, viel Gewalt, viele Ratten, Skorpione, Schlangen und schlimme Männer kreuzten ihren Weg in Durango de Victoria. Der Rest eine Geschichte für Hollywood: Die arme Mexikanerin kommt als Zimmermädchen in ein Nobelhotel in New York, lernt einen ehemaligen Basketballstar kennen, die beiden verlieben sich, heiraten – natürlich gegen alle Widerstände –, bekommen Nachwuchs, und weil das Baby ach so zuckersüß und der Vater so überglücklich ist, wird das Aschenbrödel schlussendlich doch noch akzeptiert. Alle sind glücklich, alle sind froh. Alle außer Maga.
„Wenn mein Vater nahm meine Mutter in Firma auf, meine Mutter wollte keine Mexikanerin mehr sein. Und sie wollte auch ihre Tochter nicht länger mexikanisch sein, aber dafür es war längst zu spät. Ich sprechte mexikanisch, ich kochte mexikanisch, ich tanzte mexikanisch. Ich wollte nicht im Land der Gringos bleiben. Ich wollte Paris, London, Berlin se'en. Und vor allem ich atte Sehnsucht nach Durango. Ein einziges Mal meine Mutter nahm mich mit dort'in. Diese sechs Monate bei meine Großeltern waren schönste Zeit in meine Leben."

Für mich klang Durango nach Gold und Wüste und einem Song von Bob Dylan, den mein Vater jahrelang auf- und abgespielt hat, „Romance in Durango". Das Lied handelt von der Flucht zweier Liebender. Das Mädchen heißt Magdalena. Die Flucht hat kein Happyend. Durango erreichen sie nie. *No llores, mi querida, Dios nos vigila, soon the horse will take us to Durango, agarrame mi vida, soon the desert will be gone, soon you will be dancing the fandango.*

# 013

Am nächsten Morgen drehte ich im Hinterzimmer das Radio auf Maximum auf und tanzte mit Edde den Zillertaler Hochzeitsmarsch. Er wehrte sich, aber ich ließ ihm keine Chance, packte seine Pfote und seine Hinterbacken und wirbelte ihn durch den Raum. Den ganzen Vormittag ging ich wie auf Wolken. Leckte mir immer wieder die Finger ab, weil sie nach ihr schmeckten. Nach dem Saft zwischen ihren Beinen. Ich lutschte an denen, bis nichts mehr von ihr übrig war. Ich ließ zwei Straßen und das Kloster aus, um früher bei ihr zu sein.

Als sie die Tür öffnete, erkannte ich sie kaum wieder, mit der Brille und der todernsten Miene.

„Hi!“ sagte ich.

„¡Entra!“

Ich wollte sie küssen, aber sie wich mir aus. Hab sofort gecheckt, dass was nicht stimmt. Hab voll die Panik gekriegt. Dachte, auch sie würde sich verpissen. Wie all die anderen. Nicole, Andrea, Cleo. Und nun Maga. Die ewig gleiche Scheiße. Dachte ich. Und hatte Lust, ihr ins Gesicht zu schlagen. Mit voller Wucht. So, dass die Zähne brechen. Die Schneidezähne vom Oberkiefer. Da wär dann Blut und Speichel und ich würde auf die Nase zielen. Weil das so klebt, an meiner Faust. Und so Fäden zieht.

„Schau nicht so ernst!“ Sie fuhr mir mit der Hand übers Gesicht, als wollte sie einen bösen Geist verscheuchen.

„Deine companeros“, sagte sie. „Sind das auch Nazis?“

„Ich bin kein Nazi.“

„Sind das auch Glatzen?“

„Ja. Alles Glatzen. Alle meine companeros sind Glatzen.“ Ich küsste ihre Stirn, sie lächelte, dann wich sie zurück.

„Rico“, sagte sie, seufzte und zündete sich eine Zigarette an. „Rico, ich abe eine Freund.“

„Ich weiß“, sagte ich.

„Du weißt? Von wem?!“

Sie nahm einen Zug und schloss die Augen.

„Du ast gefühlt, ich abe Recht? Du ast gefühlt, ich abe Freund.“

„Vergiss ihn. Vergiss ihn einfach.“

Sie lachte laut auf und drückte die Zigarette wieder aus.

„¡Oh borrachito! Philipp und ich, wir werden eiraten nächste Frühjahr."
„Ey, verarsch mich nicht! Kein Mensch heiratet in deinem Alter."
„Dann du musst sein in Kirche in Sankt Moritz an 21. Mai, 10 Uhr 30. Du kannst se'en!"
„Na, wenn das so ist – mach's gut", sagte ich, so cool wie möglich. In Wirklichkeit wollte ich nur so schnell wie möglich raus, um mich in der nächsten Seitengasse auszuheulen. Heiraten! Das war zu viel. Ich öffnete die Tür.
„¡No te vayas, borrachito!" sagte sie. „¡Por favor, no te vayas!"
Sie packte mich am Kragen und küsste mich. Sie wurde ganz weich. Wir stolperten hoch in ihr Zimmer. Sie legte sich aufs Bett und ich legte mich auf sie. Wenn Mädchen erregt sind, können sie richtig glühen. Als hätten sie Fieber. Als würden all ihre Knochen vergehen, alles in ihnen schmelzen. Mädchen sind etwas Heiliges. Verletzliche Engel, mit gebrochenen oder ramponierten Flügeln. Man muss sie aufheben, ihren Schmerz lindern, sie zurück in die Luft befördern, damit sie dem Himmel wieder näher sind. Wenn dir das gelingt, dann tun sie alles. Dann schließen sie die Augen und öffnen die Beine.
„Das wird letzte Mal", stöhnte sie unter meiner Last.
„Verlasse ihn."
„¡Dios mio!" sagte sie und presste Luft hervor, wie ein Boxer beim Schlag. „Du bist dumm, borrachito!"
„Was zum Teufel heißt borrachito?" fragte ich und spürte, wie es in ihr immer feuchter und heißer wurde. Sie kreiste ihr Becken, sie war wie ein Tier, sie wurde nicht müde, sondern immer kraftvoller und schneller.
„Borrachito ist kleiner Säufer."
„Ich bin ein großer Säufer."
„Meine Eltern, sie wollen keine Säufer. Keine großen, keine kleinen. Sie wollen über'aupt nicht Saufen, nicht Glatze, nicht Fliegerjacke, nicht Springerstiefel, nicht, nicht, nicht ..."
„Und was wollen Maga?"
„Maga? Maga wollen Liebe. Maga brauchen Liebe. Nur Liebe, um große Traurigkeit zu nehmen von ihr."

„Die Leute werden bestimmt schon in ihren Häusern rotieren, weil die Post Verspätung hat", sagte ich, nachdem wir es noch zweimal getan hatten und sie auch schon wieder über mir war, auf allen Vieren, in der 69er Position, und meinen Schwanz lutschte. Ihr Arschloch hing wie

ein dunkler Mond über mir. „Am schlimmsten ist's, wenn du zu spät dran bist und auch noch mit nem falschen Brief daherkommst. Sobald du falsche Post zustellst, drehen sie durch, weil sie glauben, du hättest auch all ihre Briefe verschlampt, obwohl sie ihr ganzes Leben lang keinen einzigen Brief bekommen, der von Bedeutung wäre."
Sie ließ von meinem Schwanz ab.
„Wie lange du willst diese Job machen?" fragte sie.
„Im Moment habe ich gar keine andere Wahl", sagte ich. „Ich bin froh, wenn ich Miete, Strom und Telefon vor der dritten Mahnung bezahlen kann."

Maga drehte sich um und legte sich neben mich. Ihre Kette verdeckte die rechte Brustwarze.
„Es un regalo de mi abuelo", sagte sie stolz, als sie bemerkte, dass ich sie anstarrte. „Ich besitze nichts, was bedeutet mir mehr als sie. Mein mexikanischer Großvater, er at sie mir geschenkt, weil ich schnitt mir in die Beine. Ich wollte nicht zurück zu Gringos. Meine Eltern, sie atten nie Zeit für mich. Nur Geld. Immer Geld. Was ich wollte, sie kauften. Aber Zeit ist mehr wert als Geld. Zeit ist unbezahlbar. Würdest du verkaufen dein Leben? Oder Jahre von deine Leben? Zehn Millionen für zehn Jahre? Du würdest?"
„Du magst deine Eltern nicht?"
„Sie sind mir egal. Irgendwann ich örte auf, sie zu assen so viel. Man kann Menschen nicht assen, nur weil sie mir nicht lieben." Sie zeigte mir die Narben an ihren Beinen. Sie hatte sie überall. An den Innenseiten ihrer Schenkel, an den Schienbeinen, auf den Knien.
„Ich abe mit Rasierklingen die Beine aufgeschlitzt", sagte sie, und zwickte mich in die Wange, als sie mein entsetztes Gesicht sah. „Keine Angst, das wird gesund."

Ich strich sanft über ihre dunkle Haut. Ich küsste die Narben, küsste die Schmerzen, die Vergangenheit weg. Sie nahm die Kette ab und legte sie in meine Hand.
„Von Indianer", sagte sie. „Nicht viel wert. Nicht viel wert Geld, aber viel wert für mir. Das du findest bestimmt kitschig."
„Quatsch", sagte ich. „Und wenn schon. Wichtig ist, was sie für dich bedeutet. Scheiß drauf, was ich oder sonst wer denkt!"
Sie sah mich an.
„Schöne Augen, deine Augen", sagte sie. „Blau wie Meer."

Das hat mir noch keiner gesagt. Dass irgendwas schön an mir wär. Ich bin gleich ins Bad, hab mich vor den Spiegel gestellt und sie ganz lange betrachtet. Sie waren nicht blau wie das Meer. Sie waren blaugrau. Die Augen eines Wolfes. Die Augen eines Kriegers. Als ich zurückkam, hockte sie im Schneidersitz auf dem Bett. Sie zog mich zu sich ran und gab mir nen Kuss auf die Stirn.
„Wir dürfen uns nicht mehr treffen", sagte sie.
„Na klar", sagte ich. „Kein Problem."
„Wirklich nicht?"
„Wirklich nicht."
„Vergiss mir nicht", sagte sie. Wir gingen die Stiege runter zur Tür und küssten uns lange.
„Vergiss mir nicht", sagte sie nochmals.
„Schon passiert", sagte ich und grinste.
„Ich werde auch nicht vergessen borrachito", sagte sie. „Du bist eine gute Lieb'aber." Sie umarmte mich und zwickte mir in den Hintern.

Als ich vor die Tür trat, war die Welt wunderschön. Sie lächelte und ich lächelte zurück. Scheiße, ich wusste, es gab kein Zurück mehr. Die Sauferei, die Arbeit, der Gestank, der Lärm, die beschissene Wohnung in diesem beschissenen Betonklotz, die beschissenen Menschen in dieser beschissenen Stadt, das alles war vorbei. Ich wollte nicht mehr von der Arbeit kommen und mich auf nichts mehr freuen. Nicht mehr geschluckt werden, von den immergleichen Wänden, aus denen uns niemand herausholt, niemand und nichts. Keinen Tag und keine Nacht würde ich länger ertragen, ohne sie. *Never return to hell, never return to hell, the place that I know so well ...*

## 014

Wir kamen mit den Türken nicht klar. Wir kamen mit der ganzen Welt nicht klar, aber am allerwenigsten mit den Türken. Wenn wir auf sie trafen, war Ärger vorprogrammiert. Na ja, und dann war da diese hübsche türkische Braut, die ich hinter dem Einkaufsmarkt ansprach, weil sie es nicht schaffte, ihr Fahrradschloss zu öffnen. Ich hatte schon ordentlich getankt, mehrere Flaschen Wodka mit den Jungs gekippt. Ey, ich war gut drauf, ich war verliebt, ich wollte jede Minute was Gutes tun.

„Soll ich dir helfen, Kleine?"

Sie sagte nichts. Sie sah mich nur mürrisch an. Ich schätz mal, sie war so fünfzehn, sechzehn. Ich ging auf die Knie, sah mir das Schloss und ihren Hintern an.

„Was geht dich das an?" fragte sie.

Und dann sah ich sie auch schon kommen. Fünf, sechs Türken mit Goldkettchen und Piratenkopftüchern. Fünf, sechs Eminem-Klone. Gangsta-Rappers. Ich war zu stolz, um zu flüchten.

„Gleich wird's Scheiße auf dich regnen", sagte der Anführer. Der Typ sah aus, wie Typen aussehen, die ein scheiß Leben hatten. Die von ihren Eltern nicht geliebt, sondern gefickt wurden.

„Kenn ich dich?"

„Du wirst mich schon noch kennen lernen, scheiß Nazi", sagte er. „Du wirst Murat kennen lernen, kannst du drauf wetten. Keiner macht Hülya an."

Hülya streckte mir die Zunge raus und versuchte weiter, das Schloss zu öffnen. Erst jetzt wurde mir klar, dass sie das Fahrrad klauen wollte. Die Kerle umkreisten mich. Leute gingen vorbei, sie gingen sehr schnell, wollten nicht wissen, was hier vor sich ging. Ich stand auf und kramte in meiner Hosentasche.

„Hier, Muselmane. 50 Cent für den Rückflug nach Anatolien. Birgen-Air, 2. Klasse. Mit Gratis-Absturz ins Kanakenmeer." Ich warf ihm das Münzstück vor die Füße. Ich war grad auf nem feinen Level, so richtig schön besoffen. Ich fühlte mich unbesiegbar.

„Nazischwein, ich bring dich um", sagte Murat.

„Was machst du hier in unserem Land, Türke? Wenn du dein eigenes so liebst, warum bist du nicht dort?!"

„Nazischwein, ich bring dich um."

Wenn ich damals nen Türken sah, der sich aufblähte, sah ich rot. Da kroch in mir der Hass hoch, der kroch in die Docs, in die Fäuste, in meinen Kopf und übernahm das Kommando. Nein, ich war kein Rassist! Für mich zählte nur, ob einer n Wichser war oder nicht, und wenn er einer war, kriegte er eins aufs Maul, ist doch logisch. Na ja, und bei den Türken in Kasachstan waren halt extrem viele Wichser. Vielleicht, weil die früher bei uns wie Dreck behandelt worden waren und jetzt als riesige Komplexhaufen durch die Gegend schlurften. Mussten sich

immer aufpusten, sich wichtig machen, ihren Nationalstolz raushängen lassen, kann ich ja irgendwie verstehen, die wollten genau wie ich die Demütigungen der Vergangenheit ablegen.
*Nazischwein, ich bring dich um.*
*Nazischwein.*

Das ganze Land hetzt gegen uns, und das leider viel zu oft mit Recht, aber die größten Rassisten, die ich kennen gelernt habe, waren Türken und Jugos. Für die sind Neger das Letzte. Im Juli hat unsere Mannschaft gegen so n Balkanesenteam gespielt. Süd und Ost waren voller lärmender Jugos. Die haben Sammy 90 Minuten lang mit „UH! UH! UH!"-Affenschreien beschimpft und mit mehr Bananen beworfen, als Oliver Kahn in seiner ganzen Karriere in der Bundesliga abbekommen hat.

„Scheiß drauf, ich bin kein Nazi", hab ich Klara bei Tante Marlenes Geburtstag erklärt und tief Luft geholt.
„Aber?"
„Es sind einfach zu viele Türken und Jugos hier. In den Straßenbahnen, in der Fußgängerzone, in den Discos, beim Baggersee – überall nur noch Ausländer. Wo gestern einer stand, stehn heute zwei und morgen drei. Die stehn auch immer so in Gruppen. Die vermehren sich, bewaffnen sich, werden von Tag zu Tag stärker."
Klara sagte, wenn die Türkei erst mal bei der EU ist, werden wir ihre Sklaven sein, und ich habe ihr zugestimmt, aber Klara lachte dabei, denn sie meinte es im Spaß.

„Wir stellen dich vor die Wahl, Kleiner."

Der Kerl war größer als ich. Breiter als ich. Seine Oberarme waren fetter als meine Oberschenkel. Meine Augen waren auf Höhe seines Mundes. Er kramte in seiner Lederjacke. Er holte einen Schlagring hervor und strahlte.
„Du hast die Wahl zwischen eingeschlagenen Zähnen und einer schmutzigen Zunge."
Ich verstand nicht.
„Du leckst mir die Schuhe sauber", sagte er und trat mit seinen Schuhen in eine große Portion Hundescheiße. Das muss n Monster von Hund gewesen sein, der seine gesamten Innereien mitten auf den Fahrradweg ausgeschissen hatte.

„Du stinkst ärger aus dem Maul als deine Mutter aus der Fotze", sagte ich, und ehe ich wusste, was los war, knallte mir Murat seine Stirn auf die Nase. Es machte *Krack!*, ich ging zu Boden und wusste, der Rüssel war gebrochen. Wie aus weiter Ferne hörte ich seine Worte.

„Glatze, ich garantiere dir, dass nicht ein einziger Zahn übrig bleiben wird in deiner Fresse. Überleg es dir, überleg es dir gut."

Das Leben kann man uns nehmen, nicht aber die Ehre, sagte Hatze immer. Das können nur wir selber tun. Ich kniete vor Murat, der sein Bein hob und mir die Sohlen seiner Schuhe zeigte. Die Hundekacke war hellbraun mit vielen kleinen dunklen Stückchen gewürzt.

„Leck mir die Schuhe sauber. Leck sie, wie du eine Mumu leckst", sagte er.

Ich dachte an Maga und wie es wäre, wenn sie mich sehen könnte. Ich fuhr mit meiner Zunge über die Spitze seines rechten Schuhs. Es schmeckte, wie Scheiße nun mal schmeckt. Steck dir den Finger in den Arsch und dann steck ihn in den Mund und du weißt, wie Scheiße schmeckt.

„So ist gut. Leck die Pussy!"

Dafür würde er eines Tages bluten müssen. Dafür würde er eines Tages seine Mutter verfluchen, dass sie ihn nicht abgetrieben hatte. *Türkenpack, Türkenpack, raus aus diesem Land! Geht zurück nach Ankara, denn ihr macht mich krank. Nadelstreifenanzug, Plastiktütenträger, Altkleidersammler und Bazillenträger.*

„Puah, der frisst die Scheiße ja wirklich!" lachte das Mädchen und machte sich weiter an dem Fahrradschloss zu schaffen.

Der Asphalt war nass. Überall Kippen, überall Dreck. Ich hielt inne, spürte, wie die Magensäure langsam hochstieg. Gleich würd ich dem Kanaken vor die Füße kotzen. Die Nase tat so höllisch weh, dass ich den Schmerz bis in die Zehenspitzen spürte.

„WAS IST DENN NUN?" johlte Murat. „IST NUR EIN BISSCHEN HUNDESCHEISSE! NAZIS SIND AUCH NICHTS ANDERES ALS HUNDESCHEISSE! LOS! WEITER GEHT'S! ODER HAST DU SCHON MAL VERSUCHT, MIT GEBROCHENEN FINGERN DEINE ZÄHNE AUFZUHEBEN?"

Ich wollte doch nie mehr wehrlos sein. Nie mehr, nie mehr wehrlos sein. *Nie wieder! Nie wieder! Nie wieder Letzter sein! Nie wieder! Nie wieder! Nie wieder ganz unten sein!* Ich hörte Autos hupen, Leute reden, einen Raben krächzen. Alles war so normal, alles war wie immer. Aber ich lag hier am Boden und fraß Scheiße.

„WEITERLECKEN, DU ANALGEBURT! LECKEN, LECKEN, LECKEN!"

Einer der Typen riss mir den Fußballschal vom Hals. Er drehte sich um und tat so, als würde er sich den Arsch damit abwischen. Mit meinem Schal! Meinem geliebten Schal! Ich packte Murats Bein mit einer Kraft und Wut, die mich fast genauso wie ihn überraschte. Er fiel zu Boden, ich stürzte mich auf ihn. *Türken raus, Türken raus, alle Türken müssen raus!*

Murat und seine Truppe waren für mich wie all die Typen, die mich früher gequält hatten. Erkans Gang in der Schule, der Schulwart, die Lehrer, die Bullen, und so schlug ich auf ihn ein, ich hämmerte meine Fäuste in seine Fresse, ich wollte seinen Kiefer vom Kopf schlagen, seine Augen platzen lassen, ja, ich wollte seinen ganzen verdammten Körper in den Asphalt dreschen. Aber da waren seine Kameraden, die mich nach kurzem Trommelfeuer von ihm wegreißen konnten. Erst konnte ich mich noch mal befreien und ich schlug um mich, mit Fäusten, Ellbogen, Kopf und Beinen drosch ich in alle Richtungen und traf Nasen und Augen und Knochen und Fleisch, aber irgendwann haben sie mich endgültig gekriegt, und dann trafen ihre Schuhspitzen meine Eier, bis ich tausend Englein singen hörte. Ich erinnerte mich an die Geschichte von den Piraten, die ihre Opfer folterten, indem sie ihr Darmende an einer Schnur mit Haken befestigten und die armen Kerle mit brennenden Fackeln zum Davonlaufen brachten. So wurden ihnen bei lebendigem Leib die Eingeweide aus dem Hintern gezogen. Bei Gott, schlimmer als das hier kann es nicht gewesen sein.

Sie stiefelten mich, und es gab keine Stelle, die sie nicht trafen. Ich versuchte, mein Gesicht mit den Händen zu schützen, aber es war sinnlos. Es knirschte und knackte in meinem Kiefer, in meinen Ohren, überall. Sie traten mit ihren Schuhen auf mich ein, mit voller Wucht, ohne Erbarmen. Als ich schon dachte, ich würde es nicht überleben, war plötzlich Schluss. Ich blutete aus jeder Körperöffnung und in meinem linken Ohr pfiff es, als würden die Bayern im Westfalenstadion auflaufen. Blind und mit zitternden Händen tappte ich nach meinem Schal, und ich drückte ihn an meine Brust, als ich ihn fand. Er stank nach Hundescheiße, aber das tat ich auch.

Wahrscheinlich hätten mich die Kanaken zum Krüppel geschlagen, wäre Zora nicht aufgetaucht. Zora und ihr Rottweiler, dieses Kalb mit Zähnen wie ein Säbelzahntiger.

„Störtebeker hat sie in die Flucht geschlagen", sagte sie, kniete sich neben mich, blähte den rosa Kaugummi in ihrem Mund zu einer riesigen Blase auf, die ihr halbes Gesicht verdeckte, und klopfte ihrem Köter kräftig auf den Schädel.

„Du kleine stinkende Punkfotze", sagte ich und grinste.

Ich hatte Blut in meinem Mund. Blut und kleine Zahnstücke. Auf dem linken Auge sah ich nichts mehr. Störtebeker fing an, mein Gesicht abzulecken. Sein Mundgeruch roch schlimmer als der Eiter aus der Kopfbeule von Großtante Marlene und ich kotzte auf Zoras rote Docs, die ihr bis zu den Knien reichten.

„EY, DU FERKEL! IST DAS DEIN DANK?!"

Ich wischte mit meinen Ärmeln die Kotze von ihren Schuhen.

„Lass das", sagte sie und half mir auf die Beine. Hab mich richtig geschämt, für all die Schimpfworte, die ich ihr in den letzten Jahren an den Kopf geworfen hatte. Ausgerechnet die Rote Zora musste meinen Arsch retten.

Ich stammelte n paar Mal „danke", umarmte die Kleine und tätschelte Störtebekers Kopf, worauf der sofort nach meiner Hand schnappte und erst wieder losließ, nachdem ihn Zora mit der Leine beinah tot gewürgt hatte.

„Kleine stinkende Punkfotze", sagte ich nochmals und humpelte nach Hause. Die Leute starrten mich an. Die Autofahrer verlangsamten ihr Tempo, um mich anzuglotzen. Sie zeigten mit ihren Fingern auf mich. Jeder Schritt schmerzte, das Blut lief mir aus der Nase, meine Hose war völlig verdreckt. Zwei Jugendliche lachten mich aus. *„Weil du Probleme hast, die keinen interessieren, weil du Schiss vorm Schmusen hast, bist du ein Faschist, du hast nie gelernt, dich artizukulieren, und deine Eltern hatten niemals für dich Zeit, o ho ho, Arschloch!"* sangen sie auf der anderen Straßenseite. Ich wünschte mir eine Sturmflut, eine Cruisemissile, eine Neutronenbombe. Ich hatte diese Stadt so satt.

*„O ho ho, ARSCHLOCH!"*

# 015

Am nächsten Tag konnte ich nicht arbeiten. Mein linker Knöchel war so dick, dass er nur mehr in einen flachen Turnschuh passte, aber ohne Doc Martens geht n Skinhead nicht ausm Haus, nicht mal, wenn die Bude brennt. Meine Augen waren so geschwollen, dass ich kaum mehr etwas sehen konnte. In der Nacht musste ich mich zweimal übergeben, vor lauter Schmerzen. Zwei Tage später passte ich wieder in die Docs und ich ließ mich im Bunker von den Jungs als Helden feiern. Jeder wollte die beiden abgebrochenen Zähne sehen. Die roten, blauen und gelben Flecken machten sich ebenfalls gut. Ich musste mich bis auf die Unterhose ausziehen.

„*UND WIR HABEN EIN IDOL, RICO STEINMANN! UND WIR HABEN EIN IDOL, RICO STEINMANN!*“ grölten sie, und ich verbeugte mich artig. Hatze umarmte mich, streichelte zärtlich über meinen kahlen, ramponierten Schädel.

„Ich weiß noch, was du für ein Hosenscheißer warst, als ich dich das erste Mal sah. Was für eine gotterbärmliche Gestalt. Ich habe aus dir einen Krieger gemacht.“

Ich war weniger stolz. Ich sah aus wie die Hussein-Brüder nach ihrem Ableben, schiss roten Brei und rotzte Blut. Meine Rippen schmerzten so höllisch, dass ich in Kopfstandposition schlafen musste. Essen war unmöglich. Mein Kiefer ließ sich nicht bewegen. Ich trank Bananenmilch mit Röhrchen. Und das Schlimmste – der Doc in der Klinik diagnostizierte eine leichte Hodenquetschung.

„Ein Doktor, der an deinen Eiern rumfummelt. Das ist schlimmer als n Pokalfinale gegen die Violetten zu verlieren“, sagte ich zu Ari, der vor dem Dartbrett stand und versuchte, einen Pfeil in Rekordtempo zwischen den gespreizten Fingern in das Brett zu hämmern. Seine Finger waren voller Blut und Hautfetzen.

„Einmal im Jahr kriegt jeder Skin ne böse Abreibung, Rico! Wer will schon ohne Narben sterben?“

Ich sah auf das Blatt Papier, das auf der alten Couch lag. Hatzes Schlachtplan gegen die Ultras, ein Wirrwarr mit vielen Pfeilen und Strichen und Männchen an Galgen.

„Ari und Locke sind fett geworden. Morgen fangen wir mit dem Lauftraining an. Damit ihr fit seid für die große Schlacht“, sagte Hatze, der

sich gerade n Diesel aus Cola und billigem Fusel aus einer Zwei-Liter-Flasche mixte.
„Lauftraining? Wollen wir die Lutscher aufmischen oder vor ihnen davonrennen?“ fragte Ari und bekam dafür die Colaflasche übern Schädel gezogen.

Locke saß vor dem Fernseher und sah sich Fingernägel kauend n Video an. Er arbeitete jetzt in der Sex-Videothek gegenüber von der Klinik. Hatte sich gleich im Mediamarkt nen Videorekorder mit DVD-Player für den Bunker geklaut, weil er alle Filme über Nacht gratis ausleihen konnte. Meistens sah er irgendwelche japanischen Brutalo-Sado-Maso-Pornos im Originalton an. Manchmal auch Filme, in denen Frauen den Männern auf die Schwänze kackten oder es mit Hunden und Pferden trieben. Heute war wohl wieder Sado-Maso-Time. Lautes verzweifeltes Schreien erfüllte den Bunker.

Der Bunker hatte sich innerhalb der letzten zwei Jahre zum Skintreff der Stadt entwickelt. Weil rundherum nur Fabrikhallen standen, kümmerte sich keine Sau um uns. Boneheads waren nicht willkommen, hielten sich aber sowieso fern. Mit den Naziglatzen hatten wir ne Art stillschweigenden Waffenstillstand. Nur Locke schleppte hin und wieder Typen mit Rudolf-Heß-T-Shirts an oder irgendwelche Idioten, die Lieder der Waffen-SS zum Besten gaben.

Was wir nicht wissen konnten: Die Tage im Bunker waren gezählt. Zu jener Zeit entstand nämlich ein großer Automarkt, und zwar gleich nebenan. Die vielen saufenden und grölenden Glatzköpfe machten die Betreiber nervös. Vor allem, weil wir meistens schon am späten Nachmittag dort aufkreuzten und im Frühjahr und Sommer ganz gerne die angrenzenden Grundstücke abcheckten. Gerüchte, dass wir bald raus müssten, gab es schon länger. Glauben wollten wir sie nicht. Ein Leben ohne Bunker war unvorstellbar.

Die Schreie aus dem Fernseher wurden immer lauter. Locke hyperventilierte vor Freude. Ich wurde neugierig und schaute ein wenig genauer. Das Bild war schlecht, der Ton kam daher wie aus einem Abflussrohr. Die Kamera wackelte hin und her, ich hörte jemanden heulen oder schreien. Erst dachte ich, das wär n Viech, aber dann erkannte ich ne Braut, die auf dem Boden saß, die Braut war nackt und ihre Hände

waren über ihrem Kopf an einen Heizkörper gefesselt.
„Ist das deine Mutter?“ fragte ich.
„Keine Ahnung, wer das ist. Ist auch egal. Was zählt ist, dass das nicht gespielt ist. Das ist echt. Das ist echt! Schau in ihr Gesicht, schau dir die Angst an! Die hat ne scheiß Angst. Das kann keine Schauspielerin der Welt spielen.“
„Wo zum Teufel hast du diese Scheiße her?“
„DAS IST ECHT! DAS IST NICHT GESPIELT, RICO. DAS IST ECHT!“

Ich starrte auf den Bildschirm, ich konnte nicht wegsehen. Dieses Weinen und Flehen war nicht zu ertragen, das ging durch Mark und Bein, das ging wohin, wo sonst nichts hingeht. Aus dem Off näherte sich ein Mann. Man sah nur seine fetten Arschbacken. Sie waren behaart. Das Mädchen (es war ein kleines Mädchen!, wahrscheinlich nicht älter als vierzehn, fünfzehn Jahre) strampelte mit den Beinen, versuchte den Kerl auf Distanz zu halten. Er zerrte sie an den Haaren. Sie hatte schwarzes, langes Haar, genau wie Maga. Das fette Schwein wollte ihr den Ständer in den Mund schieben. Aber sie würgte, und der Rotz lief ihr aus der Nase. Er steckte ihr den Ständer in den Mund. Sie musste kotzen. Er schlug ihren Kopf gegen den Heizkörper. Immer wieder gegen den Heizkörper. Vor lauter Heulen und Würgen bekam sie keine Luft mehr.
„WAS SAGT IHR JETZT?!“ schrie Locke. „SCHAUT EUCH DAS AN! DIE MAUS HAT NE SCHEISS ANGST, SOLL KEINER SAGEN, DAS SEI GESPIELT. DAS IST ECHT! DAS IST ALLES ECHT! JAAAAWWOOOHL! NAGELT DIE SAU, BIS SIE SCHREIT! STOPFT IHR DIE LÖCHER!!!“
Ich befürchtete, Locke hatte Recht. So was zu spielen, ist unmöglich.
„Passt auf. Jetzt kommt das Beste“, sagt Locke. Und weißt du, was das Beste war? Ich weiß es nicht, ich kann's dir nicht sagen, denn ich sah nicht hin. Ich sah auf den Boden. Auf dem Boden klebten unzählige Bierflaschenetiketten und Zigarettenstummel. Die Schreie waren entsetzlich. Wie ein Schwein, das langsam ausblutet.

Es war genug. Ich ging hinter den Fernseher, riss das Kabel aus der Steckdose. Locke sprang auf.
„Was fällt dir ein, du schwule Sau?!“
„Lass noch einmal solchen Schrott laufen, und ich reiße dir dein Piercing aus.“

Locke lief zur Steckdose, bückte sich und wollte das Kabel wieder einstecken. Ich trat ihm volle Pulle die Docs in den Arsch. Locke prallte gegen die Wand. Als er wieder auf die Beine kam, zitterte er. Er öffnete sein Butterfly.

„Ich mach dich alle", sagte er. „Ich mach dich alle."

Auch ich zog mein Messer. Hat mich noch nie im Stich gelassen, das scheiß Ding. Alleine das Geräusch, wenn die Klinge einrastet, verursacht beim Gegner Dünnpfiff.

„Mann, siehst du fertig aus", sagte Locke und lachte (das erste und letzte Mal, dass ich Locke in all den Jahren lachen sah). „Haben dir ordentlich den Arsch versohlt, die Anatolier, nicht wahr?"

Ich dachte, das war's, und steckte mein Messer wieder weg. Aber dann ging er auf mich zu und ließ die Klinge über meine linke Wange gleiten. Ich spürte, wie die Haut sich trennte. Im selben Moment schlug ich einen rechten Haken, pfefferte ihm die Faust auf die Kinnspitze. Er krachte gegen den Fernseher, der Fernseher auf den Boden und mein rechtes Knie als Zugabe in seinen Brustkorb.

Lockes Hände zitterten, als hätte er einen epileptischen Anfall. Lockes Hände suchten nach Lockes Kiefer. Ich war erstaunt, dass es noch an seinem Kopf hing. Er stöhnte. Er stöhnte grauenvoll. So als ob er höllische Schmerzen hätte, aber bei Locke war das ausgeschlossen. Locke hatte keine Gefühle. Die Jungs standen rum und sahen gebannt auf Hatze, aber der reagierte nicht. Ich setzte mich auf Lockes Brustkorb und steckte ihm den Zeige- und Ringfinger meiner rechten Hand in den Mund.

„Los, blas mir einen!" sagte ich. „Wie fühlt sich das an, hm? Lutsch meinen Schwanz! Wie fühlt sich das an?" Ich bohrte die Finger in seinen Rachen. Er würgte und kotzte, genau wie das Mädchen im Film, aber ich drückte ihm den Mund zu, er versuchte sich zu wehren, aber ich war stärker.

„Du magst das doch, oder? Wenn Menschen erniedrigt werden! Magst du doch?!"

Hatze ging auf mich los wie n Stier auf den Torero.

„DU MIT DEINEM SCHEISS GEWISSEN, DEINEM SCHEISS MITLEID! IMMER WILLST DU DIE WELT RETTEN! IMMER MUSST DU DICH EINMISCHEN, DICH AUFPUSTEN, MANN, WIR HABEN DAS SO SATT!" Hatze scheuerte mir ein paar, watschte mich ab wie ein kleines Kind, das mit dem Ball eine Fensterscheibe demoliert hatte.

„DAS VIDEO IST GEFÄLSCHT, DAS IST DOCH LOGO! UND SELBST WENN'S ECHT WÄRE! NA UND?! WIR KÖNNEN DAS NICHT MEHR UNGESCHEHEN MACHEN! DIE MENSCHEN SIND NUN MAL TIERE!"

Normalerweise fängst du ein paar von Hatze und die Geschichte ist gegessen. Wenn du nicht nachhakst, ist die Geschichte gegessen. Aber Hatze erwischte meine gebrochene Nase, und das tat so höllisch weh, dass ich ihm die Faust voll auf seinen Zwergenzinken hämmerte und das Blut nur so herausschoss. Hatze ließ von mir ab und starrte auf sein T-Shirt, das sich in Sekunden rot färbte. Er glotzte auf das T-Shirt, dann auf mich. Und dann ging's so richtig ab. Ari kam mir zu Hilfe, Doogie kam Hatze zu Hilfe, und irgendwie kam jeder jedem und doch keinem zu Hilfe. Da waren noch zwei, drei andere Glatzen dabei, aber deren Namen und Fressen hab ich längst vergessen. Da waren ganz oft fremde Skins dabei, nur weil sie Skins waren. Leider sind zu viele von ihnen nichts wert. Sie sind dumm und ordinär, rassistisch und witzlos, sie gehören auf den Müll.

Wir hätten die Sache unter uns geregelt, aber irgendwie bekamen die Bullen Wind von der Keilerei, und kurze Zeit später standen die mit Blaulicht und nem Mannschaftswagen vor der Tür.

„War nur n kleiner Streit unter Freunden", sagte Ari, der seine fette Wampe entblößte, um mit seinem T-Shirt seine blutenden Lippen zu stillen.

Ein Bulle starrte mich an und schüttelte den Kopf.

„Nur ein kleiner Streit? Wie sehen eure Gesichter denn aus, wenn's ein großer war?"

Für nen Augenblick wollte ich dem Bullen von dem Video erzählen. Aber ich hatte Schiss. Ich gebe zu, ich hatte Schiss. Hatze hatte immer gesagt – wenn einer nen Kameraden bei den Bullen verrät, sind seine Eier dran.

„Einen Kameraden bei den Bullen verpfeifen, das ist Hochverrat, das ist das Schlimmste", sagte er immer. „Da sind die Eier dran, das ist fix, egal, wer das ist, egal, wie er heißt."

Der Bürgermeister nahm den Zwischenfall zum Anlass, uns zum Teufel zu jagen. Ursache und Anlass, das hat uns Professor Wolf im Geschichtsunterricht beigebracht, sind immer zwei verschiedene Paar Schuh.

„Der Keller muss geräumt werden. Bis Montag übernächste Woche. Wir können nicht zulassen, dass ihr euch hier gegenseitig umbringt." Der Typ war n kleines Bürokratenschwein mit Anzug und Krawatte und Halbglatze. Wir mussten dem Autocenter weichen, war wohl logo. War denen doch scheißegal, ob wir uns gegenseitig aufmischten, solange wir das still und heimlich in unseren eigenen vier Wänden taten. „Der Keller gehört uns", sagte Hatze. „Wir sind hier schon seit zehn Jahren. Wir sind hier jede freie Minute, wir leben hier, wir saufen hier, wir sterben hier. Am Boden kleben unser Schweiß und unser Blut. Der Bunker gehört uns. Hast du ne Ahnung, Chef, wie es hier ausgesehen hat, bevor wir hier rein sind? Wir haben wochenlang geschuftet, bis es aussah wie jetzt. Der Bunker gehört uns, basta."

Der Kerl sah sich um. Sein Blick blieb auf einem Spruch an der Wand hängen: FASCHO-POWER. Er blätterte in seinen Unterlagen. „Tut mir leid, aber das Gebäude gehört der Stadt. Und wie ich hier sehe ..." Natürlich, auf dem Papier gehört alles euch. Gehört euch die ganze Welt. Das Land und das Leben habt ihr nicht erschaffen, aber ihr verfügt mit dem größten Recht darüber. „... gibt es weder Mietvertrag noch sonst ein Abkommen. Tut mir leid. Rein rechtlich ist die Sache einwandfrei. Das Gebäude gehört der Stadt." Gehört es nicht. Niemand kann sagen, das gehört mir und das gehört dir. Denn vor vielen Jahren gehörte es dem, und der hat es von einem anderen. Der andere war vielleicht ein Mörder und Vergewaltiger und hat es einfach geraubt. Eigentum ist nicht Diebstahl, Eigentum ist eine Lüge. Eigentum gibt es gar nicht.

## 016

Weißt du, was die deprimierendsten Momente bei meinem Job waren? Wenn du wieder mal ne abgehackte Hand in einem der Postkästen fandest. Quatsch. Deprimierend war, wenn so ne Haustür aufging und dir der Duft von feinem Mittagessen in die Nase stieg. Dann fühltest du dich wie ein ausgehungerter Straßenköter. Manchmal dachte ich, das Beste auf der Welt sei ein gutes Essen, und ich hätte meine Hand abhacken lassen dafür.

Bei diesem Job bekam ich ne Ahnung davon, was Hunger ist. Ein großes Loch in deinem Bauch, das nach und nach deinen ganzen Körper verschlingt. Ein Loch, dass dich aushöhlt, dich müde macht und schlecht gelaunt. Irgendwann magst du nicht mehr. Da willst du nur noch heim zu *Onkelz*, Pizza und Bier. Nur noch ins Bett, in den Schlaf flüchten, alles vergessen, alles sterben lassen. Nur schlafen, träumen, fliehn.

Hatte ich meinen Bauch dann ordentlich gefüllt, fuhr ich sofort hinaus in die Gutenbergstraße, kletterte über den Zaun in Magas Garten und sah hinauf zu ihrem Zimmer. Jeden Abend sah ich dasselbe Bild an der Wand ihres Zimmers – ein Filmplakat ihres Lieblingsfilms, „El lado oscuro del corazón". Manchmal sah ich auch sie, meistens aber hatte sie die Vorhänge vorgezogen. Ich wollte, dass sie mich anrief. Dass es nicht einfach so vorbei war. Aber sie tat es nicht, und so konnte ich nicht anders, als auf den Balkon zu steigen und an der Tür zu klopfen. Ganz leise, damit sie nicht erschreckte. Wir schliefen in jener Nacht viermal miteinander. Sie küsste mir den Arsch. Noch nie hat ein Mädchen meinen Arsch geküsst. Ich habe alle Ärsche geküsst, alle geleckt, aber Mädchen tun so was nicht. Maga tat es. Maga war anders.

„Warum prügelst du dich?" fragte sie und streichelte über mein geschwollenes Augenlid. „Das ist doch dumm."

„Warum rauchst du? Das ist doch dumm."

„Ich rauche gar nicht!" protestierte sie. „So wenig, wie ich rauche, kann man nicht sagen, dass ich rauche über'aupt!"

Maga und ich sahen uns fortan jede Nacht. Und jeden Morgen um halb fünf stand sie auf, um zu lernen. Das Studium schien das Wichtigste zu sein in ihrem Leben. Wenn ich kam, wenn ich ging, immer tippte sie auf ihrem Laptop oder saß mit einem Leuchtstift vor einem Buch. Und neben dem Buch lagen andere Bücher, und unter den anderen Büchern lagen noch mehr Bücher.

War ich erst mal wach, konnte ich nicht länger schlafen. Also beobachtete ich sie heimlich. Sie bemühte sich, ganz leise zu sein. Sogar ihren Leuchtstift legte sie mit äußerster Vorsicht auf den Tisch. Hin und wieder sah sie zu mir.

Einmal erwischte sie mich, wie ich blinzelte.

„Soll ich Fenster schließen?" fragte sie. „Stört dir das Licht?"

„Mich stören die Bücher", sagte ich, stand auf und warf eins nach dem andern zum Fenster raus. All die Doktoren und Professoren, Journalisten, Schriftsteller und Politiker flogen hinaus in die Dunkelheit. Sie landeten im Teich, ich hörte, wie das Wasser sie schluckte.

Maga reagierte überhaupt nicht. Sie las weiter ihren Text, sah nur kurz mal auf und sagte: „Jedes Buch ich bekomme wieder. Jedes Buch liegt wieder auf diese Tisch." Ihr Blick war scharf und gnadenlos.

„Tut mir leid. Aber ich glaub den Scheiß nicht", sagte ich. „Ich glaub den ganzen Scheiß nicht, den die da verzapfen."

„Ich bin nicht dumm, ich glaube auch viele nicht", sagte sie, ohne aufzusehen.

„Warum lernst du dann den Mist?"

„Nie ge'ört, dass man muss Regeln kennen, bevor man kann Regeln brechen?"

Ich nahm ein Buch vom geschrumpften Stapel und las darin.

„Was für schöne Theorien! Ich hasse es, wenn Menschen glauben, sie hätten die Weisheit gepachtet. Solange mir keiner sagen kann, was vor dem Leben war oder nach dem Leben kommt, glaube ich gar nichts. Keiner kann mir beantworten, warum überhaupt etwas ist, und nicht etwa nichts. Eigentlich müsste doch nichts sein, hab ich Recht?! Wie zum Teufel kann aus dem Nichts etwas werden? Solange das Rätsel keiner löst, können sie mir den Buckel runterrutschen, mit ihrer Wissenschaft." Ich warf auch dieses Buch aus dem Fenster, setzte mich neben Maga und flüsterte in ihr Ohr: „Ey, Maga, sie wissen nichts, sie wissen gar nichts, und deshalb darf ich sie ficken, ein Leben lang. Sie und ihre Theorien und ihre Moral."

„Ach, Rico! Wir aben Körper zu tanzen, Munde zu singen, Munde zu lachen, reden, küssen, und wir aben Kopf zu denken. Was wir sollen tun? Nicht tanzen, weil so viel schlimme Dinge passieren auf diese Welt, nicht denken, weil wir nicht können wissen, nicht küssen, weil Liebe nie vollkommen, nie sprechen, weil Worte können immer verstanden werden anders oder falsch?"

„Früher war ich auch so blöd, die ganze Kacke zu akzeptieren, die sie uns vorsetzten", sagte ich. „Habe geglaubt, dass das alles wichtig und richtig ist, die ganzen Staaten, die Ordnung, die Gesetze, Schule, Bund, Kapitalismus."

Maga tippte etwas in ihren Laptop. Ihre Lesebrille irritierte mich. Sie sah so ernst und gezähmt aus.

„Wenn wir leben in Anarchie, jeder fällt er über andere. Nur Mord und Totschlag, überall“, sagte sie.
„Das kann nicht schlechter sein als das, was wir im 20. Jahrhundert hatten. Die beiden Weltkriege, Vietnam, Korea, die Millionen von Toten, sie wären ohne Staaten und die Disziplinierung der Untertanen nicht möglich gewesen.“
„Oh! Der Err, er spricht von der Disziplinierung der Untertanen!“ sagte sie spöttisch. „Wo borrachito at solche Worte gefunden?“

Ich packte sie an den Haaren, und für einen Moment wollte ich sie für ihren Hohn büßen lassen, ihren Kopf an die Wand klatschen, aber im nächsten Augenblick war die Wut verpufft und ich versank vor Scham im Boden. Irgendwo in mir musste ein Nest voller böser Gedanken sein, wie eine Rattenbrut, die sich vermehrte und die Pest verbreitete.
„Jetzt ich werde dich disziplinieren“, sagte sie, legte ihre Brille ab und öffnete den obersten Knopf meiner Jeans. Sie öffnete alle Knöpfe meiner Jeans, zog die Hose runter, holte den Schwanz hervor und steckte ihn in den Mund.
„Ich dachte immer, wir seien die Guten“, sagte ich. „Das hat man uns doch so beigebracht. Dass die Kommunisten, die Anarchisten und die Drogendealer die Bösen sind. Dass man aufsteht, wenn die Hymne erklingt, salutiert, wenn der Offizier vor dir steht, dass man die Antiimperialistischen Zellen, die Roten Brigaden, die ETA ächtet, die Sonne liebt, den Regen hasst. Ich dachte immer, wir seien die Guten. Ganz oben auf der Schöpfungsleiter. Und irgendwann musste ich dann erfahren, dass Menschen in der Dritten Welt Sklavenarbeit verrichten, damit wir billig Bananen und Schokolade fressen können, dass in Afrika ganze Dörfer ausgerottet werden, nur damit unsere Hightech-Firmen Coltan für Computer und Handys haben, und dass bereits ganze Inseln im Meer versinken, weil der Treibhauseffekt den Meeresspiegel ansteigen lässt. Ich dachte, unsere Demokratie und unsere Marktwirtschaft seien das Heil, dürften niemals in Frage gestellt werden. Ich wusste nicht, dass an unseren Händen Blut klebt, so viel Blut, dass ich bis ans Lebensende schrubben müsste, um es wegzukriegen.“

Ich hielt mit meinen Händen ihre Haare aus dem Gesicht, um ihre vollen Lippen zu sehen, die sich um meinen Schwanz schlossen.
„Und diese Verbrecher wollen mir sagen, was ich tun und lassen soll,

was gut und böse ist, das kann nicht sein, das musst du doch selber einsehen, dass das nicht sein darf!"

Maga sagte nichts. Maga war beschäftigt. Maga war die Erste, die schluckte. Ich habe sie nicht dazu gezwungen. Sie wichste mich schnell und hart, hielt die Spitze des Schwanzes im Mund und hörte auch nicht auf, als ich wimmerte, dass ich gleich kommen würde. Ich schoss meine Ladung in ihren Rachen. Sie schluckte, zwei,- dreimal.

„Mach mich nicht verantwortlich für diese Welt, ich abe sie nicht geschaffen", sagte Maga, nachdem wir uns aufs Bett gelegt hatten. „Es gibt so viele Leid, so viele Unrecht, aber was ich auch tue, ich kann nichts ändern. Ich kann Kriege nicht stoppen, die Sklaven nicht befreien, den Regenwald nicht schützen. Ich abe schon so große Kampf mit mir selber. Mehr ich schaffe nicht."

Wir hörten, wie der Zeitungsmann vorfuhr. Er schien die ganze Gutenbergstraße im ersten Gang mit durchgedrücktem Gaspedal zurückzulegen. Der Motor heulte auf und durchbrach brutal die Stille.

„Ich seh jeden Tag die Nutten vor unserem Block an der Kreuzung stehen", sagte ich, während Maga sich die Kleider vom Leib riss. „Die Mädchen sind so jung, so hübsch. Sie sind hier, weil sie arm sind. Sie sind hier, weil sie sich nicht aus den Klauen der Menschenhändler befreien können. Keiner tut was dagegen. Keiner! Ich wünschte, ich könnte sie befreien. Und nicht nur sie, alle, alle Sklaven auf der Welt! Gib mir n Maschinengewehr. Gib mir nen Sprengstoffgürtel. Und ich lösch ein paar von den Hurensöhnen aus, dann ginge es mir besser, Maga. Dann ginge es mir so viel besser. NIEDER MIT DEN AUSBEUTERN! NIEDER MIT DEN KONZERNEN! HASTA LA VICTORIA!"

„Uuuuu! ¡Mi pobre pequeño guerrillero!" lachte Maga und setzte sich auf meinen Bauch. Sie streichelte ihre Nippel, bis sie hart waren, und rieb sich ihre Möse an mir feucht. „Mit Bomben du kannst Großkonzernen nicht besiegen. Du musst sie schlagen mit andere, mit eigene Waffen. Mit Antiwerbung und Kaufboykotten. Du musst die Leute aufwecken, du musst zeigen die Opfer, das Leid, du musst ..."

„Davon hab ich doch keine Ahnung, Maga!"

„Aber ich", sagte Maga. „Des'alb ich lese teure Bücher, Bücher, die du mir aus Fenster wirfst!"

Ihre rechte Hand wanderte hinunter zwischen ihre Beine. Sie fing an, sich zu streicheln. Es machte sie an, wenn ich dabei zusah.

„Du sprichst so viel von Revolution, von Veränderung, aber du nur redest, du kannst nicht ändern eine Sache, wenn du bis an Ende von deine Leben Post austrägst und dich jede Tag mit Freunde besäufst."

Ihr Atem wurde schneller. Ihre linke Hand massierte ihre Brustwarze. Sie nahm meine rechte Hand, führte sie zum Mund und befeuchtete den Mittelfinger mit reichlich Spucke.

„Inein!" keuchte sie.

Ich wollte ihr an die Möse, aber sie schüttelte energisch den Kopf.

„¡No!" sagte sie und legte meine Hand auf ihren Arsch. „Inten."

Ich ließ meinen Finger zwischen ihren Pobacken hinab gleiten. Es war nicht leicht, in sie einzudringen. Ihr Arsch war sehr eng. Nicht, dass ich gewusst hätte, wie andere Ärsche sind, aber rein vom Gefühl. War er eng. Sie ließ einen Schmerzensschrei aus, aber als ich den Finger wieder rauszog, packte sie meine Hand und führte sie zurück.

„Weiter!"

Ich bearbeitete sie sanft mit dem Finger und sie bearbeitete ihre Klitoris, und je näher sie dem Höhepunkt kam, desto lauter wurde sie. Peluches kam zur Tür hereingesprungen und beobachtete uns mit wedelndem Schwanz.

„Uuuh, borrachito", stöhnte sie. „Rico, oh Rico, mi borrachito!"

Ihr Gesicht verzerrte sich zu einer süßen Fratze, ihr ganzer Körper zuckte, und sie ließ sich auf mich fallen, verschwitzt, völlig außer Puste. Peluches hüpfte aufs Bett und hechelte. Sie klammerte sich an mich, sie war so weich und warm, ich steckte meine Nase in ihr Haar, ihr Haar duftete, ihr Haar und ihre Haut, ich leckte ihre Achseln, ihr Achseln schmeckten gut, junge Frauen stinken nicht.

Um halb acht weckte uns Carlos Santana. Auf dem Schreibtisch piepte Magas Handy die Melodie von „Samba Pa Ti".

„Oh Gott, dieses Scheißding!" motzte ich und hielt Maga fest, die schon aus dem Bett springen wollte.

„Lass mich, es könnte wichtig sein."

Ich hasse Handys. Ich bin der Einzige von den Jungs, der keines hat. Kein Handy, keinen Computer, kein Internet, nicht mal n verschissenes Auto. Hatze sagte, das wär krank. Ich sagte ihm, was Tyler Durden sagt: *Generations have been working in jobs they hate, just so they can buy what they don't really need* – aber Hatze konnte kein Englisch.

Maga stand auf, es war das erste Mal, dass sie nackt vor mir stand. Ich mochte ihre kräftigen Schenkel, das breite Becken, ihre vollen Brüste und die langen schwarz-blauen Locken. Sie telefonierte mit Philipp.

„... die letzten drei Kapitel ... übermorgen, ja ... der Ansen, er be'andelt mich wie eine Stück Dreck, wahrscheinlich er mag keine Ausländer ... nach der Prüfung ich werde diese Schwein sagen, was ich denke über ihn!"

Ich grunzte wie ein Schwein, aber Maga gab mir mit einer Handbewegung zu verstehen, ruhig zu sein. Ich schnitt Grimassen, tat so, als müsste ich mich übergeben. Maga wendete sich von mir ab.

„Madrid? Ja, natürlich ... ¡no!, ich freue mich, aber erst ich muss Prüfung schaffen. Bis dann. Ja, ich dich auch. ¡Adiós!"

Sie ging in die Küche und kam mit einer Flasche Rotwein, einem Korkenzieher und zwei Gläsern zum Bett zurück.

„Am Wochenende ich fahre nach Madrid", sagte sie. „Warst du schon einmal in Madrid?"

„Ich war noch nie irgendwo."

„Ich war schon überall." Sie gab mir die Flasche und den Korkenzieher.

„In China?"

„Shanghai, vier Wochen."

„Hawaii?"

„Eine ganzen Sommer."

„Auf dem Mond?"

„Schon zweimal."

„Lüge! Ich hätte dich von hier unten gesehen."

„Ich war auf die dunkle Seite", sagte sie. „Manchmal ich denke, ich bin auch auf Erde auf dunkle Seite."

Ich entkorkte den Wein, trank die halbe Flasche und reichte sie ihr. Sie stellte die Gläser auf den Schreibtisch. Es war witzig, wie sie aus der Flasche trank. Kannst du drauf wetten, dass die das noch nie zuvor gemacht hat. Sie verschüttete Wein auf ihrem Bett und ihren Brüsten, ich leckte sie sauber.

„Als ich noch am Flughafen arbeitete", sagte ich, „sah ich die Maschinen im Minutentakt starten, das war deprimierend. Die ganze Welt war in Bewegung. Alle flogen fort, außer mir. Ich kam mir vor wie ein totes Insekt auf einem Ameisenhaufen."

„Eines Tages du fliegst mit mir nach Durango."
„Da hätte aber jemand schwer was dagegen." Sie sah mich an, als hätte ich sie daran erinnert, dass sie morgen auf den Elektrischen Stuhl komme.
„Wir könnten doch eines Tages Freunde sein", sagte sie.
„PAH!" Ich knallte die Weinflasche gegen die Wand. Sie sah mich verzweifelt an.
„Ich glaub nicht an Freundschaft", sagte ich. „Fick die Freundschaft! Für mich gibt's nur Liebe oder Hass. Nichts dazwischen. Nur Liebe. Oder Hass."
„Eso es triste", sagte sie, und ich widersprach ihr nicht. Ich sammelte die Scherben ein, zog mich an und bat sie, bei Edde anzurufen, dass ich verschlafen hätte. Peluches begleitete mich zur Tür.

## 017

In jenen Tagen spielte alles verrückt. Alles geschah so schnell. Ich konnte nichts tun. Ich konnte nur staunen. Es war, als hätte man mich mit ner Zeitmaschine in die Zukunft geschleudert, und ich könnte Hunderte von Dingen sehen, die ich noch nie gesehen habe. Fliegende Autos ohne Lärm und Abgase, Häuser, die durch die Gegend spazieren, und Rolltreppen, die die Menschen zum Mond bringen.

Die Stunden mit Maga waren ein einziger Rausch, waren vorbei, ehe ich mich ihrer bewusst werden konnte. Ich hätte nie gedacht, dass Leben so schön, so aufregend sein kann. Nie zuvor hatte ich so geliebt, nie zuvor solches Glück erfahren. Die Jungs mied ich, so gut ich konnte. Und obwohl mich Hatze auf dem Kieker hatte, störte ihn gerade meine Abwesenheit. Einmal passte er mich auf dem Heimweg ab und meinte, wenn ich meinen Arsch nicht sofort in den Bunker schwingen würde, um von dort ein zweistündiges Lauftraining zu starten, könnte ich meine Braut im Fluss dahinschwimmen sehen.
„Ihre dunkle Haut wird sich gar nicht von der braunen Brühe unterscheiden lassen."
„Die Arbeit schafft mich", sagte ich. „Ich war heute neun Stunden auf den Beinen. Ohne Pause. Ich hab gestern Nacht nur vier Stunden ge-

schlafen, und in der Nacht zuvor auch nicht viel mehr. Ich bin fix und fertig, Hatze, ich brech bald zusammen."

„Nicht die Arbeit schafft dich", sagte Hatze, „sondern die Negerin. Wie oft musst du sie denn stopfen? So ne Negerfotze, die braucht's doch ständig, das weiß jeder!"

„Ach, leck mich am Arsch, Hatze", sagte ich und trat mit meinen Docs gegen einen Laternenmast. „Ich weiß doch, dass es dir im Grunde scheißegal ist, welche Hautfarbe ne Braut hat. Du hast nur Schiss vor dem Gerede! Uh! Bei Hatzes Glatzen hängen jetzt schon Neger rum ..."

„Mensch Rico", sagte er und kam mit seinem Kopf so nahe, dass ich dachte, er wollte mich küssen. „Komm wieder zur Vernunft. Komm zurück zu uns. Scheiß auf die Weiber! Und wenn schon Weiber, dann deutsche Weiber! Negerinnen werden mit 30 fett! *DEUTSCHE FRAUEN, DEUTSCHES BIER, SCHWARZ-ROT-GOLD, WIR STEHN ZU DIR!*"

Als wir beim Bunker ankamen, standen die Jungs schon davor. All unsere Sachen lagen lieblos aufeinander getürmt auf dem Parkplatz.

„Verdammt!" fluchte ich und sah in die Runde. „Was soll das?"

„Der Bunker ist Geschichte", sagte Hatze.

„Was?!" sagte ich und sprang von einem zum andern. „WAS?! Wir wehren uns nicht?! Wir kämpfen nicht? Ey, Hatze! Wir kämpfen nicht?!"

„Es hat keinen Sinn, Rico", sagte Hatze und zog nervös an seiner Zigarette. „Wenn wir nicht abhauen, kommt ein Rollkommando, und auf Rollkommandos hab ich keinen Bock."

„Das ist unser Zuhause, Hatze!" Ich konnte es nicht glauben. Da war doch was faul! „Ey, Kameraden! Wir können nicht einfach so aufgeben!"

Taten wir aber. Später hat mir Doogie gesteckt, dass Hatze n dickes Bündel Euroscheine dafür eingesackt hat. Die Stadt wollte eine saubere Lösung. Hatze wollte, was er immer will – Kohle.

In den nächsten Tagen habe ich verzweifelt versucht, Murat und seine Bande ausfindig zu machen. Aber selbst in einer kleinen Stadt war das nicht so leicht. Jeder kannte einen Murat, aber niemals war es der, den ich suchte. Nicht einmal Pedro konnte mir helfen.

„Was fragst du mich, ey?“ sagte er und schob sich seine AC-Milan-Kappe zurecht. „Bin ich Italiener und keine Türke! Oder seh ich aus wie eine Türke?“

„Gib mir ne Kiste Krombacher und die zwei größten Pizzas, die du je gemacht hast, und ich schwöre vor dem Jüngsten Gericht, dass es keinen reinrassigeren Italiener gibt als dich!“ Mit dem Bier und der Pizza wollte ich mich bei Zora bedanken, aber Zora war nie zu Haus. Gestern meinte die Nachbarin, Zora sei nach Berlin gezogen.

„Von der krieg ich noch zwei Monatsmieten“, sagte sie und klopfte mit zwei Fingern auf ihre offene Handfläche. „Zwei Monatsmieten! Wenn Sie ihr Freund sind, dann lassen Sie es rüberwachsen, das Geld, aber flott!“

Weiß der Teufel, was aus Zora geworden ist. Wahrscheinlich hat Störtebeker sie gefressen. Oder das schlechte Gewissen. Schließlich hat die Rote Zora, die berüchtigtste Punkerin der ganzen Stadt, nem verfluchten Skin den Arsch gerettet.

Maga schaffte ihre Prüfung mit Ach und Krach. Wir feierten im Unicafé, gleich neben der Klinik. Wir hoben die Gläser und wollten anstoßen, als dieser alte Knacker in Schlips und Anzug an unserem Tisch vorbeikam.

„So gut war Ihre Leistung auch wieder nicht, dass sie gleich darauf trinken müssen“, sagte er. „Außerdem sollten Sie schleunigst Ihre Deutschkenntnisse aufbessern, Miss Boyld, sonst sehe ich schwarz für den weiteren Verlauf des Studiums!“

Das hat Maga wehgetan. Sie tat alles, um besser deutsch zu sprechen, aber sie tat sich immer noch schwer mit den Artikeln, den Fällen und der Satzstellung, und ja, manchmal checkte sie’s nicht so ganz, wenn jemand zu schnell oder zu undeutlich sprach. Oh Fuck, das hat Maga wehgetan, aber weißt du was? Meinem Mädchen tut keiner weh. Das ist n altes Gesetz. Von mir erstellt. Und von keiner Macht der Welt außer Kraft zu setzen.

„WER WAR DIESER PISSER?“ fragte ich.

„Pst! Nicht so laut. Das war Professor Ansen.“

„WARUM SAGST DU IHM NICHT DEINE MEINUNG? DIE PRÜFUNG IST VORBEI“, sagte ich, so laut, dass Maga mir ans Schienbein kickte.

„Warum, warum?“ flüsterte sie. „Sagst du den Menschen immer, was du über sie denkst? Man kann nicht aus seiner Aut so einfach. Yo soy una chava valiente – Ich bin eine brave Mädchen.“

Ich musste lächeln. Sie war ein braves Mädchen und ich war ein böser Junge, also war es Zeit für meinen Auftritt. Ich strich meinen Kapuzenpulli glatt, stand auf und ging hinüber zum Tisch von Professor Hansen, der mit einer Frau – Tochter oder Geliebte, jedenfalls viel zu jung, um seine Frau zu sein – gerade die Speisekarte studierte.

„Kommen Sie bitte in meine Sprechstunde, während des Essens pflege ich nicht, meinen Studenten Fragen zu beantworten“, sagte der und staunte nicht schlecht, als ich meinen Gürtel öffnete, Jeans und Shorts hinunterzog, mit meinem Hintern vor seinem Gesicht hin und her wackelte und laute Furzgeräusche von mir gab. Der Geräuschpegel im Café stieg erst auf ein Maximum, dann war es mucksmäuschenstill. Alle sahen zu mir. Einige fingen an zu kichern, andere tuschelten. Der Augenblick gehörte mir.

Ich drehte mich seelenruhig um, rotzte dem Professor in den Wein, zog die Hose hoch und gab ihm eine Kopfnuss.

„Na, da schaut der Herr Professor!“ Ich zog ihn an den spärlichen Haaren, zwang ihn, mir in die Augen zu schaun.

„Sorry, aber ich hab vor niemandem Respekt, Herr Professor. Schon gar nicht vor so aufgeblasenen, arroganten Hackfressen wie dir. Aber du solltest Respekt haben. Vor meinem Mädchen. Sie reißt sich den Arsch auf, um besser deutsch zu sprechen. Und niemals werde ich zulassen, dass so n mieser, erbärmlicher Kanake wie du sie beleidigt“, sagte ich. Die Frau starrte mich ungläubig an. Mein Gesicht sah immer noch furchtbar aus.

„Ja ja, so was gibt’s normalerweise nur im Fernsehen, was?“ sagte ich.

„Sie sind wohl nicht ganz dicht“, sagte die Tussi.

„Oh je“, sagte ich zu Herrn Professor Hansen. „So frustriert, wie die ausschaut, ist die noch nie geleckt worden. Weißt du Klugscheißer denn nicht, dass Fotzenlippen austrocknen, wenn man sie nicht hin und wieder leckt?“

Ich ging zurück an meinen Tisch. Maga saß da, mit gesenktem Kopf. Sie schlug die Hände vors Gesicht.

„¡Dios mio!“ sagte sie, und ich fürchtete, sie würde in Ohnmacht fallen, so sehr blieb ihr die Luft weg. Aber nicht nur ihr. Alle Leute

glotzten. Eine Professorin der Erziehungswissenschaften mit offenem Mund. Die Hand mit der Gabel hing in der Luft, als wäre sie erstarrt.
„Was ist los, Baby?“ fragte ich. „Friss deinen Kuchen! Sonst tu ich’s.“
Der Betrieb normalisierte sich wieder.
„Ist dir eigentlich völlig egal, was andere denken von dir?“ fragte Maga nach ner Pause.
„Es ist mir scheißegal.“
Maga schüttelte den Kopf.
„Mein Hintern ist okay. Den darf jeder sehen. Ist kein einziger Pickel drauf“, sagte ich.
„Ich kann mich ier nie mehr blicken lassen.“
„Ich sagte doch, mein Arsch ist okay. Ich sauf zwar mehr als hundert Musik- und Schützenvereine zusammen und ich zieh mir auch jeden Tag ne Pizza rein, aber sonst ernähr ich mich gesund. Obst, Gemüse, alles vom Biobauern.“
Sie starrte mich mit fremden Augen an.
„Das da eben ... ich werde meine Leben lang nie vergessen.“
„Ihr seid doch alle Sklaven“, sagte ich und schlug mit der flachen Hand auf den Tisch. „Ihr tut nicht das, was ihr wollt, sondern das, was die anderen von euch erwarten. Ich nehme keine Rücksicht auf irgendwen. Ich schäme mich nicht für etwas, das ich getan habe, weil ich es tun wollte. Ich will. Mein Wille ist Befehl. Mein Wille geschehe.“
Der Besitzer des Lokals, Herr Wanka, ein kleinwüchsiger Grinsemann mit einem roten Luftballon als Kopf, beriet sich mit seinen Angestellten und kam schließlich an unseren Tisch. Ich stellte mir vor, eine Nadel in den Luftballon zu stecken, um ihn zum Platzen zu bringen.
„Ich würde Sie bitten, unser Café sofort zu verlassen. Die Rechnung ist beglichen. Auf Wiedersehen.“ Er sah uns auffordernd an, Maga wollte schon ihre Jacke nehmen, aber ich hielt ihre Hand.
„Einen Dreck werden wir tun“, sagte ich.
„In dem Fall müssen wir die Polizei verständigen.“
„Bitteschön. Vor all den Gästen einen Bullenaufmarsch. Wird sich gut machen. Wir werden schreien und beißen.“
Herr Wanka stampfte wütend davon.
„99 Prozent von Leute ier denken, du bist krank sehr viel“, sagte sie.
„Scheiß auf die Leute. Die können nur meine Hülle sehen. Sie sehen nichts von mir. Ich bin ganz woanders. Ich bin tief in mir. Ich bin ich.

Ich bin Gott. Ihr seid Sklaven. Ihr seid nichts. Ihr seid nicht ihr selber, und darum seid ihr nichts."

Maga starrte mich immer noch an, als hätte sie mich mit Peluches im Bett erwischt. Ich trank mein Glas Wein ex und forderte Nachschub vom Kellner.

„Wer ist das Prozent, das mich nicht für n Psycho hält?" fragte ich. „Du?"

„Nein. Die Blondine an andere Tisch. Sie mag dich. Frisst borrachito mit Augen."

Ich sah hinüber zum Nebentisch. Eine sexy Blondine sah mich mit feurigen Augen an.

*„My sister say she no want no man, she no want no man if he's not a skinhead man"*, sang ich und klopfte mit Docs und Händen im Takt dazu und zwinkerte der Blondinen zu. *„Skinhead! Skinhead! Skinhead! Hip to the hop!"*

Professor Hansen verhandelte inzwischen mit Herrn Wanka. Der wollte meinen Rausschmiss veranlassen, aber der Wanka wusste, dass man sich in dieser Stadt nicht ungestraft mit den Glatzen anlegte. Schließlich verließ der Hansen wütend das Unicafé, das er danach nie mehr betreten hat. Weihnachten kam er bei dem Versuch ums Leben, aus seiner brennenden Wohnung Urkunden, Ehrungen und Videos seiner Fernsehauftritte zu retten. Seine Tochter hatte den Christbaum mit den brennenden Kerzen umgestoßen und so das ganze Haus in Flammen gesetzt.

## 018

Wenn du Gott zum Lachen bringen willst, erzähl ihm von deinen Plänen, heißt es in einem von Magas Lieblingsfilmen. Mein Plan war, mit Maga die Kurve zu kratzen, und ich habe Gott mit Absicht nichts davon erzählt, aber er hat's trotzdem gecheckt und laut darüber gelacht und mich zur Strafe fürchterlich in' Arsch gefickt.

Es schneite, als ich mit meiner Kleinen nen Bolero aufs Eis legte. Ich liebe den Schnee, weil er all die Erinnerungen wiederbringt. An

Weihnachten, als ich noch ein Kind war. An unser altes Haus an der Leiblach. An die schönste Zeit im Jahr, die schönste Zeit in meinem Leben. Maga trug meine schwarze Mütze, die ihr Köpfchen zu verschlucken drohte, und ihre Wangen waren knallrot. Wenn es kalt war, atmete sie immer durch den Mund.

„Meine Nase ist Temperaturen so niedrig nicht gewöhnt. Meine Nase brennt. Ich bekomme keine Luft."

Sie erlaubte mir niemals, sie in der Öffentlichkeit zu küssen. Hätte ja wer da sein können, der sie bei ihrem Philipp verpfeift. Das machte mich verrückt. Ich wollte sie angreifen, sie beißen, sie kitzeln, aber ich durfte nur schauen. Sie war übermütig, an jenem Tag. Selten, dass sie so viel lachte und scherzte. Alle paar Sekunden fiel ich auf die Schnauze, und sie half mir wieder auf.

„Ge'en wir tanzen eute? Ich möchte tanzen! Ich möchte tanzen und trinken und Professor Ansen vergessen!"

„Mach mit ihm Schluss", sagte ich.

Sie wurde mit einem Schlag todernst.

„Mit Professor Ansen?"

„Du weißt genau, was ich meine. Ich möchte, dass du mit diesem Philipp Schluss machst", sagte ich. „Ich werde dich nicht länger teilen."

Sie verdrehte ihre Augen.

„¡Por Dios! Was wollt ihr Männer eigentlich?! Wenn ich abe Liebe zu geben – ihr wollt Sex, wenn ich Sex will, du willst Liebe!"

„Ich will dich, Maga", sagte ich. „Mit Leib und Seele. Du fliegst nicht mit ihm nach Madrid. Und ich hab auch keinen Bock mehr, so zu tun, als wären wir Fremde, sobald wir aus den Federn sind."

„¡Olvídalo, Rico!" sagte sie. „Du bist meine Lieb'aber. Nicht mehr, nicht weniger. ¡Punto!" Und dann fuhr sie davon.

„Hau doch ab, du Schlampe!"

Sie bremste ab, kam zurück. Die Leute sahen uns zu. Wo immer wir waren, zogen wir die Blicke auf uns. Der Skin und die Negerin – wir waren eine Attraktion.

„Sag nie ...", sie holte tief Luft und mahnte mit ihrem Zeigefinger. „Sag nie nie nie wieder diese Wort zu mir!"

„Gibt es ein anderes Wort für dich?"

„¡Adiós para siempre!" sagte sie, ich hielt sie fest, sie versuchte sich zu lösen. „Weißt du, Rico? Du bist eine sehr einsame Mensch. Du findest

dich nicht zurecht in diese Welt, des'alb du läufst mit diese Glatzköpfe und diese lächerliche Verkleidung durch deine Leben."
„Ich werde dafür sorgen, dass Philipp erfährt, wie du bei mir abgegangen bist!"
Sie ignorierte meine Worte.
„Du bist besessen, große Liebe zu finden. Liebe für Ewigkeit. Liebe größer als Tod. Aber du bleibst alleine, für immer. Du kannst Einsamkeit nur für Augenblicke entkommen. Und die du darfst nicht zerstören, sonst du wirst das Leben eines Tages nicht mehr ertragen."

Ich zog sie ganz nahe an mich ran, so dass sich unsere Nasenspitzen beinahe berührten.
„Ich sollte mir die Lippen zerschneiden, weil sie dich geküsst haben und du es nicht wert warst. Nichts warst du wert, keinen Cent, keine Nacht, keinen Kuss, einen Scheißdreck warst du!" sagte ich und schüttelte sie durch, als wollte ich sie dadurch zur Vernunft bringen. „Fahr zur Hölle, Maga, und vergiss nicht, dort zu verbrennen."
„¡Maldito bastardo!" zischte sie. „Ich abe dir alles gegeben, und das ist deine Dank!" Sie sah mir kurz in die Augen und fuhr davon.

Zwei Tage lang machte ich blau. Sturm und Regen kamen, dunkle Wolken trieben übers Land. Ich folgte ihnen, zog mir die Kapuze übern Schädel und marschierte stundenlang den Fluss entlang gegen Osten. Manchmal blieb ich stehen und boxte. Schlug Geraden und Haken und Upper Cuts in die Luft. Manchmal jagte ich auch Ratten. In letzter Zeit waren so viele am Ufer. Die Ratten waren groß und braun und schienen mit jedem Tag größer und brauner zu werden. Bald würden sie aussehen wie Biber und Kinder fressen. Ich versuchte, auf sie draufzutreten, ihre Eingeweide auf dem Asphalt zu zermanschen, aber sie waren gerissener als ich. Ich hätte schwören können, sie höhnisch lachen zu hören.

Ich setzte mich auf einen Stein am Ufer und starrte in das grüne Wasser. Und die Ratten, daneben, die starrten mit. Sie schienen irgendwas zu wissen. Irgendwas zu ahnen. Ich wusste nichts. Warum, verdammt noch mal, ging immer alles kaputt?

# 019

Am Donnerstag darauf wollten wir auf das Pokalspiel nach Mannheim fahren. Keiner wusste, wie das funktionieren sollte – Locke und ich am selben Bahnsteig, im selben Zug, im selben Stadion. Es funktionierte, vor dem Spiel jedoch kam es beinahe zur Katastrophe, zu einer Katastrophe ganz anderer Art.

Mittags trafen sich alle in der Bahnhofshalle. Wir verschmolzen zu einer Einheit, obwohl wir völlig verschieden waren. Wir hielten zusammen, obwohl wir aus unterschiedlichen Welten kamen und ganz andere Feinde, Freunde, Träume hatten. Wir waren hier, um Dampf abzulassen, den Frust und den Schmerz und die Verzweiflung rauszukotzen, die Gespenster zu vertreiben, die uns zu Tode hetzten, und wir taten es gemeinsam, weil es gemeinsam so viel leichter fiel.

*Lasst uns unsre Fahnen hissen, unsren Gegnern vor die Füße pissen, zeigt ihnen, zeigt ihnen, wer wir sind!* Nirgendwo hallen die Schlachtgesänge schöner als dort, wo viele Menschen sind. Wir klatschten und grölten und liefen – wie auf Kommando – alle los. Passanten schauten zu. Passanten hatten Angst. Sie wichen uns aus, stellten sich an den Rand, warteten, bis der Spuk vorüber war.

Es ist schön, Menschen Angst einzujagen. Haben sie erst mal Angst, braucht man sie nicht zu schlagen. Alleine das Gefühl, mächtig zu sein, weil ihr Wohl und Wehe von deiner Gunst abhängt, zählt. Nie bin ich mehr Skin und Krieger als beim Fußball oder auf dem Weg dorthin.

„*IHR KÖNNT NICHT LESEN, IHR KÖNNT NICHT SCHREIBEN, IHR SEID HESSEN, WAS KÖNNEN WIR DAFÜR, IHR HABT DEN HERPES, IHR HABT DEN TRIPPER, SO WIE EINST IN LONDON JACK THE RIPPER!*" Wenn du Schlachtgesänge grölst, fühlst du dich groß, fühlst du dich stark. Ich mein, was wir da singen, mag lächerlich sein, aber es ist laut und nicht zu überhören und hat deshalb etwas Absolutes, etwas Widerspruchsloses. Es gibt dir das Gefühl, unbezwingbar zu sein, und auf eine gewisse Weise bist du es auch. Die Bullen können dir das Singen nicht verbieten! Sie können dich wegen jedem Mist festnehmen, weil du an nen Laternenmast urinierst oder die Abzäunung am Spielfeld hochkletterst, aber nicht wegen der Grölerei. Du kannst die ganze Welt niederschreien, damit du sie nicht länger hören zu brauchst, ihre Lügen nicht, aber auch nicht die Dinge, die vielleicht wahr sind und deshalb am allerwenigsten zu ertragen. Du musst ihr Gelächter ersticken, ihren Hohn, ihre Sticheleien und Vorwürfe, du musst schreien, damit du nicht mit ihnen diskutieren brauchst, denn diskutieren kannst du nicht, und verstehen tun sie dich nie.

Mit den Parolen und Liedern brechen wir die Brücken zu eurer Welt ab, ihr könnt uns nicht länger erreichen, egal, was ihr versucht, ihr müsst uns hören.

*Wir haben euch was mitgebracht.*

*HASS. HASS. HASS.*

Auf dem Weg zu Bahnsteig 4a kamen in der Unterführung Maga und dieser Fischkopf von Fabio an mir vorbei. Weiß der Teufel, was sie hier am Bahnhof verloren hatte, jedenfalls sah sie mich mit den Jungs, und sie starrte mich an, müde, traurig. Sie tat so, als wäre es ihr scheißegal, mich zu sehen, aber ich spürte, wie auch sie der Blitz traf. Ich hätte aufjaulen können, vor Schmerz. Ich spuckte den beiden hinterher, ohne treffen zu wollen, aber sie drehten sich nicht einmal um.

„OI! OI! OI!"

Die Polizei war überrascht, den kompletten Rude-Boyz-Mob im Zug anzutreffen. Viele von uns hatten blau gemacht, Schule oder Vorlesung geschwänzt, und Locke hatte extra wegen des Spiels bei der Videothek gekündigt. Die große Anzahl an Fans löste Panik bei den mitreisenden Bullen aus. Hysterisch schrien sie in ihre Handys oder nahmen hektisch Personalien auf.

Locke wollte wohl so was wie n Versöhnungsgespräch führen. Stand plötzlich neben mir vor dem Abteil und glotzte wie ich zum Fenster raus.

„Ich habe keinen Job mehr", sagte er, während er verzweifelt in seiner grünen Bomberjacke nach seinen Gauloises kramte.

„Ich habe keine Frau mehr."

„Job ist schlimmer. Ohne Job verhungert man."

„Lieber verhungern als an Traurigkeit zugrunde gehen."

„Du bist ne Schwuchtel", sagte er, zog seinen Rotz hoch und spuckte ihn an die Fensterscheibe.

„Und du ne Assel. Du bist die verschissenste Assel auf dem ganzen Erdball“, sagte ich und sah zu, wie Lockes Spucke langsam runterrutschte. „Du willst nicht arbeiten, aber schnorrst ständig Geld von uns. Genau wie Hatze.“

Dann war auch schon Sense. Das mit Locke und mir, das war nicht mehr zu kitten. Dieses Video mit der Vergewaltigung, das wird für immer zwischen uns stehen. Diese Schreie gehen mir nicht mehr aus dem Schädel. Wie das Mädchen um Gnade fleht. Wie es um Erbarmen schreit. Hast du jemals wen um Gnade flehen hörn? Oh nein, Locke, das kann nicht entschuldigt werden, nicht durch eine scheiß Kindheit, ein verlorenes Briefmarkenalbum oder einen eingewachsenen Nagel am rechten Zeh. Locke, das Mädchen steht gegen dich.

Vor dem Stadion brach die Hölle los. Es gab nur einen Eingang, und die Sicherheitsvorkehrungen waren streng. Beim letzten Aufeinandertreffen war das halbe Spielfeld abgefackelt worden und ein Spieler von ner Plastikflasche getroffen worden. Die Polizei tastete jeden Besucher sorgfältig ab, jeder Rucksack, jede Tasche, ja sogar die Schuhe wurden durchsucht. Als das Spiel begann, standen zwei Drittel von uns noch vor den Toren. Langsam wurde die Menge ungeduldig, vor allem, als sich rumsprach, dass Sammy bereits zum 1:0 getroffen hatte. Die Drängelei wurde von Minute zu Minute bedrohlicher. Die Polizisten wurden nervös. Eine Gruppe von dreißig, vierzig betrunkenen Fans, die verspätet mit einem Bus angekommen waren, hatte es besonders eilig, hineinzukommen. Sie fingen an zu schubsen und zu stoßen. Ich stand vorne, zwei, drei Meter vom Eingang entfernt. Die Bullen hatten Absperrgitter aufgebaut. Wir forderten sie auf, uns sofort reinzulassen, aber die Wichser schüttelten nur den Kopf. Ich flehte einen der Bullen an, versuchte ihm klar zu machen, wie bedrohlich die Situation war – er ignorierte mich, sah zur Seite, sah weg. Das hat mich dermaßen angekotzt, dass ich ihm eins vorn Latz gab. Wollte ihn aufwecken, damit er checkt, was hier läuft.
„Mach das noch mal und ich brech dir die Nase!“ sagte der Schweinehund und drohte mir mit der Faust.
„Deine Fresse merk ich mir, scheiß Bulle“, sagte ich ihm, und er wollte nach mir greifen, aber ich konnte mich wegreißen.

Irgendwann wurde der Druck zu groß und wir fielen samt den Gittern zu Boden, wurden von den anderen überrannt. Ich hatte

Todesangst, sofort waren die Bilder von Heysel lebendig, Bilder von Fans, die plattgetrampelt wurden oder erstickten. Ich konnte nichts mehr tun. Ich weiß nicht, wie viele über mich stiegen. Hatze rettete mir das Leben. Er packte mich an der Hand und zog mich heraus, als wär's das reinste Kinderspiel. Endlich reagierte die Polizei. Einer der Bullen zog seine Pistole und gab einen Schuss in die Luft ab. Die Menge wich zurück.

Im Stadion kam es zu den schlimmsten Ausschreitungen, die ich jemals erlebt habe. Am nächsten Tag beschimpften uns die Zeitungen als „verrückt und asozial". Von „besoffenen Schlägerhorden" und „kahl rasierten Affen" war die Rede. All das hat mich nicht getroffen. Viel mehr wehgetan hat die Behauptung, wir seien keine Fußballfans, denn das war eine gottverdammte Lüge.

Wer hat den Verein all die Jahre nach vorn gepeitscht? Wer ist auf der Nordtribüne gestanden, als niemand mehr dort stand? Wer trägt in seiner Geldtasche anstatt Photos von Mädchen Eintrittskarten von unvergesslichen Spielen? Jeden Tag rissen wir uns den Arsch auf, um genug Kohle für die nächste Auswärtsschlacht zu haben. Ich war auf so vielen Partien, auf unzähligen Meisterschafts-, Pokal- und Freundschaftsspielen, dass ich mir die Wände in meinem Zimmer mit Eintrittskarten tapezieren konnte. Und jetzt wollten sie uns aussperren! Das Präsidium, der Manager und die Funktionäre, die gehören an die Wand gestellt, um dort so lange zu stehen, wie wir in diesem Stadion gestanden haben, und in den fremden Stadien und vor den fremden Stadien und in den Bahnhöfen, diese unzähligen Stunden in Kälte, Regen und Schnee.

Nach den Vorkommnissen vor dem Stadion war die Stimmung in unserem Block hochexplosiv. Wir waren wie frisch gefangene Tiere, deren Willen noch nicht gebrochen war, die lieber starben, als im Käfig zu verrotten. „WIR HABEN EUCH WAS MITGEBRACHT – HASS! HASS! HASS!" brüllten wir und meinten dieses Mal nicht die gegnerischen Fans, sondern einzig und allein die Bullen. Das 1:1 und ein ungerechtfertigter Elfmeter zehn Minuten vor Schluss genügten, um das Fass zum Überlaufen zu bringen. Die Hools sprangen die Absperrung hoch. Andere warfen alles, was man werfen konnte. Bierbecher, Plastikflaschen, Feuerzeuge, Taschenmesser, Schuhe, Knallkörper, Münzen,

Bananen, Handys. Locke zündete eine Feuerwerksrakete, an die eine lebendige Ratte gebunden war. Hatzes Rauchbombe hüllte uns und den Strafraum unserer Mannschaft für Minuten in Nebel.

„JUDEN, JUDEN, ALLES JUDEN!“

„ICH BIN NICHT MEHR MIT MAGA ZUSAMMEN!“ schrie ich in sein Ohr, das ich abgebissen hätte, wäre es nicht so dreckig gewesen. Mir wollte nicht in den Schädel, warum es Hatze und Locke nicht lassen konnten, über Juden zu fluchen. Ich hab nichts gegen Juden. Warum auch? Kein Jude hat mir jemals ein Haar gekrümmt, kein Jude hat mir jemals ans Bein gepinkelt, kein Jude hat mir jemals Geld geklaut. (Im Gegensatz zu Hatze und Locke, die all das schon getan haben.)

„Na, dann gehörst ja wieder zu uns“, sagte Hatze, und er umarmte mich, ich umarmte ihn, alles war vergessen, die Zeit um drei Monate zurückgedreht. Doch ich fühlte mich traurig und elend und verlassen.

Nie war ein Elfmeterpunkt näher als in dem Moment, da der Pole anlief, und weil er so nah war, setzte er den Ball ohne Mühe ins linke Eck. Ein Stück meines Herzens splitterte ab. So wie ein Teil eines Knochens absplittern kann, kann auch ein Teil des Herzens absplittern. Ich hab's mehr als einmal erlebt. Es tut höllisch weh.

Die Heimfans tobten, sie jubelten und schwenkten ihre Fahnen, der gesamte Block H wurde von bengalischen Feuern erhellt. Und nicht nur sie! Nicht nur dieses verdammte Häufchen Mannheim-Pack, sondern die ganze Welt. Verhöhnte uns.

Es gibt einen Punkt, an dem es bei mir aussetzt. Dann ist einfach fertig. Ich fühlte mich nicht zum ersten Mal wie n Kind, das von den Erwachsenen ausgelacht wird und versucht, die Lachenden zum Schweigen zu bringen. Das schreit und protestiert und anfängt, von einem zum anderen zu laufen: Hört auf! Hört auf!, aber am Ende hört niemand auf. Im Gegenteil. Das Gelächter wächst zu einem Orkan, es bleibt dir nichts anderes übrig, als zu zwicken und zu kneifen oder mit geballten Fäustchen auf die Großen einzuschlagen, um das Lachen aus ihren Visagen zu prügeln.

„WIR KRIEGEN EUCH ALLE!“ skandierten wir.

„ZICK-ZACK ZIGEUNERPACK!“ kam es zurück, aus zigtausenden heiseren Bierkehlen.

Einer der gegnerischen Spieler, ein Jugo, der letztes Jahr noch bei uns gespielt hatte, ließ sich bei einem Einwurf genau vor unserem Sektor lange Zeit. Verdammt lange Zeit. Viel zu lange Zeit.

*„MILE, WIR WISSEN, DASS DU STRAPSE TRÄGST, DU SCHWULE SAU, DU SCHWULE SAU!“* sang unser Block. Mile quittierte unsere Sprechchöre mit ausgestrecktem Mittelfinger und einem Griff an die Genitalien. Ich sprang die Abzäunung hoch. Ich schrie, ich brüllte. Ich zuckte völlig aus. Ich riss an dem Gitter. Mit aller Kraft. Wie ein Irrer. Und obwohl es bereits finster war, konnte man die dunklen, schweren Wolken erkennen, die über dem Stadion hingen, als verkündeten sie den nahenden Weltuntergang. Ein Ordner auf der anderen Seite hielt mich an meinen Beinen fest. Er wollte mich herunterzerren. Ich spuckte, ich trat. Und schon waren die Kameraden zur Stelle. Und dann ging's los, richtig los.

Immer mehr Polizei marschierte auf. Der Schiedsrichter unterbrach das Spiel, damit die Bullen die Abkürzung übers Spielfeld nehmen konnten. Im Gänsemarsch kamen sie daher. Helme, Schlagstöcke, Hunde, Pfefferspray, alles dabei. Sie stellten sich vor unseren Block in eine Reihe und glotzten zu uns herauf. Der harte Kern der Nordtribüne war gefürchtet. Der harte Kern waren wir. Und wenn wir zusammenstanden, konnte uns keine Bullenmacht der Welt mehr irgendwas. *Einer für alle, alle für einen, soll unser Schlachtruf sein! Zusammenhalt ist unsre Stärke, Skinheads müssen vereinigt sein!* Alle Gesetze der Welt traten außer Kraft, wenn wir zusammenhielten.

Die Schäferhunde drehten durch, weil ihnen die Knallkörper nur so um die Ohren flogen. Sie bellten und hüpften, waren nicht mehr zu bändigen, und wurden schließlich abgezogen. Der Schiedsrichter wollte das Spiel abbrechen, aber Sammy kam zu uns, Sammy, unser Torjäger, und er kam ganz nahe, und wir konnten ihn berühren, er sagte etwas, aber keiner verstand's, wir hüpften und sangen und schrien, er gab mir die Hand, und das war so schön, so unbeschreiblich schön, er sah mir in die Augen und redete mit mir, aber ich verstand nichts, ich sang mit den anderen. *„SAMMY, SAMMY, SAMMMMMMUUEEL, SAMMY, SAMMY, SAMMMMMMUUEEL!“*

Und der Mann aus dem Kongo ließ uns nicht im Stich. Zwei Minuten vor Schluss schoss er aus schier aussichtsloser Position das

2:2. Keiner hatte es gesehen, keiner konnte es sich erklären, aber wen kümmerte das, wenn der Ball im Netz zappelte. Die Fans in unserem Sektor kullerten die Stufen runter, einer der Bierjungen wurde überrollt und brach sich den Arm. Ich fischte ihn unter einem Knäuel von Betrunkenen heraus, er wusste nicht, ob er nach Luft schnappen oder heulen sollte, also tat er keines von beidem und erstickte beinahe. Die Polizei sah zu. Ich gestikulierte wie wild, sie schauten weg. Doogie trauerte um das verschüttete Bier.

Der Schiedsrichter annullierte das Tor. Nach Rücksprache mit dem Linienrichter entschied er auf Stürmerfoul oder Abseits oder sonst so n Shit. Hatze war der Erste, der vom Zaun aufs Spielfeld sprang. Das war das Signal zum Angriff. Plötzlich war da eine Chance, gegen die Ohnmacht anzukämpfen, eine Ohnmacht, die mir in letzter Zeit deutlicher und schmerzhafter als jemals zuvor bewusst geworden war. Warum sind wir dazu verdammt, ein Schicksal zu erfüllen, das wir aus tiefstem Herzen hassen und verachten?

Die Bullen warteten mit ihren Gummiknüppeln, aber ich sprang. Ich musste springen. Ich musste springen, um diese Ohnmacht für einen Augenblick zu besiegen. Weil das mehr wert ist als das Leben oder die Freiheit.

Ein paar Trottel blieben in den Stacheln hängen. Locke baumelte kopfüber vom Zaun und wurde von den Bullen heruntergerissen. Er knallte mit voller Wucht auf den Boden. Ich hätte es nicht für möglich gehalten, dass ein einzelner Mensch so bluten kann, ohne zu sterben.

Für einige Minuten spielten wir nicht länger euer Spiel. Da scherten wir aus. Da drehten wir durch. Gewalt ist die einzige Form von Achtung, die wir von euch erzwingen können. Gewalt ist in eurem Spiel nicht erlaubt, jedenfalls nicht die, die die Leute beim Einkaufen, Spaßhaben oder Autofahren stören könnte. Aber wir, wir lieben sie. Nur die Gewalt auf der Straße und im Stadion schafft es, uns für kurze Zeit über euch zu stellen, in dem Moment, da es knallt, da spüren wir eure Angst. Eure himmelschreiende Furcht. Vor uns, den Glatzköpfen.

Und dann erkannte ich den Bullen wieder, den ich vor dem Stadion angefleht hatte, die Tore zu öffnen. Als ich ihm mein rechtes Bein vor den Brustkorb kickte, da tat er mir nicht leid. Als er zwei Schritte zurücktorkelte und wie eine Holzplatte umfiel, da fühlte ich mich großartig. Ich drosch ihm meine Docs in die Fresse, die danach nur mehr ein Klumpen aus Blut, Schleim und Speichel war. Er lag vor mir und sah mich an. Ich sah die Angst in seinen Augen, das Blut auf seiner Uniform, und für einen Moment dachte ich, es könnte keinen geileren Anblick geben auf dieser Welt. Und so ließ ich ihn noch einmal die Stahlkappen küssen. *Stirb du Hund, ich tanz auf deinem Grab!*

## 020

Vor Pedros Bude schlug ich die Zeitung auf. Die Bullen fahndeten nach einem Hooligan. Die Bullen fahndeten nach mir. Auf dem Phantombild im Lokal- und Sportteil der Zeitung sah ich aus wie ein Killer. Ein Vergewaltiger. Ein Bankräuber. Ein geiles Gefühl. Da schmeckten Pedros Bier und Pizza gleich doppelt so gut.

„Ey, Pedro, kennst du den Kerl?“ Ich reichte ihm die Zeitung und klopfte mit dem Zeigefinger auf das Bild.

„Könnte ich sein, findste nicht?“ Pedro sah erst mich an, dann das Bild, dann mich, dann wieder auf die Zeitung.

„Quatsch!“ Er gab mir die Zeitung zurück und warf mit ner Zange ein paar Bratwürste auf den Grill. Ich war enttäuscht.

„Was hat der Kerl denn angestellt?“ fragte er.

„Nem Bullen Jochbein und Nase gebrochen.“

„Ich hoffe, du biste nicht so beklopft, so was zu tun.“

„Der Bürgermeister hat ein Stadionverbot für die ‘Rude Boyz’ verhängt!“ sagte Doogie, als er um die Ecke kam, und zog ein Gesicht, als hätte er sich beim Poppen wieder mal Sackflöhe eingefangen. „Die Saison ist gelaufen, Baby.“

Im Radio hörten wir später, dass die Eingänge in unserem Stadion künftig nicht mehr von Ordnern, sondern von der Polizei kontrolliert werden würden. Dass wir auch in die anderen Stadien nicht mehr reinkämen. Außerdem wurde eine Sonderkommission eingerichtet, die die Schuldigen der Ausschreitungen ermitteln sollte. Zum Wohle des Vereins würde das geschehen, erklärten die Funktionäre, dabei waren wir der Verein und sie ein Haufen großkotziger Schlipsträger.

Hatze schlich sich von hinten an mich ran und nahm mich in den Schwitzkasten, ich schnappte nach Luft und ließ die Zeitung fallen.
„Warum musstest du gleich nem Bullen die Stahlkappen in die Fresse haun?!"
„Diese Sau hat zugeschaut, wie ich verreck", stöhnte ich und versuchte, mich aus seinem Griff zu lösen.

Hatze hob die Zeitung auf, sah sich die Photos an, rollte die Zeitung zusammen und schlug damit auf meinen Schädel.
„Was sollen wir ohne Fußball tun, hä?! Was? Was?!"
„Ey, nach zwei, drei Spieltagen ist alles vergessen. Dann gibt's Generalamnestie. Außerdem können wir wieder mal zum Eishockey schaun."
„EISHOCKEY?! WARUM NICHT GLEICH TENNIS?! ODER BOGENSCHIESSEN UND DRESSURREITEN?! ICH WILL ZUM FUSSBALL UND ICH WILL DIE ULTRAS FICKEN! IM EISSTADION WERDE ICH DIE ULTRAS GARANTIERT NICHT FICKEN, WEIL'S DA KEINE ULTRAS GIBT, DU SCHWACHMAT!!"

Wir hatten es das erste Mal aufs Titelblatt geschafft. *Szenen wie in Lens '98 – Hooligans prügeln auf Polizisten ein!* Kein Wort von dem, was vor dem Stadion geschah. Kein verdammtes Wort, dass die zugesehen haben, wie wir eingequetscht an den Gittern klebten, zu Boden fielen und beinahe plattgetrampelt wurden. Ich hab beim Fußball nie wen grundlos gehaun, nie. Was mit Daniel Nivel in Lens geschehen war, das war ne Sauerei, von mir aus hätte man dieses feige Pack lebenslänglich in Guantanamo in Ketten legen können. Das hier, das war was anderes! Ich hätte draufgehen können. Und das Bullenschwein hätte nicht mal mit der Wimper gezuckt. Das Bullenschwein wär nach Hause, hätte gemütlich sein Bier getrunken und zu seiner Alten gesagt: „Wieder einer weniger, um den wir uns kümmern müssen!"

Es gab eine Krisensitzung im Rosetta, aber ich hörte gar nicht zu. Die beiden größten Fanclubs wollten die nächsten Heimspiele bestreiken, aber mir war das egal. Aus Solidarität mit den Ausgesperrten wollten sie neunzig Minuten lang dem Spielfeld den Rücken kehren und singen: „*Wir sind schon viel länger da als ihr, länger da als ihr, länger da als ihr!*"

Ich war bald schon gar nicht mehr da. Jedes U-Boot nagelte mich tiefer in den Boden. Und wieder mal trank ich auf euch, ihr Mächtigen und Reichen, die ihr uns erdrückt mit eurer Übermacht, mit euren

Gesetzen und Regeln, die uns zu Statisten degradieren, und eurer grenzenlosen Arroganz. Wir sind so ohnmächtig, so unwichtig, so klein und so verdammt wehrlos. In euren Augen sind wir nichts wert, aber denkt nicht, dass wir den Dingen Wert geben, die für euch wichtig sind. Ihr überfahrt uns mit euren Lkws, eurer Bullenarmee, euren Großprojekten, ihr pflastert das ganze Land zu, schmeißt uns aus Kellern, pfercht uns ein wie Tiere und scheißt drauf, wenn wir wie Viecher vorm Stadion erdrückt werden, ihr verbietet uns den Fußball, ihr hetzt uns durchs Leben und wundert euch, dass wir zurückschlagen.
Aber irgendwann muss all das ein Ende haben.
Und wenn wir wollen, ist irgendwann jetzt.

## 021

Die nächsten Wochen waren schlimm. Mit mir ging's bös bergab. Die Tage zogen dahin, schienen weder Anfang noch Ende zu haben. Manchmal dachte ich, die Welt sei ausgestorben. Wie nach einem Atomkrieg driftete sie im Weltall dahin. Die Menschen waren zwar noch da, aber sie hatten keine Gesichter, keine Herzen, keine Seelen mehr. Sie redeten in einer Sprache, die mir fremd war.

Tagelang hämmerte immer wieder derselbe Song aus den Boxen: *I hate people, I hate the human race, I hate people, I hate your ugly face, I hate people, I hate your fucking mess, I hate people – and they hate me ...*

Ich fing an, die Arbeit zu hassen. Jeden Tag dasselbe, und jeden Tag wurde es schlimmer. Die Postsäcke wurden dicker, die Päckchen größer und die Hunde aggressiver. Sie mochten mein Messer nicht, das ich zückte, wenn sie mir zu nahe kamen. Edde erzählte von meinem Vorgänger, der jeden Hund, der ihn gebissen hatte, getötet hatte.
„Ich töte sie, bevor sie beißen", sagte ich. „Ich schlitz die scheiß Köter alle auf."
„Alles in Ordnung mit ihm?" fragte er. „Hat er nicht kürzlich gesagt, er würde am liebsten den Hund seiner Freundin behalten?"
Ich sagte nichts.
„Hat er oder hat er nicht?"

Manchmal hielt ich einfach meine Klappe, auch wenn ich gefragt wurde. Hab ich schon in der Schule praktiziert. Es gab Prüfungen, da sagte ich kein Wort. Null, nichts. Nicht Muh und nicht Mäh hab ich gemacht, wenn ich mich ungerecht behandelt fühlte. Einige Lehrer haben mich angeschrien, andere ausgelacht. Alle hielten mich für den vollen Psycho.

„Man hat sich über ihn beschwert", sagte Edde. Ich wusste warum. Ich warf ständig Briefe in die falschen Fächer. Es dauerte Ewigkeiten, bis ich mich erinnerte, wo welche Straße war. Ich war völlig orientierungslos. Alles war egal.

„Man beschwert sich immer öfters über ihn."

„Diese Wichser!" sagte ich und warf einen Bündel Briefe zurück in den Korb. „Ich reiß mir jeden Tag den Arsch für dieses Bonzenpack auf. Edde, du weißt, dass ich doppelt so viele Stunden arbeite, wie ich bezahlt bekomme, du weißt, wie fix und fertig ich jeden Abend bin."

„Ich weiß", sagte Edde. „Und das ist auch eine Schweinerei. Trotzdem ... vielleicht sollte er etwas weniger trinken, damit er ..."

„Ich penne manchmal beim Autofahren weg, weil ich so erledigt bin", sagte ich. „Ich riskiere mein Leben für diesen Job. Ich riskiere, ein Kind zu überfahren. Aber das kümmert die reichen Schweine erst, wenn es ihr eigenes ist."

„Vielleicht ist's der Alkohol, er trinkt in letzter Zeit ... ein bisschen zu viel, würd ich meinen", sagte Edde, und obwohl ich wusste, dass er Recht hatte, ließ ich alles stehn und liegen und ging nach Hause. Ich zog die Vorhänge vors Fenster und legte mich ins Bett. Ich war krank. *It's too late to say I'm sorry, I know that I'm the one to blame, but I feel sad since the moment, when I watched when you walked away.*

Ich versuchte Maga anzurufen, aber was immer ich auch sagte, sie antwortete mit einem Lied. Jedes Mal fing sie an zu singen, ignorierte meine Worte, meine Bitten, meine Schreie, meine Drohungen. Ich klingelte an der Tür, aber sie machte nicht auf. Ich kletterte auf den Balkon, aber die Vorhänge waren jetzt auch am Tag zu. Ich zerschlug mit einem Stein die Scheibe und sie rief die Polizei. Ich musste mich ne halbe Stunde lang im Gebüsch hinterm Teich verstecken.

Ich fing an, mich Tag für Tag ins Koma zu saufen. Jede Nacht fiel ich in einen toten Schlaf. Ich liebte diesen Zustand. Ich sehnte ihn herbei. Ich wollte schlafen, schlafen, schlafen. Fliehen aus dieser Welt, fliehen vor dem Schmerz und der Hoffnungslosigkeit. Aufzuwachen war schlimm. Jeder Tag war gleich. Ich bekam Pickel, riesige Geschwüre am ganzen Körper, sogar auf meinem Schwanz. Ich bekam Durchfall, die Scheiße rann aus meinem Arschloch wie Pisse und stank so fürchterlich, dass alle Silberfischchen im Klo Reißaus nahmen und sich in meinem Bett einquartierten. Morgens wachte ich auf, mein Mund ausgetrocknet, das Kopfkissen vollgesabbert, eine Katze im Kopf, die ihre Krallen an meiner Schädeldecke wetzte. Jeden Tag versenkte ich drei, vier Aspirin, die ich meist mit nem Gläschen Wodka runterspülte. Ich schlief nie mehr länger als bis halb fünf. Dann stand ich auf, saß bis sechs am Fenster und zielte mit einem imaginären Maschinengewehr auf die Autos. Über den Knoten brachen sie herein wie feindliche Horden. Vorbei an unserem Block, hinein in die Stadt.

Die Straßenbahn war überfüllt, ich musste stehen. Gegenüber von mir stand ne schwangere Frau. Sie musterte mich. Ihre Blicke waren voller Verachtung. Als es mir zu blöd wurde, erwiderte ich ihren Blick. Ich sah sie an. Wie einer, der sie gleich aufschlitzen würde. Und wie ich die Schlampe erkannte, fühlte ich mich nicht nur wie Robert de Niro in „Taxi Driver“, nein, ich war Robert de Niro. Genauso cool. Genauso unbezwingbar. Genauso stark.

Guten Tag, Frau Professor Kilian. Uh uh, kennen Sie zufällig den Spruch? Dass man sich immer zweimal im Leben sieht? Die erste Runde ging an Sie. Die zweite Runde gehört mir. Und eine dritte Runde wird es nicht mehr geben, denn heute knocke ich Sie out. Für immer.

Uh uh, Sie haben doch nicht im Ernst gedacht, ich könnte Ihre Fresse vergessen? Diese Matheprüfung damals? Aber so was vergisst man nicht, Frau Professor. Wissen Sie eigentlich, dass ich wegen Ihnen mein letztes Schuljahr in dieser verschissenen Berufschule verbringen musste, in der kein Mensch deutsch sprach, in der kein Mensch mit irgendetwas anderem als mit seinen Fäusten sprach. Hatten Sie jemals das Glück, dort zu unterrichten? Wissen Sie, was das für mich bedeutete, mich den hypersensiblen, schüchternen Hosenscheißer? Ich war Futter für Erkans Bande und den sadistischen Schulwart, dessen einzige Freude es war, mir jeden Tag auf dem Klo so in den Arsch zu treten, dass sein Schuh in meinem Arschloch stecken blieb. Dieses Jahr war so schlimm, dass ich mir Verletzungen zufügte, um nicht zur Schule zu müssen. Einmal durchstach ich mir mit einem Wattestäbchen das Trommelfell. Ein anderes Mal fraß ich eine halbe Tube Zahnpasta, weil ich dachte, davon Fieber zu bekommen. Im Winter ging ich öfters in Unterhosen und mit nassen Haaren hinaus in die Kälte, um krank zu werden. Als dieser Alptraum vorbei war, fing der nächste an. Über ein Jahr lang war ich arbeitslos, Frau Professor Kilian. Über ein Jahr. Ich fand keine Lehrstelle, keinen Job. Haben Sie eine Ahnung, wie das ist, wenn man mit siebzehn Tag für Tag im Haus seiner Eltern rumhängt? Sich unnütz und überflüssig vorkommt? Wie das ist, wenn man von seinen eigenen Cousins und Cousinen verlacht und verachtet wird? Wer arbeiten will, der findet Arbeit, haben sie gesagt. Ich wollte arbeiten, Frau Professor. Ich wollte nichts so sehr wie arbeiten. Aber es gab keine Arbeit. Das Arbeitsamt schickte mir alle zwei Wochen zwei, drei Stellenangebote, aber den einzigen Job, den ich bekam, kündigte ich nach einer Woche, weil ich Walzen reinigen musste, die hin und wieder von selbst losgingen und einmal meinen Kopf einklemmten und beinahe zerquetschten. Drei Feuerwehren rückten an, um mich zu retten. Der Boss sagte mir danach nur, ich solle gefälligst besser aufpassen.

Ich war so verzweifelt, dass ich mein Zimmer nicht mehr verließ. Mama stellte mir das Essen und frische Wäsche vor die Tür. Ich lag die meiste Zeit im Bett und hörte volle Pulle Heavy Metal. Es gab keinen Grund mehr aufzustehn. Ich fing an zu faulen, zu stinken, zu sterben. Am liebsten würd ich mir den Schädel einschlagen, Frau Professor, um diese Erinnerung aus meinem Hirn zu amputieren, würd ich mir das Herz rausholen und diesen Schmerz rausschneiden, der immer noch an mir nagt, vor allem in der Nacht, wenn die schlimmen Träume mich heimsuchen. Aber was geschehn ist, ist geschehn. Und was mich nicht umbringt, das ... na ja, drauf geschissen. Das alles hätte ja im Grunde nichts mit Ihnen zu tun, wenn ich die Prüfung nicht schon so gut wie bestanden gehabt hätte. Ich war schon durch, Frau Professor, da mussten Sie noch eine Frage stellen. In ihren Augen waren für Pfeifen wie mich kein Platz an Ihrem Elitegymnasium. Sie haben mich eiskalt erwischt. Sie haben mir die schlimmste Zeit meines Lebens beschert.
„Du hast mich gefickt, Drecksfotze“, sagten ihr meine Augen. „Jetzt fick ich dich.“

„Kommst dir wohl stark vor?“ sagte ihr Mund, und die Frage verriet mir, dass sie mich mit der Glatze nicht erkannt hatte. Denn sonst hätte sie gesagt: Kommst dir wohl stark vor, Steinmann. Für sie war ich immer nur der „Steinmann“ gewesen. Sie hat mich nie Rico genannt. Sie hat gar nicht gewusst, dass ich Rico heiß.

Ich zog lautstark den Rotz hoch und spuckte ihn auf ihre Schuhe.

„Redest du mit mir?“ sagte ich. „Du redest mit mir?! Scheiße, redest du wirklich mit mir?“

„Ja, ich rede mit dir. Und ich sagte: Du kommst dir wohl stark vor.“

Ich ballte meine Faust, berührte ihre Kinnspitze und schob ihren Kopf leicht nach oben.

„Ich bin stark“, sagte ich und lächelte.

„Ihr Glatzen habt doch nur euren Hass. Sonst gar nichts.“

Ich zuckte mit den Achseln. Ja, ich hab nur den Hass, aber sonst gibt man uns ja nichts. Keiner fragt, woher er kommt, der Hass. Bin ich mit Hass geboren? Hab ich mir Hass im Supermarkt gekauft? Hab ich Hass gefressen? Bin ich krank? ABER NEIN!!!! Du hast mich zum Hassen gebracht, du blöde Schlampe, ihr alle habt mich zum Hassen gebracht, es waren eure Worte, eure Taten. Dieser Hass, der in mir steckt, der so groß ist und so wild. Den habt ihr gezeugt. Es ist euer Kind! Ich will es nicht. Ich möchte ohne es leben. Ihr habt mich vergewaltigt. Da nehmt ihn, den Bastard. Es ist nur gerecht, dass er euch erschlägt. Wir sind nicht die Bösen. Und ihr seid nicht die Guten. Wir sind beide beides. Wir sitzen im selben Boot.

Ihr Bauch war riesig. Noch nie hatte ich den Bauch einer Schwangeren gefühlt. Ob er weich war oder hart, ob man sie ficken konnte, wenn sie auf dem Rücken lag? Sie so brutal stoßen, bis der Krüppel als Brei zum Arschloch rauskam?

„Scheiß Nazi!“ sagte die Schlampe.

Ich ließ mich nicht provozieren. Ich schob mir nen Kaugummi in den Mund und stellte mir vor, wie ich ihr in den Bauch trete. Mit voller Kraft. Und wie es zusammenzuckt, das Miststück, ein bisschen kotzt und dann hin ist. Ich empfinde nicht dieses verlogene Mitleid mit Ungeborenen oder Kindern, das dort seine Grenzen hat, wo es die eigene Bequemlichkeit durchkreuzt. Keiner fährt gern Tempo 30, selbst wenn die Kleinen vor der Volkschule aufm Asphalt zermalmt

werden wie Frösche, keinen stört, wenn das Ozon an heißen Sommertagen Kinder ihre Lungen auskotzen lässt. Nur wenn's darum geht, Kinderschänder an die Wand zu stellen, sind sie sofort alle dabei.
„Ich hasse Kinder", sagte ich.
„Das glaube ich", sagte sie in einem verächtlichen Unterton.
„Auch Tyrannen, Massenmörder und Vergewaltiger waren mal klein und ungeboren. Man sollte mit ihrer Hinrichtung nicht immer warten, bis sie groß sind."

Mittlerweile hatten alle aufgehört zu quatschen oder in ihre Handys zu blöken. Die ganze Bahn verfolgte die Auseinandersetzung. Ich fragte mich, ob sich wer traute, den Helden zu spielen. Ich sah fragend in die Runde. Nein, der einzige Held in dieser Tram war ich.
„Wenn ich dir in den Bauch schlage, wenn ich dein Baby totschlage ... wie ist das? Ich mein, muss man dann alles aufschneiden und den Matsch rausholen oder zersetzt es sich von selbst?"

Ihre Gesichtszüge gerieten außer Kontrolle. Sie spuckte mir ins Gesicht. Wollte sie jedenfalls. Aber nur n klitzekleines Tröpfchen erwischte mich. Ich wischte es lächelnd und kopfschüttelnd weg.
„Puah", sagte ich und drehte mich angewidert ab. „Du stinkst immer noch ausm Maul!"
Sie zitterte. Gleich würde sie heulen.
„Ey, ey, jetzt bloß nicht flennen. Warst doch in der Schule immer so tough."

Mittlerweile hatte sie nen richtig leuchtend roten Schädel. Sie wollte etwas sagen, aber die Worte wollten nicht über ihre Lippen. Ihr Mund gehorchte ihr nicht mehr, die Oberlippe zitterte. Ein Handy klingelte. Niemand kramte in seiner Tasche, um zu schauen, ob es nicht vielleicht das eigene war.

Irgendwas in mir forderte mich auf, ihr wirklich in den Bauch zu schlagen. Vor all den Leuten. Das Widerlichste zu tun. Das abgrundtief Böse zu tun. Das zu tun, was mir für den Rest des Lebens den Hass der Gesellschaft einbringen würde. Tu es! Tu es! sagte eine Stimme. Brich mit der Welt. Für immer. Für immer. Brich mit ihr.

Alle gafften mich jetzt an. Alle hassten mich. „SIEG HEIL!" schrie ich und streckte den rechten Arm zum Hitlergruß. „SIEG HEIL!"

Die Frau nickte mit dem Kopf, ihr Blick war voller Verachtung. Wie in der Schule. Genau wie damals. Aber nicht nur sie, fast alle Lehrer hatten diesen Blick drauf gehabt. Gott, wie scheiß ich auf eure Blicke, auf eure Verachtung! SIEG HEIL! SIEG HEIL! SIEG HEIL!

Aus dem Lautsprecher tönte der Name der nächsten Haltestation und die Warnung, die Vorverkaufsscheine zu entwerten. Die Kilian drängte sich an mir vorbei, sie wollte offenbar aussteigen. Sie hatte eine große schwarze Tasche umgehängt, und als die Tür aufging, umklammerte ich den Träger der Tasche. Jetzt war die Kilian verwirrt, sie wollte raus, aber sie kam nicht vorwärts, sie sah zurück und ich sah weg. Im letzten Moment, als die Türen schon viel zu lange offen waren, ließ ich los. Die Kilian stolperte die zwei Stufen hinunter, kam gerade noch zwischen den schließenden Türen durch, aber die Straßenbahn fuhr bereits los, die Schlampe stürzte, die Leute glotzten.

Keiner rührte sich. Nur ein alter Knacker sprang auf und drückte die rote Nottaste über der Tür. Die Straßenbahn bremste sofort, und die Türen gingen auf.

„WAS IST DENN JETZT LOS?!" schimpfte der Fahrer und stieg aus. Ich hörte die Kilian jammern. Auch der Opa stieg aus und wär dabei fast selber auf die Schnauze gefallen, weil ich ihm blitzschnell das Bein stellte.

„Oh nein! Oh nein! Oh Gott! Oh nein!" wimmerte die Kilian. Sie lag rücklings auf dem Boden und hielt sich den Bauch. Die Leute in der Straßenbahn gafften, tuschelten, zwei Mädchen lachten.

In Kasachstan verliert man zwei Dinge, so man sie jemals besessen hat: die Unschuld und das Mitleid. Die Herzen werden hart, hart wie Stein. Die Herzen wie die Fäuste. Man lebt für sich, ganz und gar. Für sich. Und die Kumpels. Der Rest ist scheißegal. Nur die Starken überleben. Ich habe dieses Gesetz schnell akzeptiert. Ich war nicht hier, um es zu ändern. Sie oder ich, es ist brutal, aber so ist die Wirklichkeit. Ich hätte mich nicht beschwert, wenn es mich erwischt hätte. Wenn ich zu schwach dafür war, mein Gott, dann hatte ich es verdient, unterzugehen. Solange ich stark war, schlug ich zu.

Ich ging langsam vorbei und davon. Ich schloss die Augen und atmete tief. Ein. Und aus. Ein. Und aus. Nie hat der Gestank der Stadt so gut geschmeckt. Die blöde Fotze hatte keine Ahnung, was ich durchgemacht hatte. Keine Ahnung, was die Kanaken mit mir angestellt hatten. Keine Ahnung, einfach keine Ahnung! Nicht einmal in ihren schlimmsten Alpträumen konnte sie von meinen Schmerzen und Demütigungen

erfahren. Deshalb sollte es elend verrecken, das Stück Scheiße in ihrem fetten Bauch. Verrecken, verrecken, verrecken.
*I hate people, I hate the human race.*

## 022

Am Sonntagnachmittag rasten die Türken mit ihren aufgemotzten Autos in Kasachstan um die Wette. Sie fuhren von der Tankstelle bis zur Kaserne und wieder zurück. Sie fuhren, bis die Bullen kamen, und waren die Bullen wieder weg, dann kamen noch mehr Türken, und dann ging's erst richtig los. Wir bewarfen ihre Scheißkarren mit Steinen, aber es war schwierig, sie zu treffen, sie waren einfach zu schnell. Diese Kerle fuhren die teuersten Autos, sie fuhren Audis, BMWs, Alfa Romeos, und sie fuhren sie regelmäßig zu Schrott.
„Ey, wie zum Teufel können sich 18-jährige Rotznasen solche Kisten leisten?“ fragte Hatze. „Nicht mal mein Alter könnte sich so ein Auto kaufen, und mein Alter hat ein Leben lang gerackert und ein Leben lang gespart.“
„Alles auf Pump“, sagte Ari.
„Alles von uns“, sagte Locke. „Wir Deutschen arbeiten und die Kanaken kassieren.“
„Seit wann arbeitest du?“ fragte Ari und grinste. „Gibt's da was, von dem wir nichts wissen?“

Ich ließ die Jungs in meiner Wohnung ne Runde boxen und fuhr inzwischen in die Gutenbergstraße. Jeden Tag sprayte ich ne Message auf den Vorplatz von Magas Haus. Jeden folgenden Tag waren meine Liebesschwüre wieder ausradiert. Jeden Tag hielt ich Ausschau nach Maga, aber Maga versteckte sich vor mir. Maga liebte mich nicht mehr. Ich liebte mich selbst nicht mehr. *It's too late to say I'm sorry, I know that I'm the one to blame ...*

Als ich zurückkam, waren die Jungs verschwunden. Ich legte mich ins Bett und wachte erst Stunden später auf, als Hatze ohne zu klopfen in meine Bude trampelte und sich gleich aufs Klo setzte. Nach wenigen Augenblicken zog der Gestank heraus, verpestete die Bude. Ich hielt meinen Kopf weit aus dem Fenster, um nicht zu ersticken.

„TÜR ZU!"
„LECK MICH!"

Draußen prügelte n Zuhälter auf ne Nutte ein. Schlug ihr mit den Fäusten in die Fresse, zog sie an den Haaren, rammte ihr das Knie in den Bauch.

„KANAKENALARM!" rief ich und Hatze hüpfte mit heruntergelassenen Hosen wie n Känguru von der Kloschüssel zum Fenster. „Schau dir den Zuhälter an! So ne feige Sau!"

Hatze zog sich die Hose hoch, ging zum Kühlschrank und suchte nach Bier. Aber das verstecke ich längst an nem andern Platz. Hatze soff dir immer das Bier weg, das war auch der einzige Grund, warum er dich hin und wieder besuchte.

„VERDAMMTE SCHEISSE!" motzte er. „ICH HAB DIR SCHON TAUSENDMAL GESAGT, WAS ICH SEHEN WILL, WENN ICH DEN KÜHLSCHRANK AUFMACHE! WAS WILL ICH SEHEN, WENN ICH DEN KÜHLSCHRANK AUFMACHE?"

Ich sagte nichts.

„HAST DU SCHEISSE IN DEN OHREN? WAS WILL ICH SEHN?"

„Bier."

„BIER! JAWOHL! BIER! BIER WILL ICH SEHN! ALSO HER DAMIT!"

Da draußen verprügelte n Kerl ne Braut und keiner rief die Bullen. Kein Auto blieb stehen, keiner kam ihr zu Hilfe. Da draußen läuft soviel Abschaum rum. Soviel Müll. Jeden Tag musste ich mir den Dreck ansehen. Jeden Tag in der Zeitung darüber lesen. Von dem Mädchenhändlerring, den sie ausgehoben hatten. Die Mädchen wurden erst tagelang vergewaltigt und geschlagen und dann aufn Strich geschickt. Das waren so Mädchen aus Costa Rica, bildhübsch. Soviel Dreck. Soviel Dreck in Kasachstan. Da könnte man den ganzen Tag nur kotzen. Nur kotzen und scheißen, bei all dem Abschaum, und nicht mehr aufhörn.

„WO BLEIBT DAS BIER?"

Ich zog mir die Bomberjacke an, ging zum Schrank und holte die Kiste Bier, die ich dort unter einer alten, verdreckten Tischdecke vor Hatze versteckt hatte.

„Du bist vielleicht ne schwule Sau!" lachte er. „Mich hier anzulügen, du kleiner mieser Schwanzlutscher!"

Ich stellte die Kiste mitten ins Zimmer.
„Kalt ist es nicht ..."
„SCHEISSEGAL!"

Die Polizei tut nichts. Die Politiker tun nichts. Keiner räumt auf. Es gilt nur das Recht des Stärkeren. Und warum sind die Schlechten immer die Starken? Die Schwachen die Guten?

„Kommst du mit?" fragte ich Hatze.

*Here is a man who would not take it anymore. A man who stood up against the scum, the cunts, the dogs, the filth, the shit. Here is a man who stood up.*

Hatze sah mich müde an.

„Wir reden immer nur", sagte ich. „Immer nur reden. Immer nur saufen, grölen, sich aufpusten. Mann, Hatze. Ich geh jetzt raus. Und ich komm nicht wieder, ehe der Zuhälter aufm Asphalt liegt und keinen Mucks mehr tut."

Hatze legte sich auf mein Bett. Seine Docs landeten auf meinem Kissen.

„Yep", sagte er und sah zur Decke. „Tu das. Ich will nicht wieder in Bau."

„Wer diese Schweine umlegt, kommt nicht in Bau. Wer diese Schweine umlegt, kriegt den Nobelpreis."

Mit einem Satz sprang ich auf Hatzes Brustkorb. Er sah mich erstaunt an.

„Hey!"

„ICH HALTS NICHT MEHR AUS! ICH HALTS EINFACH NICHT MEHR AUS! DU KOMMST JETZT MIT DA RAUS UND DANN MACHEN WIR DEN HURENSOHN FERTIG! DU KOMMST JETZT MIT, SONST KANNST DU DIE ULTRAS ALLEINE AUFMISCHEN, DAS SCHWÖR ICH DIR!"

## 023

Wir Skinheads sind Amokläufer auf Raten. Wir töten immer nur ein bisschen. Wir lassen keine Leichen auf dem Asphalt zurück, aber Menschen mit eingeschlagenen Zähnen, zertrümmerten Nasenbeinen, gebrochenen Rippen, und wir lassen einen Teil von uns zurück. Wir töten ein bisschen, und wir sterben ein bisschen.

„Welche Nachricht zuerst?“ fragte Hatze, als er zur Tür reinstolperte und sogleich im großen Schrank verschwand, um mein Bier zu suchen. „Die gute oder die gute?“ Hatze wühlte und polterte in dem Kasten, meine ganze Garderobe kam rausgeflogen.

„Also: Die Sau liegt immer noch auf der Intensivstation“, sagte er und kam ohne Bier aus dem Schrank zurück.

„Welche Sau?“ fragte ich und hoffte, er würde Locke oder Ramon meinen.

„Na, die Assel von Sonntag, der wir eins aufgelegt haben!“ Hatze schlug mit seinen Docs gegen die Schranktür, bis sie brach.

„Dem ham wir das Gesicht gebrochen, Mann! Jochbein, Nase, Kiefer! Alles hin!“

„Wow“, sagte ich und griff nach zwei Bier, die ich unterm Bett versteckt hatte.

„Wir können nichts dafür“, sagte er und klopfte mir auf die Schultern. „Keiner kann was dafür, wenn n Typ so dünne Knochen hat.“

Er nahm eine Flasche und öffnete sie mit nem Feuerzeug.

„Da langt man nur ein wenig hin und die Drecksau spielt den sterbenden Schwan.“

„Geil“, sagte ich. „Geil, Hatze.“

Hatze hatte tiefe Ringe unter den Augen. Er popelte in der Nase, wurde fündig und leckte sich den Finger sauber. Draußen rauschten die Autos vorbei, und manchmal vibrierte der Boden, wenn ein besonders schwerer LKW vorbeidonnerte.

„Und die zweite gute Nachricht?“

„Den Typen haben die Bullen schon lange gesucht. Drogenhandel, Menschenhandel, Körperverletzung und so weiter und so fort. Die Bullen werden einen Dreck tun, herauszufinden, wer ihm die Fresse zerstört hat.“

„Oi! Oi! Oi!“ Ich öffnete mein Bier mit den Zähnen und wir stießen an.

„Ne Ratte weniger!“ sagte ich.

„Jau, darauf trinken wir!!“

„Du warst bei mir. Den ganzen Abend. Wir haben Videos geschaut.“

„Wir halten zusammen, Rico“, sagte Hatze und strahlte übers ganze

Gesicht. „Uns kann keiner was. Kein Bulle, kein Richter, kein Gott!"

Hatze umarmte mich, und an seiner Brust hatte ich keine Angst mehr. Und so feierten wir unsere Heldentat. Wir konnten uns gar nicht mehr einkriegen. Wir waren die Größten! Oi! Oi! Oi!

Wir klapperten sämtliche Lokale zwischen Hallenbad und Einkaufspark ab, soffen, was das Zeug hielt. Bier, Wodka, Schnaps, alles musste weg. *„ICH SITZ SCHON SEIT DREI STUNDEN HIER, DREI STUNDEN SIND GLEICH ZWANZIG BIER, DIE PISSE STEHT MIR BIS ZUM HALS, DOCH HEUT SAUF ICH FÜR VIER."* Jede Runde schmeckte besser als die vorige. *„HEUTE TRINKEN WIR RICHTIG, JETZT WIRD'S ERST RICHTIG SCHÖN, SO EIN TAG WIE HEUTE, DER DÜRFTE NIE VERGEH'N!"*

Noch in derselben Nacht landete ich mit ner Alkvergiftung im Krankenhaus. Ein Wachmann vom Flughafen hatte mich auf der Landebahn liegend gefunden. Über die Einlieferung ins Krankenhaus weiß ich nichts mehr. Hatze hatte sich irgendwann am frühen Abend bei Pedros Bude verabschiedet, um nach Münster zu fahren, weil seine Eltern ihm vorzeitig das Erbe ausbezahlen wollten. Hatze war höher verschuldet als zwanzig italienische Fußballvereine zusammen. Aber was danach geschah … *Alkohol oh Alkohol, Alkohol oh Alkohol, Alkohol oh Alkohol, oh Alkohol!* … keine Ahnung, was, mit wem, wo und wie viel ich getrunken habe. Man hätte mir problemlos nen Mord, Aids oder n Kind anhängen können. Ich hätte keine Chance gehabt, mich zu wehren. Wie sagte Muhammad Ali nach seinem härtesten Fight mit Joe Frazier? Nie war ich dem Tod näher. Dasselbe fühlte ich, als ich im Krankenhaus erwachte. Ich bin dem Tod noch mal von der Schippe gesprungen.

Ich verbrachte zwei Tage und drei Nächte in der Klinik. Man stellte die furchtbarsten Sachen mit mir an. Keine Schweinerei war den Ärzten zu dumm. Der eine sagte dies, der andere das, und zu guter Letzt probierten sie sowieso alles aus und steckten mir Schläuche in alle möglichen Körperöffnungen.

Klara besuchte mich, kam mit einer Tasche voller Kastanien. Ich hab sie ganz lang und fest umarmt, sie war der einzige Lichtblick weit und breit.

„Was ist das?“ fragte ich, als sie die Tasche auf meinem Bett ausschüttete.
„Die sind von deinem Baum.“
„Welchem Baum?!“
„Den du im Kindergarten vor eurem Haus gepflanzt hast.“
„Der steht noch?“
„Nicht mehr lange. Er ist schon mit einem roten Kreuz markiert. Das Haus wird auch abgerissen.“
„Unser Haus?! Die wollen unser Haus schleifen?!“
„Das Haus, den Schuppen, den Garten. Sogar den Hügel wollen sie ratzekahl abtragen.“

Ich packte das Kissen hinter meinem Kopf, würgte es und schleuderte es der alten Schachtel auf dem Bett nebenan in die Fresse. Stundenlang hatte sie mich vollgelabert, ohne Sinn und Ende, selbst als ich mich schlafend gestellt hatte und als Klara aufgetaucht war, hatte sie ihren Mund nicht halten können. Das Kissen sorgte dafür, dass sie die Klappe hielt.
„Sie wollen die Leiblach an der Biegung vor der Brücke verbauen. Sie ging in den letzten beiden Jahren dreimal über die Ufer“, sagte Klara.
„Weil sie die Bäume abgeholzt haben! Alles haben sie abgeholzt, diese Hirne voller Scheiße! Verdammt, ich wollte das Haus eines Tages kaufen, Klara.“
Klara verzog das Gesicht.
„Ich kenne keinen Menschen, der freiwillig in so n Kaff ziehen würde“, sagte sie, nahm meine Hand und spielte mit den Fingern. Meine Fingerkuppen waren schwarz von der Druckerschwärze. Die kleinen Rillen in der Haut wurden nicht mehr sauber, da konntest du noch so fest schrubben.
„Ey, ich bin nun mal n Landmensch! Ich hab immer noch ne Hornhaut an den Fußsohlen, ich bin immer noch in zehn Sekunden auf den Bäumen, und ich fang dir heute noch mit bloßen Händen die Forellen im Bach.“
„Land ist Kacke. Nur Kuhscheiße, Feuerwehren und Schützenfeste.“
„Blödsinn, Klara, Blödsinn!“ Aufm Land gehört alles dir, die Bäume, die Wiesen, der Fluss, die Viecher, sogar der Himmel und die Sterne. Du kümmerst dich um dieses Land, du bist gut zu diesem Land und das Land ist gut zu dir. In der Stadt – in dieser Stadt – ist alles anonym und

fremd, zerstörens- und verachtenswert. In der Stadt verlierst du deinen Namen, deine Seele, deinen Verstand.

„Ich will hier raus", sagte ich. „Ich will hier weg. Sobald wie möglich. Ich möchte wieder den Frühling und den Sommer schmecken, ich muss wieder richtig atmen können, mal n anderes Lebewesen als n Mensch oder ne Ratte sehn."

„Warum hauen wir nicht ab?"

„Wir beide?"

„Wir drei." Sie streichelte ihren Bauch.

„Und wohin?"

„Keine Ahnung. Irgendwohin, wo ich in Ruhe mein Baby zur Welt bringen kann. Ohne das Geschwätz und das Geläster. Und ohne meine Eltern."

„Du hast es deinen Alten immer noch nicht gesagt, hm?"

„Die denken, ich würde immer noch Teletubbies schaun."

„Soll ich mit deinem Vater reden?"

„I wo", sagte sie und lachte. „Ausgerechnet! Papa und du, ihr seid ja wie Hund und Katz!"

„Von wem weißt du überhaupt, dass ich hier bin?" fragte ich.

„Wusst ich gar nicht. Ich wollte nur nach dem Rechten schauen. Als ich das letzte Mal angerufen habe, hast du nur besoffen ins Telefon gelallt. Der Hausmeister meinte, du würdest in der Klinik liegen und das wär gut so."

Zum Abschied gab sie mir einen Kuss auf die Lippen. Ihr Atem schmeckte nach gerösteten Kastanien.

„Ey, du hast meine Kastanien gefressen!"

„Sei froh, dass es nicht deine Eier waren", sagte sie, und als sie in ihre Jacke schlüpfte, fragte sie: „Du hast doch das Autogramm nicht vergessen, oder?"

„Oh Shit, Klara", sagte ich.

„Nein, das ist nicht wahr!"

„Du kriegst eins. Mit Widmung. Ich schwör's. Ich hab die DVD jeden Tag bei mir."

Sie seufzte, kramte nach dem Handy in ihrer Tasche, sah auf das Display, drückte ein paar Tasten, sah noch mal zurück, dann war sie fort.

„Ich schwör dir, du kriegst dein Autogramm!" rief ich ihr hinterher, aber die Tür war schon zu und Klara fort.

„Ich will auch eins“, sagte die Alte.
„Nur, wenn du die nächsten Stunden deine Fresse hältst und ganz schnell das Kissen rüberwachsen lässt“, sagte ich.
„Ich will auch eins.“

Das Kissen kam zurückgeflogen. Ich brauchte es. Nicht für meinen Kopf. Für meine Tränen. *I never thought I'd miss you half as much as I do, and I never thought I'd feel this way, the way I feel about you …*

## 024

Zurück in Feindesland! Zurück in Kasachstan. Die Luft stank nach Autoabgasen und dem Gift aus den Fabrikschloten auf der anderen Seite des Flusses. Zwei junge Nutten lungerten an der Bushaltestelle. Sie trugen rote Miniröcke und haufenweise Schminke im Gesicht. Sie warteten auf ihre Freier, am helllichten Tag. Mir wollte nicht aus dem Kopf, was ich in der Klinik im Radio gehört hatte: Ne Frauenschutzorganisation schätze die Zahl der Zwangsprostituierten in unserer Stadt auf 1.500.

„Denkst du nicht, dass die Mädchen da drüben zu jung sind, um auf den Strich zu gehen?“ fragte ich nen Bullen, der sich vor der Trafik Zigaretten aus dem Automaten holte.
*1.500.*
„Denkst du nicht, dass mir das scheißegal ist?“ gab er zur Antwort, und bevor er ins Bullenauto stieg, rief er mir noch nach: „Nimm's nicht persönlich, aber ich hab in fünf Minuten Feierabend. Keinen Bock mehr auf Ärger mit Zuhältern heute.“

Geh an einer Schlange von 1.500 Mädchen und Frauen vorbei, sieh jeder von ihnen in die Augen und denk dir, sie sind Sklavinnen. Sklavinnen in deiner Stadt.

Wie üblich sah ich im Treppenhaus durch den Schlitz meines Postkastens, aber gar nicht üblich war, dass sich etwas anderes als Rechnungen und Werbung darin befand. Ein dickes Kuvert ohne Absender. Hausmeister Renz beobachtete, wie ich es öffnete.
„Die Musik muss leiser werden“, sagt er.

In dem Kuvert befanden sich Photos. Jede Menge Photos. Von verschiedenen Menschen, die alle ein- und dasselbe Plakat in die Kamera hielten. „¡Estoy loca por ti, borrachito!“

Ich stand da und sah den Renz an.

„Leiser muss sie werden. Die Musik“, sagte der. „Leiser.“

Ich machte einen Schritt auf ihn zu und leckte ihm wie ein Hund übers Gesicht. Er stand da und glotzte mich an.

„Die Musik muss leiser werden“, sagte er, mechanisch, wie ein Roboter.

„Kümmre dich lieber um den Müll, Renz. Der Innenhof verdreckt ja völlig, weil alle ihren Müll zum Fenster rauswerfen!“

„Ich dreh dir den Strom ab, wenn die Musik nicht leiser wird.“

Ich bohrte meinen Finger in seine Brust.

„Die Musik bleibt laut. Und wenn du mir noch einmal den Strom abdrehst,schlitz ich deiner Karre die Reifen auf!“

Ich ging hinauf in meine Wohnung im zweiten Stock und legte mich in voller Montur ins Bett. Ich spürte mein Herz pochen. Ganz komisch war mir. Gar nicht mehr rühren konnt ich mich. Nicht mal die Stereoanlage hab ich angeworfen. Ich nahm meinen Baseballschläger von der Wand und legte ihn auf meine Brust. Ich sah hinauf zur Decke. An den Ecken war sie schwarz und gelb, aber auch an den Wänden wucherte der Schimmel. „Nette kleine Garconniere“ hat es in der Anzeige geheißen. Garconniere! Was für ein edles Wort für dieses verschissene Rattenloch. Das war n ganz übles 15-$m^2$-Zimmer mit eingebauter Dusche und ner Kloschüssel in der Nische gleich neben der Eingangstür. Die „Küchenzeile“, von der in der Anzeige die Rede war, war eine tragbare Herdplatte. Spüle gab es nicht, das Geschirr musste ich in der Dusche waschen. Eine Waschmaschine mit Münzeinwurf stand im Keller. Wenn man darin Unterhosen wusch, bekam man Fußpilz am Arsch. Das einzig Gute: Das Rattenloch hatte zwei Fenster. Klein zwar, aber immerhin. Eins raus zur Straße, eins raus zum Parkplatz. Ich sah immer raus zum Parkplatz. Man konnte auch prima in den Nachbarblock sehen. Manchmal vergaßen die armen Seelen ihre Vorhänge vorzuziehen, und man konnte beobachten, wie sie in die Glotze schauten, stritten oder sich auszogen, aber meistens taten sie gar nichts. Sie waren wie so viele. Einfach nur da.

Keine halbe Stunde später war ich bei ihr. Ich klingelte Sturm, aber niemand öffnete die Tür. Ich rannte ums Haus, das Gartentor stand offen. Sie stand vor dem Teich, mit einem dicken Wälzer in der Hand. Sie trug einen schwarzen langen Rock, die Haare offen. Sie war barfuß und hielt eine Zigarette in der rechten Hand. Sie rauchte mit Stil, nämlich gar nicht. Die Zigarette war nur Zierde.

Die Welt war wie leergefegt. Es gar nur mehr uns beide. Als hätte das wer inszeniert und sie und mich auf die Bühne befohlen. Alles stand still. Aber ich hatte meine Rolle nicht gelernt. Ich wusste nicht, was ich zu tun hatte. Ich stand nur da und starrte auf ihren Rücken. Wir standen lange so. Und vielleicht wären wir für ewig so gestanden, hätte sie das Buch und die Kippe nicht in den Teich geworfen und wäre dann selbst in das Wasser gestiegen.

„Maga!“ rief ich vor Schreck, als wäre der Teich voller Blutegel, Piranhas und Killeraale. Dabei lagen nur ihre verdammten Bücher von der Uni im Wasser.

Sie ging weiter, schob den Rock immer höher. Als das Wasser ihre Schenkel erreichte, sah ich, dass sie nichts darunter trug. Ihr Arsch war ne Wucht. War einfach perfekt. Da konnten die Jungs jahrelang die Pornoseiten im Internet durchforsten, sie würden keinen besseren finden.

„Und ich bleibe trotzdem bei ihm“, sagte sie und zog den Rock über den Kopf und warf ihn in den Teich. Sie drehte sich um und lächelte, sie war nicht rasiert. Ich hatte ihr in der ersten Nacht – noch bevor ich sie nackt gesehen hatte – gesagt, dass rasierte Plastikmuschis nicht so mein Ding seien. Die Haare hier, die Haare waren für mich.

„Du erkältest dich!“ sagte ich.

„Mit den Aaren da unten?! Niemals.“

„Warum hast du sie nicht rasiert?“

Sie zuckte mit den Achseln.

„Vielleicht ich möchte meine borrachito gefallen. Und vielleicht mein borrachito möchte mir gefallen, und borrachito lässt sich wachsen Aare auf den Kopf.“

Wir vögelten, wie wir noch nie gevögelt hatten. Ich zerlegte sie in all ihre Bestandteile. Ich konnte nicht bremsen! Manchmal kann man nicht bremsen. Als Kinder sind wir barfuß den Hügel vor unserem

Haus runtergerannt. Da konntest du auch nicht bremsen. Du bist gerannt und gerannt, ohne dir bewusst zu sein, dass du deine Beine bewegtest. Es ging alles von selber, und es ging rasend schnell, und schon warst du unten, außer Atem, überglücklich. Die Lungen voller Sommer, die Füße voller Schneckenschleim.

Ich fühlte den Orgasmus schon lange vorher und noch lange nachher. Ich kam, als gäbe es keinen Morgen mehr. Alles spritzte heraus, alles Leben pulverte ich zwischen ihre Beine. Mein Schwanz wollte gar nicht mehr aufhören zu zucken. Ich pumpte und pumpte, als müsste ich sie tief unter die Erde stoßen. Ich stöhnte, Maga! Maga! Maga!, und sie schrie irgendwas auf spanisch, beschwor sämtliche Götter und Teufel Mexikos herbei.

Nie zuvor habe ich ein Mädchen so mit Haut und Haaren geliebt. Mit allem, was sie hatte. Ich hab ihr Arschloch geleckt. Meine Zunge reingesteckt. Es schmeckte gut. Es schmeckte nicht so, wie man denkt, dass es schmeckt. Es schmeckte nach Maga. Und nichts auf der Welt schmeckte besser als Maga.

Am liebsten mochte ich die Stille nach dem Sex. Man hörte nur die Kuckucksuhr an der Wand ticken. Kein Auto, kein gottverdammtes Auto weit und breit, kein Geschrei von zankenden Ehepaaren, kein Fernseher von der Wohnung nebenan oder von der Wohnung drüber oder drunter. Nur das Ticken der Kuckucksuhr. Es gab nur Maga und mich. Nur mich und Maga.

Zur vollen Stunde kam der Kuckuck heraus und weckte mich. Maga lag neben mir, die Augen verheult. Maga weinte oft. Wenn Maga weinte, wurden ihre Lippen ganz rot und ganz groß.

„Sehen wir uns heute abend?“ fragte ich und streichelte über ihren Mund.

„Tut mir leid. Ich muss ge'en in Vorlesung. Und danach ich muss mit meine Professor sprechen, wegen Referat.“

„Du musst gar nichts, Maga. Du musst sterben und mich lieben, aber sonst musst du gar nichts.“ Ich stand auf, packte sie, nahm sie über die Schulter und trug sie hinaus auf den Balkon. Wir waren beide splitternackt. Es war eisig kalt.

„STERBEN UND MICH LIEBEN MUSST DU, SONST MUSST DU NICHTS!“

Und als wir uns küssten, öffnete der Himmel die Schleusen und unzählige Schneeflocken stürzten herab, wie Fallschirmspringer landeten sie in einem fremden Land, ahnten nichts von Sonne und Regen und ihrem sicheren Tod.

„Ich ge'e nicht auf Uni, wenn du nicht gehst zu Glatzen", sagte sie.

„Nein", sagte ich. „Es kann nur ein Abkommen geben. Ich geh nie mehr zu den Jungs, wenn du niemals mehr zu Philipp gehst. Das schwöre ich dir, beim Leben deiner Mutter."

„Warum bei Leben meiner Mutter?"

„Denkst du, ich schwör auf meine Mutter?"

„¡Pinche cabrón!" sagte sie und zwickte mich in den Hintern.

Riesige Flocken kamen aus dem Grau am Himmel.

„Okay", sagte Maga. „Ich ge'e nicht in Uni. Wir trinken Bier und schauen 'El lado oscuro del corazón'. Keine Vorlesung, keine Skins. Nie mehr Skins."

„Ach, Maga. Nicht schon wieder."

„Diese Typen, sie machen mich Angst."

„Nicht schon wieder derselbe Film! Ich liebe ihn, aber viermal ist genug. Ich muss mir nicht anschaun, wie n Typ die Frau sucht, mit der er fliegen kann, ich habe sie längst gefunden."

„Du bist anders als sie. Sag mir, du bist anders! Oder du spielst nur mit mir? Du lügst mir? Sag mir!"

„Du hast meine Kumpels noch gar nie gesehen."

„Ich se'e sie jeden Tag. Überall in der Stadt ich se'e sie und öre sie. Sie sind so laut, sie sind so böse."

Ich trug Maga ins Haus zurück. Sie war schwerer, als ich gedacht hatte, schwerer, als Mädchen normalerweise sind. Sie hatte eine Gänsehaut. Ich küsste sie weg und wickelte meine Kleine in eine Decke.

„Magst du nen Kaffee?"

„Si", sagte sie und lächelte über meine Fürsorge. „Mach mir Kaffee."

Ich ging hinunter in die Küche. Der Boden war so kalt, dass ich auf den Fußballen tippelte. Maga beheizte nur ihr Zimmer und das Bad, um in dem großen Haus nicht unnötig Energie zu verschwenden. Ich stellte einen Topf Wasser auf den Herd, ging zum Fenster und sah hinaus zum Teich. Ich wusste, dass ich die Stadt verlassen musste, wenn ich aussteigen wollte. Solange ich hier war, war ich ein Rude Boy, solange ich hier war, konnte ich den Jungs nicht entkommen. Und solange ich hier war, wollte ich den Jungs gar nicht entkommen.

## 025

„JA?! BITTE?!“
„Guten Morgen, Herr … äh … “
„WAS IST LOS?!“
„Ich hätte da was zum Unterschreiben.“
„Wirf's in den Postkasten!“
„Ich brauch aber ne Unterschrift.“
„Hey, wirf's einfach in den Postkasten, so haben wir das doch immer gemacht! Bist du neu?“
„Eigentlich nicht, ich mein … ich bin schon seit … ey, Sie haben mich doch schon öfters gesehen.“
„Ich seh am Tag Hunderte von Gesichtern, wenn ich mir jedes merken müsste, gute Nacht. Du bist also nicht neu?“
„Nein.“
„Na, dann. In den Postkasten, ist schon okay.“
„MOMENT!“
„Hm?“
„Also, ehrlich gesagt … es ist so … na ja, ich hätte gerne n Autogramm. Für meine kleine Cousine. Die ist voll der …“
„Willst du mich verarschen? Autogramme gibt's nicht. Gibt's schon, aber erst in drei Tagen. Im EZ, 14:30, wir sehn uns dort.“
„Es ist für meine Cousine, nicht für mich. Es geht ihr nicht besonders. Sie ist dreizehn, sie ist schwanger und sie liebt Ihre Filme über alles. Ihr geht's wirklich nicht besonders, ich mein … mit dreizehn schwanger, Sie wissen schon, und da sie so n Megafan ist, da dachte ich …“
„Mir geht's auch nicht besonders. Vor allem, wenn jemand die Frechheit besitzt, an der Tür zu klingeln, um …“
„Sonst weiß keiner, dass Sie hier wohnen, und ich werd's auch keinem verklickern, versprochen. Das wär doch jetzt kein Beinbruch, wenn Sie schnell runterkämen und Ihre Unterschrift mit dem Marker auf die DVD hier fetzen, das wär bestimmt nicht so schlimm, oder?“

„Ich ruf deinen Chef an, der wird dir die Leviten lesen."
„..."
„Mach das nicht noch einmal, verstanden? Sonst bist du deinen Job los, das sag ich dir."
„..."
„So eine Frechheit!"
„DU VERDAMMTES ARSCHLOCH, ICH KOMM GLEICH HOCH UND PRÜGEL DIR DIE EIER AUS DEM SACK!"
„???"
„VERFICKTER KLEINER HURENSOHN! ICH MACH DICH ALLE, ICH POLIER DIR DIE VISAGE, SO DASS DU BEI ROSAMUNDE PILCHER NUR MEHR DIE HÄMORRHOIDEN DES ALTEN GRAFEN SPIELEN KANNST, DU FOTZENGESICHT, DU SCHMALSPURWICHSER, DU ... DU ... JA, MACH DAS FENSTER ZU, VERPISS DICH IN DEINE LUXUSVILLA, SCHNUPF DEIN KOKAIN, STECK DIR NEN GOLDENEN DILDO IN DEN ARSCH, RUF DEINEN PSYCHIATER AN, SCHLUCK DEINE ANTIDEPRESSIVA, GRINSE IN DIE KAMERAS, EINES TAGES FICK ICH DEINER FREUNDIN IN DEN ARSCH, OH JA, DER FICK ICH SO FEST IN DEN ARSCH, DASS DIE SCHEISS HURE WOCHENLANG NUR MEHR MEIN SPERMA SCHEISST, DU HODENRASSLER, GOTTVERDAMMTER!!!"

## 026

Da gab's ne Sache, die lag den Jungs und mir schwer im Magen – die Eröffnung des Autosalons. Wir hatten nicht vergessen, dass man uns wie Schulbuben aus dem Bunker gejagt hatte. Und als die Party stieg, mischten wir uns unter all die wichtigen Menschen aus Wirtschaft, Politik und Show-Biz. Sogar dieser Pfarrer, der ständig aus der Zeitung grinste, war hier. Da wurde extra ein beheiztes Zelt aufgestellt, genau auf dem Platz vor unserem Bunker. Ein Zelt mit Livemusik, Go-Go-Tänzerinnen, Freigetränken und vielen Gastrednern zwischen all den teuren glänzenden Autos. Die Jungs und ich, wir hatten uns in Schale geworfen und schon einiges intus, wir strömten aus und verteilten uns im ganzen Zelt. Hatze machte einen auf krank, logo, der hatte ja auch mächtig Kohle für unseren Rückzug aus dem Bunker kassiert.

Ich glotzte auf die Blechkisten. Musste immer an „Fight Club“ denken. Wie Tyler Durden und seine Bande mit Baseballschlägern auf die Autos klatschten, um die Airbags zum Explodieren zu bringen. Es kribbelte in meinen Fingern.

Der Wirtschaftsminister laberte auf der Bühne, ich hörte zu, verstand aber kein Wort. Vielleicht, weil ich zu blöd bin. Da steig ich immer aus, wenn was zu kompliziert wird. Meistens versteh ich Dinge, wie ich sie verstehen will, und nicht, wie sie gedacht sind. Meine Gedichtinterpretationen im Deutschunterricht wurden nicht mal bewertet, der Professor meinte, sie wären jenseits von Gut und Böse. Ich bin nicht grad der Hellste, und ich habe auch nicht gelernt, mich ‘artizukulieren’, wie es in dem Lied von den *Ärzten* heißt. Aber das ist es gar nicht, um was es im Leben geht. Das Wissen ist egal. Es kommt und geht und verändert sich. Was zählt, sind die Seelen. Die Seelen bleiben. Diese magischen Wesen und Augenblicke, die sich nicht festhalten und auch nicht wiederholen lassen.

Der zweite Redner war unser werter Herr Bürgermeister, der was von Arbeitsplätzen und irgendwelchen verfickten Wirtschaftsimpulsen für die Stadt faselte.

„Was für ein wunderbares Auto, der neue Mercedes SLK!“ sagte er, und meinte damit die silberne Blechkiste auf der Bühne, die sich auf ner Empore langsam im Kreis drehte, von Scheinwerfern und den Silikontitten der Tänzerinnen beleuchtet. „Seien wir ehrlich: Würden wir Männer nicht sogar eine Jennifer Lopez verschmähen, wenn wir stattdessen ein Rendezvous mit diesem Wunder der Technik haben könnten? Harr, harr, harr!“ Der Arsch lachte wie dieser weißbärtige Kapitän bei den Simpsons. Harr, harr, harr.

„Dem wird das Harr heute noch im Halse stecken bleiben“, sagte ich zu dem Typen neben mir und schlug meine rechte Faust in die offene linke Hand. Der Typ zuckte zusammen, schob seine Brille hoch und schaute betreten weg.

Ich betrachtete das Auto links von mir und dann den Arsch der Braut im Minirock rechts von mir, und dabei fiel mir das Lied von den *Prinzen* ein, in dem sie singen, dass wir Deutschen unsere Autos mehr als unsre Frauen lieben. Dann war ich ja wohl kein Deutscher.

Dann war ich wohl eher n Rad fahrendes Schlitzauge. Aber ich bin tausendmal lieber n Rad fahrendes Schlitzauge als n Deutscher, wenn ich dafür Frauen mehr lieben darf als Autos. Ich mein, was waren diese stinkenden, lärmenden Blechkisten gegen den wunderbaren Arsch dieser Frau? Gegen ihre Küsse, ihre Augen, ihre Tränen? Nichts. Null. „HALT DOCH DIE SCHNAUZE, DU WICHSER!" rief ich und zog so die Aufmerksamkeit der Security auf mich. Ich machte eine entschuldigende Geste. Aber die hatten mich jetzt scharf im Blick. Das war gar nicht so schlecht, denn so konnten die Jungs in Ruhe alles vorbereiten.

Die nächsten zehn Minuten redete der Klugscheißer nur mehr vom Umsatz. Vom Gewinn. Gewinn für uns alle! Na klar profitieren wir alle davon! Immer profitieren alle davon! Selbst als sie unseren Park mit den uralten Linden und Eichen platt machten, hieß es, das würde fürs Allgemeinwohl geschehen. Billige Wohnungen für alle sollten dort entstehen, natürlich. Pusteblume. In einer Woche waren die Bäume weg, aber als die Rohbauten standen, ging gar nichts mehr. Zwei Jahre lang wurde auf der Baustelle kein Hammer mehr bewegt und irgendwann alles wieder abgerissen. Ein Untersuchungsausschuss wurde eingesetzt, der bis heute keine Schuldigen ausfindig machen konnte. Millionen Euros sind versickert. Der Bürgermeister war trotzdem beliebter als jemals zuvor und es stand außer Frage, dass er in zwei Wochen wiedergewählt würde. *Ich hab' 'n Hass, so 'n Hass, ich hab' 'n Hass, so 'n Hass. Arbeitslose Jugendliche sind heute schon normal, die Reichen werden immer reicher, alles andere ist egal. Meine Verachtung haben sie, ich kann sie nicht mehr seh'n, das sind Menschen, die von Freiheit reden und nicht dazu steh'n.*

„Abzocker! Alles Abzocker! Gauner, Lügner, Betrüger!" hörte ich eine dicke Frau sagen, die sich gerade ein dreistöckig belegtes Brot in den Mund schob und sich gleich darauf ausgiebig am Arsch kratzte. „Und das ganze Geld kriegen die Neger in Afrika." Abzocke, Abzocke, Abzocke, in den Magazinen, im Fernsehen, immer geht's um Abzocke. Aber die dicke Frau meinte nicht den Bürgermeister, die dicke Frau wählte den Bürgermeister, die dicke Frau meinte die Asylanten, die Ausländer, die Ökosteuer, die EU. In ihrer kleinkarierten Spießerwut erkannte sie nicht die wirklichen Schweinereien, die wirklichen Ungeheuerlichkeiten. Die dicke Frau denkt sich, was der kleine Mann auf der Straße denkt, der denkt sich nämlich, dass er sich wehren muss, mit Händen und Füßen, dass er schlagen muss, kratzen, beißen, vernichten, jawohl!, vernichten, töten, weil er sonst zu kurz kommt, mit leeren Taschen dasteht, und das will er nicht, das will niemand, denn hier und heute definiert sich der Mensch über den Besitz. Ja, bei uns zählt das Haben. Das Auto, das Haus, die Kleidung, der Schmuck, die Möbel, das Handy, die Stereoanlage, der Laptop, der Breitbildfernseher, die Digitalkamera, das Flugticket ans Ende der Welt. Und für seinen Status muss man kämpfen. Ohne Rücksicht auf Verluste. Ohne Erbarmen. Nach unten treten, nach oben buckeln.

Nein, da mach ich nicht mit. Ich scheiß drauf. Mich kriegt ihr nicht. *Alles was du hast, hat irgendwann dich.*

In Deutschland zählt nur eines: das Geld. Der Gewinn. Das Wachstum. Die schwarzen Zahlen. Egal, ob dafür Sklavenarbeit in nem Dritte-Welt-Land nötig ist oder ob die Umwelt zerstört wird. Es zählt nur der Umsatz. Weil das eben Arbeitsplätze bringt, oh ja, das ist wichtig, das ist das Heiligste. Keiner fragt, ob ne Firma Waffen für nen dreckigen Krieg in Angola herstellt, ob das Chemiewerk den Fluss verdreckt, der Nachtclub ukrainische Mädchen mit Drogen und Schlägen zur Prostitution zwingt oder die Lkws die Luft verpesten. Sonst müssten ja Menschen entlassen werden, wie schlimm! Dabei sind den Bonzen die Arbeitsplätze doch scheißegal, den Bonzen geht es nur um Geld. Und wir sind es, die die Zeche zu zahlen haben. Wir sind es, die krank oder verstümmelt werden, und wir sind es, die die Aufräumarbeiten mit unseren Steuergeldern zu zahlen haben.

Ich nahm meinen Schlüssel und kratzte einem besonders noblen Mercedes den Seitenflügel auf. Mein Herz hüpfte vor Freude. Der Wirtschaftsminister verabschiedete sich unter großem Beifall und anerkennendem Nicken von der Veranstaltung und flog mit nem Hubschrauber davon. Ich wünschte ihm einen guten Flug gegen den nächsten Strommasten und hörte noch zwei weiteren Rednern zu. Alles dasselbe Gewäsch. Ob Politiker, Wirtschaftstreibende, Lehrer oder Journalisten – sie predigen ihre Weltanschauung. Predigen uns den Plan, den es zu erfüllen gilt. Sie erheben ihn zum göttlichen Plan. Ihren Willen zum göttlichen Willen. Wer davon abweicht, der ist verachtenswert, der ist gefährlich. Wer davon abweicht, dem muss der

Lebensmut gebrochen werden, wer davon abweicht, der muss zum Verstummen gebracht werden. Nicht mit Maschinengewehren, oh nein. Diese Zeiten sind längst vorbei. Heute werden die Rebellen vom Geschrei der Medien übertönt, vom Einheitsbrei erdrückt. Oder sie werden zu Helden gemacht. Die man liebt, deren Ideen man aber nicht lebt.

Doogie kümmerte all das nicht, so schön, wenn einem alles scheißegal ist und nur der nächste Fick zählt. Er flirtete mit ner Tussi im roten Minirock und ließ den großen Charmeur raushängen.

„Finden Sie das nicht seltsam?“ fragte ich nen Dressman, der gerade mit seiner Hand so ehrfürchtig über den Kotflügel eines Audis strich, als wäre es Jennifer Lopez’ linke Arschbacke.
„Was denn?“ fragte er mich und sah mich interessiert an.
„Dass viele Leute schimpfen, sie hätten kein Geld, die Steuern und Abgaben wären zu hoch, das Fressen zu teuer. Dabei können sie sich solche Autos leisten. Ich mein, die ganzen Straßen sind voller Autos, die eigentlich keine Sau braucht. Manche von den Karren können 300 fahren, dabei gibt’s ja doch nur noch Stau überall. Ein VW-Käfer würde es genauso tun.“

Der Typ wich einen Schritt zurück, aber ich machte mich breit, ließ ihn nicht entkommen.
„Im Sudan und im Kongo verrecken die Menschen wie Fliegen, weil sie nicht mal ne Handvoll Reis zum Fressen haben, und hier ... sehen Sie sich um! Verschwendung pur!“
„Ich weiß nicht“, sagte der Typ und sah mich an, als hätte ich ihn gefragt, ob ich ihm über die linke Arschbacke streicheln dürfte. „Ich glaub, du bist nur neidisch, weil du keine Kohle hast, dir so ne geile Karre zu leisten. Siehst mir jedenfalls nicht aus wie jemand, der sich n schnelles Auto leisten kann.“ Und dann schubste mich der Typ beiseite und ging.

Da kam mir der TV-Pfarrer gerade recht. Der grinste immer. Der weinte nie. Ich packte ihn am Arm und zog ihn nahe an mich ran.
„Herr Pfarrer, wenn Jesus noch mal auf die Idee käme, bei uns aufzukreuzen, wenn er jetzt und hier auftauchen würde ...“ Der Typ grinste immer noch. Ich hätte dem mein Messer in den Bauch jagen können, es ein paar Mal umdrehen, ich hätt in seiner fetten Wampe rumsto-

chern können und Jesus einen alten versoffenen Hurenbock nennen – der hätte weiter gegrinst.
„Ey, ich mein ... der würd uns doch allen vor die Füße reihern, der würd doch gar nicht mehr aufhören zu reihern."
„Ja, warum sollte er das denn tun?" fragte er verständnisvoll, wenn auch leicht irritiert.
„Oh Mann haben Sie denn die Bibel nicht gelesen? Den Spruch mit dem Nadelöhr und den Reichen? Das hier ist doch ein Musterbeispiel für Maßlosigkeit und Überfluss."
„Ich weiß nicht", sagte der Pfarrer, und ehe er fortsetzen konnte, geschah das Unfassbare. Ein langhaariger Typ in nem dreckigen Kaftan kam johlend durch den Eingang getorkelt.
„Leck mich am Arsch!" sagte ich und packte den Pfaffen am Hemd. „„Der Messias! DER MESSIAS IST DA! JESUS CHRISTUS!" Ich ging auf die Knie und machte das Kreuzzeichen. Der Pfaffe glotzte verstört und wollte mir auf die Beine helfen, aber ich blieb auf dem Boden. Ich war viel zu betrunken, um wieder aufzustehen.

Die Leute checkten erst gar nichts. Einige lachten, weil sie dachten, das wär ne Einlage. Ein Sketch oder so. Die Band spielte einen Tusch.

Locke war göttlich. Mit seiner Perücke sah er zum Schreien aus. Er stolperte zur Bühne, krabbelte auf allen Vieren die drei Stufen hoch. Klar, waren da Security-Typen, aber die standen alle in meiner Nähe und waren selber viel zu verdutzt, als dass sie hätten reagieren können. „JESUS! ICH BIN JESUS!" brüllte er, immer wieder. „JESUS! JESUS CHRISTUS, DAS BIN ICH!"

Und dann war er am Mikro und legte los, dass die Boxen beinahe explodierten.
„IHR SEID SO VOLLGEFRESSEN! BIS OBEN HIN VOLL! JEDEN TAG KREPIEREN 40.000 MENSCHEN AN HUNGER! JEDEN TAG! JETZT UND JETZT UND JETZT VERRECKEN IRGENDWO AUF DER WELT MENSCHEN! UND IHR! IHR TUT NICHTS DAGEGEN! IHR FRESST EUCH UNGENIERT VOLL UND KAUFT EUCH AUTOS MIT NAVIGATIONSSYSTEMEN! IHR WISCHT EUCH DIE ÄRSCHE MIT FEUCHTEM ARSCHPAPIER, DAS NACH KAMILLE SCHMECKT!"

Die Band spielte noch einen Tusch, aber er klang unsicher und unsauber. Lockes Auftritt, der war 1a, ohne Scheiß. Das Beste, was er je in seinem Leben abgeliefert hat. Der hat ne Show abgezogen, das werd ich nie vergessen, selbst wenn ich Alzheimer hab und meinen eigenen Schwanz nicht mehr erkenn. Der hat da rumgeschrien wie Goebbels zu seinen besten Zeiten. Hat Vollgas gegeben. Die Jungs und ich und noch so an die zwanzig Glatzen, die Doogie und Ari organisiert hatten, applaudierten und schrien: „DER MESSIAS! DER MESSIAS IST DA! HOSANNA IN DER HÖHE! HALLELUJA! DER MESSIAS IST DA!"

Danach gingen wir zu Fußballliedern über. *„UND WIR HABEN EIN IDOL – JESUS CHRISTUS! UND WIR HABEN EIN IDOL – JESUS CHRI-HIIII-STUSSSS!"*

Wir lärmten wie ne Bande von mehreren hundert Leuten. Wie im Stadion, wenn 300 Auswärtsfans mehr Stimmung machen als 25.000 Heimfans. Die Leute hatten's immer noch nicht geschnallt. Checkten einfach nicht, was da los war. Standen rum und glotzten. Mann, war das geil. Wir waren ne Horde Wilder inmitten der Zivilisation. Wir waren völlig außer Kontrolle. Ich hab mich so stark gefühlt. Wie in nem Film, verstehst du? Manchmal musst du verrückte Sachen tun, als wärs bloß n Film, bloß n Jux, bloß ne Passage in nem Buch von Irvine Welsh oder Chuck Palahniuk. Ja! Ja! Ja! Manchmal muss man Vollgas geben, muss man spüren, dass das Leben was Besonderes ist, dass man nicht nur pennt und blöde vor sich hinstiert.

Die Security stürmte die Bühne, für ein paar Sekunden war Locke weg vom Fenster. Aber der kam wieder. Locke kam immer wieder. Irgendwie entwischte er jedes Mal seinen Bewachern, den Bullen, dem Tod. Vielleicht weil er so krank aussah und keiner ihn angreifen wollte. Seine Hinterhoftattoos schreckten genauso ab wie das rostige Piercing in der Nase, die Ringe unter den Augen und die Narben auf der Glatze. Vielleicht war er ja tatsächlich HIV-positiv, wie das Gerücht in regelmäßigen Abständen die Runde machte.

„IHR SEID SCHULD, ICH BIN SCHULD! WIR SIND ALLE SCHULD!!!! WIR HABEN NICHTS ANDERES ALS DIE HÖLLE VERDIENT!"

Ich bin dann auch auf die Bühne. Ich hatte noch was zu sagen. Heute hatte ich was zu sagen. Etwas, das mir schon lange am Herzen lag. Doogie, Ari und die restlichen Glatzen prügelten sich mit den Security-Typen. Die Jungs klopften die braungebrannten Bodybuilder mit ihren Muskelbergen windelweich. Viele Gäste verließen das Zelt oder flüchteten hinter die Autos. Einige sprachen in ihre Handys, riefen die Bullen oder erzählten ihren Freunden von der großartigen Show. Locke fuhr das Auto von der Empore auf der Bühne mit Volldampf in einen Tisch mit Sektgläsern.

„Der 11. September", sagte ich, und meine Stimme klang so fremd und verzerrt über die Anlage, dass ich noch mal anfing. „Der 11. September war einer der schönsten Tage in meinem Leben. Der 11. September war so schön, weil etwas absolut Undenkbares geschehen ist. Der amerikanische Präsident auf der Flucht! Das Pentagon attackiert! Das war ja fast so, als wären Außerirdische bei uns gelandet."

Ich fühlte mich so großartig. Der Alk war in meinem Hirn, vernebelte mir die Sinne. Ich sprach einfach drauflos. Zwei, drei Typen photographierten mich. Ich machte das Victory-Zeichen. Rico Steinmann Superstar.

„Die Menschen haben das Leben so institutionalisiert, so perfekt geordnet und eingerichtet, Staaten, Bürokratien, Gesetze, Zwänge errichtet, dabei sind sie nichts. Sie sind nichts, und sie müssen alle sterben. Sie tun so, als wüssten sie alles, sie spielen sich auf, dirigieren, schikanieren, predigen ..." (In dem Moment sah ich vier, fünf Bullen schnurstracks auf die Bühne zukommen) „DABEI SIND SIE NUR EIN HAUFEN NARREN! ES IST SCHÖN, WENN SIE EINS AUF DIE FRESSE KRIEGEN, WENN SIE AUF DIE SCHNAUZE FALLEN. DER 11. SEPTEMBER WAR EIN WUNDERBARER TAG! JAWOOOOOOOOOHLLLLL!" (Ein schwarzer Handschuh packte mich an der Gurgel und riss mich vom Mikro weg.)

## 027

Die Welt dreht sich um Maga und nicht um die Sonne. Ohne Maga gibt es kein Leben auf der Erde. Keine Bäume, keine Tiere, kein Doogie, kein gar nichts. Alles wurde wegen ihr geschaffen. Den Jungs das klarzumachen, war nicht leicht.

„WIR SCHEISSEN DIR INS GESICHT, DU HOMO, WIR SCHNEIDEN DIR DIE HODEN AB ..."
„... UND STECKEN SIE DIR SO TIEF INS ARSCHLOCH, DASS

DU DIE NÄCHSTEN JAHRE MIT DEINEN HÄNDEN IM ARSCH RUMLAUFEN WIRST, UM SIE ZU SUCHEN!" Hatze und ich, wir hatten uns verabredet, aber ich hatte verschlafen. War einfach weggepennt in Magas Bett an Magas nackten Brüsten. Der Job killte mich, der Job ließ mich im Zeitraffer altern. Jeden Morgen kam ich mit nem fröhlichen *Onkelz*-Song auf den Lippen ins Postamt und jeden Abend ging ich als gebrochener Mann nach Hause. Ich war völlig ausgebrannt. Jeder meiner Knochen war tonnenschwer.

Zwei Stunden lang wartete er vor meinem Block, mit Ramon, der seit einiger Zeit an ihm klebte wie eine Klette. Ich fragte mich, ob die beiden nicht vielleicht schwul waren.

Ramon kickte nach mir wie nach einem Hund. Hatze bespuckte mich. „Du hast die Wahl, Rico", sagte Hatze und bohrte seinen Zeigefinger in meine Brust. „Entweder wir oder die Kanakenfotze!"

„Kanakenfotze."

„Alleine bist du nichts. Alleine bist du kein Skinhead. Alleine bist du ... BIST DU N NEGER!", sagte Ramon. „Die Türken werden dich jagen, die Nazis werden dich jagen, die Bullen werden dich jagen, und das Schlimmste: Wir werden dich kriegen!"

„Pah! Ich schaff's auch ohne euch", sagte ich.

Hatze zwickte mich in die Wange.

„Ohne uns? Sagtest du, ohne uns?! Kannst du aus dem Leben aussteigen? Einfach so? Ohne sterben zu müssen? Ohne nach dem Tod in die Hölle zu müssen? Kannst du nicht! Genauso wenig wirst du uns los. Pass also auf, was du sagst."

Er drohte mir mit der Faust, dieser fetten fleischigen Faust, und zerstampfte die Dosen, die er in der Zeit hier gesoffen hatte.

„Ich scheiß auf euch."

„HÖR GUT ZU, DU!" grölte Ramon, und die Worte hallten an der Hauswand wider. „WENN DU AUSSTEIGST, MACHEN WIR DICH UND DEINE NEGERIN SO FERTIG, DASS DU WÜNSCHST, DEINE HURE VON EINER MUTTER HÄTTE DICH NIE AUSGESCHISSEN!"

„VERPISS DICH! VERPISS DICH, DU SCHEISS NAZI!" brüllte ich ihm nach, doch er war schon ums Eck. Hauswart Renz sah ausm Fenster. Wir glotzten uns an.

„Die Musik muss leiser werden", sagte er.

Ich stürmte die Treppe hoch, schlug mit den Fäusten gegen die Lifttür, gegen die Fensterscheiben, gegen Renz' Tür, schlug meine Docs an den Wänden wund, trampelte in meine Bude, holte ein Bier aus dem Kühlschrank und setzte mich ans Fenster. Vorher drehte ich die *Onkelz* bis zum Anschlag auf. *Und hier ein paar Worte an die rechte Adresse, leckt uns am Arsch, sonst gibt's auf die Fresse ...*

Dass diese Nazirassel mir drohte, das machte mich wütend. Dass ich vor ihr Schiss hatte, noch viel mehr. ... *wir hassen euch und eure blinden Parolen, leckt uns am Arsch, euch soll der Teufel holen.*

Der Himmel war wochenlang wie die Betonblocks und die Straße: grau. Grau nach allen Seiten. Nach Ost und West und Nord und Süd. Grau ohne Emotion. Ein Nichts am Himmel. Vor der Eingangstür zum Hof hinaus standen zwei Bullen. Ich spuckte ihnen auf die Köpfe. Sie bemerkten es nicht, ich legte mich ins Bett, genoss das Bier und träumte von Maga. Ich lag keine fünf Minuten, da polterte es an der Tür. Ich machte auf, vor mir standen die beiden Bullen. Ich hob zur Begrüßung die Augenbrauen.

„RICHARD STEINMANN?" brüllte der eine, um die Musik zu übertönen. Ich nickte. Er brüllte wieder etwas, aber ich verstand kein Wort. Also ging ich zur Anlage und schaltete die Musik aus. Die plötzliche Stille löste dasselbe aus, was der Knall eines Flugzeuges beim Durchbrechen der Schallmauer ausgelöst hätte – mein Herz blieb beinah stehen vor Schreck.

„Sie werden beschuldigt, beim Pokalspiel in Mannheim einen Polizisten mit den Schuhen ins Gesicht getreten zu haben", sagte einer der beiden. Ich leugnete, im Stadion gewesen zu sein. Die sahen mich an wie einen Rottweiler, der gerade ein Kind totgebissen hatte und dem das Blut noch am Maul und an den Zähnen klebte. Hätte es ihnen keine Scherereien eingebracht, hätten sie mir die Eier weggeschossen und mich in meinem Saft liegen lassen.

„Es wird zu einer Gegenüberstellung kommen", sagte der eine Bulle, dessen Blick so kalt und seelenlos war, dass er perfekt nen Nazioffizier in nem Hollywoodfilm abgegeben hätte.

„Ich war nicht dabei", sagte ich noch einmal. „Ich habe sogar einen Zeugen."

„Einen Zeugen?" fragte der Offizier höhnisch. Der andere sah mich

an, voller Hass und Verachtung. „Dann nennen Sie uns bitte den Namen Ihres 'Zeugen'."
„Edde."
„Edde?"
„Eduard Meisner, mein Boss."
Der Offizier holte einen Notizblock und einen Stift aus seiner Brusttasche.
„Und wo wohnt Ihr *Boss*?" Ich gab ihnen eine falsche Adresse.
„Wir werden das überprüfen. Allerdings haben auch wir Zeugen."
„Ich weiß."
„Bitte?"
„Ramon und Hatze sind sauer auf mich, die wollen mir eins auswischen. Vor Gericht aber nehmen sie alles zurück. Schauen sie doch mal das Strafregister der beiden an! Dann werden Sie sehen, wie zuverlässig Ihre Zeugen sind."

Keine Ahnung, was sie danach noch sagten oder fragten. Ich gab mich cool, aber ich stand völlig neben mir. Die Gedanken rasten durch meinen Kopf, vollführten Loopings und stürzten immer wieder ab. Als sie weg waren, bemerkte ich, dass ich zitterte wie n Schwein, das weiß, dass es gleich zur Schlachtbank geht. Ich sprang wie blöd in der Wohnung rum, nahm alles Mögliche in die Hände und stellte es an falschen Plätzen wieder ab. Es war kaum zu glauben. Meine eigenen Kumpels hatten mich verpfiffen.

Ich versuchte, Edde zu erreichen, aber er ging nicht ans Telefon. Ich trank drei Bier, ehe ich mich zurück ins Bett legte. Beim Einschlafen hatte ich das Gefühl, tief in der Scheiße zu stecken. Die finsteren Gedanken nagten an mir wie Ratten an einem Kadaver. Die Jungs hatten mich verraten.
Mich. Verraten.

## 028

Wenn früher die Lehrer am Gymnasium nach meinen Eltern verlangten, fälschte ich ihre Unterschriften oder schickte jemand anderen. Aber ich wusste, die Bullen ließen sich nicht verarschen. Nicht, wenn es um einen von ihnen ging. Also zog ich die Docs ohne Stahlkappen an, und auch die Bomberjacke ließ ich im Schrank. Aber selbst mit meiner alten Dieseljacke, einem S.Oliver-Pullover und ohne meine Killerdocs sah ich wie ein Skinhead aus. Da war irgendwas, das hattest du im Blick, in der Art, wie du gingst, oder in deiner Stimme. Egal, was du trägst – *du bist Skinhead, du bist stolz, du bist Skinhead, schrei's heraus!* Man kann nen Fußballschal, ne Bomberjacke, n T-Shirt, den Gürtel, das Messer, die Buttons, man kann gar alles ablegen, aber niemals sein Herz.

Beim Eingang zur Polizeidirektion musste ich mein Messer abgeben, es wurde in ein kleines Schließfach gelegt, als Pfand für den Schlüssel bezahlte ich zwei Euro.

Ich erkannte den Bullen sofort. Er mich nicht. Seine Nase hatte einen leichten Knick, wie die Nase eines Boxers nach zu vielen Kämpfen. Sah ziemlich mitgenommen aus, der Typ. Hatte nen richtig müden Blick und rührte in seinem Kaffee, als ginge ihm die Welt am Arsch vorbei. Ohne Uniform sah er so friedlich aus. Er tat mir leid. Ich wollte mich gegen das Gefühl wehren, aber es war stärker. Scheiße, ja, der Arsch tat mir leid. Am liebsten hätte ich gesagt: Mann, lass uns die Scheiße vergessen und Freunde sein.

Ein Bulle in Zivil stellte viele Fragen. Warum ich die falsche Adresse von Edde angegeben hatte (ich sagte, ich wäre durch ihr Auftauchen verwirrt gewesen), warum ich nicht im Stadion war (Edde hatte gesagt, er könne sich nicht mehr erinnern, es sei jedoch wahrscheinlich, dass ich bei ihm gewesen sei) usw. Leider erwies sich meine Lüge, nicht im Stadion gewesen zu sein, als Bumerang. Denn an eines konnte sich der Bulle mit der gebrochenen Nase sehr wohl erinnern.

„Ich habe dich vor dem Stadion gesehen“, sagte er. „Das schwör ich beim Augenlicht meiner Kinder.“ Er hatte gar keine Kinder, trotzdem wurde es jetzt ungemütlich. Die Bullen nahmen mich in die Mangel.

„Warum hast du gelogen?“

„Sie!“

„Was?!“

„Ich möchte gesiezt werden.“

Einer der Bullen, der aussah wie Don Camillo, stand auf und zog mich an den Ohren. Wie n Schulbub zog er mich an den Ohren, riss mir die Scheißdinger beinahe ab.

*Dicke Knarre umgeschnallt, Mann, was bist du stark ...*

„Hier drinnen, mein Freund, hier gibt es keine Extrawürste. Hier regieren wir. Und jetzt wird gespurt, sonst kriegst du ne feine Abreibung mit nassen Handtüchern, das schwör ich dir."
*... ich treff dich in der Straßenbahn, da scheißt du dir die Hose voll, Recht und Ordnung, das muß sein, doch sonst bist du das größte Schwein ...*

Der ganze Raum war voller Bullen. Ich glaub, die hatten grad Pause oder so. Vielleicht wollten sie mich auch nur einschüchtern.
*... Polizei, dein Freund und Helfer, schlag sie tot und helf dir selber.*
„Und jetzt beantwortest du unsere Fragen, sonst weiten wir dir dein Arschloch mit nem Knüppel, scheiß Glatzkopf!"

Ich sah ihn an, als würde ich ihm gleich an die Gurgel. Wenn ich an dem Tag einen von denen in ner dunklen Gasse getroffen hätte, hätt's Hackfleisch gegeben. Der Einzige, der ruhig blieb, war der, den ich erwischt hatte. Er nippte seinen Kaffee, sah zum Fenster raus, tat so, als würde ihn all das gar nichts angehen.

Ich war also im Stadion gewesen? Nein. Ich war Mitglied der Rude Boyz? Ja. Warum hatte ich das Spiel dann verpasst?
„Ich fahr halt lieber auf Auswärtsspiele."
„DER LÜGT, WENN ER'S MAUL AUFMACHT!"
„Auswärts ist's einfach geiler!"
„STOPFT IHM DAS MAUL UND FERTIG!"
„In Zukunft werdet ihr überhaupt nirgendwo mehr hinkommen", sagte ein Bulle, der nen höheren Rang als die anderen zu haben schien. Alle anderen kuschten vor ihm. „Wir werden alles daransetzen, dass keiner von euch jemals wieder auf die Nordtribüne kommt."

„Das soll ne Strafe sein?" fragte Don Camillo. „Nicht mehr ins Stadion zu dürfen? *Das* soll ne Strafe dafür sein, nen Polizisten halbtot zu schlagen?!" Er schüttelte den Kopf und stand auf. „Oh Mann, ich glaub, ich bin im falschen Film."

Du hast ja keine Ahnung, Don Camillo. Von der Nordtribüne. Wie das ist, wenn sie einmarschieren, unsre Jungs, und der Sturm dann losbricht. Feuer, Trommeln, Fahnen, es ist so unglaublich laut, dass deine Stimme untergeht im Gebrüll, und ich weiß nicht, mit was man das vergleichen könnte. Vielleicht mit Surfen. Ich war noch nie Surfen, ich war erst einmal am Meer, und da bin ich nur geschwommen, aber ich denke, es könnte wie Surfen sein. Erst ist das Wasser ruhig, es glitzert nur so lustig von der Sonne, du sitzt auf deinem Brett und bist voller Freude und Aufregung. So ist das, vor einem Match. Und dann kommen die Spieler aus den Katakomben, du stehst auf dem Brett, und schon kommt die Riesenwelle, die dich in die Höhe nimmt, es ist ein überwältigendes Gefühl, der Lärm und der Gesang, alles hüpft und schreit wild durcheinander, es hat nichts mit dem zu tun, was du erlebst, wenn du dir ein Spiel im Fernsehen ansiehst, und deshalb werden die Sofafurzer uns niemals verstehen können. Schnell findet das Chaos zur Einheit, als gäbe es einen unsichtbaren Dirigenten. Und dann singen alle dasselbe. *SHALA-SHALALALALALA-SHALALALA-LALA-SHALALALALA-SHALALA-SHALALA-LALA.* Alle. Dasselbe. Das ist der Moment, da es dir das Herz öffnet, da alles aus dir ausströmt und es dir eiskalt den Rücken runterläuft. So n Gefühl hast du sonst nur, wenn die *Onkelz* auf die Bühne kommen.

Meine Gedanken drifteten dahin. Ich hörte nicht länger, was die da laberten oder fragten, ich hatte mir aufm Klo eine von Aris Wunderpillen reingezogen. Ich wusste, die waren heftig, denn das letzte Mal, da er sich die reingeschmissen hatte, musste er von der Feuerwehr aus dem Führerhaus eines Krans bei der Baustelle neben dem Rathaus geholt werden. Hätte Ari nicht aus Versehen das Funkgerät aktiviert, wär er da oben bis zum Frühjahr verschimmelt.

„Ich war so schön high, da wollte ich alleine sein. N bisschen näher am Himmel sein. Abchecken, was da oben so läuft."

Mit den Pillen funktionierte dein Hirn nur mehr auf Minimalleistung, dein Herz dafür auf Hochtouren. Ein Lied der *Onkelz* hämmerte in meinem Schädel. Es war ne Endlosplatte, fing immer wieder von vorne an. *Grüner Sheriff, ich mag dich nicht, weder deinen Anzug, noch dein Gesicht ...*

„Zum hundertsten Mal: Warum hast du gelogen, nicht im Stadion gewesen zu sein?"

„Ich war nicht im Stadion."

*... deine Meinung interessiert mich nicht, Bullenschwein ich scheiß auf dich ...*

„Natürlich warst du im Stadion! Ihr seid doch immer im Stadion!"

*...Bullenschwein, ich hasse dich ...*

Das ging so ne ganze Weile. Sie fragten mich, ob ich Skinhead sei. Ob ich Springerstiefel trage ...

*... Bullenschwein, ich hasse dich ...*

Sie sagten, drei meiner Kameraden hätten gegen mich ausgesagt, ich hätte keine Chance. Sie zeigten mir Photos von älteren Spielen. Auf einem war ich, vermummt, mit einem bengalischen Feuer, auf einem Zaun. Vor dem Zaun stand eine ganze Armee von Ordnern und Bullen mit Hunden.
„Ey, geiles Photo. Kann ich das haben?"
„Das bist du?" fragte der Bulle.
„Geiles Photo!"
„Ob das du bist, hab ich gefragt!"
„Jep. Das ist vom Spiel in Freiburg. Boah, da ging's vielleicht ab. Ey, da waren wir sogar im Fernsehen, das werd ich nie vergessen. Ja, in Freiburg, da haben wir die Bullen ..."
„Du hast also einen Aufnäher auf der Jacke?"
„... gefickt, verdammt!"
„Einen Adler?"
„Viele haben Adler auf ihren Jacken. Viele tragen Bomberjacken ..."
„Aber nur wenige tragen blaue Bomberjacken. Die meisten tragen schwarze oder grüne. Du trägst eine blaue."
„Ich wollte mich immer schon von der Masse abgrenzen."
„Es wäre besser, du würdest alles auf den Tisch legen. Zack! Zack! Und der Fall ist erledigt. Wir ham dich nämlich am Arsch, Hosenscheißer."
„OH MANN! GEHT DAS NICHT IN EURE SCHÄDEL? DIE JUNGS WOLLEN MIR EINS AUSWISCHEN. SPÄTESTENS VOR GERICHT MACHEN DIE WIEDER NEN RÜCKZIEHER, ABER FIX! WIR HATTEN NEN KLEINEN STREIT, WEIL ICH MIT NER NEGERIN RUMZIEH. DAS KÖNNEN SIE RUHIG ÜBERPRÜFEN."
Don Camillo seufzte und spielte an seinem Gürtel.
„Wenn sich herausstellt, dass du doch der bist, den wir suchen, dann wehe dir. Dann ist Schluss mit lustig."
„Puah, ich scheiß mir in die Hosen vor Angst."

Der Bulle, den ich für den Boss hielt, schickte mich mit einer Handbewegung nach Hause. Ich bekam mein Messer, nicht aber das Zwei-Euro-Stück zurück.
„Welche zwei Euro?" fragte der Wichser, der den Eingang überwachte.
„*Meine* zwei Euro."
„Es gibt keine zwei Euro. Nimm dein Messer und schau, dass du hinauskommst."

Den Rest des Tages verbrachte ich damit, mit Doogie am Fluss Büchsen zu schießen. Es schneite, ganz leicht. Ich starrte in den Fluss. Im Winter hatte er zwei Farben. Wo er grün war, war das Wasser tief. Wo er braun war, konntest du stehen. Mir wurde ganz komisch, als ich so in das Wasser starrte, das vorbeizog. Ganz anders wurde mir. Ich musste mich an Doogie festhalten, damit ich nicht davongetrieben wurde, von dem Wasser, von der Sehnsucht, einfach weggespült, das kleine bisschen Ich. Manchmal hat man das Gefühl, als wäre alles schon vorbei. Als wäre das Jetzt Vergangenheit. Mein Leben nur eine Erinnerung. Nur ein Schritt zur Seite und ich war in einer anderen Welt.
„Alles klar?" fragte Doogie und schüttelte meine Hand auf seiner Schulter ab. „Siehst n bisschen irr aus."
„Hast du eigentlich Schiss davor, mal in Knast zu wandern?" fragte ich.
„Ich habe vor nichts Angst."
„Vor dem Tod?"
„Nö. Wieso sollte ich. Wenn ich hin bin, bin ich ..."
„... hin. Oh Mann, können wir nicht tauschen? Ey, ich hab ne scheiß Angst vorm Knast. Ich hab ne scheiß Angst vorm Tod. Ich möcht nicht sterben!"
„Was laberst du denn da?"
„Ich hab das Gefühl, dass man nie rauskommt. Dass man nie vergeht, ewig weiterlebt. Und dass es immer weitergeht mit der Angst und der Einsamkeit, dem Saufen, den Bullen und der ganzen Scheiße. Ich glaub, man kommt da niemals raus."

Wir waren ganz weit draußen, weit weg von den Häusern, in der Nähe der Mülldeponie. Die Rumballerei machte mir keinen Spaß. Mit der Pistole konnte ich keine Aggressionen abbauen. Was für eine dumme Waffe! Ich mochte die Fäuste, den ehrlichen Kampf Mann gegen Mann. Den Angriff, die Bewegung.
„Schusswaffen sind was für Feiglinge", sagte ich und zielte auf Doogie. Ich hatte den Finger am Abzug. Gib jedem Kerl in Deutschland ne Knarre und die Mordrate steigt um 3.000 Prozent.
„Peng!", sagte ich. „Und du bist weg. Viel zu billig."
„Freu dich auf Samstag", sagte er und drückte meinen Arm samt Waffe nach unten. „Wir fahren nach Rimini auf nen All-Nighter. Da spielen ein paar geile Skabands."

„Nix Rimini. Nix Ska. Samstag geh ich mit Maga auf eine Party im Copana. Eine Latin-Party. Mit Salsa, Tequila und so Zeug. Auf euch scheiß ich, ihr habt mich bei den Bullen verraten."

„Ramon hat dich verraten. Aber keine Angst, wenn du vorn Kadi musst, hält er dicht."

Ich warf die Beretta ins Wasser, dorthin, wo das Wasser grün war. Es machte *Plopp*!, und die Waffe war verschwunden. Ich ließ Doogie stehen, ging über die Böschung zur Müllhalde hinauf. In jener Nacht hätte ich Kasachstan sofort verlassen, aber dazu brauchte ich Geld, und ich hatte kein Geld. Ich hatte noch Schulden, bei Mama, die mir die Kaution, die ganzen Möbel und den andern Kram in der Wohnung bezahlt hatte. Außerdem würde Maga niemals die Uni schmeißen. Bis Ende Juni hatte sie Vorlesungen, Seminare und Prüfungen. Und sie hatte einen Freund. Ich fürchtete, sie würde nicht im Traum daran denken, mit jemandem wie mir nach Durango zu fliehen.

## 029

Die nächsten Tage ließen mich die Bullen in Frieden. Ich verbarrikadierte mich nach der Arbeit in meiner Bude, ging erst kurz vor Mitternacht den Fluss entlang laufen und steckte das Telefonkabel aus. Um die Jungs machte ich einen großen Bogen. Es wurde Samstag und ich ging mit meiner Kleinen auf die Latin-Party ins Copana. Ich konnte nicht ahnen, dass sie ausgerechnet dort das erste Mal auf die Jungs treffen sollte. Das heißt, erst traf ich auf die Jungs, weil Maga auf dem Klo war. Maga musste ständig aufs Klo. Selbst wenn sie zwei Tage keinen Schluck getrunken hatte, hielt sie es keine halbe Stunde ohne Pinkeln aus.

„Überraschung!" grinste Ari, als hätte er mich beim Wichsen erwischt.

„Scheiße", sagte ich. „Ich dachte, ihr wärt nach Rimini."

„Ohne unsren Richard fahrn wir nirgendwohin", sagte Hatze. „Wo ist denn nun die Prinzessin?"

„Macht bloß keinen Scheiß, Jungs."

„Wir doch nicht", lachte Hatze, und das Lachen war dreckig, wie nur Hatzes Lachen dreckig sein konnte. Er nahm seine Zigarette aus dem Mundwinkel und brannte mir ein Loch ins Fred Perry.

„WICHSER!“ maulte ich und stieß ihn zurück. Hatze ignorierte mich und johlte, als eine rassige Latina-Braut mit hautenger schwarzer Hose an uns vorbeistolzierte. „ICH WILL DIE LAPPEN KLATSCHEN HÖRN!“

Maga kam zurück. Sie verlangsamte ihren Schritt, als sie die Glatzen sah. Maga trug einen schwarzen Mini und ein kurzes Top. Sie sah aus wie die Mädchen, mit denen sich diese lächerlichen Gangsta-Rapper auf MTV so gerne schmückten. Mädchen mit Arsch und Schenkel, und von beidem nicht zu wenig. Mädchen, deren Sex dir ins Gesicht springt. Hatze musterte sie aufdringlich.

„Willst du uns nicht vorstellen?“ fragte er mich, und ich sah die Geilheit in seinen Augen aufblitzen.

„Das ist Lena. Lena, das sind Hatze, Ramon und Ari.“

Sie gaben sich die Hände. Ramon rülpste.

„Du siehst aus wie ne Türkin, die zu lange im Backrohr war“, sagte er.

„Meine Mutter ist aus México und mein Vater aus den USA“, sagte Maga.

„Bist du sicher?! Mexiko? USA? Nicht Anatolien?“

Maga sah mich unsicher an. Ari kam mir zur Hilfe.

„Ist schon gut, Ramon.“ Aber Ramon legte nach.

„Ich wundere mich ja nur. Er mag doch sonst keine Türken, unser Rico.“

Ich schickte Maga zur Bar, Hatze folgte ihr, quatschte auf sie ein. Ich wollte den beiden nach, aber Ramon versperrte mir den Weg. Ari zuckte hilflos mit den Achseln und verschwand zum Kiffen aufs Klo.

„Sie sollte sich vielleicht öfters waschen, ihre Haut sieht irgendwie dreckig aus“, sagte Ramon, und sein Blick durchbohrte mich. Er hatte seine Arme verschränkt, seine Oberarme waren nicht besonders dick, aber durchtrainiert. Alles Muskeln, Tattoos und Sehnen. Sein Blick wollte Angst machen, Terror verbreiten. Aber ich hielt ihm stand.

„Ich weiß schon, warum du deine eigene Mutter in den Arsch fickst“, sagte ich. „Man findet nicht allzu viele Weiber mit Titten und Schwanz in diesem Land.“

„Weißt du, was der Unterschied zwischen Juden und Negern ist?“ fragte er und starrte mich mit toten Augen an. „Die Neger haben es noch vor sich.“

Ich spuckte vor ihm aus.

„Hatze hat immer gesagt, wenn wer von uns nen Kameraden bei den Bullen verrät, sind seine Eier dran. So n Pech, dass du keine Eier hast, Ramon, sonst würd ich sie zerquetschen. Aber da ist nur Luft. Da ist gar nix. Hitler hatte wenigstens ein kleines verschrumpeltes, du hast gar keins. Oh Shit, Ramon, jetzt weiß ich, warum du niemals wen andern als deine Mutter bumst. Du schämst dich. Du schämst dich, ohne Eier."

Ramon stand da und glotzte. Sein Kopf war ganz rot. Seine Hose ganz leer. Keine Eier drin, oh Mann.

Der Abend war gelaufen, die Kacke am Dampfen. Ich stand mit Maga schweigend hinter der Bar. Sie liebte es, Getränke zu mixen. Unter lachenden Menschen zu sein. Zu tanzen, zu leben, ihre ewige Traurigkeit und Vergangenheit zu vergessen. Wenn sie spanisch sprach, sprach sie doppelt so viel und doppelt so schnell und doppelt so laut.

„Wenn ich spreche spanisch, ich bin cotorra", sagte sie immer und war völlig aufgedreht. Heute sagte sie lange Zeit gar nichts mehr. Doch dann.

„Schöne Freunde. Wirklich schöne Freunde!"

„Deine sind auch nicht besser."

„Meine machen so was nicht", und sie deutete hinüber zu Hatze und Ramon, die vor dem Pult des DJs Bierflaschen zerschlugen. Ein Kerl in einem Dress der brasilianischen Nationalmannschaft versuchte verzweifelt, die beiden zu stoppen.

Ich wollte Maga auf andere Gedanken bringen und grapschte mit meinen Händen nach ihrem Hintern. Sie ließ es geschehen, aber ihr Blick sagte alles. Als der Typ neben uns die Bar verließ, zog ich ihr das Höschen unter dem Rock runter. Ihre Miene blieb versteinert. Ich wollte ihr zwischen die Beine greifen, da schlug sie mir auf die Hände.

„¡No me toques!" sagte sie. Ihr Widerstand machte mich geil. Ich betatschte sie gierig, meine Hände waren überall..

„¡NO ME TOQUES, RICO!" sagte sie, energischer als zuvor. Ich versuchte, sie zu besänftigen, aber sie blieb hart. Es war pure Folter. In meinem Schwanz tummelten sich unzählige summende und fliegende Inscktcn, und alle drängten hinaus. Man konnte sie hören, ich schwör's.

„Ich öre nichts. Ich ör nur geile Bock betteln“, sagte Maga, als ich mich von hinten an sie presste.
„Mein Schwanz ist voll und schwer und heiß. Wie ein mächtiger Brummer. Fühl doch mal!“
„Pack das wieder ein! Sofort!“ Sie drehte sich ruckartig um, ihre rechte Hand griff nach meinen Eiern, sie drückte einmal fest zu und das war’s. Ich klappte zusammen.
„Du weißt nicht, wie das ist, in eine fremde Land zu sein“, sagte sie, und sie hatte wie ich Tränen in den Augen. „Du weißt nicht, wie das ist, wenn sie spucken auf dich in Straßenbahn, nur weil deine Aut ist dunkel und deine Deutsch ist nicht perfekt.“

Ich krümmte mich am Boden und hatte Mühe meinen Schwanz wieder in der Hose zu verstauen. Sie setzte sich neben mich.
„Du weißt nicht, wie das ist, und du wirst niemals wissen das. Aber dass du mit diese Nazischweine Freunde bist, das tut weh. Das tut richtig weh, Rico.“

Ich umarmte sie, küsste sie, streichelte sie. „Extraño mucho mi país“, sagte Maga. „Wie sagt ihr, wenn man vermisst sein Land?“
„Heimweh.“
„Ich fühle den Eimweh so viel, so groß. Der Eimweh tötet mich. Manchmal ich weine, bis ich kann schlafen. Ich weine, bis keine Wasser mehr in mir. Ich abe Eimweh nach Durango.“
Ich küsste sie auf die Stirn.
„Die Nazischweine haben mir geholfen, als ich ganz unten war“, sagte ich. „Warst du schon einmal dort, wo ich war? Warst du schon mal völlig am Ende? Am Ende der Welt, dort, wo es nicht mehr weitergeht? Wo du du bist, du auf den Kern reduziert? Ohne Lügen, ohne Fassaden, nur mehr du?“
„Si“, sagte sie. „Ich war dort. Ich kenne Ende der Welt. Ich abe viele Schmerz in meine Erz erlebt. Viele Schmerz. Viel Weinen. Meine ganze Kind’eit war einzige Weinen, weil meine Eltern, sie ... nie sie waren da für mir, nie ich abe gespürt, sie liebten mir. Ich fühlte unendlich alleine mich. Und trotzdem ich bin nicht mit solche Menschen. Niemand muss sein mit solche Menschen, nur weil er atte Schmerzen.“
„Ich war früher ein Nichts, Maga. Der allerletzte Trottel. Hatze hat aus mir einen Krieger gemacht. Die, die früher über mich lachten, die lachen heute nicht mehr. Hatze hat mir ein neues Leben gegeben! Und das vergesse ich ihm nie. Nie.“

„Atze sagte mir, du ast gelesen Brief von Philipp für mich! Ich glaubte nicht, aber ich glaube jetzt." Ihre Lippen und ihre Bäckchen zitterten. Als hätte sie einen Schmetterling im Mund, der hin und her flatterte. „Dass du tust so etwas, ich ätte nicht gedacht." Ich küsste ihr die Tränen von der Wange.
„Da hab ich dich doch noch gar nicht gekannt. Heute würd ich das bestimmt nicht mehr machen!"

Ein Typ beugte sich über die Bar und wedelte mit einem Geldschein. Er sagte was, aber ich hörte gar nicht hin. Er wurde wütend und fuchtelte mit dem Geld vor meinem Schädel rum, da verlor ich die Beherrschung und spuckte ihm ins Gesicht. Maga schüttelte den Kopf.
„Ich versteh nicht, wie man Menschen kann assen so sehr", sagte sie.
„Ich kann nichts für meine Gefühle", versuchte ich zu erklären. „Ich kann meine Feinde nicht lieben. Man kann seinem Herzen nicht befehlen, jemanden zu lieben. Man tut es oder man tut es nicht. Ich hasse meine Feinde. Ich habe viele Feinde. Die Welt ist voller Feinde. Ich gegen den Rest. Der Rest gegen mich."
„Warum ihr Glatzen immer glaubt, alle verfolgen euch? Alle gegen euch? Polizei, Journalisten, Politiker, Linke, alle, alle alle. Fragt einmal, warum das ist so!"
„Hör zu, meine Kleine: Wenn meine Freundin etwas tun muss, dann zu mir stehen. Hundertprozentig zu mir stehen. Wenn ich mein Leben in den Sand setzen will, muss sie mir helfen, Sand anzukarren, und wenn ich ne Bank überfallen will, muss sie mir die Maske stricken, und wenn ich nen Kanaken verprügle, muss sie mich anfeuern!"

Ramon kam zur Bar.
„Was soll das da unten werden? Zehn Corona, acht Red Bull und zwanzig Tequila, aber zack-zack!"
„Fick dich!" sagte ich.
„Rico, du musst dich entscheiden – deine Kumpels oder ich", sagte Maga. „¡Decidí! Ellos o yo." Sie stand auf und ging davon.
„Fünf Corona, zwei Red Bull und zwanzig Tequila!" sagte Ramon noch mal und hüpfte ungeduldig von einem Bein auf das andere. Ich nahm das Geld, zerknüllte es und stopfte dem Idioten das Maul damit.

# 030

„Er hat Besuch“, sagte Edde, als ich ins Postamt kam, und es war etwas in seiner Stimme, das mich stutzig machte.
„Ey, alles klar? Lass mich nur noch die Karre ausladen ...“
„Das kann er nachher machen“, unterbrach er mich. „Jetzt soll er erst mal mitkommen.“
„Bullen?“ fragte ich mit gedämpfter Stimme.
„Schlimmer“, sagte Edde und verdrehte die Augen.
Im Schalterraum standen zwei Männer.
„Das ist Herr Gärtner von der Firme IKEA und das ist ...“ Ich wusste, wer das war. Das war Eddes Boss, und Eddes Boss war irgendwie auch mein Boss. Der Boss vom Boss. Der Überboss.
„Ist Ihnen ein Elch über die Leber gelaufen?“ fragte ich und klopfte dem Herrn Gärtner auf die Schultern.
„Sind wir uns nicht schon mal begegnet?“ fragte mich Herr Gärtner.
„Nein“, sagte ich. „In Schwulenbars verkehre ich nicht.“

Herr Gärtner sah mich an, als hätte ich ihm gerade ein paar Bandwürmer auf den Mittagsteller geschissen. Er senkte seine Stimme und sagte: „Vor drei Wochen hat unsere Firma eine Postwurfsendung gemacht. Leider mussten wir feststellen, dass in der Kaiser- und in der Hirzenbergerstraße kein einziger Haushalt einen Prospekt erhalten hat.“
„Mein Gott!“ lachte ich, vielleicht ein bisschen übertrieben laut. „Und ich dachte, ich hätte aus Versehen nen Elch gepoppt! Dabei geht's nur um irgendwelche ...“
„Wir haben für eine Dienstleistung bezahlt, aber der Auftrag wurde nicht ausgeführt“, unterbrach er mich in strengem Ton.
„Ey, was zum Teufel will der?“ fragte ich Edde. „Wirf den Kanaken raus!“ Ich wollte ins Hinterzimmer, das Radio aufdrehen und die Eintragungen ins Fahrtenbuch machen, da sagte der Typ: „Jetzt weiß ich, woher ich dich kenne. Du warst bei der Eröffnung des Autosalons. Du hast dort eine sehr interessante Rede gehalten.“

Ich ging ins Hinterzimmer, aber ich drehte das Radio nicht auf, und die Eintragung ins Fahrtenbuch konnte ich mir auch sparen. Nun würd ich erstmal nen Rüffel kassieren, aber sobald dieses Bürschchen von IKEA zur Tür raus war, würde alles wieder beim Alten sein.

„Du bist gefeuert“, sagte Edde, als er fünf Minuten später bei mir auftauchte und mich so ratlos ansah, als hätte ihm irgendwer seine Wohnungstür zubetoniert. „Ich kann nichts mehr für dich tun. Diese Woche noch, dann bist du weg.“
Es war Eddes erstes „du“ in seinem Leben.
Ich ging in den Schalterraum. Die beiden Männer sahen mich an.
„Das ist ein Witz, oder?“
„Herr Steinmann, Sie haben sich das selbst zuzuschreiben.“
„DAS IST EIN WITZ!“ schrie ich und fegte mit einer Handbewegung die Werbebroschüren vom Tisch vor der Telefonzelle auf den Boden. „WEGEN DIESER SCHEISS PROSPEKTE SOLL ICH MEINEN JOB VERLIEREN?!“
„Reißen Sie sich zusammen“, schimpfte der Postfuzzi und sein Kopf wurde knallrot. „Wo kämen wir dahin, wenn jeder nach eigenem Gutdünken anfangen würde, Post wegzuwerfen? Wer weiß, was noch alles im Altpapier liegt!“

Ich schubste den Postfuzzi zu Boden, packte seinen Kopf und ließ ihn meine Doc Martens küssen. Ich sehe sein verzerrtes Gesicht noch vor mir, seinen geöffneten Mund, aus dem Speichel rinnt.
„ICH REISS MIR DEN ARSCH AUF, JEDEN TAG REISS ICH MIR FÜR EUCH DEN ARSCH AUF“, brüllte ich in einer Lautstärke, dass zwei Kunden, die gerade zur Tür reinkamen, sofort den Rückzug antraten. „IHR DUMPFBACKEN WISST, DASS MEINE TOUR DIE HÖLLE IST, DASS ICH DIE ÜBERSTUNDEN NICHT BEZAHLT BEKOMME, UND IHR WISST AUCH, DASS MAN DIE ROUTE GAR NICHT SCHAFFT, OHNE HIN UND WIEDER WERBESENDUNGEN INS ALTPAPIER ZU WERFEN! ICH BIN MANCHMAL SO K. O., DASS ICH BEIM FAHREN EINSCHLAFE! IHR WICHSER WISST DAS, ABER ES IST EUCH EGAL …“ Ich half dem Postfuzzi wieder auf die Beine. „Es ist euch scheißegal“, sagte ich resigniert. „Ich bin doch nur Dreck für euch.“
„Das da …“, stammelte der Postfuzzi und sah mich entgeistert an. „Das gibt ne Anzeige.“

Edde hat geweint danach. Ich habe noch nie nen alten Mann weinen sehen. Ich wusste nicht, was ich tun sollte, und ging.

# 031

Am Tag darauf versprach ich Maga, die Jungs nicht mehr zu sehen, am übernächsten erfuhr ich von Klaras Unfall. Ich ging nicht auf die Beerdigung, aus Angst, dem Pfarrer den Messwein wegzusaufen und von Anfang bis Ende zu heulen.

Am Samstag, gleich nach der Arbeit, fuhr ich mit dem Zug über Ulm und Friedrichshafen nach Lindau zu dem Friedhof, auf dem sie begraben worden war. Ich erzählte niemandem davon. Mit Schaudern ging ich durch das Friedhofstor. Der Kies knirschte unter meinen Füßen. Ich wusste nicht, wo sie lag. Ich suchte nach einer frischen Aushebung.

Und da war dann dieses Kreuz, auf dem ihr Name stand, und das Geburts- und Todesdatum. Sie war ein Neujahrskind. Sie war *das* Neujahrskind 1991. Auf der Titelseite der Lokalzeitung ihr verschrumpeltes, kleines Gesicht. Klara ist unter die Räder eines Lkws gekommen. Sie hatte ihren Eltern die Schwangerschaft gestanden, es kam zum Streit, sie setzte sich den Walkman auf, drehte die Musik auf und rannte aus dem Haus, wollte über die Straße zur Bushaltestelle ... und kam nie drüben an.
„War n schrecklicher Anblick!“ sagte mir ihre Freundin, die ich zufällig am Bahnhof traf und völlig durch n Wind war. „Klara hatte ein Loch im Rücken, aber sie lebte noch! Ich lüge nicht! Ein richtiges Loch. Da war keine Wirbelsäule mehr. Da war ein Loch! So ein Loch! Und geschrien hat sie, du kannst dir nicht vorstellen ... ich mein ... der Walkman ... der Walkman lief immer noch ...“

Es gibt Dinge, die nicht mehr rückgängig zu machen sind. Nichts und niemand kann sie ändern. Diese Dinge sind Tatsache. Sind Wirklichkeit. Kapieren tust du sie meistens erst am Morgen danach. Du wachst auf und weißt. Es ist so. Es bleibt so. Das amputierte Bein wächst nicht wieder an. Die verlorene Liebe bleibt verloren. Die verstorbene Cousine kehrt nicht zurück. Der Tod ist die endgültige, überragende, alles verschlingende Kraft.

Ich erinnerte mich daran, wie Klara zum ersten Mal auf Skiern stand, auf dem kleinen Hügel vor unserem Haus. Wacklig trippelte sie hinauf, breitbeinig, mit steifen Knien und Rückenlage rutschte sie hinunter. Die Skier waren Herr über sie und nicht umgekehrt. Sie stürzte oft, aber erst bei ihrer letzten Fahrt brach sie sich den Arm. Hat geschneit wie die Sau, so als wollte uns Frau Holle für die künftigen zehn schneelosen Winter entschädigen. Flocken wie Schneebälle, die Wolken so tief, dass man sie berühren konnte. Sie sah mich an, die Klara, und griff nach ihrem Ellbogen. Dieser Blick voller Schmerz, die Augen voller Wasser, und dennoch dieses Lächeln auf den Lippen, das werd ich nie vergessen. Ein Lächeln, als wollte sie sagen, fick den Schmerz, fick die Welt, die dich fertig machen will – ich lach trotzdem. Ich lass mich nicht unterkriegen.

Auf dem Friedhof wimmelte es von alten Frauen. Ich war der einzige Mann. Es fing an zu schneien. Es sollte tagelang nicht mehr aufhören. „Ich weiß, das ist nicht das Ende", sagte ich. „Man verschwindet nicht einfach so ins Nichts."

Und wenn doch? Wenn all meine Diesseitsahnungen nur Hirnfürze waren? Wenn nichts mehr da war von Klara? Nichts von ihren Träumen, ihre Gefühlen, ihren Erinnerungen und Sehnsüchten? Wenn wirklich *alles* weg war, der Tod das Ende? Was war es dann für ein Irrsinn, ein Leben zu leben, das es eines Tages nicht mehr geben wird, eines Tages nicht mal gegeben *haben wird,* weil mit dir *alles* stirbt, selbst deine eigene Vergangenheit, jede Vergangenheit, jedes Leben, einfach alles. Auf einmal schien mir der Gedanke, nach dem Tod könnte alles aus sein, viel bedrohlicher als die Angst, danach könnte die Folter weitergehen.

Ich packte die Kränze und warf sie zur Seite. Ich schnappte mir eine Schaufel, die an der Friedhofsmauer neben dem Brunnen lehnte, und fing an, das Grab aufzuschaufeln. Ich konnte nicht glauben, dass Klaras Körper da unten lag und bald von Würmern und Käfern zersetzt werden würde. Dass ich sie angreifen, streicheln, küssen, anschreien konnte, sie aber sich nicht rühren würde. Dass sie kalt wäre. Kalt und stumm. Das hab ich nicht gepackt.

„Was soll das Theater?" fragte mich eine alte Funzel, deren Kommen ich gar nicht bemerkt hatte. „Menschen sterben. Ständig und überall. Jetzt, in dieser Sekunde und in der nächsten und in all den folgenden Sekunden sterben Tausende von Menschen, irgendwo. Es kann einem ganz schwindlig werden, bei dem Gedanken an eine Erde voller Sterben." Sie spazierte davon, laut redend und gestikulierend.

Ich schaufelte wie ein Irrer, aber die Erde war gefroren. Es war unmöglich, ein tiefes Loch zu graben. Als die alte Funzel in Begleitung zweier Männer wieder auftauchte, warf ich die Schaufel weg.

„Wenn ich rauskrieg, wer sie geschwängert hat, schneid ich dem Schwein die Eier ab und trag sie bis an mein Lebensende spazieren", sagte ich.

Einer der Männer packte mich am Arm. Er hatte nen großen roten Schädel und zwei Riesenbeulen auf seiner Glatze. Ich starrte auf die Beulen, stellte mir vor, sie würden aufbrechen und viele kleine Spinnen kämen rausgekrabbelt.

„Was soll denn das? Was hast du hier zu suchen?"

Ich stieß ihn zurück.

„Du hast nicht die Spur einer Ahnung, wer da unten liegt", sagte ich. „Wenn du es wüsstest, würdest du mit mir weinen oder sie ausbuddeln und dir einen runterrubbeln, denn so ne Braut hast du dein Leben noch nicht gesehen. "

„Ich ruf die Polizei", sagte die alte Funzel, und der zweite Mann sagte: „Der ist nicht ganz dicht. Los, brechen wir ihm die Nase."

Ich bin dann ganz langsam davonmarschiert, aber kaum war ich zum Tor raus, bin ich gerannt, einfach drauflos gerannt, ich wusste nicht wohin, ich wollte nur laufen, nur rennen, nur weg.

Natürlich hab ich versucht, herauszubekommen, wer Klara flachgelegt hat. Aber meine Cousins und Cousinen wussten von nichts. Sie wussten nicht mal, dass sie schwanger gewesen war. Ich konnte nicht ahnen, dass die Lösung so einfach war.

Klaras Tod machte mir eines unumstößlich klar: Menschen starben wirklich. Vorher waren nur Namen gestorben. Namen oder Zahlen. Acht Millionen (im 1. Weltkrieg), knapp 3.000 (in den Twin Towers des World Trade Centers), 155 (beim ICE-Unglück in Enschede), 17 (beim Amoklauf von Erfurt) usw. Zum ersten Mal in meinem Leben war ein Mensch gestorben. Wie konnte sich die Erde weiterdrehn? Warum tat sie so, als wäre nichts geschehen? Keine Sondersendungen im Fernsehen, keine Elton-John-Schnulze im Radio, keine schwarz-rot-goldenen Fahnen auf Halbmast. Keiner auf den Straßen, der trauerte, keiner, der den Schmerz zum Himmel schrie. Keiner außer mir.

Ich stand am Leuchtturm im Hafen mit ner Flasche Wodka und hielt mich am Geländer fest, sah Tausende von Schneeflocken sinnlos in den Bodensee stürzen und brüllte zum Himmel, verfluchte Gott. Warum all der Schmerz, das Leid, der Tod? Warum die Ungerechtigkeiten? Warum die KZs, warum Aids, warum die Naturkatastrophen, die

Kriege, der Terror, der Hunger? Wie pervers, wie krank im Schädel muss eine Kreatur sein, um sich so was auszudenken?!
„WARUM KLARA?! WARUM SIE?! ICH FICK DICH, DU SCHEISS-GOTT! ICH FICK DICH! JA, DU HAST RICHTIG GEHÖRT, ICH! FICK! DICH!“ Ich musste kurz Luft holen, nen kräftigen Schluck aus der Pulle nehmen, aber dann gings schon weiter. „DIE PENNER! DIE ZUHÄLTER! DIE VERBRECHER! DIESEN GANZEN DRECK IN KASACHSTAN LÄSST DU LEBEN, LÄSST DU SIEGEN, ABER KLARA MUSS ELEND VERRECKEN! WENN DU EIN LIEBENDER, VERGEBENDER, GÜTIGER GOTT BIST, WIE KANNST DU SO WAS ERLAUBEN?! LOS, TÖTE MICH GENAUSO! LASS DEINE FAUST VOM HIMMEL KRACHEN UND ZERMALME MICH! LOS! TU'S DOCH! TU'S DOCH! DU BIST JA SO GROSS UND STARK UND WIR SIND SCHWACH, ABER ICH BIN NICHT DEMÜTIG, VON MIR KRIEGST DU KEINE LIEBE FÜR DIE SCHEISSE HIER, NEIN, ICH KNIE NICHT VOR DIR NIEDER, ICH PISS DIR INS GESICHT! DU KANNST MICH IN DIE HÖLLE WERFEN UND FOLTERN LASSEN, MEINE LIEBE, MEINE ACHTUNG KRIEGST DU NICHT, NIEMALS! NIEMALS! ICH PISS DIR IN DIE FRESSE, ICH HASSE DICH!“

Ich suchte Trost bei Maga, aber ehe ich ihr von Klara erzählen konnte, stieg sie in ein Taxi, das sie zum Flughafen bringen sollte.
„Ich fliege für eine Woche nach Paris“, sagte sie. „Fabio passt auf Peluches auf.“
„Ich hoffe, Peluches beißt ihm in den Sack.“
„Sei nicht so böse, borrachito“, sagte sie, packte mich an den Ohren und küsste mich auf die Nase. „Und vergiss deine Versprechen nicht! Keine Treffen mit Menschen ohne Aare!“
„Mit wem fährst du nach Paris? Mit Philipp?“
„Mit Freundin.“
Sie winkte mir, schlug die Tür zu und war verschwunden.
„Mit einer Freundin?!“ rief ich dem Auto nach. „Du hast gar keine Freundin! Du fährst mit Philipp, ich weiß es! Ich weiß es! Du kannst mich nicht verarschen! Warum soll ich mich für dich entscheiden, wenn du dich nicht für mich entscheidest?“

Ich ging in Magas Garten, kletterte über Nachbars Zaun und pinkelte in den Tank einer Schneefräse. Meine Nase war ein Eiszapfen. Meine

Hände und Ohren schmerzten von der Kälte. Meine Stimmbänder vom ständigen Schreien und Fluchen. Wieder einmal fühlte ich mich einsam. Einsamer als Robert de Niro in „Taxi Driver“. Einsamer als der Mann im Mond, der nichts hatte als eine verschissene amerikanische Fahne.

## 032

Wir warteten lange, aber wir warteten nicht umsonst. Weit nach Mitternacht bog ein Taxi in nem Höllentempo um die Ecke. Ari und ich hatten die Einfahrt mit zwei Mülltonnen versperrt, damit das Taxi nicht direkt vor die Villa fahren konnte.

Da war er, der Superstar. Der Filmstar mit einer geilen Braut. Gestern noch auf RTL, heute in der Kaiserstraße. Die Tussi war über 1,80, blond und trug einen Minirock. Ihre Lippen waren aufgespritzt. Ihre Stöckelschuhe machten einen aufreizenden Krach auf dem Asphalt. Die beiden gingen an uns vorbei, würdigten uns keines Blickes. Er umarmte sie, sie kicherte, das Taxi jagte davon.

Als sie knapp an uns vorbei waren, da lief ich ihnen hinterher und sprang dem Schweinehund mit den Knie voraus ins Kreuz. Er stolperte, er fiel. Ari feuerte mich an. Ich lief zu ihm zurück, wir klatschten uns ab.

„War das gut?“ fragte ich.

„Jau!“ sagte Ari, und sein Gesicht bestand nur mehr aus seinem berühmten breiten Grinser. Ari war der Einzige aus der Truppe, den ich noch sehen wollte. Ari war okay, Ari hatte nicht nur Durst, sondern auch ein Herz wie eine Elefantenkuh. Ein Elefantenherz, in dem auch ich meinen Platz hatte.

„Was war das für ein hässlicher Kerl?“ kreischte die Tussi. „Hat man denn nicht einmal hier draußen Ruhe vor dieser Brut? Ey, steh auf! Du wirst wohl noch mit diesem lächerlichen Möchtegern-Skinhead fertig werden!“

„Und jetzt hol ich mir das Autogramm“, sagte ich. „Jetzt hol ich mir, was ich Klara versprochen habe.“

„Komm, wir hauen ab“, sagte Ari. „Der hat genug!“

Ari hielt mich, aber Ari konnte mich nicht halten. Niemand konnte das. Und für einen kurzen, grandiosen Augenblick hatte ich das Gefühl, dass *ich alleine* lebte, *ich alleine* einen Willen hatte und die Freiheit, ihn auszuleben. Es gab nur mich. *They can lie to my face but not to my heart.*

„Mensch Rico, der hat genug. Lass uns abhaun!"

*„YOU CAN LIE TO MY FACE, BUT NOT TO MY HEART!"* Ich startete den zweiten Angriff. "WAS IST LOS, SUPERSTAR? HAB ICH DIR NICHT GESAGT, DASS ICH DEINER FREUNDIN IN DEN ARSCH FICKEN WERDE?"

Ich packte die Einmeterachtzig-Schönheit, stellte ihr ein Bein und warf sie zu Boden. Sie landete auf dem Bauch. Ich warf mich auf sie.

„KRIEG ICH JETZT MEIN AUTOGRAMM? KRIEG ICH JETZT DAS GOTTVERDAMMTE AUTOGRAMM?" Ich pumpte auf ihrem Hintern, ich fragte mich, ob sie meinen Ständer spürte. Superstar versuchte, mich runterzuzerren, aber ich pumpte. Ich besorgte es der geilen Sau.

„DER LÄCHERLICHE MÖCHTEGERN-SKINHEAD WILL SEIN AUTOGRAMM! GIB MIR EIN AUTOGRAMM!"

Sie roch gut. Sie schrie. Ich spritzte ab. Ich spritzte wirklich ab.

Der Typ wusste nicht, was tun. Die Bullen rufen, mich von seiner Braut zerren, davonlaufen und heulen – oder mir das geben, was ich wollte. Ein Autogramm.

„Gib mir ein Autogramm", sagte ich, „sonst fick ich sie ins Koma." Ich hielt ihm die DVD und den Marker vor die Fresse. Der war völlig hinüber, der Hosenscheißer. Checkte null, was hier abging.

„Du bist das nicht gewohnt, so behandelt zu werden", sagte ich. „Die Leute verehren dich, die Leute kriechen vor dir, küssen dir die Füße, und warum tun sie das?" Er zuckte mit den Achseln. Das war nicht sein Film, nicht seine Rolle. Er war es, der sonst Menschen rumschubste, der der Coole war. _

„.Du bist ein mittelmäßiger Schauspieler, ein erbärmlicher Sänger, und dein toller Hintern wird in zwanzig Jahren auch nicht mehr viel wert sein. Ey, warum glaubst du Penner, du könntest was Besseres sein? Du wirst genauso verrecken und in der Erde verfaulen wie Klara. Woher nimmst du dein Selbstbewusstsein? Du bist ein Nichts im All, eine Null."

„Du bist doch krank. Total krank", sagte der Superstar und gab mir das Autogramm. Ich stand auf, schaute auf meine Hose und ob das Sperma durchgesickert war, aber die Jeans war sauber. Superstar hantierte mit seinem Handy, ich glaube, es war eines, mit dem man photographieren, filmen und wahrscheinlich sogar schießen konnte.
„Nächstes Mal seid ihr beide dran", sagte ich, entriss dem Typen das Handy und warf es in die Böschung. Dann machte ich mich aus dem Staub.

Bei Ari angekommen, sah ich nochmals zurück. Ich sah, wie der große Filmstar erst sein Handy suchte, ehe er dem Fickfrosch auf die Beine half. Ari glotzte mich an und sagte für die nächste halbe Stunde kein Wort. Ich hatte ihn mächtig beeindruckt. Und Ari war nicht leicht zu beeindrucken. Ich warf die DVD in den nächsten Straßengraben und Ari und ich pissten darauf.

## 033

Meine Postkarriere endete am 6. Dezember, exakt um 7 Uhr 32. Ich starrte auf die große Uhr im Schalterraum und wartete, bis Edde sämtliche Unterlagen aus der Schublade im Hinterzimmer gekramt hatte. Ich setzte meine Unterschrift unter einen Wisch, gab die Schlüssel ab und warf einen letzten Blick auf das Hinterzimmer und das Auto, dann war alles vorbei.
„Er passe gut auf sich auf", sagte Edde, und sein Händedruck war heute kräftiger als meiner. Wie der mich ansah, mit seinem Hundeblick! Als hätt ich nur noch zwei Wochen zu leben.
„Fick dein Mitleid", sagte ich, umarmte ihn und drückte ihn fest an mich. „Mitleid ist für Loser."

Ich ging zur Bushaltestelle. Ich fühlte mich ausgeschlossen. Vom Leben. Von der Welt. Ich fühlte mich wie eine Zeichentrickfigur, die über eine Klippe gesprungen war und für nen Moment zappelnd in der Luft hing, ehe es rasant in die Tiefe ging. Zu Hause legte ich mich ins Bett, aber ich wälzte mich nur umher. Ich stand wieder auf und marschierte den Fluss entlang stadteinwärts. Es war bitterkalt. Ein komisches Gefühl, am Vormittag am Fluss zu sein. Das Licht fiel anders, und die alten Leute

mit ihren kleinen Hunden sahen mich an, als wüssten sie, dass ich keinen Job hatte. Ich drehte mich um, um zu sehen, ob sie nicht mit ihren Fingern auf mich zeigten oder tuschelten, aber als sie es wirklich taten, da redete ich mir ein, dass es wegen meines Aussehens geschah.
„Was glotzt ihr denn so? Soll ich eure Ratten zertreten?!"

Es war Montag, und die ganze Welt arbeitete, nur ich nicht. Ich war nutzlos. Sie würden mich abknallen, wie sie die Tiere abknallen, die keinen Nutzen für irgendwen haben. Würden mich beseitigen wie die Bäume am Flussufer, die störten, weil sie einfach nur da waren und wuchsen, ohne Erlaubnis und Lizenzen. Alles musste sauber sein in Deutschland. Sauber sein. Plastik sein. Was lebte und wuchs, aber nicht arbeitete und Geld machte, gehörte ausgerottet. Wer kein Geld verdiente, konnte es ihnen nicht in die fetten Ärsche stecken, und sie bekamen doch so gern ihre fetten Ärsche gestopft. Jeder, der Arbeit will, bekommt auch welche. Jeder, der Arbeit hat, darf leben. Der Rest darf sich verpissen.

Am Abend rief Maga an. Sie war immer noch in Paris. Ich verstand sie kaum, bei all dem Lärm im Hintergrund.
„Puah, ich vermisse dich, borrachito!", sagte sie. „Ich vermisse dich von ier bis Immel!"
„Komm zurück."
„Bist du betrunken?"
„Komm zurück."
Fast hätte ich geheult. Meine Augen rebellierten. Maga, meine Maga, meine allerliebste Maga. Sie war so ein Engel und ich so ein Idiot.
„Du wirst nicht sterben. Nur vier Tage, bis ich küsse dich wieder."
„Ich komm zu dir."
„¡No! Du musst arbeiten!"

Die Arbeitssuche war demütigend. Das Arbeitsamt war in der Nähe des Friedhofs. Friedhof und Arbeitsamt waren immer überfüllt. Ich saß auf einem Stuhl und wartete. Links von mir eine Mutter mit zwei Kindern. Rechts von mir zwei Kinder mit ihrer Mutter. Gegenüber eine Schlange Männer ohne Kinder, ohne Mütter, einfach Männer, Männer ohne Jobs. Sie sahen müde aus. Ich wollte nicht, dass man mir in die Augen schaute, also starrte ich auf meine Doc Martens. Das Leder war an den Stahlkappen abgefetzt. Die schwarzen Schuhbänder würden's auch nicht mehr lange tun. Als Nächstes würde ich mir weiße kaufen. Locke hatte Recht. Weiße sahen einfach besser aus.

„DER NÄCHSTE!"

Die Typen beim Arbeitsamt behandeln dich so, als ob sie dir die Arbeitslose aus eigener Tasche bezahlen müssen. Diese kleinen verschissenen Seelen hassen dich und machen daraus keinen Hehl Ich versuchte. trotzdem, höflich zu bleiben, ich mein, irgendwie hatten die dich ja doch am Arsch.

„DER NÄCHSTE, VERDAMMT NOCH MAL! HAST DU WATTE IN DEN OHREN ODER WAS?"

Jedes Mal war ich mir sicher, dass es etwas für mich geben würde. Keinen scheiß Job, den man nach zwei Wochen schmiss, weil er dir die Seele klaute oder dir die Gesundheit ruinierte, sondern was Richtiges. Und so ging ich jedes Mal mit stolz geschwellter Brust in Zimmer 1545, aber als ich wieder draußen war, kam ich mir vor wie Hänsel ohne Gretel alleine im Wald. Ich fand nicht mehr zurück. Keiner findet mehr zurück. Und selbst ein mögliches Knusperhäuschen ist nie das, was es zu sein scheint. Immer wieder Hoffnung und gleich darauf der Haken. Eine andere Qualifikation, eine andere Stadt, ein höheres Alter, einen einwandfreien Leumund, eine andere Sprache, ein anderes Gesicht, und somit wieder keinen Job. Keinen Job für mich.

Ich stand auf, wollte zur Tür raus, kam aber noch mal zurück, setzte mich auf den Schreibtisch und beugte mich zu dem Bürofurzer.

„Ach ja", sagte ich, in freundlichem Ton. „Was ich noch sagen wollte: Wenn du kleines Beamtenschwein nächstes Mal nicht freundlicher bist, ramm ich dir das Messer in die Wampe und verspeise deine Augen!"

## 034

Klar hatte ich einige Vorstellungsgespräche. Ich versuchte, locker zu bleiben, freundlich zu sein, mich seriös zu geben. Doch die meisten Gespräche arteten in Schreiereien aus.

„Sie haben nie in dieser Branche gearbeitet", meinte so ein Yuppiearschloch ohne Pickel und Herz, kaum älter als mein kleiner Bruder.

„Aber mein Vater. Und ich lerne es! Darauf gebe ich Ihnen mein Wort, ich bin noch jung. Ich lerne es! Geben Sie mir eine Chance."
„Nein, das hat nicht viel Sinn."
„DOCH!" Ich schlug meine Faust so fest auf den Tisch, dass sie auch Stunden danach noch schmerzte.
„Das zu entscheiden, müssen Sie mir überlassen."
„Eine Chance. Ich werde Sie nicht enttäuschen."
„Wissen Sie was. Ich notiere mir Ihre Telefonnummer, und wenn ..."
„Und wenn ich nicht sterbe, warte ich in alle Ewigkeit auf einen Anruf von Ihnen und von Herrn Krause und Frau Müller, von Hinz und Kunz."
Ich konnte machen, was ich wollte, ich bekam keinen Job.

Ich versuchte es beim Flughafen. Vor drei Jahren hatte ich dort gearbeitet. Flugzeuge be- und entladen. Tausende Koffer gingen durch meine Hände. Am Ende hatte ich Muskeln wie Schwarzenegger, dafür nen Rücken wie der Glöckner von Notre-Dame.
„Ich weiß, wie das hier läuft", sagte ich nem Typen, der doppelt so groß, doppelt so breit und doppelt so blöd war wie ich. Na ja, dafür sah er mindestens zwanzigmal so gut aus wie ich. „Ich hab schon mal an diesem Flughafen gearbeitet. Ein Jahr Check-In, ein Jahr Ramp, ich weiß Bescheid. Sie müssen mich nicht einlernen, ich hab ne Bombenkondition, und wenn ..."
Adonis ließ mich gar nicht ausreden.
„Du hast bei uns gearbeitet? Name?!"
„Steinmann. Richard Steinmann."
Der Typ tippte in seinen Computer, hätte nicht gedacht, dass so einer lesen kann, dann sah er mich fragend an.
„Wurdest du nicht gefeuert, weil du einen Piloten der British Airways verprügelt hast?" Ich habe ihn nicht verprügelt. Ich habe ihn nur in den Schwitzkasten genommen und die Gangway runtergeschleift. Er hatte mich angeschrien, weil ich seinen Koffer in eine Pfütze gestellt hatte. War keine Absicht, ich schwör, bei dem ganzen Stress und dem Zeitdruck macht man ab und zu Fehler. Ich hätte mich vielleicht sogar entschuldigt, aber der musste ja gleich rumschreien, bis sämtliche Stewardessen rüberglotzten. Das waren verdammt nette Mädels, also wirklich vom Feinsten.
„Es gibt so n altes Gesetz, und das lautet: Keiner schreit mich an. Schon gar nicht vor hübschen Mädels. Wer sich nicht daran hält, der

muss zahlen. Egal, ob Bankdirektor, Bundespräsident oder British-Airways-Pilot."
„Bitte?"
„Ich hatte da so ne kleine Meinungsverschiedenheit mit nem englischen Arschficker, das war alles."
Der Typ starrte mich an, als hätt ich ihm ans Bein gepinkelt.
„Äh ...", sagte er und glotzte auf den Bildschirm des Computers. Er musste wohl seine Kräfte sammeln, denn es dauerte n bisschen, bis er wieder was sagte.
„Tut mir leid, aber wenn das so ist, dann seh ich ... na ja, wenn ..."
„Haben Sie gewusst, dass die verdammten Engländer anteilmäßig viel weniger Kohle nach Brüssel überweisen als wir Deutsche? Das hat die Thatcher-Schlampe ausgehandelt und bis heute hat es keiner gewagt, mal aufn Tisch zu haun."
„Was?! Was ... äh ... was hat das mit hier zu tun?"
„Haben Sie ein Problem mit mir?"
„Bitte?"
„Ob du ein Problem mit meiner Fresse hast, Arschloch. Oder meiner Glatze!"
„Du gehst jetzt besser", sagte er.
„Kommst dir wohl groß vor. Groß und wichtig. Dabei könnt ich dir deine wunderschöne Visage demolieren. Dir die Nase ins Hirn schlagen. Das könnte ich, kannst mir glauben. Ich hab schon ganz andere plattgehaun. Bullen, Kanaken, Schönlinge wie dich. Ich bin zwar nur 1,72, aber Jake LaMotta war auch nicht größer, und Jake LaMotta war ein wilder Stier."
„Du hast zu oft 'Fight Club' gesehen", sagte er.
„'Fight Club' kann man gar nicht oft genug anschauen."
„Bitte geh", sagte Adonis.

Ich erhob mich aus dem Ledersessel, ging zur Tür und hatte die Schnalle schon in der Hand, als ich mir dachte: So gehst du nicht. So geht kein Krieger. Ich machte kehrt, nahm Anlauf und war mit einem Satz auf dem Schreibtisch. Ein Handy knirschte unter meinen Docs. Der Kerl griff nach seinem zweiten Handy und seinem Laptop und nahm beides auf seinen Schoß. Das Handy unter meinen Docs klingelte, aber er wagte nicht, es hervorzuziehen. Ich sah auf ihn runter. Draußen startete gerade mit Höllenlärm eine Tupolew. Die Scheiben der Fenster vibrierten.

„Bitte geh. Geh jetzt“, sagte er und strich sich den Schweiß von der Stirn. Ich sprang runter und ging.

## 035

*Winter.* War jetzt wirklich Winter? Ich sah zum Fenster raus und sah nur zwei Farben. Grau und Weiß. Es war wirklich Winter. Zum ersten Mal seit vielen Jahren. Für ein paar Wochen knisterte der Schnee unter den Schuhen, und nicht einmal die Schneepflugarmada der Stadt, die unzähligen lärmenden Schneefräsen, lautstarken Flüche und tonnenweise Salz konnten ihm was anhaben.
Es war Winter.

Ich fuhr oft hinaus zu Magas Haus. Ich musste die Vögel füttern. Maga hatte so n Vogelhäuschen im Garten, beim Teich unterm Lindenbaum. Da war jeden Tag die Hölle los. Die Eichelhäher waren am schönsten. Die Spatzen am lästigsten. Sie waren so viele, vertrieben die anderen und scharrten so wild, dass das ganze Futter auf den Boden fiel. Die Eichhörnchen fetzten die Bäume auf und ab und ich ihnen hinterher.

Ich konnte Stunden in Magas Garten verbringen. Die Nachbarin schob immer wieder den Vorhang beiseite, um mich zu beobachten. Die Muttenthaler war steinreich, aber einsam, hortete ihr Geld wie Mister Burns in The Simpsons. Sie hat sich die Post niemals ans Haus bringen lassen, denn ihr Grundstück betreten durften nur ihre Anwälte und ihre Ärzte. An der Hauswand war ein großes Kreuz mit dem leidenden Jesus drauf. *Der Schmerzensmann* stand unter dem Kreuz. Die Muttenthaler war die Schmerzensfrau. Hatte längst aufgegeben, die alte Funzel. Sie lebte noch, weil sie nicht sterben wollte, aber sie lebte nicht gern. Die Vorweihnachtszeit gab ihr den Rest. Überall diese Weihnachtslieder und Dekorationen, diese Festbeleuchtungen und Stände. Und nirgends ein Mensch zum Halten und Staunen. Nur Menschen zum Anschreien und Hassen, wie mich.
„Hallo Sie! Was schleichen Sie hier rum? Haben Sie denn keine Arbeit?!“
„Na, hab ich nicht. Und was ist mit Ihnen?“
Vor ihrem Haus standen drei Autos, eines größer als das andere.

„Haben Ihnen Ihre Eltern nicht beigebracht, dass man morgens zur Arbeit geht?"

Sie hatte so ne krächzende Stimme. Wie n Rabe. Am liebsten wär ich zu ihr rüber und hätte ihr die letzten Federn ausgerissen, aber dann wär mir Maga an die Gurgel. Maga wollte keinen Ärger mit der Alten, weil der Lindenbaum weit auf das Grundstück der Hexe reichte. Wenn sie wollte, konnte sie den umsägen lassen, und Maga hing sehr an dieser Linde.

*Schließ dich ein, hab Angst vor mir, reiches Schwein, ich komm zu dir ...*

„Steht das in den zehn Geboten, du alte Schlampe? Dass man arbeiten muss? Hä?!"

*... versteck dich und ich finde dich, nichts ist zu schwer für mich ...*

„Seien Sie nicht so frech! Das ist ja eine Unverschämtheit!"

*... jahrelang nur ausgelacht bis zu dieser Nacht ...*

„Der Jesus da an Ihrer Wand hat auch nur den ganzen Tag rumgelungert und Sprüche gerissen. Hat er nicht gesagt, die Lilien trügen das schönste Kleid, obwohl sie den ganzen Tag nichts anderes tun würden, als auf der Wiese zu stehen?"

*... jetzt kommt endlich meine Zeit, macht euch für den Tod bereit.*

Sie schüttelte den Kopf und murmelte was vor sich hin.

„FICK DICH, OMA! FICK DEIN GELD!" Sie starrte mich an, wahrscheinlich wusste sie gar nicht, was Ficken ist und Ficken heißt. „GELD, GELD! GELD IST NICHTS, GELD STINKT! ICH HABE MAGAS ARSCHLOCH GELECKT, UND DAS SCHMECKTE TAUSENDMAL BESSER! EHER KOMMT EIN KAMEL DURCH EIN NADELÖHR ALS EINE REICHE SAU WIE DU IN DEN HIMMEL!"

Sie knallte das Fenster zu. Irgendwie tat sie mir leid. Die Einsamkeit hatte ihr das Herz ausgebrannt, es war nur mehr n verkohlter Klumpen übrig, der langsam zerbröselte und starb. Vielleicht war ich manchmal zu gehässig. Dabei hatte mich die Muttenthaler ja nur deshalb so gereizt, weil sie aussprach, was die Stimmen in meinem Kopf schon seit Tagen forderten. Du musst arbeiten, sagten sie, die Stimmen. Du musst arbeiten. Arbeiten, arbeiten, arbeiten. Du kannst nicht nur hier rumlungern und den Vögeln zuschauen.

Du musst. Du musst. Du musst.

Du musst. Arbeiten, Geld verdienen. Tun, was die Wirtschaft fordert. Dich weiterbilden. Dich anpassen. Dich beugen. Deine Ellbogen ausfahren. Lügen, Tricksen, die am Boden Liegenden treten, in die richtigen Ärsche kriechen. Sonst kriegst du keinen Job. Du musst spuren, sonst bist du weg. Du musst fürs gleiche Geld länger arbeiten, du musst Samstag, Sonntag, nachts arbeiten, auf den Urlaub, dein Leben verzichten. Die Wirtschaft diktiert. Und wer nicht folgt, bleibt auf der Strecke. Wer nicht Schritt halten kann, ist ein Versager. Versager können noch so gute Menschen sein – wert sind sie nichts.

Ein Leben lang wirst du von dieser Angst gehetzt. Angst, nichts wert zu sein. Angst, keinen Job zu bekommen, keine Karriere zu machen, zu kurz zu kommen, stehen zu bleiben, abzusteigen.

Und auf einmal war das Gefühl weg. Es war einfach weg. Und mit ihm die Bilder aus der Schulzeit. Ich an der Tafel, in dem verfickten Klassenzimmer mit diesen pissgelben Wänden und den langweiligen Fressen in den Bänken, und ich weiß nicht mehr weiter. Da steht so ne Gleichung, aber ich kapier die nicht. Ich kapier die einfach nicht. Und dann wird mir klar, dass ich durchfallen würde, und ich fang an zu zittern, weil das so schrecklich ist. Als hätte ich für alle Ewigkeiten mein Leben, meine Seele verspielt.

Als ich mit dem Bus nach Hause fuhr, war ich so aufgekratzt, dass ich nicht sitzen konnte, obwohl ich der einzige verschissene Fahrgast war, was mich nicht verwunderte, bei den Preisen. Ein Einzelticket kostete fast soviel wie n Aventinus. Die Stadt butterte Geld in die Flüge der Billig-Airlines, aber der öffentliche Verkehr ging vor die Hunde. Ich musste stehen, weil meine Beine zitterten und mein Herz beinahe zum Brustkorb rauskam. Ich beschloss, noch radikaler zu leben. Ich beschloss, Vollgas zu geben. Ich wollte Tyler Durden sein. Auf all das scheißen, was in diesem Land heilig war. Es ihnen allen zeigen. Diesen Erbsenzählern und Plastikmenschen. Anzünden wollt ich sie. Einen nach dem andern. Sie brennen sehn. Sie aus den Fenstern der Hochhäuser springen sehn. Dieses Philisterpack.

Ich wollte etwas Großes tun. Ich kapierte, dass nur die Tat zählt. Nur die Tat! Nicht das Gerede, nicht die Gedanken, nicht das Gehabe. Nur das Tun. Das Tun. Das Tun. Du kannst hundert Jahre alt werden, und nie eine Tat vollbracht haben. Ich red nicht vom Fressen, Scheißen und Fernsehen glotzen. Ich red nicht vom Autofahren, Einkaufen, Geld verdienen und auch nicht davon, nem Schwächeren die Fresse einzuhaun oder mit ner Knarre unschuldige Menschen abzuknallen. Ich red vom wirklichen, vom echten Leben. Vom Kampf gegen die Mächtigen, gegen sich selbst, vom Widerstand, von der absoluten Freiheit. Einmal in deinem Leben musst du da sein, musst du du sein, musst du wirklich sein. Kein Gespenst, kein Schatten, kein Furz. Einmal in deinem Leben musst du beweisen, dass du es wert bist, am Leben zu sein.

## 036

Maga kam voller Feuer und Flamme aus Paris zurück. Sie schien gewachsen zu sein. Sie war so groß. Voller Leben, voller Lachen. Es war so schön, sie zurück zu haben. Bei mir. In meiner Wohnung. Ich hatte alles aufgeräumt, alles geputzt. Nur für mein Baby. Sie trug ein neues Kleid, neue Schuhe und auch die Frisur war neu. Ich stand vor ihr, mit entblößtem Oberkörper, in den Jeans und den Docs. Sie sah mich an, von oben bis unten, und lächelte. Als sie sagte, dass sie mich begehren würde, mit jeder Zelle, jedem Atemzug, da fühlte ich mich groß und stark und unbezwingbar. Und dann taten wir all das, was verliebte Paare so tun. Nur besser. Nur wilder.

Für einige Stunden war ich unsterblich.

„Ich bin glücklich", sagte ich zu Maga. „Ich war noch nie so glücklich. Ich bin Gott. Ich bin größer als Gott. Der Himmel ist zu klein, ich muss mir einen neuen suchen."

Maga streichelte mich, sie streichelte immer irgendwas, und es gab nichts, was sie noch nicht gestreichelt hätte. Sie fand sogar Stellen an meinem Körper, von denen ich gar nicht wusste, dass es sie gab. Ich erzählte ihr, dass ich keinen Job mehr hatte, und sie tröstete mich mit Küssen. Ich musste mich richtig von ihr losreißen, um ihr die wichtige Frage zu stellen: „Kommst du mit mir nach Freiburg?"

„Si. Wann? Und wie lange?"

„Sobald wie möglich. Und für immer."

„Uuuuu?!"

„Ich hab nen Bekannten dort. Der hat ne Kneipe eröffnet, da kann ich jederzeit arbeiten."

Buschel hatte Hatze bei den Bullen angezeigt, weil der ihm wieder mal

das halbe Inventar gestohlen hatte. Na ja, und da habe ich Buschel geraten, schleunigst die Stadt zu verlassen, wenn ihm seine Eier lieb waren. „Komm mit nach Freiburg! Freiburg ist die sonnigste Stadt Deutschlands, du wirst sie lieben.“
„Oh Rico! Rico, Rico. Ich studiere ier. Ich abe ier Aus, ich abe ier Freunde, ich abe ier alles. Ich liebe Sonne, aber ich kann nicht leben in Freiburg.“
„Komm mit mir! Ich muss hier weg! Ich muss hier raus! Und ohne dich gehe ich nicht.“ Ich packte sie an den Schultern, beinahe zu fest. „Bitte, bitte, bitte, komm mit mir.“

Ich erwartete ein „Vielleicht“, das wie ein „Ja“ klang, denn ich hoffte immer noch, dass eines Tages alles gut werden würde, wie das die Mütter ihren Kindern immer versprechen, wenn die Tränen den Blick trüben, aber Maga sagte „¡No!“, sagte, sie müsse hier bleiben, wegen der Uni und überhaupt: Das mit uns, das sei nicht für immer, ich dürfe ihren Freund nicht vergessen, und *schwups!* war ich wieder der kleine verschissene Wichser, der ich mein Leben lang gewesen war. Das von Kindern gefangene Tier, das in nem Karton gehalten wird und weiß, dass es gequält und schließlich getötet wird. Ich lauf da rum, in der Schachtel, wie ein Irrer. Und ich weiß: Egal, was ich tu, egal, was ich anstelle. Ich werde gefoltert und getötet. Es gibt kein Entkommen.

In der Nacht hatte ich einen furchtbaren Alptraum. Ich stand vor einem Raum, hörte verzweifeltes Schreien. Dort, wo ich stand, war es dunkel, nur durch den Türspalt fiel Licht. Ich öffnete die Tür und sah Maga, am Boden liegend, und auf ihr, nein, in ihr saßen Ramon und Locke und wühlten in ihren Eingeweiden. Ramon sah mich an, mit weit aufgerissenen Augen und blutverschmiertem Mund, und er lachte. Er lachte und Maga brüllte. Brüllte vor Schmerzen.

Ich fuhr hoch, griff nach meinem Messer, meine Hand aber landete in Magas Gesicht. Sie wachte auf. Das Schreien war immer noch zu hören.
„Hörst du das?“ fragte ich.
„Nein. Was denn?“
„Da schreit doch jemand!“
„Ier schreit immer irgendwer.“

Ich legte mich zurück. Ich hielt mir die Ohren zu, aber das Schreien verstummte nicht. Das Schreien kam aus meinem Schädel. Ich presste mein Gesicht in das Kopfkissen. Ich schlug mit der rechten Faust auf mein Ohr. Maga legte ihre Hand auf meine Schultern, die Hand war heiß, die glühte richtig, und ich musste mich zur Seite drehen, um mich nicht zu verbrennen.

„¿Qué pasa?"

Diese verdammten Schreie. Ich hörte sie ganz deutlich. Ich hockte mich auf die Knie, klappte das Messer auf und lauschte.

„Oh Rico! Rico, Rico, Rico!"

Ich fing an, wie irr mit dem Messer rumzufuchteln, ich wollte die Augen der Feinde zerstechen, ihre Herzen zersieben, ihre Säcke aufschlitzen und nach den rausfallenden Bällen treten.

„¡Por Dios! Du bist ja verrückt!" schrie Maga und strampelte mit ihren Beinen. „Ich muss raus! Lass mich raus!"

Ihre Hand tappte zitternd nach dem Lichtschalter der Schreibtischlampe. Peluches lag vor der Tür, beobachtete uns gebannt, dann machte er einen Satz nach vorn und fing an zu husten. Maga wollte aufstehen, aber ich klammerte mich an sie. Ich spürte, wie sie zitterte.

„¡Suéltame!" flehte sie. „¡Suéltame! ¡No me hagas daño!"

„Als ich sieben Jahre alt war, wurde meine Mutter von zwei Typen vergewaltigt", sagte ich und hielt sie nicht länger fest. Aber nach meinen Worten wollte sie gar nicht mehr flüchten. „Ich habe gehört, wie sie winselte. Es geschah vor unserem Haus. Im Garten. In unserem Garten." Meine Stimme hatte einen ganz sonderbaren, fremden Klang. „Ich dachte, es wäre die Katze unserer Nachbarin, die da schreit."

Maga starrte mich an. Mit diesen großen braunen Augen. Ihre Augen waren wie die Tore zu einer anderen Welt. Einer schöneren, besseren Welt.

„Sie haben meine Mutter so schwer verletzt, dass eine Brust amputiert werden musste."

Ich ertrag es nicht, wenn Menschen erniedrigt werden. Gequält, gedemütigt. Wenn sie wehrlos sind. Ich möchte, dass sie aufstehen, dass sie ihr Schwert erheben und ihren Feinden die Köpfe abschlagen. Ich möchte nicht schwach sein, oh Gott, lass mich niemals jemandem ausgeliefert sein. Im Geschichtsunterricht lief ich aufs Klo zum Kotzen oder Heulen, wenn ich wieder so ne verdammte Reportage über die KZs ansehen musste. Ich hab's einfach nicht gepackt. ICH MÖCHTE NICHT SCHWACH SEIN! ICH MÖCHTE NICHTS ALS

STARK SEIN! Um die Menschen zu beschützen, die ich liebe. Um die Verbrecher niederzumachen.
Ich hasse Menschen, die sich nicht wehren.
Ich hasse Menschen, die sich nicht wehren können.

Niemals werde ich schwach sein. Niemals ein Kind, ein Asylant, ein Kriegsgefangener, ein Ausländer, ein Sklave, ein Krüppel sein. Dann lieber tot.

„Am Krankenbett schwor ich mir, eines Tages so stark zu sein, dass es keinem mehr gelingen würde, mich, Mama oder irgend jemanden, den ich liebte, zu quälen. Nie. Mehr."

„At man die Kerle erwischt?"

„Ja, erwischt hat man sie. Aber nach fünfeinhalb Jahren waren sie wieder raus. Mindere Schuldfähigkeit oder so n Quatsch, weil sie völlig besoffen waren. Sie waren geschniegelt und gebügelt bei der Verhandlung, und ihr Anwalt war einer der besten in ganz Bayern. Der konnte den Richter überzeugen, dass die beiden im Grunde gute Menschen waren."

Onkel Hans-Peter hat mir das erzählt. Mama und Papa haben nie darüber gesprochen. Nie. Kein Wort. Als hätte es jene Nacht im Juli niemals gegeben. Dabei war es die entscheidende Nacht in ihrem, vielleicht sogar in meinem Leben.

„Das Gesetz schützt den Besitz, das Gesetz schützt die Reichen und Mächtigen. Die Zwei haben ein Menschenleben zerstört und waren nach fünfeinhalb Jahren wieder draußen. Nein, Maga, ich hab schon früh kapiert, dass Recht nichts mit Gerechtigkeit zu tun hat. Du brauchst nen guten Anwalt, nen guten Namen, ein paar einflussreiche Freunde, dann bist du fein raus."

„Und?! Was machen diese Männer jetzt? Ich kenne borrachito! Du würdest suchen, sie finden und sie töten! Wo sind sie?"

„In der Hölle", sagte ich. „Die Bullen haben sie erschossen. Ham ne Bank im Elsass überfallen und vier Angestellte als Geiseln genommen. Als eine der Geiseln flüchten wollte, warfen sie eine Handgranate hinterher. Die Scharfschützen haben die beiden zersiebt. Ich hab mir sämtliche Zeitungen gekauft und die Artikel darüber ausgeschnitten. Ich hab versucht, an das Polizeivideo ranzukommen, um die Schweine sterben zu sehen."

Ich zog den Rotz hoch, weil mir die Tränen kamen. Aber ich schämte mich nicht vor Maga. Ich war schwach, aber ich schämte mich nicht.

Wir sind alle schwach. Alle verloren. Egal, wie sehr wir uns aufblasen und unsere Fassade pflegen.

„Als Mama aus dem Krankenhaus kam, sind wir sofort in die Stadt gezogen. Danach war alles anders. Danach war alles kaputt. Ich vermisste meinen Cousin, ich vermisste den Wald, die Leiblach, meine Schule."

Maga streichelte über meinen kahlen Schädel. Streichelte mich wie ein Tier, das nicht ihr eigenes war, das ihr fremd war, denn ihr Streicheln war ungelenk und grob. Sie kam gar nicht mehr los von den borstigen Stoppeln.

Sie fing an zu schluchzen, und ich dachte, meine Geschichte hätte sie so mitgenommen, aber es war etwas anderes, das sie quälte.

„Die Leute schimpfen immer über mir. Sie glauben, ich bin Asylantin, sie glauben, ich will ihre Geld, ihre Auto, ihre Aus und ihre Kinder! Sie schimpfen nicht leise, sie schimpfen laut, sie sagen mir: Geh nach Afrika, Negerin! Du bringst Drogen und Krank'eite in unsere Land, Negerin! Oh Rico, du fluchst so viele über USA, über George Bush, und ja, viele Sache ist schlimm seit 11. September, ich weiß das wohl, aber niemals, ich sage: niemals, Leute sagten diese Dinge mir in New York!"

Ich umarmte Maga, küsste sie auf die Stirn.

„Und selbst, wenn ich wäre Asylantin. Bin ich eine schlechte Mensch deswegen? Ich weiß, es gibt Nigerianer, sie verkaufen Drogen an die Bahn'of, ich weiß, es gibt Leute von Georgien und Albanien, sie stehlen Autos und brechen ein in Äuser, genau wie Rico, aber wer kann sagen, dass das alle sind? Wer kann sagen, weil es gibt die kriminellen, wir assen alle Flüchtlinge?"

Als sie fertig war, weinte sie. Das große Mädchen weinte. Dieses Mädchen, das mich um ein, zwei Zentimeter überragte, dieses Mädchen mit den breiten Hüften. In New York hatte sie Basketball gespielt, war mit ihrer Mannschaft durchs ganze Land gereist. Maga hatte etwas von einer wilden Stute, kaum zu zähmen, schon gar nicht zu besitzen. Und dieses stolze Mädchen weinte.

„Wir schaffen das, meine Kleine", sagte ich. „Wir beide schaffen das. Wir lassen uns nicht kaputt machen von der Welt. Die wollen uns fertig machen, die wollen uns zerbrechen, uns aussaugen, bis wir Gespenster sind, Hüllen, in denen keine verdammte Seele mehr wohnt und kein verdammtes Herz mehr schlägt. Aber das werden wir nicht zulassen.

Wir sind stärker. Viel, viel stärker." *The harder they come, the harder they fall, one and all ...*

Sie nahm meine Hand, drückte sie fest, führte sie zu ihrem Mund und küsste sie.

„Te amo", sagte sie ganz leise. „Te amo, Rico. Von ier bis Immel, ich liebe dich!" Plötzlich lachte sie, einfach so, und ich lachte mit ihr, auch nur so, und dann stand ich auf, steckte mir ein Kissen unters T-Shirt und spielte Luciano Pavarotti und fing an zu singen, in einem übertriebenen Akzent: *„No llores, mi querida, Dios nos vigila, soon the horse will take us to Durango."*

Schließlich sangen wir das Lied in voller Lautstärke, sangen von der Flucht nach Durango, sangen all die vielen Strophen und hüpften auf dem Bett, bis Renz die Bullen rief und die Bullen kamen und die Bullen wieder gingen. Dann erst legten wir uns schlafen.

Am frühen Morgen, es war noch stockdunkel, wachte ich auf. Ich hörte jemanden umhergehen, konnte aber nur Umrisse und Schatten erkennen. Maga stand im Zimmer und zog sich an. Ich tat so, als würde ich schlafen. Sie suchte ihren BH. Ihre Unterhose. Sie fand sie in meiner Hand. Ich lag da und wartete. Ich schloss die Augen. Ich hörte ihre Schritte im Zimmer. *Tap tap. Tap tap.* Dann war es still. Ich spürte ihre Lippen auf meinen. Ich erwiderte ihren Kuss nicht. Sie blieb noch lange stehen, ehe sie ging, und als sie meinen Fußballschal nahm und mir ihre Kette in die Hand drückte, war ich mir sicher, sie geht für immer.

## 037

Ich kaufte mir zwei Sechser-Träger und ne Pulle Wodka im Supermarkt, als dieser Penner neben dem Eingang saß. Er fuchtelte mit seinen Armen und schrie: „Die apokalyptischen Reiter ziehen übern Himmel, der große Krieg ist nicht mehr weit."

„Wo? Wann? Krieg?! Wenn es Krieg gibt, bin ich dabei."

Er sah mich groß an.

„GIB MIR EIN BIER!"

„GIB MIR NEN KRIEG!“
Der Penner winkte ab.

Ich bückte mich zu ihm, er stank ekelhaft nach Erbrochenem, Schweiß und Kot, aber ich mochte sein Gesicht. Sah n bisschen aus wie mein Alter, der Schreihals.

„Ich wär n guter Soldat“, sagte ich. „Ich wär ein verdammt guter Soldat. Ich kann kämpfen wie n Wolf, wenn ich an das glaube, wofür ich kämpfe.“

„Soldaten sind Mörder“, sagte er.

„Ich wär n guter Mörder“, sagte ich und stellte ihm einen Sechser-Träger vor seine Füße. „Für dich, Baby. Und die apokalyptischen Reiter!“

Die apokalyptischen Reiter brachten nicht Sodom und Gomorrha, sondern raubten mir mein Mädchen. Ich hatte es geahnt. Maga war über Nacht verschwunden. Sämtliche Fensterläden des Hauses waren geschlossen, der Garten war aufgeräumt, nichts deutete daraufhin, dass sie heute oder in den nächsten Tagen zurückkommen würde. Auf dem Briefkasten klebte ein Zettel: *Die Post bitte in Postamt lassen. Ich hole später ab. Vielen Dank, Magdalena Fernanda Carmona Boyld.*

Ich riss den Zettel weg und zerfetzte ihn. Dass sie Fernanda Carmona hieß, war mir neu. Dass ich statt im Himmel in der Hölle gelandet war, nicht.

„DU KANNST NICHT EINFACH SO ABHAUN, MAGA!“

Ich trat mit den Docs gegen den Briefkasten. Gegen die Tür. Gegen die Wand. Peluches sah mich traurig an.

„Jetzt habe ich auch noch dich am Hals, Scheißkerl“, sagte ich, aber Peluches verstand nicht. Maga behauptete, er verstehe nur spanisch, aber das war Quatsch. Peluches verstand gar nichts, nicht mal meine Stahlkappen.

Zwei Wochen vergingen, zwei Wochen regnete es, jeden Tag wartete ich auf einen Anruf, einen Brief, einen Zettel an der Tür, irgendeine Botschaft – nichts. Eines Morgens wachte ich auf und es war Weihnachten. Ich war ein Wrack. Ich konnte nicht mehr lachen. Ich lachte so gerne und so oft. Aber nun war mein Gesicht gefroren. Wenn Frauen gehen, gehen sie zum Nächsten, und wir fahren zur Hölle.

Ich drehte das Radio auf und *Wham* sangen „Last Christmas“. Der Moderator plärrte die letzte Strophe mit. *„LAST CHRISTMAS*

*I GAVE YOU MY HEAAAART, BUT THE VERY NEXT DAY YOU GAVE IT AWAAAAAYYY!*" Warum müssen Radiomoderatoren lustig sein? Warum lachen die ständig und sind gut drauf? Warum sagt nicht mal einer, dass es ist, was es ist? *Ein Scheißtag, ein Scheißland, ein Scheißleben.* Warum behaupten sie, jeder wolle ihr Auto gewinnen, wenn ich es nicht will?!

„GUTEN MORGEN, GERMANY! Tja, die Wahrscheinlichkeit, dass wir in unseren Breitengraden noch weiße Weihnachten erleben werden, liegt bei exakt 0,001%, hoho! Na ja, Schnee in den Städten, das ist sowieso nur ein Ärgernis für uns Autofahrer und in den Alpen sorgen ja die Schneekanonen für genügend Weiß. Apropos Autofahren. Unser Gewinnspiel geht heute in die entscheidende Runde. Einer von euch wird heute nicht unterm Christbaum verschimmeln, sondern mit einem Peugeot-Cabriolet um die Häuser sausen ..."

Ich wählte die Nummer. Eine Frau nahm ab und fragte nach meinem Namen. Ich dachte, ich wäre falsch verbunden, und wollte schon auflegen.

„Sie gehen gleich auf Sendung, Herr Steinmann", sagte sie. „Herzlichen Glückwunsch!"

„Und hier ist der glückliche Gewinner", hörte ich den Sprecher sagen. „Rico Steinmann aus ... !"

Ich ließ ihn erst gar nicht ausreden, den elenden Schleimer.

„STECK DIR DEIN CABRIOLET IN DEN ARSCH! STECK ES DIR SOWEIT IN DEN ARSCH, DASS DU ES NIE MEHR AUSSCHEISSEN KANNST!!!" Ich schlug mit dem Hörer auf meinen Schädel, schmetterte den Hörer solange auf meinen Kopf, bis das Blut aus dem Schädel rann.

Ich packte meine Sachen und Peluches, fuhr mit der Linie K zum Bahnhof und nahm den Zug Richtung Süden. Als ich in Lindau ausstieg, traf ich auf eine Gruppe von fünf, sechs Boneheads, sie grüßten, ich grüßte, wir gingen wie immer aneinander vorbei.

Ich wollte noch einmal meine Eltern sehen. Mich von ihnen verabschieden. Der Tag X rückte näher.

Anstatt zu meinen Eltern ging ich erst mal in den Irish Pub. Ich setzte mich an den Tresen und trank zehn oder elf Guinness. Die Frau hinter der Bar sprach kein Wort mit mir. Peluches auch nicht. Der Köter war krank. Oder zugedröhnt.

„Scheiß Junkie", sagte ich. „Kläff doch mal! Beiß doch mal!"

Ich ging nach Hause, hatte aber den Hausschlüssel vergessen. Ich wollte meine Eltern nicht wecken und schlief im Stiegenhaus. Als ich aufwachte, fühlte ich eine Hand auf meiner Stirn.
„Maga“, sagte ich, aber es war Mama. Sie hielt ihre Hand an meine Wangen, wie sie es früher getan hatte, wenn sie kontrollierte, ob ich Fieber hatte. Ich nahm ihre Hand, ihre Finger waren so dünn und zerbrechlich. Ich drückte sie und schloss die Augen.
„Um Gottes Willen, was hast du mit deinem Kopf gemacht?“ fragte sie und streichelte die Wunden. Alles drehte sich, mir wurde schlecht, ich musste die Augen öffnen und mich aufsetzen.
„Was ist das für ein Hund?“ fragte sie.
„Welcher Hund? Das ist n Pferd!“
Sie presste ein mühsames Lächeln hervor.
„Warum machst du dir nur Sorgen um mich?“ fragte ich sie.
„Hm?“
„Warum sorgst du dich um mich?“
„Weil ich dich liebe.“
Ich zog die Hand zurück. Sah ihr in die Augen.
„Fick dich, Mama. Ich hätte mich schon tausendmal umgebracht, wenn ich nicht gedacht hätte, dass dir das das Herz zerfetzen würde. Ich will nicht, dass du mich liebst. Ich brauche deine Liebe nicht. Ich scheiß auf deine Liebe. Liebe ist für n Arsch.“

Und dann umarmte sie mich. Drückte sich ganz fest an mich. Vielleicht ist das einzig Wahre auf dieser Welt die Liebe einer Mutter zu ihrem Kind. Das einzig Unzerstörbare. Ewige. Schöne. Und für nen Moment fühlte ich so viel für diesen Menschen da neben mir, so unendlich viel, dass ich dachte, das kann selbst der Tod nicht auslöschen, das, was ich da fühle, das ist stärker und größer, das ist der Beweis. Der Tod ist nicht das Ende. Wie können die Menschen nur glauben, der Tod sei das Ende? Haben sie denn nie geliebt?!

Aber dann war mir das auch schon zu viel an Gefühlsduselei. Ich löste mich aus ihrer Umarmung.
„Ich brauch dein Mitleid nicht“, sagte ich. „Ich will kein Mitleid! Mitleid ist das Letzte.“
„Was ist nur mit dir los?“ fragte sie, aber nicht mich, sondern sich selber. „Was hab ich bloß falsch gemacht?“
„Du hast nichts falsch gemacht“, sagte ich. „Und ich auch nicht.“ Ich

stand auf. Sie weinte. Nein, es gibt wirklich nichts Beschisseneres, als seine Alte zum Weinen zu bringen.
„Ich scheiß auf dein Mitleid!" sagte ich, aber ich sagte es nicht zu schroff. Ich sagte es ganz leise. „Ey, Mama, mir geht's gut. Mir ist's nie besser gegangen. Ich will nicht leben wie ihr. Niemals will ich leben so wie ihr. Wenn es kein anderes Leben gibt, dann will ich sterben."
„Was ist denn so schlimm an unserem Leben?"
„Ich will keinen Job, der mich auffrisst. Ich will nicht Tag für Tag schuften wie ein Tier, nur um mir ein Auto, ein Handy, eine Digitalkamera, ne große Wohnung zu leisten. Ich will nicht so leben, wie's meine Nachbarn, meine Verwandten, meine Freunde von mir erwarten. Ich will nicht kuschen, Mama, mich nicht schön fügen. Ich ... ich ... ach, ich weiß auch nicht ..."

Ich konnte nicht mehr schlafen. Ich verbrachte die Zeit bis zum Morgen, indem ich mir brennende Zigaretten auf dem Arm ausdrückte und in Zimmerlautstärke *SpringtOifel* hörte. *Wo du gehst und wo du stehst, da soll's Kuhscheiße regnen.* Ich stellte mir vor, wie dicke Fladen Kuhscheiße auf Maga prasselten, aber der Gedanke machte mir keine Freude. Ich stellte mir lieber vor, wie dicke Fladen Kuhscheiße auf Philipps Cabriolet prasselten. *Patsch! Patsch!*

Peluches sah mich traurig an, wendete seinen Blick gar nicht ab, nur hin und wieder leckte er seine Eier oder jagte seinem eigenen Schwanz hinterher. Maga konnte sagen, was sie wollte. Ganz dicht war der Köter nicht. Aber ich mochte ihn. Ich konnte ihn mit jedem Tag mehr leiden. Er war n Verlierer, genau wie ich.
„Wenn Maga bis Neujahr nicht zurückkommt, ist alles aus, Peluches. Dann ist Schluss. Dann tu ich, was ich tun muss."

Oh ja, der Tag X rückte näher. Genau wie für Robert de Niro in „Taxi Driver" hat es für mich nie eine Wahl gegeben. *My whole life has pointed in one direction. I see that now. There never has been any choice for me.*

Peluches legte seinen Kopf auf meine Schenkel und winselte leise. Ich kraulte ihm den Kopf, stupste seine Ohren, das ärgerte ihn furchtbar. Trotzdem wich er nicht von meiner Seite. *Never has been any choice for me.*
*Never.*

Ich habe nichts getan, was mein verschissenes Leben rechtfertigen würde. Kein Leben gerettet, wie James Stewart in Mamas Lieblingsfilm „It's a wonderful Life". Aber ich würde noch ein Leben nehmen. Das Leben irgendeines verficktenDreckskerls da draußen. Oh ja, darauf konntest du deinen Arsch verwetten.

## 038

In meiner Wohnung war es kalt. Vor allem am Morgen, wenn ich aufstand, um zum Arbeitsamt zu latschen. Aufstehen an sich wäre gar nicht so schlimm gewesen. Die Kälte war schlimm. Die Kälte raubte dir den Mut. Ich konnte es mir nicht leisten zu heizen. Die Betriebskosten explodierten, weil Fenster und Wände schlecht isoliert waren, der Boiler kaputt war und deshalb entweder gar nicht oder volle Pulle auf Hochtouren lief, und der Kühlschrank ein Loch unten an der Tür hatte. Im Winter trank ich Tee mit Rum oder schlief mit einer Mütze, weil sich das Kissen anfühlte, als würde man den Schädel in Eiswasser tauchen. Im Radio wurden stündlich neue Opferzahlen des Seebebens in Asien gemeldet.

Am Tag nach Neujahr war nicht die Kälte schuld, dass ich nicht aus dem Bett kam. Ich hatte einfach keine Kraft mehr. Ich lag da und kam nicht mehr hoch. Der leichteste Windstoß hätte aus mir ein Häufchen Asche gemacht. Ich wollte nie mehr aufstehen.

Zum ersten Mal in meinem Leben gab ich mich auf. Ich konnte nichts anderes tun als zu liegen. Die Augen schließen, die Augen öffnen. Warten, bis es vorüber war. Ich erinnerte mich an die Reportage im Fernsehen von diesem palästinensischen Terroristen, der bei einem misslungenen Selbstmordanschlag völlig verstümmelt worden war. Er hatte keine Arme, keine Beine, keine Augen mehr.

„Meine Seele ist müde", sagte der Typ, und jetzt verstand ich, was er damit meinte.

*Müde. Die Seele. Müde. Das Herz.*

Jeder Tag glich dem anderen. Jede Nacht war wie die vorige und wie die nächste. Im Fernsehen liefen rund um die Uhr Bilder der apokalyptischen Sintflut. Ich lebte tausendmal denselben Tag, denselben Schmerz. Ich wichste drei-, viermal am Tag auf zerknitterte Pornoheftchen, die ich aus dem Altpapiercontainer fischte, rubbelte mir den Schwanz wund, aber nicht einmal ein Orgasmus brachte mehr Erleichterung.

Man kann mir vieles vorwerfen, was ich in der Zeit als Skinhead getan habe. Ich habe Menschen verletzt, mich selber verletzt, ich habe „Sieg Heil!" geschrien, ich habe an manchen Tagen mehr Scheiße gebaut als viele andere in ihrem ganzen Leben, Aber eines muss man mir lassen: Ich habe versucht, ein aufrechtes Leben zu führen, ein wildes. Ohne Kompromisse. Ohne zu kriechen. Manchmal fühlte ich mich so stark und frei, dass ich das Gefühl hatte, nicht einmal Gott könnte mich jetzt noch niederwerfen. Aber in diesen Stunden, da ich am Boden war, suchte ich vergebens nach einer Sicherheit. Nach irgendetwas, das mich hält. Da war nichts. Nichts, nichts, nichts. Kein Halt, kein fester Grund. Nur unendliche Leere. Und deshalb die Angst. Die meisten Menschen haben Angst vor dem Nichts. Grenzenlose Angst. Und deshalb ist es so bequem, sich zu beugen. Den Führern, den Massen, den übermächtigen Gewalten. Deshalb sind Diktaturen möglich, die großen Kriege. Keiner bricht aus. Alle marschieren mit. Sie haben Angst.

Ich wollte anders sein. Kein Plastikmensch, kein Erbsenzähler, kein Mitläufer. Ich wollte ein Krieger sein. Kein Betrüger, kein Lügner, keiner, der nach oben buckelt und nach unten tritt. Ich wollte ein Krieger sein. Und jetzt lag ich da und war gescheitert. Die Philister hatten gesiegt.

Maga war fort. Hatte sich für Philipp entschieden, auch wenn ich nicht verstehen konnte, warum. Die Zärtlichkeiten, ihre Geschichte über ihren Vater, die Küsse in der Öffentlichkeit, die sie irgendwann einfach so erlaubt hatte, da war so vieles, dass mich hatte glauben lassen, ich hätte eine Chance, auch wenn sie doch immer beteuert hatte, sie könne ihren Freund nicht verlassen.

Ich hatte so fest daran geglaubt Ich hatte mich getäuscht.

Immer wieder überfielen mich Panikattacken, immer wieder überkam mich das Gefühl, lebendig begraben zu werden. Von der Decke fielen Sand und Kies und Dreck. Ich richtete mich auf im Bett und mein Herz schlug wie wild. Ich bekam keine Luft mehr, ich dachte, ich müsse ersticken. Ich wollte schreien, schreien, schreien. Und dann beschloss ich, es zu tun. Es *jetzt* zu tun. Ich lächelte, als mir klar wurde, dass ich es wirklich wollte. Der Veckskerl, den ich umbringen wollte, war ich. Ja, *ich* würde *mich* umbringen. Es war mein Leben. MEIN, MEIN, MEIN LEBEN. Und jetzt war es vorbei. In den letzten Augenblicken gehörte es ganz alleine mir.

Draußen schien die Sonne. Draußen war weit weg. Wie erschlagen lag ich da. Das Atmen fiel mir schwer. Peluches lag in der Ecke, traurig und müde wie ich. Der Wecker tickte. Die Autos brummten.

Ja, ich würde mich töten. Und ich tötete nicht bloß einen Körper. Ich tötete den Schmerz. Die Verzweiflung. Die Einsamkeit. Was da in mir war, das musste vernichtet werden.

Ich schleppte mich zur Dusche. Ich fühlte mich wie der Wolf in „Rotkäppchen", mit all den Wackersteinen im Bauch. Ich sah in den Spiegel und sah einen Fremden. Ich drehte das Warmwasser auf. Heute war es brühend heiß.

Es klopfte an die Tür, aber ich machte nicht auf. Ich würde nie mehr aufmachen. Sie würden die Tür aufbrechen müssen.

Mein Messer würde mir die Pulsadern öffnen, ich sehnte den Augenblick herbei. *Jetzt oder nie, ich verlasse diesen Ort, jetzt oder nie, ich gehe einfach von hier fort.*

Wieder Klopfen an der Tür. Das Klopfen wurde zum Hämmern. *Jetzt oder nie.* Ich saß auf dem Boden neben der Dusche, das Wasser prasselte und hüllte die ganze Wohnung in Dampf. Mein T-Shirt wurde feucht. Ich starrte vor mich hin. *Ich gehe einfach von hier fort.* Ich war müde, ich war so müde, wie konnte man so müde sein, ohne einzuschlafen? Ich hatte das Gefühl, trotz der Hitze zu Eis zu erstarren, mit jedem Augenblick weniger lebendig, weniger Mensch zu sein.

Vielleicht hatte die Welt ja doch recht: Ich gehörte nicht hierher. Ich hatte mich gequält, durch all die Jahre. Ich fühlte keinen Hass mehr. Keine Aggression. Alles war, wie es war. Ich beklagte mich nicht. Alles war, wie es war, und es war gut so.

Dann fing ich an zu weinen.

„Tut mir leid, Mama", schluchzte ich und fing an, mich mit zitternden Händen auszuziehen. „Aber ich kann nicht anders. Ich muss es tun. Du musst mir verzeihen."

Zuletzt brachen alle Dämme. Ich heulte Rotz und Wasser. Kroch auf allen Vieren splitternackt durch den Raum. Peluches hüpfte mir hinterher, schnupperte mit größter Freude an meinem Hintern.

„Maga“, heulte ich. „Was hast du aus mir gemacht? Was hast du getan? WAS VERDAMMT NOCH MAL HAST DU GETAN?“

Ich schlug mit dem Kopf auf die braunen Kacheln am Boden. Immer wieder auf die braunen Kacheln. Peluches ließ von meinem Hintern ab und steckte mir seine Zunge ins linke Ohr.

„Du bist eine Mörderin!“ wollte ich schreien, „eine Mör-Mör-Mörderin“, aber aus meinem Mund kamen nur mehr Schleim und Rotz.

Wo ich an jenem Abend war, da war ich noch nie. Ich war in der Hölle. Dieser Mensch hier, dieser Körper, in dem ich steckte, in dem ich gefangen war, das war nicht mehr ich. Das war jemand anderer. Mein ganzes bisheriges Leben war ich ich gewesen, hatte ich klare Entscheidungen getroffen, immer gewusst, was ich fühlte, wer ich war, was ich wollte. Und jetzt? War ich in tausend Stücke zersplittert, und jedes einzelne Stück brannte.

Verdammt. Ich hatte mich verloren.

Ich nahm das Messer und schnitt mir tief in den Bauch. Ich wollte mir das Gesicht zerschneiden. Es in viele kleine Streifen schneiden. Die Augen ausstechen, die Ohren abschneiden, die Nasenlöcher weiten. Aber ich öffnete mir erst die Schlagader. Mann oh Mann, das Blut sprudelte raus, als hätte es all die Jahre auf nichts anderes als diesen Augenblick der Freiheit gewartet. *Jetzt oder nie, ich verlasse diesen Ort, jetzt oder nie, ich gehe einfach von hier fort.*

Hätten Hatze und Ari die Tür nicht eingetreten, wäre ich heute nicht mehr am Leben.

## 039

Die Jungs fanden das ganze Theater lächerlich.

„Ist doch nur ne Fotze!“ sagten sie, klopften mir auf die Schulter und lachten. „Nur ne gottverdammte Negerfotze!“ Für die Jungs waren alle Mädchen Fotzen. Und alle Männer, die sich wegen einer Fotze umbringen wollten, gotterbärmliche Jammerlappen. Sie hatten nie geliebt. Sie hatten einfach nie geliebt.

„Zieh nicht so ein Gesicht, Kampfzwerg“, sagte Hatze und reichte mir die Flasche Martini. „Nur weil dich einmal der Teufel fickt, musst du nicht gleich seine Braut werden.“

Renz kam mit ner Digitalkamera und filmte die zerstörte Tür. Ich rasierte Ari die Haare, während die Jungs pokerten und im Radio die Eishockeyübertragung lief.

„Irgendwo da draußen", sagte Ari und klopfte an die Fensterscheibe, „ist das Mädchen, das du als Nächstes küssen wirst. Denk an sie, denk daran, was sie jetzt gerade tun mag. Lesen, tanzen, duschen, weinen ..."

„Vielleicht hat sie grad nen Schwanz im Mund."

„Bald lutscht sie deinen, Baby!"

Ari hatte zwei große Narben auf seinem Schädel, der viel zu klein war für seinen massigen Körper. Die Jungs grölten, schmetterten ihre Karten auf den Tisch, fluchten, lachten. Die Bude war verraucht, es stank nach verschüttetem Bier, warmen Fürzen und Doogies Kotzlache, die keiner aufputzen wollte. Ich war wieder zurück. Ich war wieder ein Rude Boy.

„Mach was draus, Rico", sagte Ari mit einem Ernst, der gar nicht zu ihm passte. „Mach was draus! Den Schmerz musst du nützen. Der Schmerz ist die Urgewalt, das Wunder, das Universum. Gott hatte bestimmt Höllenschmerzen, ehe er das alles geschaffen hat."

„Was soll ich denn tun, verdammt noch mal?!" fragte ich und setzte den Rasierer ab. „Für den Ironman trainieren? Eine Sinfonie komponieren? Ein Buch schreiben?"

Er sah mich an und überlegte.

„Jau", sagte er. „Schreib ein Buch. Du bist der Einzige von uns, der schreiben kann."

„Ich bin auch der Einzige von uns, der lesen kann."

Ich klopfte den Rzasierer sauber. Aris Haarstoppeln waren voller Schuppen.

„Vielleicht hast du Recht", sagte ich. „Wenn ich nur nen guten Job finden könnte, ich würde mich voll reinhängen, das schwör ich dir, Ari. Ich hab ein paar gute Ideen, ich könnte ... ich mein, ich könnte doch ... "

Plötzlich überschlug sich die Stimme des Reporters.

„... DER TORMANN HAT DAS EIS VERLASSEN, EINE LETZTE CHANCE FÜR EIN POWERPLAY IN ÜBERZAHL ... NOCH ZWANZIG SEKUNDEN ... ROY ZIEHT AB! ABGEWEHRT! NACHSCHUSS! ... PFOSTEN! WIEDER ROY! UND ..."

Und? *Schwups!* war die Übertragung unterbrochen. Hatze sprang auf und warf den Tisch um.
„SO NE SCHEISSE!"
*„Noch einmal die wichtige Meldung für alle Autofahrer in unserer Stadt: Die Polizei ersucht dringend, zwischen Flughafen und Freiburger Brücke keinen Autostopper mitzunehmen. Ich wiederhole: Bitte nehmen Sie zwischen Flughafen und Freiburger Brücke auf keinen Fall einen Autostopper mit."*

Im Raum war es totenstill. Nur der Rasierer surrte. Und Peluches verbiss sich in meiner Jeans. Der Sender schaltete zurück zum Eishockey. Roy hatte den Puck versenkt, was uns scheißegal gewesen wäre, hätte Hatze nicht sein ganzes Geld, das er sich natürlich von uns geliehen hatte, gegen Roys Team gesetzt.
„Shit."

Doogie stellte den Tisch auf, Locke sammelte das Geld ein, und es entging mir nicht, dass er ein paar Scheine in seine Tasche steckte.
„Es muss unangenehm sein, diese Verkehrsmeldung zu hören, wenn der Typ schon neben dir sitzt", sagte Ari. „Vor allem, wenn du ne Braut bist und weißt, der Abend ist gelaufen. Vergewaltigt und zerstückelt zu werden ist kein Spaß, aber wahrscheinlich ist die scheiß Angst davor noch viel schlimmer."
„Ich wette meinen Arsch darauf, dass das n Bimbo ist!" sagte Locke und sah mich lauernd an. „Das ist doch so! Lies die Zeitung, Rico. Meistens sind's Kanaken. Türken, Jugos, Kosovo-Albaner, Russen, Tschetschenen, Rumänen, Neger ..."

Ich strich mit nem Handtuch über Aris kahlen Schädel. So kriegt man die kleinen Härchen viel eher ab, als wenn man sich nach dem Rasieren duscht.
„... und Mexikaner, oder? Das sind die Schlimmsten", sagte ich. „Diese verdammten Tortillafresser mit ihren Schnauzbärten und Sombreros!"
Locke sah mich böse an. Die Jungs aber lachten.
„Die Kamelficker legen mit Freude unsere Weiber flach, aber wenn ich nur eine Türkenfotze schon anseh, hab ich n Messer im Bauch", sagt er mit immer lauter werdender Stimme, um das Gelächter zu übertönen. „Die Linken sagen dann, die Muselmanen hätten halt ne andere Mentalität, oder sie sagen, die arme Sau hätte ne schwere Kindheit gehabt, n scheiß Leben hier in diesem bösen Naziland, das muss man verstehen,

den muss man resozialisieren. Bei den Nazis sagen sie: Einbuchten, hart durchgreifen, da hilft nix. Keinen interessiert's, dass mein Vater, diese rote Sau, mich früher als Sandsack verwendet hat, mir zweimal die Kniescheibe zertrümmert hat. Das interessiert kein Schwein! Die Drecksgrünen sind sowieso die Letzten: Sind früher Sturm gelaufen gegen den Staat, und jetzt verteidigen sie ihn mit Händen und Füßen gegen die Rechten. Kommen gar nicht auf die Idee, dass heut genauso was faul sein könnte wie damals."

Fünf Minuten später saßen wir in Hatzes Rostkarre, den Kofferraum voller Bier. Es hat geschifft wie die Sau, und wir fuhren eine Stunde lang die Straße zum Flughafen auf und ab. Doogie steckte seinen blanken Arsch aus dem Fenster.

„PSYCHO!!!!! WO BIST DU?! PSYCHO! Hier ist der knackigste Arsch Deutschlands!"

Im Schrittempo fuhren wir an jedem verdächtigen Element vorbei, alle Fenster heruntergekurbelt. Wir hüpften auf unseren Ärschen auf und ab, soffen und rülpsten um die Wette. Bierflaschen flogen aus dem Fenster und zerschellten auf dem Asphalt und auf dem Schädel einer streunenden Katze. Wir grölten, dass es die ganze Stadt hörte, und knapp vor der Freiburger Brücke fanden wir schließlich unser Opfer. Ein Penner in einem abgefuckten Mantel und mit ner Regenmütze tief im Gesicht stand am Straßenrand. Mit nem violetten Schal um den Hals.

„Jede Wette, dass das der Vergewaltiger ist, den die Bullen suchen", sagte Hatze. „Und wenn nicht – nen Violetten aufmischen kann nie schaden."

Ich war ziemlich besoffen, checkte gar nicht so recht, was abging. Ich weiß nur noch, dass die anderen aus dem Auto sprangen und sich auf den Kerl stürzten. Als ich zu ihnen kam, lag er schon am Boden.

„NA? WEN HAST DU GESCHÄNDET, KANAKE? SAG SCHON!" Hatze wedelte mit dem violetten Schal in der Hand. Der Mann lag mit dem Bauch auf dem Boden, seine Arme weit ausgestreckt, die Hände zitterten so furchtbar, dass mir ganz anders wurde. Ich hob den Kopf des Mannes.

„Edde! Ach, du Scheiße ... Edde."

Er blutete aus dem Mund und aus der Nase und sein rechtes Bein war irgendwie verdreht, stand sonderbar vom Körper ab. Die anderen glotzten nur blöd, aber ich strich über sein Gesicht, wischte das Blut und den Dreck weg. Seine Augen waren knallrot und aufgequollen, wie in nem Horrorfilm.

„Fuck! Fuck! Was machst du hier?"

Edde versuchte zu sprechen, aber er bekam kaum Luft, brachte kein Wort heraus.

„Was machst du hier?" fragte ich nochmals. „Bist du der, den sie suchen?"

„Red schon, du Assel!" sagte Locke und kickte ihm in die Rippen.

„ARSCHLOCH!"

Ich schubste Locke zur Seite.

„Selber Arschloch! Was hast du denn mit so nem Penner zu schaffen!"

„Edde ist kein Penner! Edde war mein Boss bei der Post! Der beste Boss der Welt!"

Hatze trat mit seinen Docs auf Eddes Schal, auf Eddes heißgeliebten Jubiläumsschal und bohrte ihn tiefer in den Dreck.

„Der gehört Edde", sagte ich und wollte ihn aufheben.

„Jeder, der mit den Ultras in einem Block steht, hat den Tod verdient", sagte Hatze, um sogleich mit den Jungs in den Schlachtruf einzustimmen: „VERRECK! VERRECK! VIOLA DRECK! VERRECK! VERRECK! VIOLA DRECK!"

„Edde steht nicht bei den Ultras", sagte ich, als sie sich wieder beruhigt hatten. „Edde ist Ordner."

„VERRECK! VERRECK! VIOLA DRECK!"

„ER IST ORDNER, IHR ARSCHLÖCHER!"

„Der alte Penner Ordner, hm?"

„Ja, verdammt. Steht seit dreißig Jahren am selben Platz, hab ich recht, Edde?" Edde nickte.

„Beim Tor zwischen West- und Südtribüne", sagte er leise, und Hatze bekam solche Ohren, später sollte ich erfahren warum.

Ich stützte Edde, brachte ihn zum Auto. Er hatte höllische Schmerzen in seiner Schulter, konnte sich kaum mehr bewegen.

„Da ist was ausgerenkt", weinte er. „Da ist was kaputt."

„Scheiße, scheiße, Edde, das ... scheiße, Edde, scheiße."

„Hey Rico, was soll denn das?" sagte Hatze. „Ich lass den Alten nicht so in mein Auto. Der macht mir ja alles dreckig."

„UND WARUM IST ER DRECKIG, DU TROTTEL?!"

„Soll sich wenigstens das Blut abwischen."
Locke fluchte am lautesten.
„Immer, wenn man Spaß hat, kommt einer und verdirbt's."

## 040

Der Supermarkt gegenüber vom Altersheim lebt seit Jahren einzig und allein vom Alkoholkonsum der Rude Boyz. Die Leute standen oft kopfschüttelnd hinter uns an der Kasse, weil sie nicht glauben konnten, was wir da alles in unsere Einkaufswagen getürmt hatten: Wodka-, Whiskey- und Schnapsflaschen, mehrere Kisten Bier und den besoffenen Ari, und dabei machten wir Gesichter wie Kinder kurz vor der Weihnachtsbescherung. Dilg, der Filialleiter, war Mitglied der NDP und Hauptmann des Schützenvereins. Den ganzen Tag laberte er denselben Mist. Ich konnte ihn nicht ausstehen, er mich aber schon, er schenkte mir sogar hin und wieder ne Flasche Wodka oder ne Kiste Bier, die er mich durch den Notausgang ins Freie schaffen ließ.
„Wir müssen zusammenhalten", sagte er dann. „Gegen den Ausländerdreck, gegen die Judenschweine, die ganzen Drogensüchtigen und das Rotfrontpack!" Ich versuchte, ihm aus dem Weg zu gehen, aber er schien den ganzen Tag nur darauf zu warten, dass einer der Glatzen auftauchte.
„Wenn es nach mir ginge", sagte er und zeigte auf ein Mädchen mit schwarzen, langen Haaren, das am Obststand eine Tomate nach der anderen in die Hand nahm und wieder zurücklegte, „dann würde ich diese scheiß Kanakenfotze an den Haaren packen, in den Lagerraum schleifen und ordentlich durchziehen. Aber da macht man sich ja nur den Pimmel dreckig, nicht wahr? Holt sich Aids oder BSE oder sonst so ne Negerkrankheit."

Das Mädchen suchte weiter, aber kein Wunder, dass sie nichts fand. Obst und Gemüse in diesem Scheißladen waren immer faul. Deswegen ist der Dilg auch schon mal vor Gericht gestanden, aber er hat sich jedes Mal rausgeredet und die Schuld auf nen Lehrling geschoben.
„Na?! Was ist denn nun?" rief er, und sein Schädel lief knallrot an. „Nicht alles in die Pfoten nehmen!"

Das Mädchen sah erschrocken zu uns.
„Entschuldigung!"

Ich erkannte sie wieder. Es war das Mädchen, das damals beim Einkaufspark das Fahrrad klauen wollte. Ihr Blick ruhte lange auf mir. Auch sie hatte mich erkannt.

Ich ließ Einkaufswagen und Dilg stehen und rannte hinaus. Draußen warteten Hatze, Doogie, Locke und Ramon, die auf dem Parkplatz mit einer Büchse Fußball spielten. Die Kleine saß in der Falle. Die Kleine tat mir leid.
„Die schnappen wir uns", sagte Hatze und die anderen johlten. Sie wollten die Sache mit Edde wieder gutmachen. Den abgebrochenen Schneidezahn, die geprellten Rippen und das gebrochene Schlüsselbein.
„Und wie? Was sollen wir tun?"

Ich war aufgeregt. Mein Herz schlug bis zum Hals. Ich übersah den Parkplatz. Vier, fünf Leute standen herum, beluden ihre Autos oder fuhren die Einkaufswagen zurück an ihren Platz. Peluches wurde von einem Hund gejagt, der kleiner als ne Ratte war.
„Die schnappen wir uns", wiederholte Hatze, und er sagte es mit einer Ruhe und Gewissheit, die über jeden Zweifel erhaben war. Wir würden das Miststück durch die Mangel nehmen.

Alles lief wie am Schnürchen. Die Kleine war wirklich alleine. Sie kam aus dem Supermarkt, sah sich nervös um und ging dann schnellen Schrittes Richtung Altersheim. Ich schnappte mir Peluches und wir stiegen ins Auto.

Hatze fuhr gegen die Einbahn, blieb mit ner Vollbremsung neben der Kleinen stehen, Doogie und ich sprangen heraus, schnappten uns das Baby und schubsten sie in die Karre. Ich sah einen alten Knacker gierig vom Balkon herunterstieren, aber der würde niemals die Bullen rufen. Hier konntest du Menschen mit Benzin übergießen und anzünden, und keiner hätte die Feuerwehr gerufen. Nur ihre Karren durftest du nicht anfassen, da wurden sie pampig. Da waren sie bereit zu töten.

Die Kleine schrie, sie spuckte und kratzte, wollte sogar aus dem fahrenden Auto springen. Ich nahm sie in den Schwitzkasten, bis sie sich beruhigt hatte. Ich war überrascht, sie weinen zu hören.

Die nächste Schwierigkeit war, sie aus dem Auto in meine Wohnung zu bringen, denn 50 Meter vorm Block stand ein Bullenauto, außerdem fuchtelte der Renz gerade mit nem Staubsauger am Eingang rum. Wir fuhren zu Hatzes Wohnung, aber dort wurden gerade Renovierungsarbeiten vorgenommen. Es tummelten sich haufenweise Arbeiter vor dem Block, die meisten davon waren Türken. Die hätten uns mit den Presslufthämmern die Eier gespalten, wenn die gecheckt hätten, was hier lief.

„Okay, okay", sagte ich, während ich den Kopf der Kleinen immer noch festhielt. „Ich weiß, wo wir hingehen."

Hatze sah mich fragend an.

„Wir fahren zu Lenas Haus. Die Schlampe ist ausgeflogen."

Hatze grinste.

„Oi! Oi! Oi!"

Ich dirigierte ihn aus Kasachstan durchs Industriegebiet bis an den Stadtrand. Wir verbanden der Kleinen die Augen mit Doogies Rude-Boyz-Schal, sie sollte nicht mitbekommen, wo wir hinfuhren.

Magas Haus stand da, unverändert, ohne Zeichen von Leben. Wegen der Frau Muttenthaler machte ich mir keine Sorgen. Die war schon fest am Stinken. Zwei Meter unter der Erde. All das Geld hatte ihren Körper nicht vor dem Krebs retten können. Das Wichtigste auf der Welt – die Liebe und das Leben – kann man nicht erzwingen. Und schon gar nicht kaufen.

Ich kletterte den Balkon hoch, riss die Läden auf, ging in das Haus und öffnete den Jungs ein Fenster im ersten Stock. Wir führten die Kleine in Magas Zimmer. Doogie packte sie von hinten und warf sie aufs Bett. Als sie schrie, drückte er ihr den Mund zu. Ihre Augen wurden groß, sie atmete tief und heftig, es war fast so wie im Fernsehen, aber das hier war besser, weil das hier war echt.

„Geil! Geil! Das ist geil!" Locke tanzte rum wie Rumpelstilzchen und rieb sich die Hände. Sein Schädel war ganz rot vor Aufregung, die Adern traten an seiner Stirn hervor, als würden sie jeden Moment platzen, selbst die Spinne auf seinem Hals schien lebendig geworden zu sein und auf ihrem Netz auf und ab zu hüpfen. Die Kleine lag bäuchlings auf dem Bett, Doogie saß auf ihrem Hintern, mit verschränkten Armen.

„Ist es nicht ein geiles Gefühl, einen Menschen in seiner Gewalt zu haben, mit ihm zu machen, was man will?" sagte er. „Davon träumt doch jeder mal. Ein Mädchen zu besitzen. Ohne Rücksicht auf Moral und Gesetz. Sie auszuziehen, mit ihr zu spielen, sie zu vergewaltigen. Einen

Menschen. Für dich. Ganz allein. Nur er und du. Er ist dir ausgeliefert. Völlig ausgeliefert. Er weint, der Mensch. Er flucht, der Mensch. ES IST VORBEI, DU MENSCH!“ Er stieg von ihr runter, klopfte ihr auf den Arsch. Ihr Körper zuckte unkontrolliert.

„Und?!“ fragte er. „Was tun wir mit ihr?“

Hatze untersuchte nasebohrend Magas Schreibtisch. Schon bereute ich, hierher gekommen zu sein.

„Wenn ihr mich anrührt, seid ihr tot“, sagte die Kleine. „Meine Brüder rächen mich. Ihr kommt nicht davon.“

„So?“ fragte ich. Ich riss die Kleine an den Haaren, damit sie mir in die Augen blicken musste. „Was haben du und deine verschissenen Brüder hier zu suchen? Was macht ihr in diesem Land? In *unserem* Land?!“

„Ich bin hier geboren“, sagte sie. „Genau wie du.“

„Ihr habt keinen Respekt mehr. Früher hattet ihr noch Respekt. Aber da wart ihr noch weniger, jetzt seid ihr zu viele. Ihr vermehrt euch wie Karnickel.“

Sie sah mich an. Sie war schön. Sie war wirklich schön. Aber sie hatte auf mich gespuckt. Ihre Kanakenfreunde angefeuert. Dafür musste sie bezahlen

„Wir ficken dich durch, du blöde Sau“, sagte Locke und griff ihr an die Titten. Sie hatte prächtige Titten, schöne, pralle Dinger, das sah man, auch wenn der dicke graue Pulli sie verbergen sollte. „LOS! RAUS MIT DEN DUTTELN!“

Sie spuckte Locke ins Gesicht. Der lachte. Und gab ihr eine Ohrfeige.

„Wir brauchen Zeitungspapier“, sagte ich. Ich kramte in Magas Schreibtischschublade, fand aber keines. Ich nahm eines ihrer vielen Bücher, riss einige Seiten heraus und legte sie auf dem Boden aus.

„Was soll das werden?“ fragte Hatze. „Willst du sie entjungfern?“

„Pah! Das würd ihr vielleicht noch Spaß machen“, sagte ich. „Oh nein, ich weiß was Besseres.“ Ich ging auf den Balkon und holte die Gartenschere, mit der Maga im Herbst die Traubenblätter zurechtgestutzt hatte.

Sie musste auf die Knie, die Kleine. Doogie hielt mit einer Hand ihre Arme hinter ihrem Rücken zusammen.

„Jetzt wirst du skalpiert“, sagte ich und hielt ihr die Riesenschere unter die Nase. „Jetzt verlierst du deine Haare.“

Die Kleine zitterte, ich sag dir, so hab ich nie wen zittern gesehen. Die hatte richtig Schüttelfrost. Ich dachte schon, die kollabiert uns gleich.

Keine Ahnung, wie lange es brauchte, bis diese Haare gewachsen waren. Ich weiß nur, wie lange es brauchte, bis sie tot auf dem Boden lagen. *Ritsch, ratsch,* in wenigen Sekunden war alles vorbei.
„Wie alt bist du?“ fragte ich sie. Ihr Gesicht war total verheult, war nur mehr Wasser und Rotz. Sie biss sich auf die Lippen.
„Wie alt du bist, hat er gefragt!“ sagte Hatze und trat ihr mit seinen Doc Martens ins Kreuz.

Jetzt weinte die Kleine lautstark. Sie weinte und fluchte, beschimpfte uns in einer Sprache, die ich nicht verstand. Sie tat mir leid, aber Rache war süß, und Rache musste sein. Ich hatte die Schläge nicht vergessen, die Schläge nicht und auch nicht den Geschmack von Hundescheiße auf der Zunge.
„Sieh dir meine Nase an! Die bleibt so krumm, und rate mal, wem ich das zu verdanken habe!“
Sie sah mich verächtlich an.
„Oder hier! Die beiden Zähne! Die wachsen nicht mehr nach, die bleiben kleine Stummel, für immer.“
„Jetzt musst du der holden Jungfrau aus dem Morgenland nur noch deine ramponierten Eier zeigen!“ lachte Hatze. Tat ich aber nicht. Ich rasierte der holden Jungfrau lieber den Kopf mit Magas Ladyshave. Die Haut war weich und fein. Ihre Kopfhaut war weiß, hob sich vom Braun ihres Gesichtes ab. Doogie küsste ihren Schädel, die vielen kleinen Wunden. Sie schluchzte. Sie tat mir leid. Ja, sie tat mir leid. Sie sah furchtbar aus. Aber wir waren noch nicht fertig mit ihr.
„Da sind auch noch Haare“, sagt Doogie.
„Wo?“
„Na da!“ Doogie fasste ihr voll zwischen die Beine, und ich wollte protestieren, aber mein Mund war wie gelähmt, ich konnte mich nicht rühren, und so zogen die Jungs das Mädchen aus und rasierten ihr das schwarze Dreieck über der Muschi. Sie hatte dichtes, schwarzes Haar, wie ich das mochte. Hatte daran kein bisschen rumgeschnipselt, wie das unsere Mädchen machen. Ihre Schamlippen waren dunkel und groß. Genau wie Magas.
„Schade um die Haare“, sagte Doogie, nahm nen Büschel und roch daran. „Mm. Die duftet, so nen Duft wünsch ich jeder Muschi.“

Ich war nur mehr Zuschauer. Ich hatte keinen Willen mehr. Alles war wie in einem Film. Alles war so unwirklich, wir hier mit diesem

Mädchen, das jetzt aussah und wimmerte wie eine Krebskranke vor ihrem Ableben, die vielen schwarzen Haarbüschel auf dem Zeitungspapier, dieses ganze verbotene Szenario, das meinen Puls mit jedem Augenblick höher schlagen ließ. Die Aufregung fuhr mir in den Magen, als hätte mich Montezumas fürchterlichste Rache getroffen. Ich hielt es nicht mehr aus, ich musste aufs Klo, ich musste kacken, ganz dringend kacken. Ich setzte mich auf die Brille, und mein Schwanz stand Hab-Acht. Zum ersten Mal in meinem Leben spürte ich den Dämon in mir, der nur darauf wartete, freigelassen zu werden. Er flehte und bettelte, versprach mir den größten Orgasmus aller Zeiten. Ein Orgasmus tausendmal besser als jeder Orgasmus zuvor. Ich musste nur 'ja' sagen und er würde den Rest erledigen.

Und dann hörte ich ihre hysterischen Schreie, als ich meinen Darm entleerte. Ich kannte diese Schreie. Hatte sie als Kind gehört, draußen im Garten, hatte sie im Bunker im Fernseher gehört. Die Schreie waren in meinem Kopf, in meinem Herzen, überall. Die Schreie der Gefolterten, Vergewaltigten, Geschundenen.

Ich wischte mir den Arsch ab, drückte die Spülung und blieb in der Tür stehen. Die Kleine lag rücklings auf dem Schreibtisch, ihre schwarze Hose und das weiße Höschen runtergezogen, ihre Schenkel und ihr Bauch schneeweiß und wunderschön. Keinen Pickel, keine Unreinheit, ne Haut wie ne Prinzessin. Doogie, Ramon und Locke hielten die Kleine an Armen und Beinen, während Hatze Peluches fest im Griff hatte, der wie wild mit seinem Köpfchen zwischen ihren Beinen werkelte.

„SIEH DIR DAS AN, RICO!" schrie Hatze. „DER HUND LECKT SIE! DER HUND LECKT IHRE FOTZE!"

Für einen Augenblick schien die Welt stillzustehen. Schien sogar die Kuckucksuhr nicht mehr zu ticken. Dann hatte ich mich gefasst, und ich holte meinen Schwanz aus der Hose und fing an zu wichsen. Aber nur für einen Augenblick, dann holten mich die Schreie des Mädchens zurück. Früher als ein Triebtäter, der erst aus seinem Rausch erwacht, wenn das Opfer unter ihm tot ist, hab ich mich noch rechtzeitig in der Klotür erwischt, mit dem Schwanz in der Hand, und hab den Dämon zurückgeprügelt, zurück in den tiefsten Kerker geworfen. Verdammt, ich war doch n Mensch, kein Monster, ich hatte doch n Herz in meiner Brust, kein schwarzes Loch!

„SEID IHR VERRÜCKT? SEID IHR VÖLLIG VERRÜCKT?!"

Ich schubste Hatze zur Seite, worauf dieser Peluches fallen ließ. Ich packte Doogie, der gerade seine Hose runtergelassen hatte, und schleuderte ihn aufs Bett. Sein Kopf bestand nur mehr aus einem riesigen Mund, und der Mund lachte und lachte und johlte und johlte.

„SCHLUSS JETZT! HÖRT AUF! HÖRT AUF! HÖRT SOFORT AUF!"

Locke wollte mir eins auflegen, aber ich wich seiner Faust aus und schlug ihn mit einem linken Haken so hart in die Leber, dass er zusammensackte und nach Luft ringend am Boden liegen blieb. Ich verjagte die Bande, scheuchte sie aus dem Zimmer, aus dem Haus. Locke kroch auf allen Vieren an mir vorbei. Vor der Tür packte mich Hatze, drückte mich gegen die Hauswand und sagte: „Dafür zahlst du mir morgen ne Hur, dass das klar ist!" Dann stieg er mit den anderen lachend ins Auto und sie rasten davon. Ich sah Peluches noch aus der Windschutzscheibe hinausschauen.

Ich ging zurück ins Haus. Ich dachte, die Kleine würde mit einem Küchenmesser oder der Gartenschere auf mich warten. Aber als ich in das Zimmer kam, lag sie am Boden und weinte. Sie zog sich mit zitternden Händen die Hose hoch. Ich kniete mich neben sie. All der Hass, den ich für Murat, für sie, für die ganze Gangsta-Truppe empfunden hatte, war verpufft. Und dann tat ich was Seltsames. Ich streichelte ihre Wangen, hielt sie fest in meinen Armen. Und die Kleine klammerte sich an mich; ohne mich anzusehen, klammerte sie sich an meine Beine. Plötzlich war sie Maga, war sie meine Tochter, meine Schwester. Ich konnte nicht anders, ich musste ihren kahl geschorenen Kopf streicheln.

„Es tut mir leid", sagte ich.

Und als sie in meinen Armen leise weinte, zusammengekauert wie ein schutzloses Tierjunge ohne Tiermama, da wurde mir klar, dass es besser ist, Unrecht zu erleiden, als Unrecht zu tun, und als ihre Tränen mein Lonsdale-Sweatshirt durchnässten, wünschte ich mich weg, wünschte ich mich weit weit weg, irgendwohin, wo alles neu begann, alles Alte vergessen und begraben war.

„Es tut mir leid", flüsterte ich, und ich wiegte mich langsam hin und her, als wäre sie ein Baby, das es in den Schlaf zu schaukeln galt. „Es tut mir leid. Es tut mir leid."

Das Leben ist ein einziges verletzen und verletzt werden, und bisher war für mich nur die Frage, wie man davonkommt, ohne draufzugehn, und nicht, ob der andere es auch schafft. Ja, sie hatte angefangen, sie und ihre Bande, aber irgendwer musste aufhören, irgendwer musste ... das konnte doch nicht immer so weitergehn. Immer, immer so weitergehn.

## 041

Hatze, Ari und Locke hatten selten Freundinnen, und wenn doch, dann meist so frühreife Dinger, 15- oder 16-jährige Renees mit Pferdeärschen und Mördertitten, richtige Mannweiber, die fluchten und soffen wie wir und nur bei offener Klotür kackten. Im Grunde waren sie ganz okay. Sie trugen geile Klamotten, tanzten zu den richtigen Reggae- und Ska-Platten und verprügelten hin und wieder ne Technotussi aufm Schulhof oder klauten ihr Handy, um darauf mit ihren Doc Martens nen neuen Klingelton zu programmieren. Trotzdem hätt ich mir nie vorstellen können, mit einer von denen zusammen zu sein. Ich wollte eine Prinzessin. Ich wollte Maga. Ich wollte alles. Mit weniger gab ich mich nicht zufrieden

Die Jungs gingen manchmal zu Nutten, vor allem, wenn wir im Sommer auf Konzerte nach Holland oder Tschechien fuhren. Sogar Doogie, der doch jede haben konnte. Ich hasste das. Wenn mir auf der Straße so n grausiger und schmieriger Typ entgegenkam, dachte ich mir voller Abscheu, wie ne Nutte sich wohl fühlte, wenn sie sich von so nem Stück Scheiße ficken lassen musste.
„Wir hassen doch die Zuhälter“, sagte ich zu Hatze. „Warum steckst du ihnen dann dein Geld in den Arsch?“
„Ist nicht mein Geld. Ist dein Geld. Du bezahlst, Kleiner. Wie abgemacht.“
Hatze suchte sich das Mädchen in einer Privatwohnung, keine hundert Meter von meinem Block entfernt, aus. Ich wartete unten im Auto. Hatze war kein bisschen besser als die Zuhälter. Hatze war genauso Dreck. Die Geschichte mit dem Mädchen wollte mir nicht mehr aus dem Schädel. Drei Tage hatte ich hohes Fieber. Jede Nacht strampelte ich mir die Decke vom Leib. Jedes Lachen wurde erstickt von dem

Gedanken an sie. Die Schuld lastete so schwer auf mir, dass ich den Himmel anflehte, er solle mir auf der Stelle die Strafe schicken, damit ich endlich davon frei käme.

„Ne süße Maus“, flüsterte Hatze, als er die Tür aufriss und einstieg, während das Mädchen sich nen Mantel vor der Haustür überzog. „Frisch aus Bukarest importiert. Ne Deutsch-Studentin, erstklassige Ware. Nur exklusive Kundschaft, keine Asozialen von der Straße.“ Sie war wirklich hübsch. Warum hatte sie das nötig? Sie hätte kellnern oder modeln können, warum musste sie die Beine breit machen?

„Weil sie keine Aufenthaltsgenehmigung hat, deshalb“, sagte Hatze, der ein Trikot der deutschen Nationalmannschaft trug, das er nach der verkorksten EM für 4 Euro 99 gekauft hatte, und grinste. „Immer noch besser, in Deutschland gebumst zu werden, als in der Heimat zu verhungern.“

Hatze wollte es im Auto tun, die Wohnung mit den Zuhältern war ihm nicht geheuer. Er fuhr auf den Parkplatz neben der Autobahnauffahrt. Ich saß neben ihr, auf dem Rücksitz. Peluches furzte auf meinem Schoß.

„Wie heißt du?“ fragte ich.

„Nenn mich, wie du willst.“

„Machst du’s mit jedem? Ich mein, auch mit dem ekligsten, grausigsten Typen der Welt?“

Sie antwortete nicht. Sie tippte etwas in ihr Handy. Dass sie vorhatte, es mit Hatze zu tun, sagte sowieso alles.

Hatze gab mir mit einer Kopfbewegung zu verstehen, dass ich mich zu verpissen hatte. Peluches wollte bleiben, aber ich zwang ihn, mitzukommen. Ich wollte nicht, dass er seine Schnauze auch noch in Hatzes dreckigen Hintern steckte.

Ich stand draußen, hörte ihr Gestöhne. Das hat mich angemacht, geb ich zu, aber als ich dann das Mädchen sah, dieser traurige, leere „Leck mich am Arsch!“-Blick, da war ich froh, dass ich noch nie was mit ner Nutte hatte. Als sie mich um ein Taschentuch fragte und ich es ihr reichte, mich dabei aber wegdrehte, um nicht zu sehen, wie sie sich damit den Fotzensaft wegwischte, lachte Hatze. Und wie er vor mir stand und so dreckig lachte, da hasste ich seine Fresse, seine unzähligen Sommersprossen, die mir wie Dreck vorkamen.

„Hast du die auch auf dem Arsch?“ fragte ich ihn.

„Hä?“

„Muss aussehen, als hättest du dich angekackt!" sagte ich.
„Komm, mach sie fertig", sagte Hatze mit einer abfälligen Handbewegung und überquerte die Straße. „Lass dir dein verdammtes Mitleid aus dem Hirn vögeln! Ich hol mir inzwischen n paar Bratwürste und ne Ladung Pommes bei Pedro."

Ich blieb alleine mit der Nutte und dem Auto zurück. Sie streckte ihren Kopf heraus.
„Und?" fragte sie. „Was ist mit dir?"
„Zieh dich an", sagte ich, und so krabbelte sie aus dem Auto, splitternackt.
„Dein Freund hat sich aber für zwei angemeldet. Und für zwei wirst du auch bezahlen."

Ihr Körper war von winzigen Leberflecken übersät. Ihr Arsch war klein und fest, das Schamhaar zu einem V rasiert. Peluches hüpfte ins Auto und beschnupperte die Polster. Als ein Auto an der Ampel hielt, stand die Kleine in Unterwäsche da. In dem Auto saß Maga. Ich hatte sie in all den Wochen immer wieder gesehen, überall gesehen, und nie war sie es gewesen. Jetzt war sie es.

Und auch sie sah mich, sah mich mit der Nutte. Neben Maga saß Philipp, und beide saßen in diesem Mercedes-Cabriolet. *272 PS! 250 km/h! Von 0 auf 100 in 5,6 Sekunden, oh mon bijou, ich kann es kaum erwarten, mit Dir eine Spritztour nach Neapel zu machen!* hat er auf eines der Photos geschrieben, die Maga nie bekommen hat, weil ich mir damit den Arsch gewischt hab.

Ich packte die Kleine an den Armen, schob sie zurück ins Auto, schlug die Tür zu, stieg ein und fuhr los. Ich konnte nicht erlauben, dass Philipp mit Maga nach Neapel fuhr. Ich verfolgte die Bonzenkarre, aber Philipp fuhr wie der Teufel, und Hatzes Rostkarre röhrte, dass ich fürchtete, sie würde sich jeden Moment in ihre Bestandteile auflösen.

Bei der Post hatte ich gelernt, wie man schnell und auf den Zentimeter genau ein- und ausparkt, aber mit zwei Promille ein Auto bei über 180 Stundenkilometer unter Kontrolle zu halten, das konnte ich nicht. Trotzdem hatte ich keine Angst. Die Straße war leer, es gab nur Philipp und mich. Wie lieferten uns ein Duell, ich rammte seine Karre, ich weiß nicht, wie viele Schutzengel mich begleiteten. Mehrmals war ich knapp davor, die Augen zu schließen und das Lenkrad loszulassen wie Tyler Durden in „Fight Club". Volle Pulle die Leitplanken anzusteuern. *Look up at the stars and you're gone.* Erst als sich das Mädchen neben mir übergab, wurde mir bewusst, dass ich nicht alleine war und dass ich kein Recht hatte, das Mädchen mit in den Tod zu reißen.

Ich gab auf. Als ich auf die Bremse stieg, bog Philipp auf den nächsten Rastplatz ab. Ich folgte ihm. Philipp sprang aus seinem Auto, aber ich blieb sitzen, hielt die Hände auf dem Lenkrad und starrte vor mich hin. Philipp riss die Tür auf.

„WAS IST LOS, DU ARSCHLOCH?! WAS IST DEIN PROBLEM?"
Sein Mund stand offen, und seine Augen kullerten beinahe aus den Höhlen.

„Ich wollt schon immer mal nen Mercedes ficken", sagte ich. „So richtig feste in den Arsch poppen. Hab gut mitgehalten, mit der Schrottkiste, das kannst du nicht leugnen!"

Philipp rannte zurück zu seinem Auto. Er war völlig außer sich.

„Der ist neu, der ist nagelneu. Du Arschloch, du ... du ... asozialer Glatzkopf!"
Seine Stimme bebte, der kriegte sich überhaupt nicht mehr ein, ich dachte schon, der würde gleich zu heulen anfangen.

Ich stieg aus, ganz cool, ganz langsam. Das also war Philipp. Philipp, der ewig grinsende Powermensch. Der Typ, der es schaffte, mit Franz Beckenbauer vor einem Champions-League-Halbfinalspiel der Bayern in dessen Büro Kaffee zu trinken und den Kanzler persönlich zu seiner Geburtstagsparty einzuladen. Kein Mensch auf der Welt, dem Philipp noch nicht auf die Schulter geklopft hätte, kein Mensch, dem er noch nicht etwas versprochen hätte, an das er sich 24 Stunden später nicht mehr erinnern konnte. Er ist reich, und das mit Recht.

Größer war er auch. Ein ganzes Stückchen größer als ich. Und jünger, das wusste ich von Maga, aber man sah es ihm nicht an. Er hatte kurzgeschnittenes, braunes Haar, eine kleine Nase und ein längliches, erwachsenes Gesicht. Er schaute ernst und überlegen auf mich herab. Keine Ahnung, ob er gut aussah. Ich sah durch ihn hindurch. Er trug feine Hosen und Schuhe wie einer, der gleich auf die Bühne steigt, um sich den Oscar abzuholen.

Er schnupperte mit seiner Zwergnase vor meiner Fresse rum.

„DER HAT GETRUNKEN! DER IST VÖLLIG BLAU!" brüllte er in Richtung Maga, die daher geschlichen kam wie ein Gespenst.

„Ich kann keine Kratzer sehen“, sagte sie. „So schlimm ist es nicht.“
„Was verstehst du schon von Autos, Lena?! Halt dich da gefälligst raus!“

Philipp rannte zu seinem Auto, kniete vor seinen Schatz, streichelte das Blech, drückte seine Wangen dagegen. Inzwischen war auch meine Begleiterin ausgestiegen. Sie hatte den Mantel übergezogen, holte einen kleinen Spiegel aus der Tasche und strich sich Lippenstift nach.

Ich näherte mich Maga, ohne dass Philipp es bemerkte. Für einen Augenblick sah ich das Flackern in ihren Augen, ein Flackern wie eine Flamme, die ein Feuerschlucker aus seinem Mund steigen lässt. Peluches folgte mir, wedelte mit dem Schwanz und hechelte wie kurz vorm Abspritzen, als er Maga erkannte.

Ich spuckte aus, nahm die Kette vom Hals und warf sie auf das Dach des WC-Häuschens.
„¡No!“ sagte sie leise und sah mich verzweifelt an. „¡No! ¡No! ¡No!“

Peluches sah erst mich an, dann Maga, dann fetzte er zu dem Häuschen und glotzte zum Dach hoch. Maga folgte ihm und fluchte. Ich ging zu Philipps Auto, trat meine Stahlkappen in das Blech und zerstach einen Reifen. Philipp starrte mich an. Er sprang hoch und hyperventilierte.
„Ich glaub das nicht! Ich glaub das einfach nicht! POLIZEI! POLIZEI! So hilf doch endlich jemand!“
„Ist n Auto“, sagte ich. „Nur ein Auto, Philipp.“
„Woher weiß der Glatzkopf, wie ich heiße?“ fragte Philipp Maga, aber Maga trauerte um ihre Kette. Philipps Karre ging ihr am Arsch vorbei.
„DAS IST NUR BLEICH!“ schrie ich. „NUR TOTES BLECH! ES MACHT KRACH UND STINKT! WIE KANN MAN SO WAS LIEBEN? WIE KANN EINEM SO WAS SO VIEL WERT SEIN?!“

Ich trat weiter gegen das Auto. Philipp ging auf mich los, vollführte konzentriert ein paar Karateschläge in die Luft; ein Schlag von mir, und er wäre auf den Boden gesackt, mit gebrochenem Kiefer oder zerquetschter Leber. Aber ich ließ mich von ihm schlagen. Ich spürte nichts, ließ mich zu Boden fallen. Philipp triumphierte, er fühlte sich so stark. Kapierte er denn nicht? Checkte er nicht, wen er da vor sich hatte? Ich bin Skin! Ich hätte dich töten können, Philipp, mit meinen Fäusten, ich war stark genug, verrückt genug. Ich hätte dich töten können. Aber das war gar nicht nötig.
„Du bist doch längst tot, Philipp“, sagte ich. „Du hast doch nie gelebt,

nie gekämpft und nie verloren. Du weißt gar nicht, was Leben ist."
„Aber ich weiß, was *du* bist", sagte Philipp. „Du bist der Bodensatz der Gesellschaft. Das Letzte. Keiner würde in einen See springen, um dich vorm Ertrinken zu retten. Kein Mensch in diesem Land. Du bist Abfall."

Ich sah für einen Augenblick zu Maga, und sie sah mich an, und alles an ihr liebte. Ich habe nicht gewusst, dass ein Mensch so schauen kann. Mit allem schauen. Mit Augen, Nase, Mund und Ohren und was sonst noch dazugehört. Als würde sie mir alles schenken. Ihr Leben, ihre Vergangenheit, ihre Liebe, ihre Träume, ihren Schmerz und ihre Angst, einfach alles. Mir schenken.

Maga würde springen. Maga würde in den See springen und mich retten.

Philipp saß nun auf mir, ich lag auf dem Rücken, er presste meine Arme auf den Boden, als wolle er Muskelreiten.
„Hast du genug?! Hast du jetzt genug?!" schrie er, berauscht von seiner Stärke. „Ich höre nichts! Ich höre nichts!"

Ich hätte nur meinen Kopf hochschnellen lassen müssen, um ihm das Nasenbein zu zertrümmern. Ich hätte ihm auch die Wahrheit um die Ohren knallen können. Jedes schmutzige Detail erzählen. Aber dieses Arschloch checkte nichts. Dann stand er auf und ging zurück zum Auto. Maga kam näher, stand vor mir und sah mich an.
„Du glaubst, ich könnte dir nichts bieten", sagte ich zu ihr, ohne dass es Philipp hören konnte. „Vielleicht hast du Recht. Ich habe kein Auto, keine tolle Wohnung, und wenn ich Pech hab, werd ich mich mit verschissenen Jobs durchs Leben schlagen müssen."

Ich griff nach ihrer Hand, sie zog sie weg, aber nur sehr halbherzig. Sie blickte mir nicht in die Augen.
„Ich kann dir meine Liebe bieten, Maga, und dass ich sie wirklich lebe und radikal lebe. Ich war in der Hölle, und wer dort war, der ist zu allem bereit, der weiß mehr über dieses Leben als jeder andere. Wer dort war, der führt nie mehr ein Plastikleben unter Plastikmenschen."

Philipp hatte inzwischen drei Handys in seinen Händen. Zwei am linken Ohr, eins am rechten. Das Mädchen aus Bukarest saß gelangweilt auf der Kühlerhaube von Hatzes Karre.
„¡Largo!", flüsterte Maga mir zu. „¡Desaparece!"
„Hä?!"

„Verschwinde!"
Ich schüttelte den Kopf. Sie kniete vor mich.
„Los, verschwinde! Bitte!" Sie zog mich am Arm, wollte, dass ich aufstand und davonfuhr. „¡Desaparece!"

Tränen kullerten aus ihren Augen. Aber ich wollte nicht gehen. Ich wollte alles zerstören. Damit nie wieder was beginnen könnte.
„Nein, Maga. Ich warte auf die Bullen", sagte ich. „Ich prügel die windelweich!"
„Uuuuu, borrachito! Dummkopf! Dummkopf!"

Maga flehte und zerrte und fluchte, und so stieg ich doch noch in Hatzes Rostkarre ein, in der es fürchterlich nach Erbrochenem stank, drehte den Zündschlüssel und fuhr davon. Ich warf der Rumänin ein paar Scheine aus dem Fenster, die durch die Luft wirbelten und sich in alle Richtungen verstreuten. Erst wollte ich bremsen, da ich Peluches vergessen hatte, aber es war ja schließlich Magas Köter, nicht meiner. Dann fiel mir ein, dass Maga noch meinen Schal hatte, und ich war wütend, so wütend, dass ich ne Vollbremsung hinlegte und noch mal zurücksetzte, aber da sah ich die Bullen schon im Rückspiegel und brauste davon.

In der Nacht klingelte es an meiner Wohnungstür, aber anstatt der Bullen, die ich erwartete, stand Murat mit seiner Gang vor der Tür.
„Man sieht sich immer zweimal im Leben", sagte er, und mit seinem Schnauz sah er aus wie die Typen, die bei der CNC-Fräser-Lehrlingsolympiade Gold gewinnen. „Schöne Grüße von Hülya."
„Oh! Vielen Dank", sagte ich. „Kommt rein!"
„???"
„!!!"
„Du bist tot."

Ich schlug die Tür zu, versperrte das Schloss. Für nen Augenblick war's ruhig, aber dann ging's los. Die schlugen gegen die Tür, gegen die Wand, auf den Boden, auf die Decke, die brüllten und fluchten, die wollten rein und mich platt machen. Für nen Augenblick überlegte ich mir, aus dem Fenster zu springen.
„Scheiße, scheiße", sagte ich. Immer wieder. „Scheiße, scheiße."

Ich verbarrikadierte die Tür mit allem, was ich in die Finger kriegen konnte. Ich hasste mich dafür, das Telefon zerstört zu haben. Ich hasste mich dafür, die Beretta im Fluss versenkt zu haben. Und vor allem hasste ich mich für das, was ich Hülya angetan hatte, denn egal, was jetzt kam – jede Folter, jede Demütigung, ich hatte sie verdient. Ich rannte zum Fenster, riss die beiden Flügel auf und brüllte hinaus: „FEUER! FEUER! FEUER! ES BRENNT! ES BRENNT!"

In Nullkommanichts war der ganze Block auf den Beinen. Sie liefen auf den Gang, sie öffneten die Fenster, ich hörte Rufen und Schreien, und schon nach wenigen Sekunden hörte das Poltern an meiner Tür auf.

Irgendwann klingelte es wieder an meiner Tür und ich öffnete, nachdem ich den ganzen Krempel wieder weggeschafft hatte.

„Hast du 'Feuer' geschrien?" fragte der Renz, der einige Hausbewohner im Schlepptau hatte, die ich noch nie im Leben gesehen hatte. In seinen Händen hielt er einen Feuerwehrschlauch, aus dem schmutziges Wasser tröpfelte. Ich sah mich um, Murat und seine Schwuchteln hatten sich verpisst.

„Jau", sagte ich. „Mein Arschloch brennt."

„Was ist los?"

„Zu viel Chili. Tut mir leid. Ich vertrag das Zeug nicht."

Ich schlug die Tür wieder zu. In meiner Bude war ich des Lebens nicht mehr sicher. Murat wusste, wo ich wohnte, er war dazu fähig, den ganzen Block abzufackeln. Ich packte das Wichtigste zusammen und verließ noch in derselben Nacht mit zwei Sporttaschen das Haus. Den Baseballschläger hielt ich fest in meiner Hand, und bei jedem zweiten Schritt drehte ich mich um. Nie war eine Nacht so gefährlich und dunkel wie jene Nacht.

## 042

Ich quartierte mich bei Edde ein. Der saß die meiste Zeit auf seiner abgefuckten Couch, das rechte Schlüsselbein bandagiert, und las in einem Buch. Paolo Coelho, Der Alchemist. Er hatte es auf dem Flohmarkt gekauft. Der Umschlag des Buches war genauso zerschlissen wie alles hier. Edde wohnte armselig, hauste in einem Loch, das kaum besser als meines war.

„Du wohnst ja schlimmer als ein Sozialhilfeempfänger", sagte ich und kippte das nächste, das sechste oder siebte Bier. „Was hast du eigentlich mit dem Geld gemacht, das du all die Jahre verdient hast?"
„Gespart", sagte er.
„Wofür zum Teufel?"
„Wenn ich nächstes Jahr in Rente geh, flieg ich nach Südamerika."
„Was willst *du* denn in Südamerika?"
„Nen süßen Latin Lover kennen lernen."
Beinahe wär mir das Bier zu den Ohren rausgekommen.
„Jetzt hör aber auf", sagte ich und lachte. „Sag bloß, du bist schwul."
Er klappte das Buch zu und zuckte mit den Schultern.
„Würde ihn das stören?"
„Leck mich am Arsch, das ist doch wohl ein Witz, oder?", sagte ich.
Edde starrte an die Decke und lächelte.
„Ach, Rico. Ist das nicht egal?"

Mir fiel's wie Schuppen von den Augen. Die Art, wie er ging, die Art, wie er sprach, das Buch, das er las ... Mann oh Mann. Ich stand auf, riss ihm das Buch aus der Hand, zog meine Bomberjacke an und ging hinaus. Ich warf das Buch in den Altpapiercontainer, latschte zum Westbahnhof und kaufte in nem abgefuckten Laden zwei Sechser-Träger Bier, zwei Mozarella-Pizzas und die Bildzeitung.
„Edde ist schwul", sagte ich zu der Kassiererin.
„Was ist mit Edde?" fragte sie.
„SCHWUL! DER IST SCHWUL!" In unserem Wortschatz war jedes zweite Wort „schwul" und jedes dritte Wort „Sau", und meistens wurden diese beiden Worte in Kombination verwendet. Eigentlich kannte ich keinen einzigen Schwulen persönlich, trotzdem verfluchte ich sie jeden Tag.

Ich kam zurück, stellte das Bier auf den kleinen Tisch und warf ihm die Zeitung auf den Schoß. Auf der Titelseite eine Überschrift: *ANGRIFF AUF AUTOBAHN! SKINHEAD RASTET VÖLLIG AUS!*
„Mir ist das scheißegal, Edde. Scheißegal, wen oder was oder wie du poppst."
„Mir wärs auch scheißegal, wenn's ihm nicht scheißegal wäre", sagte Edde.
„Oh Shit, der Edde ist n warmer Bruder", sagte ich und platzierte meine Docs auf dem Tisch. Ich schlug dabei aus Versehen mit meinem

Ellbogen in seine Rippen, worauf er sich krümmte vor Schmerzen. Der bekam kaum mehr Luft, der Ärmste.

„Edde, nächsten Dienstag wirst du zum ersten Mal in deinem Leben einen Spieltag verpassen“, sagte ich.

„Selbst, wenn sie mir das Bein amputieren, werde ich dort sein. Wer verliert, steigt ab.“

Edde flehte mich an, aus der Clique auszusteigen. Ich glaubte, meine Mutter vor mir zu haben, die mich ständig genervt hatte, ich solle mir doch die Haare wieder wachsen lassen. Sogar Geld hatte sie mir geboten. Geld für nen Urlaub am Meer. Alles hätte sie gegeben für meine Haare.

„Oh Mann, Edde. Ich kann nicht so einfach aussteigen“, sagte ich. „Das sind die einzigen Kumpels, die ich hab.“

„Warum suchen die Menschen immer etwas, an dem sie sich festhalten können?“ fragte Edde, kippte einen Schnaps und starrte zur Decke. „Die einen klammern sich an Gott, die anderen vergöttern ihre Rasse oder ihre Nation, andere leben nur für den Partner, und er? Er muss Mitglied einer Bande von Glatzköpfen sein, weil er denkt, alleine nicht stark genug zu sein, alleine nicht Rebell genug sein zu können.“

Er sah mich an und ich sah weg. Sah auf den Wasserkocher, der Wasser spuckte, das auf der Herdplatte zischend verdampfte.

„Am Ende“, fuhr er fort. „Am Ende, Rico, da kann ihm nichts helfen. Wenn's ums Ganze geht, scheißen ihm die Kerle auf den Kopf. Glaube mir. Am Ende ist man ganz allein. Er befindet sich auf dünnem Eis.“

„Ohne die Jungs würden längst Würmer aus meinen Augenhöhlen kriechen und Käfer an meinem Sack nagen. Verdammt, es tut mir leid, dass sie dich zusammengetreten haben. Ich weiß selber nicht, was los ist. Wir hatten früher soviel Spaß zusammen. Ich mein, Waisenknaben waren wir nie. Aber erst jetzt ist alles richtig schlimm geworden. Ich wünschte, es wäre wieder so wie früher. Wie damals, bevor Hatze in Knast musste.“

Edde wohnte genau gegenüber vom Rangierbahnhof, zwanzig Meter von der Brauerei entfernt. Wenn ein Zug vorbeiratterte, vibrierte die ganze Bude und die Figuren auf dem Schachbrett hüpften wild um die Wette.

„Nen alten Mann zusammenschlagen“, sagt er, als das Erdbeben des ICE verklungen war. „Einfach auf ihn eintreten, ohne zu wissen, wer das ist und wie sein Leben war.“

„*Wie sein Leben war*", äffte ich ihn nach. „*Ohne zu wissen, wer das ist.*" Ich spuckte auf den Boden.

Edde sah mich traurig an. So richtig traurig. Mann, der konnte schauen wie Peluches, wenn er Durchfall hatte. Okay, die hatten ihn bös zusammengestiefelt, aber immerhin dachten sie, er wär n Frauenschänder oder so.

„Woher weiß ich denn, dass du nicht doch der Autostopper warst?" fragte ich und genehmigte mir auch einen Schnaps. „Der Autostopper, der die beiden Mädchen entführen wollte, der war in deinem Alter. Und die Beschreibung ... ich mein ... könntest ja wirklich du gewesen sein ... und deshalb erzählst du mir was von Schwulsein und so."

„Ich hoffe, das meinst du jetzt nicht ernst."

„Warum nicht, Edde? Warum nicht? Schau dir das Bild in der Zeitung mal genauer an."

„Du traust mir das zu?"

„Ich hab schon Pferde kotzen sehn."

„Er weiß, wo die Tür ist", sagte er.

„Er, er, er! Wer *er*? Da ist kein *er*! DU, DU, DU! *Du* musst du zu mir sagen, du Penner, du Arsch mit Ohren, du Fotzengesicht!"

Edde hatte mich noch nie aus seiner Bude geworfen. Und wenn er schon im Pyjama dagestanden war und ich so breit war, dass ich nicht mehr stehen, sondern nur mehr kriechen konnte und ihm die Wohnung von oben bis unten vollkotzte. Er hatte mich nie nie nie aus seiner Bude geworfen.

„Bye, bye, Edde. Auf Nimmerwiedersehen!"

Ich wartete darauf, dass er sagen würde, bleib. Bleib hier. Trink n Bier mit mir und lass uns über alte Postgeschichten lachen. Aber er sagte nichts.

„DU WIRFST MICH RAUS? UND WO SOLL ICH PENNEN? IM KOLPINGHAUS BEI DEN SANDLERN UND VERRÜCKTEN?!"

„Er kann im Jugendherbergswerk schlafen. Dort ist immer Platz."

Ich ging auf den alten Mann zu, er tat mir leid, aber das machte mich nur noch wütender. Wie er so dastand, hilflos und traurig wie Peluches, wenn der kleine Köter sein Fressen oder gestreichelt werden wollte. Ich schubste ihn, aber er wehrte sich nicht. Ich ohrfeigte ihn, aber er rührte sich nicht.

„Wehr dich!" sagte ich, und mein Kopf lief ganz heiß. „Wehr dich, Schwuchtel!"

Aber er sah mich nur an, so traurig, oh Mann. Ich hab ihn an den Haaren gepackt, seinen Kopf hinuntergedrückt.

„Wehr dich, du schwule Sau!“ sagte ich, verzweifelt. „Die machen dich sonst platt, kapierst du nicht? Man muss sich wehren! Man muss zurückschlagen!“

Er machte keinen Mucks. Ich spielte mit seinem Kopf, riss ihn hin und her.

„Wehr dich“, sagte ich, fast schon nicht mehr hörbar. „Du musst dich wehren. Hast du das denn immer noch nicht kapiert?“

Aber Edde tat nichts. Mir liefen die Tränen über die Wangen. Ich mochte den Kerl doch, aber er musste lernen, sich zu wehren. Man ist nie zu alt für so was. Mit aller Kraft schleuderte ich den alten Mann zu Boden, er fiel gegen den Küchenkasten, das Geschirr darin rumpelte, dann war es still. Edde lag mit dem Bauch auf dem Boden und rührte sich nicht mehr. „Du musst dich wehren“, sagte ich und stieg mit meinem rechten Fuß auf seinen Kopf.

„Du tust mir leid“, sagte er.

Ich nahm meine Sachen und ging hinaus. Zu den Jungs wollte ich nicht, nicht nach der Geschichte mit dem Mädchen. Die Rezeption der Jugendherberge schloss um 20 Uhr, das Kolpinghaus war voll und im Bahnhof kontrollierten die Sicherheitsmänner, dass niemand in den Warteräumen pennte. Das Rosetta hatte nach Buschels Abgang sofort dichtgemacht, also setzte ich mich in ein dunkles, verrauchtes Lokal unter den Eisenbahnschienen und soff bis zur Sperrstunde um halb fünf. Dann legte ich mich in einen Hauseingang und versuchte zu schlafen, aber es war zu kalt. Das war so eine Kälte, die durch und durch ging, ein eisiger Wind, der an deinem Skelett rüttelte, als würde er um was betteln und nicht aufhören, bis seine Bitten erfüllt wären. Als ich es nicht mehr aushielt, schleppte ich mich zu Edde. Nach zehnminütigem Klingeln öffnete er endlich.

„Mein Gott, du siehst vielleicht aus“, sagte er, drückte mich kurz an seine Brust und humpelte zurück ins Schlafzimmer. Der Abdruck meines Schuhs auf seinem Kopf war immer noch sichtbar. Ich legte mich auf die Eckbank in der Küche, deckte mich mit der Tischdecke zu und schlief sofort ein. Nicht einmal die Güterzüge mit ihren unendlich vielen Waggons konnten mich noch wecken.

## 043

„Nächste Woche!“ sagte Hatze, als wir alle in dem Studentenlokal saßen, in dem ich Maga das erste Mal geküsst hatte, und er schloss die Augen und rülpste. „Nächste Woche.“ Der Tag seiner Rache stand bevor. Ich würde an seiner Seite stehen. *Einer für alle – alle für einen. Freundschaft gibt uns Kraft, die uns stark macht in der Not, Einigkeit heißt die Devise, wir sitzen alle im selben Boot!* So war's doch immer gewesen. Oder meistens jedenfalls. Na ja, eigentlich viel weniger oft, als ich mir das einredete. Aber mit der Zeit, da bastelt man sich seine Mythen. Glorifiziert seine Vergangenheit.

Ich fragte ihn, wie wir ins Stadion kommen sollten.

„Die Ultras sind auf der Ost, unsere Leute kommen wie immer in den Sektor Nord“, sagte er. „Wir gehen natürlich nicht auf der Nord rein, blöd wären wir. Dort sind zu viele Bullen, die würden uns sofort rauspicken und nach Hause schicken. Wir kommen über die West, alle in Zivil. Keine Bomberjacken, keine Docs, kein Tattoo, nicht mal n verficktes Fred-Perry-Logo oder nen Lonsdale-Pulli will ich sehen, kapiert?“

„Das ist Kacke, Hatze“, sagte ich. „Nie im Leben geh ich wie n Popper auf die Straße!“

Hatze gab mir ne Kopfnuss, dass ich Sternchen sah. Er war besessen von seinem Plan. Besessen von dem Gedanken, den Ultras eins überzuziehen.

„Und wie kommen wir zu den Ultras?“ fragte Ari. „Soweit ich weiß, liegt zwischen Ost und West ein ganzes Spielfeld.“

„Wir bleiben nicht auf der West“, sagte Hatze. „Wir wechseln auf die Süd, du Penner!“

„Warum gehen wir da nicht gleich rein?“ fragte Doogie.

„Ihr seid doch zum Scheißen zu blöd“, sagte Hatze und sah in die Runde wie der Boss einer Mafiabande, der seine kleinen dummen Laufburschen jederzeit ins Jenseits befördern könnte. „Ihr habt so viel Scheiße im Hirn, dass sie euch als Rotz aus der Nase läuft! Passt auf: Nur auf der West, also dort, wo wir reingehen, werden die Besucher nicht kontrolliert. Da sind die ganzen Promis und Schickimickis und so. Die Karten werden sauteuer sein, dafür können wir problemlos Baseballschläger, Messer und Granatenwerfer mit reinschleppen.“

„Okay, okay", sagte ich. „Aber wer lässt uns von der West auf die Süd?"
„Edde", sagte Hatze, und ich musste mich erst mal an meinem Bier festhalten, um nicht umzukippen. Hatze sah mich mit prüfendem Blick an. Der checkte, wie ich reagierte, dann grinste er.
„Edde wird das für uns tun", sagte er und zog mir die Kapuze meines Pullis über den Schädel. „Der steht seit dreißig Jahren da. Und er wird das auch am Samstag nächste Woche tun. In den dreißig Jahren hat er nie was Verbotenes getan, da könnt ihr alle eure stinkenden Ärsche drauf verwetten. Aber Rico ist sein Freund. Für Rico wird er das Tor öffnen."
„Denkst du, die Bullen sehen seelenruhig zu, wie der alte Knacker uns da rüberspazieren lässt?" fragte Ari.
„Lasst mich halt erklären!" sagte Hatze, und es blieb still, bis er sein Bier ex getrunken hatte. Keiner wagte es, auch nur einen Bierdeckel zu zerknicken. „Rico geht knapp vor Spielbeginn zu Edde und sagt, er will n Transparent aufhängen. Auf der West ist es nicht erlaubt, was aufzuhängen, also wird Rico Edde bitten, ihn auf die Süd zu lassen. Und wenn das Tor erst mal auf ist, sind wir auch schon drin."

Der Plan klang nicht so schlecht, muss ich zugeben. Der Plan klang sogar genial. Wir mussten nur richtig stehen und darauf hoffen, dass die Bullen dem Treiben nicht allzu konzentriert zusahen. Allerdings wollte ich auf keinen Fall Edde mit da reinziehn. Oh nein, das kam nicht in Frage.
„Und jetzt wollen wir hören, wie wir den Block der Ultras stürmen sollen", sagte ich, um das Thema zu wechseln.
„Das Fluchttor", sagte Hatze mit triumphierendem Blick.
„Das Fluchttor?" Ich verstand gar nichts.
„Dieses gelbumrandete Tor neben der Eckfahne. Es dient als Fluchttor und es ist nicht versperrt, wird nur von ein, zwei Ordnern gesichert. Wir müssen nicht über die Zäune klettern, wir können durch die Tore hinaus. Innerhalb von Sekunden. Eine ganze Armee. Was glaubst du, wie die Ultras-Schwuchteln schauen, wenn wir ihren Block stürmen, ehe die Polizei auch nur gecheckt hat, was da läuft?!"
„Ein Spielabbruch, das ist genau das, was wir im Abstiegskampf gebrauchen können", sagte Ari. „Das gibt Punkteabzug, Platzsperre, Mann, Hatze, hast du dir das gut überlegt? Das ist das wichtigste Spiel der ganzen Saison! Wir brauchen die drei Punkte, sonst sind wir weg!"

Hatze schlug ihm mit der flachen Hand auf den Hinterkopf. Seine Augen waren nur mehr Schlitze. Er sah aus wie ein besoffener Maulwurf, dem man die Erde zum Graben genommen hatte.
„Alles läuft so, wie ich es geplant habe. Ich weiß, was ich tue. Wir können auch erst in der letzten Minute loslegen. Bevor wir stürmen, werden drei, vier Leute zum Schein ne Schlägerei anfangen. Damit sind die Bullen abgelenkt. Vertraut mir, Kameraden. Ich will nur eure Herzen und eure Fäuste, den Rest erledige ich."

Es wurde noch lange hin- und herdiskutiert, irgendwann verschwand ich aufs Klo, überlegte mir, wie man diesen Coup ohne Edde abziehen könnte. Ich war so in Gedanken versunken, dass ich nicht checkte, wie die Tür aufging, bis ich fühlte, dass mich jemand ansah, seine Blicke sich mir in den Rücken bohrten. Ich drehte mich um, erwartete Murat, Ramon, die Bullen oder den Tod, aber es war Peluches. Und hinter Peluches, da stand Maga. Vor Schreck ließ ich den Gummizug meiner Unterhose los und pinkelte mich an.
„Uu-uuh", sagte ich. „Verdammte Scheiße."
Maga lief zu mir, warf sich an meinen Rücken und schmiegte ihren Kopf an meine Schulter wie ein Koalababy. Ich knüpfte die Jeans zu. Meine Unterhose fühlte sich warm, fast heiß an von der Pisse. Peluches kam angerannt und sprang mein Bein hoch. Ich tätschelte seinen Kopf, ich hatte ihn vermisst.
Sie hielt meinen Schal in Händen. Wenn Gott auf die Erde gekommen wäre und mich meine Traumfrau hätte basteln lassen, dann hätte ich Maga gemacht. Ich hätte keine andere gemacht. Nur Maga.
„Du ast meine Kette in der Dreck geworfen."
„Und du mein Herz. Wir sind quitt."
„Du weißt, wie sehr ich liebte diese Kette."
Ich griff über meine Schulter nach ihrem Kopf, streichelte ihr durchs Haar.
„Ich weiß. Und deshalb bin ich auch zurück, um sie zu holen", sagte ich und zeigte ihr, dass ich ihre Kette um den Hals trug. Das war fast schon kitschig, wie in nem Hollywoodschinken, aber ihr gefiel es. Ihr gefiel es so sehr, dass sie weinte.
„Oh Rico", hauchte sie und ihre langen Haare kitzelten mich. „Rico, Rico, Rico. ¡Te amo!"

„Ey, ich musste das verfluchte Klohäuschen raufklettern, das war ne scheiß Arbeit, und ohne Ari hätt ich das nicht geschafft."
„Warum du musst sein mit solche Idioten? Du ast mir doch versprochen so viel!"
„Ich hab dir gesagt, wenn du Philipp verlässt, verlass ich die Glatzen. Das steht immer noch."
„Wer war diese nackte puta in deinem Auto?" fragte sie und biss mir in den Nacken, bis ich sie abschüttelte.
„Hatzes Freundin."
„Oh borrachito, ich kratze dir Augen aus, wenn du mich lügst."

Vor uns an der Wand stand in dicken Buchstaben: *Haut die Glatzen, bis sie platzen! Punx rule!*, und ich musste an Zora denken, und dass sie lächeln würde, wenn sie uns hier so sehen würde, den Skinhead und die Negerin.
„Kommst du mit mir nach México?" fragte sie leise, so leise, dass ich mir nicht sicher war, ob sie es wirklich gesagt hatte. Immer noch stand ich mit dem Rücken zu ihr.
„Nach Mexiko?"
„Wir können bei meinen Großeltern wohnen, bis wir aben gefunden Besseres."
„Nach Mexiko", sagte ich, wie in Trance. Ich sah Maga und mich und Peluches in der untergehenden Sonne auf einem Aztekentempel sitzen und Bier trinken und hörte eine Armee von Mariachis trompeten.
Maga legte mir den Schal um den Hals.
„Und was ist mit Philipp?" fragte ich, nahm die Kette ab und gab sie ihr. Ich drehte mich um und nahm sie in die Arme.
„Ach, Philipp...", sagte sie und zog ein Gesicht, als plagte sie seit Wochen Verstopfung. „Philipp muss ständig weg. Er muss ständig in eine Auto oder in eine Flieger. Er muss Zeit nutzen. Er at keine Zeit für Lachen. Kaum er ist an eine Ort, er steigt in Auto und rast zu andre Ort. Und nie lachen! Leben von Philipp ist eine endlose ... wie ihr sagt? Schnitzenjagd."
„Schnitzeljagd."
„Si. Eine endlose Schnitzeljagd."

Sie sah mich an, erwartete, dass ich was sagte, aber mein Blick klebte nur auf ihren Lippen. Ich konnte nicht glauben, dass sie mit Pillipp Schluss gemacht hatte. Mädchen machten mit mir Schluss, nicht mit

Typen wie Philipp. Mädchen machten mit mir Schluss, um mit Typen wie Philipp zu sein.
„Philipp, er denkt anders, als er spricht, und er tut nur, was Freunde und Geschäftspartner von ihn erwarten. Philipp ist so berechnend, immer er muss überlegen, immer er muss dividieren und multiplizieren, er ist eine Mensch mit viele Kopf, aber keine Gefühl. Borrachito ist wie ich. Ilflos seine Erz ausgeliefert."
„Du willst mit mir nach Mexiko?"
„Diese Stadt ist nicht gut für dich", sagte sie. „Ich bin Engel, ich muss dir retten."
„Nach Mexiko", sagte ich, schloss die Augen und presste meine Lippen zusammen. *Come, let us fly, my Magdalena. The dogs are barking and what's done is done.*
Wir setzten uns auf den Boden und küssten uns.
*Let us fly, my Magdalena.*
„Warum bist du einfach verschwunden? Warum hast du mir nichts gesagt? Ich wusste nicht, was los war."
„Tenía miedo", sagte Maga. „Ich atte Angst! Ich abe gefühlt, dass du bist schon tief in meine Erzen. Viel zu tief. Ich war feig, du verstehst? Es ist nicht leicht, die ganze Jahre wegzuwerfen. Ich war feige, mein König, aber jetzt ich abe Mut wie eine Löwe."

Wir verschwanden durch den Notausgang, eine Tür, die in einen Innenhof führte, in dem ein Pärchen zwischen unzähligen Müllsäcken, leeren Bierkisten und kaputten Barhockern wild schmuste. Drinnen hörte ich die Jungs singen.
Auch diese Nacht wollten wir, wie unsere erste Nacht, am Fluss verbringen. Wir kauften bei der Tankstelle zwei Flaschen Wein und spielten Fangen am Ufer. Mann, ich habs kaum gepackt, bin da rumgesprungen wie n Reh am ersten Frühlingstag, hab mein Glück zum Himmel geschrien und meine Kleine umarmt, meine Kleine geküsst, meine Kleine geleckt. Und Peluches. Der hat zum ersten Mal gebellt. So richtig laut und fest.

Als meine Mama nach der Vergewaltigung aus dem Krankenhaus nach Hause kam, sagte sie: In einer Welt, in der das absolut Schlimmste möglich ist, muss auch das Allerschönste möglich sein. *Ja, Mama. Das Allerschönste ist möglich.*
„Wann fliegen wir, Rico?"

„Du meinst es wirklich ernst?"
„Wann fliegen wir?"
*Das Allerschönste.*
„Wann du willst."
„Dann übermorgen."
*Es ist möglich.*
Sie kramte in ihrer Jackentasche.
„Ich abe Tickets."

Ich nahm ihre Hand. Ich dachte, ich müsste jeden Moment aufwachen. Und alles wäre nur ein Traum gewesen. Aber kein Traum kann so schön sein, kein Schwindel so gemein.
*Nichts ist in dieser Welt unmöglich.*
Und dann sang ich dieses Kultlied der *Onkelz*, und ich sang es zum 100.000sten Mal, aber nie sang ich es so wie in jener Nacht am Fluss.
*„MIT SOMBRERO AUF UND DOC MARTENS AN, SO GEHT DIE REISE LOS …"*
Maga umarmte mich. Sie umarmte mich, und ihre Hände und Arme meinten mich, meinten niemanden vor mir und niemanden nach mir. Meinten mich. Nur mich. Mich, mich, mich.
*„… NACH MEXIKO AUCH OHNE GELD, WENN'S SEIN MUSS MIT DEM FLOSS …"*

Als es dämmerte, zog ich mir die Bomberjacke aus, die Jeans, die Shorts, die Docs, die Socken, den Lonsdale-Pulli, das Unterhemd, alles warf ich weg und lief ins Wasser. Und sie tat dasselbe. Danach liefen wir nackt zu Edde, den Kleiderknäuel unter den Armen. Betrunkene grölten uns nach, Autos hupten, ein Vollidiot lief auf den Balkon, um ein Photo zu schießen.

Diese Nacht war die schönste Nacht meines Lebens. So zauberhaft und lächelnd, ein Stück Himmel auf dieser beschissenen Erde. Wir tranken noch eine Flasche Wein von der Tankstelle, sie streichelte sich vor meinen Augen, während ich wichste, weil ich zu betrunken war, um in ihr zu kommen. Danach lagen wir da, hielten uns fest und waren mit unseren Herzen und Träumen schon weit weg in Durango. *Agarrame mi vida, soon the desert will be gone, soon you will be dancing the fandango.*

## 044

Murat und seine Gangsta-Rapper ließen meine Bude hochgehen. So richtig wie im Fernsehen. Sie traten die Tür ein und machten Kleinholz aus meinen Sachen. Gut, dass ich grad im Supermarkt war, wo ich dem Dilg mit nem Grinser erzählte, ich würde mit ner Negerin nach Mexiko abhaun. Die hätten nicht viel von meinem Arsch übrig gelassen. Garantiert nicht. Als ich auftauchte, stand der Renz in der Wohnung und filmte mit seiner Digitalkamera das Chaos. Die Scheiben der Fenster waren eingeschlagen, Klo und Dusche zertrümmert, der Schreibtisch stand auf dem Kopf. Mein Bett war vollgekackt, Stuhl, Stereoanlage, Fernseher, Herdplatte, Bücher, Kassetten, CDs und Schallplatten lagen draußen auf dem Hof. Am schlimmsten traf mich der Verlust meiner Photos, Poster und Eintrittskarten. Sie hatten sie in viele kleine Teile zerrissen.

„Hab ich alles hier drauf", sagte Renz zu mir und deutete auf die Kamera. „Hab ich alles hier drauf." Er sah mich an.

„Ich hab dich am Arsch, Skinhead. Ich hab dich so was von am Arsch."

Ich rief Ari aus ner Telefonzelle an und sagte ihm, ich würde nicht mitfahren.

„In 48 Stunden steig ich in nen Flieger, und dann geht's ab nach Mexiko!"

„Ey Mann, hör auf, mich zu verarschen!"

„Wir hatten eine gute Zeit", sagte ich. „Aber Kumpels kommen und Kumpels gehen. Man kann mit jemandem nur für eine kurze Zeit Spaß haben. Irgendwann ist Schluss. Der Akku leer, die Show vorüber."

„Hatze ist immer zu dir gestanden, Rico! Jetzt solltest du zu Hatze stehen. Einen Freund lässt man nicht im Stich."

„Einen Freund?!" sagte ich und lachte. Es gab nur einen Freund in meinem Leben. Mein Freund war die Musik. Reggae, Ska und Oi! haben mir geholfen, über Schmerz hinwegzukommen. Viel mehr, als Worte es können. Worte können lügen. Die Musik nicht. „Ich tauschte jeden von euch gegen einen guten Song."

„Du bist ungerecht!" sagte er. „Du bist scheißverdammt noch mal ungerecht."

„Ich bin müde“, sagte ich. „Ich bin scheißverdammt noch mal müde. Ich will nicht mehr. Es ist vorbei.“
„Ohne dich und Edde können wir den Plan vergessen, das weißt du!“
„Ari, das mit dem Mädchen war große Scheiße. Ich wollte ihr die Haare rasieren, ihr nen Schreck einjagen, aber ich wollte nicht, dass man ihr an die Muschi geht.“
„Hatze braucht dich, Rico. Du musst mitfahren. Uns macht dieser Edde das Tor niemals auf.“
„Ich krieg das Bild nicht mehr aus meinem Schädel, das Bild von dieser verheulten Fresse. Mensch Ari, wir waren doch immer so stolz darauf, nicht …“
„VERDAMMT! SAG ENDLICH, DASS DU MIT DABEI BIST!“

Ari hatte keine Ahnung, was sich in Magas Haus abgespielt hatte. Ich legte auf, ging zurück zur Wohnung und nahm daraus, was noch zu retten war. Ich war nervös, wegen des langen Flugs und der Aussicht auf ein fremdes Land. Das erste Mal seit vierzehn Jahren, dass ich das Meer sehen würde. Das erste Mal überhaupt, dass ich mit nem großen Flugzeug abheben und Europa verlassen würde.

Noch in der Nacht warf ich all meine Pläne über Bord. Die Vorstellung, in Eddes Bude zu hocken und auf den Abflug zu warten, war unerträglich. Dieses Spiel zu verpassen wär gewesen, wie bei meiner eigenen Geburtstagsfete nicht dabei zu sein. Es brach mir das Herz. Nicht dasselbe Herz, das wegen Mädchen brach, aber eben auch ein Herz, ein kleines Herz, ein gutes Herz. Zu Hause hocken und die Jungs im Stadion wissen, nein, das schaffte ich nicht. Die Mannschaft und die Kameraden im Stich lassen ist schlimmer, als seine eigene Schwester auf ’n Strich schicken, hat Hatze immer gesagt. Ich war den Weg zu weit gegangen, als dass ich noch hätte umkehren können. Ich wusste, ohne mich würden’s die Jungs vermasseln. Also, ein letztes Mal. Ein allerletztes Mal wollte ich mit ihnen ziehen. Dann war es vorbei. Danach war alles vorbei. Es sollte mein letzter Tag als Rude Boy werden.

## 045

Edde schlief noch, als der Zug einfuhr und ich die Jungs am Bahnsteig traf. Kein Wunder, die Hammertabletten, die ich ihm in den Kaffee gemixt hatte, würden noch ein paar Stunden wirken. Die Jungs waren überrascht, mich zu sehen.

„Was machst du denn hier?!"

„Na, was denn? Habt ihr geglaubt, ich lass euch im Stich?"

Ich klopfte Ari auf die Schulter und lachte. Hatze und Doogie fühlten sich nicht wohl, warfen sich seltsame Blicke zu, aber ich dachte mir nichts dabei. Ich freute mich, dass Ramon nicht in Sichtweite war, und drängelte in den Zug.

Auf der Fahrt spielte sich das Übliche ab. Saufen, Grölen, zwei, drei kleine Schlägereien mit Boneheads und anderen Asseln. Hatze war der King. Mit der Fanfare blies er zur Attacke. Wir marschierten durch alle Waggons, bis der Schaffner unseren Wagen absperrte. Bei jeder Haltestelle stürmten die Bullen rein, schnappten sich zwei, drei Leute (und Hatzes Fanfare) und sprangen wieder raus. Locke erwischte es jedes Mal, weil er so dämlich aussah und sein Maul nicht halten konnte, aber kaum hattest du den Verlust bemerkt, stieg er am übernächsten Bahnhof wieder zu.

Irgendwann werden selbst Krieger müde, und wir setzten uns in das Abteil. Wir hingen unsere Schals und Fahnen auf und zogen Doogie aus. Ich legte die *Onkelz* in Hatzes Soundmachine. *Wir stehen in einer Front und singen unsere Lieder, wir stehen in unserer Kurve und machen alle nieder.*

Doogies Unterhose flatterte im Wind. Draußen war alles grau und nass.

Keine Zugfahrt ohne Kartenblasen. Kein Kartenblasen ohne Karten. Hatze hatte sie vergessen, Locke verloren, wir fragten den Schaffner. Wir bekamen Bierdeckel im Tausch gegen das Versprechen, nicht mehr die Notbremse zu ziehen.

Wir stellten eine Flasche in die Mitte und legten die Deckel obendrauf. Jeder musste mindestens einen wegpusten. Wer das nicht schaffte, trank ein Gläschen von Hatzes Birnenschnaps oder musste eine

Aufgabe bewältigen. Wer alle oder den letzten erwischte, auch. Wer vor der Aufgabe kniff, dem wurde ordentlich die Fresse poliert. Ich fuhr gerne Zug. Der Platz am Fenster war für mich reserviert. Ich hielt gerne den Kopf in den Wind.

Doogie bekam zur Aufgabe, auf der Heimfahrt die fette Cora zu knallen. Cora war dreizehn, Fleischmasse pur, und sammelte im Stadion die leeren Plastikbecher ein.

„Die ist noch minderjährig!“ protestierte Doogie und verließ das Abteil.

„Das macht dir doch sonst nichts aus!“ sagte Locke.

„Hast ja sogar Ricos Cousine geknallt!“ rief Hatze ihm hinterher.

*„OB DICK OB DÜNN, OB GROSS UND KLEIN, ICH TU IHN JEDER REIN!“* grölten sie. *„MÄDCHEN, MÄDCHEN, KOMM UND SPREIZ DIE BEINE, MÄDCHEN, MÄDCHEN, DU WEISST SCHON, WAS ICH MEINE.“*

Ich hab mir erst nichts dabei gedacht. Ich mein, ich hab sieben oder acht Cousinen, und mit Ausnahme von Zweien, die bereits Kinder hatten und verheiratet waren, hätte ich es jeder zugetraut. Außerdem hatte ich so viel im Kopf, so viel zu überlegen, und die Geschichte mit Hülya steckte mir immer noch in den Knochen, verlangsamte mein Denken.

„Wer hat meine Cousine geknallt?“ fragte ich nach ner Weile, als das Gesprächsthema längst gewechselt hatte. Ich dachte an Claudia, an Petra und Sandra. Dann erst an Klara.

Es war auf einmal ziemlich leise.

„Irgendwann erfährt er’s ja sowieso“, sagte Hatze achselzuckend. Keiner von den Jungs sah mir in die Augen. Alle blickten verlegen zur Seite.

Ich stand auf, wankte aus dem Abteil, stolperte durch den Gang und riss die Tür zum Klo auf, in dem gerade ein Pärchen vögelte. Ein Glatzkopf rammelte ne Braut von hinten, ich schubste die beiden zur Seite und kotzte, kotzte alles raus. Doogie hatte Klara geschwängert, Doogie hatte Klara gekillt.

Ich wollte mein ganzes Leben auskotzen. Alles, was geschehen war, seit Mamas Vergewaltigung. Seit der Vertreibung aus dem Paradies. Jetzt stand Maga und mir nichts mehr im Weg. Ich war fertig mit den Jungs. Ich schuldete ihnen nichts mehr.

„EY, DU WICHSER! BIST DU PERVERS ODER WAS?! HAU AB! HAU SOFORT AB!“ kreischte mich das Mädchen an. Ich kannte sie. Sie hieß Natascha, war n Skingirl aus Serbien und eigentlich lesbisch, aber hin und wieder trieb sie's mit einem von den Jungs. Den Kerl kannte ich auch. Er hieß Doogie, und ich hab ihn angeschaut, und er hat mich angeschaut, und wir wussten beide, was los war. Ich hab ihn gepackt und aus dem Klo gezerrt.
„*Du* hast Klara gefickt!“
„Die wollts wissen!“ kicherte er, aber da war auch Angst in seinen Augen, als ich ihn aus dem Klo drängelte. „Die hat meinen Schwanz rausgeholt und gesaugt, bis der Saft in ihrem Magen war. Danach wollte sie's in die Muschi. Ich hätt der Kleinen ja gerne ne Analdröhnung verpasst, aber die brauchte unbedingt was in der Möse.“

Doogie konnte sich nicht wehren, mit heruntergelassenen Hosen, sein Pimmel war ewig lang und stand auch noch, aber der konnte gar nicht so schnell schaun, wie ich die Verriegelung der Tür gelöst hatte. „Spinnst du?!“ Und schon war er draußen.
Natascha schrie mich mit weit aufgerissenen Augen an, ob ich völlig durchgeknallt sei. Ich wollte sie hinterher schicken, aber der Zug erhöhte das Tempo, und ich wollte nicht zum Killer werden. Die blöde Fotze bekam kaum mehr Luft und lief los, um allen zu erzählen, was sie gesehen hatte. Keiner scherte sich um sie. In dem Zug waren alle besoffen, auch der Zugführer.
Ich stand im Gang, sah wie in Trance die Landschaft vorbeiflitzen. So trostlos, wenn die Bäume völlig nackt sind und die Felder ohne Farben. Aus den verschiedenen Abteils röhrten die *Onkelz*, die *Hosen* und besoffene Fans.

Meine alte Welt war zertrümmert. Die neue Welt war wunderschön. In meinem Herzen gab es nur mehr eine Melodie. *The way is long, but the end is near. Already the fiesta has begun. The face of God will appear with His serpent eyes of obsidian.*
Es kam mir vor wie Stunden, da ich dort am Fenster stand.
*The end is near.*
„Wo ist Doogie?“ fragte Ari.
„Irgendwo auf den Gleisen. Ich hab ihn rausgeworfen.“

Ari zog nervös an seiner Zigarette. Seine Hand zitterte. Über das, was er für einen Scherz hielt, lächelte er gequält.

„Schwör mir, dass du keinem was sagst“, sagte er leise, drückte mir sein Dosenbier in die Hand und sah hinüber zu dem Abteil, in dem die Jungs saßen.

„Bei der nächsten Station steig ich aus“, sagte ich und zerdrückte die Dose, so dass das Bier überschwappte und meine Bomberjacke verdreckte. „Und morgen, morgen um 14:30 geh ich an Bord dieses verfluchten Fliegers und lass euch Kanaken in eurer Scheiße allein.“

Ari packte mich an den Schultern und rüttelte mich durch.

„Schwör mir!“ sagte er, und seine Stimme zitterte.

„Bleib cool“, sagte ich und gab ihm einen leichten Schubs. „Was ist denn los?“

„Hatze dachte, du würdest ihm die Tour vermasseln. Hatze hatte nen Mordshass auf dich. Der hat alles kurz und klein geschlagen, als er hörte, dass du nicht mit willst.“

„Na und? Jetzt bin ich ja da.“

„Ja, jetzt! Jetzt! Jetzt ist es zu spät!“ sagte Ari, und ich sah in seinen Augen, dass was nicht stimmte. „Der hatte nen Mordshass. So hab ich ihn noch nie erlebt. ‘Rico’ hat er gesagt. ‘Rico ist n Judas. Und Rico sollte enden, wie Judas geendet hat.“

Ich sah, dass Ari Angst hatte. Ari hatte sonst nie Angst. Ari hatte höchstens mal Angst, zu wenig Bier abzukriegen.

„Ey, es ist nicht so, dass ... ich mein ...“, stotterte er rum. „Hatze hat noch versucht, Ramon zurückzupfeifen. Aber der Arsch ist einfach nicht ans Telefon ...“

„Was ist los, Ari?“ fragte ich und sah ihn an mit einem Blick, der keine Lüge und kein längeres Ausweichen mehr duldete. Ari schnaufte und schloss die Augen. Und dann sagte er zehn Worte, die ich nie mehr auslöschen werde können. Die mich bis ins Grab verfolgen werden.

„Hatze hat Ramon und die Boneheads auf deine Mexikanerin gehetzt.“

Ich war auf alles vorbereitet gewesen, aber nicht auf das. Ich fragte noch warum, aber ich hätte mir die Frage sparen können. Ich wusste alles.

„Gib mir dein Handy!“ sagte ich, aber Ari glotzte bloß. „DEIN HANDY!“

Er gab es mir. Ich verwählte mich drei-, viermal, ehe ich sie erreichte. Das heißt, ich erreichte sie gar nicht. Ramon ging ans Telefon. Als ich seine Stimmte hörte, biss ich mir ein Stück Fleisch von der

Innenseite meiner Wangen ab. Ich konnte Maga im Hintergrund schluchzen hören. Ich schmeckte Blut, fühlte aber keinen Schmerz. Alles war betäubt.

„Ramon", sagte ich heiser. „Ramon, hör zu. Lass sie in Frieden und mach, dass du verschwindest, sonst bist du tot."

„HA! RICOOOO! WIR HABEN DICH LÄNGST HIER ERWARTET! WO STECKST DU?! WO STECKST DU BLOSS? MAGA, MAGA! ES IST RICO, DER KÖNIG DER JUDEN! ERZÄHL IHM, WAS WIR MIT DEINER NEGERFOTZE GERADE MACHEN!"

Ich hatte ein Stück Fleisch im Mund, mein eigenes Fleisch, und ich schluckte Blut, mein eigenes Blut, und dann musste ich mich wieder übergeben. Ich krümmte mich und ließ alles raus, alles auf den Boden, auf meine Docs, auf meine Hose. Ari wollte mir das Handy aus der Hand reißen.

„Das reiherst du mir nicht voll", sagte er. Ich schlug ihm mit der flachen Hand ins Gesicht.

Ich versuchte, nochmals anzurufen. Aber es antwortete nur mehr eine mechanische Frauenstimme, die mir sagte, dass der Teilnehmer zur Zeit nicht erreichbar sei. Ich sagte der Frau, ich würde sie bluten lassen, wenn sie mich nicht sofort weiterverbinden würde. Der Frau war das egal. Ari hielt sich die Wange, sah mich an, mit einer Mischung aus Abscheu und Mitleid.

Ich stürmte in das Abteil zurück, zog die Notbremse und zwängte mich durch die Fans zum Ausgang. Ich löste die Blockierung der Tür und sprang hinaus. Ich lief blind gegen die Fahrtrichtung des Zuges. Die Fans grölten aus dem Fenster, Ari schrie meinen Namen. Der Schaffner, der einen Waggon hinter mir ausgestiegen war, pfiff auf seiner Trillerpfeife.

Der Weg bis zu Magas Haus war der längste Weg in meinem Leben. Jede Sekunde war eine Qual, jede Verzögerung brachte mich beinahe um den Verstand. Was hatten sie mit Maga gemacht? Mit meiner Maga, meiner Kleinen. Was hatten sie mit ihr gemacht? Ich war viel zu verwirrt, als dass ich das getan hätte, was am einfachsten und sinnvollsten gewesen wäre – sofort die Bullen zu rufen.

Nach über zweieinhalb Stunden war ich endlich bei ihr. Ich klingelte, und zu meiner Verwunderung öffnete nicht sie, sondern der

Fischkopf die Tür. Auf einmal wurde mir klar, dass ich seit unserem allerersten Abend niemals jemanden aus Magas Freundeskreis getroffen hatte. Jeder hatte für sich in seiner Welt gelebt.
„Wo ist sie?“ fragte ich. „Wo ist Maga?“
Fabio sagte nichts.
„GIB ANTWORT, DU HUND!“ Ich packte ihn und schleuderte ihn gegen die Tür. Er deutete nach hinten. Maga kam aus ihrem Zimmer. Sie sah furchtbar aus. Ihre Augenhöhlen waren blau und grün und gelb, ihre Lippen geschwollen, ihre linke Hand war eingegipst. Und das Schlimmste: Ihr Kopf war kahl geschoren.
„Scheiße, was ist passiert?“ fragte ich. Es dröhnte in meinen Ohren und meine Knie wurden ganz weich.
*Ihr Kopf war kahl geschoren.*
„Was haben sie getan?“
*Ihr Kopf war kahl geschoren.*
„Komm rein“, sagte sie.
*Kahl geschoren. Ihr Kopf war kahl geschoren. Wie Hülyas Kopf. Sie hatten mit Maga ... mit Maga dasselbe ... wie mit Hülya ...*
„Glaubst du, dass das richtig ist, Lena?“ fragte Fabio.
„Halts Maul!“ sagte ich. „Halt einfach dein gottverdammtes Maul!“

Ich schob Maga in ihr Zimmer und schlug die Tür zu. Mit zitternden Händen fummelte ich an den Knöpfen ihrer Hose.
„Lass mich!“ weinte sie und wollte mich abwehren, aber ich war stärker. Ich streifte ihr die Hose ab, zog ihr Höschen bis zu den Knien. Ihre Muschi war rasiert. Die vielen kleinen Schnitte über dem Venushügel sagten alles.

Ich zog sie wieder an. Ich umarmte sie. Ich streichelte ihren Kopf, vorsichtig, wie ein Wahrsager seine Kristallkugel. Damit er nicht zerbricht.
„Sie wollten mir vergewaltigen “, sagte sie. „Aber ich abe sie in Eier getreten.“
„Was ist mit deiner Hand?“
„Bei Kampf, sie aben mir gebrochen zwei Finger.“
*Sie haben ihr zwei Finger gebrochen.*
„Ich werde Ramon abschlachten“, sagte ich, zog mein Messer aus der Jeans und klappte es auf. „Oh ja, den werd ich massakrieren. So grausam ist noch nie ein Mann in diesem Land gestorben.“
*Sie haben ihr zwei Finger gebrochen.*

„Gar nichts du wirst tun!“ sagte Maga. „Wenn du mich liebst, dann du fliegst morgen mit mir. ¡Punto!“

„Ramon ist tot, Maga. Schlimmer als tot. Tot wäre besser für ihn.“

„Willst du lieber in Gefängnis als mit mir nach México? Willst du das?“

„Ramon ist tot. Punto“, sagte ich und klappte das Messer wieder zu.

Dann kam der Fischkopf zur Tür rein, und ich wollte ihm eine scheuern, um ihn für Ramon büßen zu lassen, aber er hielt ein schwarzes, hässliches Elend in den Händen, das leise winselte.

„Was ist los mit ihm?“ fragte ich und sah von Fabio zu Maga, von Maga zu Fabio.

„Deine Freunde haben Peluches angezündet“, sagte der Fischkopf.

Ich sah die beiden und lachte. Es war das Dämlichste, was ich tun konnte, aber ich tat es.

„Nenn diese Nazischweine nicht meine Freunde“, sagte ich, und der Anblick von Peluches machte mir klar, dass ich zu lange mit dem Teufel gerannt war, aus Angst vor ihm, aus Feigheit, doch der Teufel fickt dich immer, du musst nicht glauben, ausgerechnet du könntest ihm entkommen, er fickt dich immer, und dann ist es zu spät, sich zu entscheiden, auf welcher Seite du stehst. *If you have a racist friend, now is the time, now is the time for your friendship to end.*

Die hatten Peluches mit Benzin übergossen. Angezündet. Wasser drüber geschüttet. Um ihn länger leiden zu lassen.

Es gibt Leben, das ist kein Leben. Das ist so langweilig oder schrecklich und grausam und nicht zu ertragen, dass der Tod die Erlösung ist. Und es gibt Menschen, die keine Menschen sind. Die so schrecklich und grausam sind, dass sie keine Seele haben können. Ramon gehört dazu.

Ich musste eine Eisenstange aus dem Zaun brechen, der Magas Grundstück von dem der toten Muttenthaler trennte. Ich musste Peluches gar nicht festbinden, er konnte nicht mehr flüchten. Er saß mir zu Füßen, wippte mit dem Kopf auf und ab. Gelblich-roter Sabber lief ihm aus dem Mund und aus den Augen.

„Ich kann das nicht“, sagte ich. „Wir gehen zu einem Tierarzt.“

„¡Mátalo!“ sagte Maga, und nach all dem, was sie erlebt hatte, wagte ich nicht mehr zu widersprechen. Sie ging zurück ins Haus. Es brauchte viele Schläge, und Peluches zuckte und zitterte lange, strömte alle möglichen Flüssigkeiten und Gerüche aus, aber tot sein wollte er nicht.

„Mit Ramon mach ich dasselbe", sagte ich, als ich über den Balkon mit dem toten Hund in meinen Armen in Magas Zimmer kam.

„Sei still!", sagte Maga. „Sei einfach still jetzt."

„Ich schlachte den ab. Ich lass ihn seinen eigenen Pimmel fressen. Ich jag ihm diese Eisenstange in den Arsch und dehne es bis zur Unendlichkeit."

„¡Hijueputa!", sagte Maga. „Ich wusste, du bist ein hijueputa. Du machst alles kaputt!"

„ES IST SCHON KAPUTT! JEDEN KNOCHEN BRECH ICH DER DRECKSAU! JEDEN VERDAMMTEN KNOCHEN!" Um meine Worte zu verdeutlichen, fuchtelte ich mit dem toten Hund vor ihrer Nase rum.

„Dein Geschwätz ist nicht zu ertragen. ¡Fuera!"

„ICH BRING DIESEN HURENSOHN UM! ICH ZERBRECH IHM MIT DER EISENSTANGE DIE KNIESCHEIBEN UND DANN BRECH ICH IHM MIT MEINEN FÄUSTEN DIE ZÄHNE, DIE NASE, DAS KIEFER, ICH BRECH IHM DAS GANZE GESICHT!"

„¡Fuera!"

Ich wusste, was *¡fuera!* bedeutete. 1982 schrien es die spanischen und algerischen Zuschauer beim Skandalspiel Deutschland Österreich in Gijon. ¡Fuera! ¡Fuera! ¡Fuera!

Ich rannte aus Magas Garten, immer noch mit der Eisenstange und dem toten Peluches in den Händen, rannte auf die Straße, ein Auto machte eine Vollbremsung, ich blieb stehen, starrte den Fahrer an. Der Fahrer stieg aus und fluchte. Es war Dilg, er trug einen Trachtenanzug mit einem selten dämlichen Hut. Aus seiner Karre dröhnte Volksmusik. Ich schwang die Eisenstange und ging auf ihn zu. Er sprang hinein und fuhr mit Vollgas im Rückwärtsgang davon.

Ich ging zum Fluss, zum selben Fluss, an dem Maga und ich vor zwei Tagen noch getanzt hatten. Ich sammelte ein paar Zweige und Äste, machte ein kleines Feuer. Ich verbrannte meinen geliebten Schal, meine Bomberjacke und die vielen Photos, die Maga mir geschickt hatte. Alles übergab ich dem Feuer. Auch die Geldtasche mit der Bankomatkarte und dem Flugticket. Zuletzt warf ich Peluches hinein. Vorher hielt ich ihn ein letztes Mal in meinen Armen, streichelte über den eingeschlagenen Schädel, berührte seine schwarze kalte Schnauze.

„Mir geht es nicht besser als dir, kleiner Peluches. Wenn das hier vorbei ist, wird nichts mehr von mir übrig bleiben. Keine Zelle, kein Gefühl, keine Gedanken, keine Seele, kein gar nichts. Ich werde verschwinden ins Nichts. Alles, was ich bin, alles, was ich war, alles ist nicht mehr."

## 046

*When tomorrow comes, will it be another rainy day?* singen *Mr. Review*, und ich weiß nicht, was morgen ist, das Heute jedenfalls ist schön. Wunderschön.

In jenen Jahren des Schmerzes, der Verzweiflung und der Wut habe ich immer einen Trost gesucht. Irgendwas, an das ich mich halten konnte. Irgendwas, das dem Leiden einen Sinn geben würde.

Als ich in der Hölle war, schien es keine Lösung für meinen Schmerz zu geben. Ich brannte und brannte, aber vergehen wollte ich nicht. Ich war da, und das war das Schlimmste. Es gab keine Lösung für meine Fragen. Mein Sein. Keine Droge, kein Gott, kein Tod, kein *Onkelz*-Song, keine Bomberjacke, keine Freundschaft, nicht einmal ich selber konnte mir helfen.

Aber jetzt, da ich einem zweimotorigen Propellerflugzeug sitze, das Maga, Edde und mich nach Frankfurt bringen wird, von wo wir nen Flug nach Léon nehmen werden, glaub ich, zwei Dinge kapiert zu haben: Erstens, dass Schmerz kommt und Schmerz geht, aber nicht das Leben kostet. Auch wenn dieser Spruch ausgerechnet von einem israelischen Politiker stammt, der damit die Folter verteidigte, verliert er deswegen nichts an seiner Richtigkeit. Okay, manche bringen sich um, weil der Schmerz unerträglich wird, andere werden verrückt oder landen im Gefängnis. Aber ich habe nie vergessen, was Ari zu mir sagte, als ich fast durchdrehte, weil ich Maga so sehr vermisste.

„Ich sage dir, was ich im Ring gelernt habe. Auch wenn du elf Runden lang windelweich geschlagen wirst, wenn du elf Runden lang durch den Ring gehetzt und verprügelt wirst – in der zwölften kann dir immer noch ein Lucky Punch gelingen, vorausgesetzt, du stehst dann noch. Vorausgesetzt, du hast nicht früher aufgegeben. Verstehst du? Auch wenn's dir dreckig geht, auch wenn du nicht mehr weiter weißt – geh aufrecht durch die Hölle, damit du sie am anderen Ende wieder verlassen kannst. Bleibst du liegen, bist du verloren. Dann haut dir der Teufel den Dreizack in den Arsch und röstet dich. Wer aber die Hölle übersteht, der muss sich vor nichts mehr fürchten."

Auch mir ist der Lucky Punch geglückt. Der nicht mehr zu erwartende Sieg gelungen. Und das verdanke ich Edde. Edde und Maga, denn ohne die beiden hätte ich's nie gepackt.

Als ich am Fluss stand und alles verbrannte, was mir lieb war, stand ich wieder am Abgrund. Ich war so gut wie im Knast. Es gab keine Zukunft. Nur noch das Ziel, mich an den Jungs zu rächen. Ich hatte bereits mit allem abgeschlossen, wie schon zuvor an jenem Tag, da ich mir das Leben nehmen wollte. Dort unten, auf der Sandbank am Fluss, da wollte ich nur mehr Rache für das, was man Maga angetan hatte. Aber auf dem Weg zu Ramon traf ich Edde, und alles kam ganz anders.

Edde, Maga und ich sind auf dem Weg nach Durango de Victoria. Wir werden dort nicht bleiben. Nicht für immer. Das Durango unserer Sehnsüchte, das Paradies auf Erden, das gibt es nicht, in Mexiko genauso wenig wie in Deutschland. Es gibt es auch nicht in Tibet oder Südafrika oder Australien. Es gibt nur den Kampf. Und du musst verzweifelt kämpfen, oh ja, Tag für Tag musst du fighten, gegenhalten, dich nicht unterkriegen lassen.

Edde hat dreißig Jahre lang Kohle gespart. Er bezahlte mir den Flug und gab mir Geld für neue Klamotten. Er bezahlte mir ein neues Leben. Er holte mich aus Kasachstan raus. Manchmal kann Geld durchaus zu was gut sein, Mr. Durden.

Kurz vorm Abflug hab ich der Polizeidirektion von dem Internetcafé beim Flughafen aus ne E-Mail geschickt. Ich hab ausgepackt und die ganzen Schweinereien der letzten Jahre aufgezählt. Die E-Mail wird Hatze zwingen, Ramon zu verraten. Wie ich schon mal erwähnt hab, ist Hatze dabei gewesen, als Ramon im Suff ne Nutte vom Balkon geworfen hat, und jetzt, da die Bullen wissen, dass Hatze Zeuge war, werden sie ihn so lange bearbeiten oder bestechen, bis er auspackt, denn die Bullen sind scharf auf Ramon, schon seit Jahren, kein Wunder, hat er doch nem Bullen nen Baseballschläger übergezogen.

Das alles war Eddes Idee. Ramon hat die Schwedischen Gardinen verdient. Und den restlichen Jungs wünsche ich viel Spaß für den Krieg mit Murats Gangsta-Rappern. Die werden sich die Jungs vorknöpfen, das ist fix. Die haben meine Adresse rausgekriegt, also werden sie früher oder später auch die anderen finden. Die sollen sich gegenseitig aufmischen, das ist nicht mehr mein Bier.

Wenn ich die Augen schließe, träume ich von Durango. Von den Ratten und Skorpionen und Kakerlaken und von Maga. Wenn ich die

Augen schließe, sehe ich Hülyas verheultes Gesicht, ihren rasierten Schädel. Seh ich den Bullen mit der eingeschlagenen Nase am Tisch sitzen. Frau Professor Kilian auf dem Asphalt. Ich kann all das nicht mehr rückgängig machen. Ich wünschte, ich könnte es, aber ich kann es nicht. Ich habe Scheiße gebaut.

Ich war genauso herzlos wie die seelenlosen Kreaturen, die ich mein Leben lang so verachtet habe. Diese kalten Bestien, die Menschen quälen, demütigen, töten. Ja, verdammt. Es gibt mehr Wichser und Penner als irgendwas auf der Welt. Trotzdem darf man nicht so werden wie sie. Niemals, niemals so werden wie sie. Egal, wie hart uns das Leben in die Fresse spuckt, wir haben kein Recht, Unschuldige dafür büssen zu lassen.

*Ich rieche eine kranke, eine kranke, müde Welt …*

Vieles stinkt in diesem Land. Es zerreißt mir das Herz, wenn ich an die Prostituierten in Kasachstan denke und immer öfters Menschen keinen anderen Ausweg als Selbstmord sehen, weil die Zukunft nichts mehr verspricht und die Verzweiflung alles verschluckt.

*Ich rieche Gier, die Gier nach Geld …*

Die Reichen werden reicher, die Armen ärmer, die Verbrechen größer, die Hoffnungen kleiner. Die Schere geht auf, die Schere kann schneiden. In Kasachstan gibt es immer mehr Obdachlose, Arbeitslose, immer mehr, die untern Rost fallen. Die Aggression steigt, der Neid, die Gewalt. Ständig kracht's, alle gegen alle, jeder gegen jeden.

*Ich laufe durch die Straßen, und alles, was ich seh', sind verlorene Seelen, gesichtslose Armeen …*

Die Autos überrollen Kasachstan, immer mehr Flugzeuge donnern über unseren Köpfen hinweg. Die Abgase und der Lärm sind unerträglich geworden. Warum tun die Politiker nichts dagegen? Weil der Wille der Wirtschaft stärker ist. Der Fluss ist so verdreckt, dass sich die Lemminge das Schwimmen nach dem Sprung von den Klippen sparen könnten – das Gift würde ihnen sofort den Garaus machen. Die Politiker überlassen den Wirtschaftsbossen das Feld. Sie haben nicht den Mut, vielleicht nicht einmal mehr die Macht.

Die Demokratie ist nichts wert ohne Menschenrechte. Wo die Wirtschaft diktiert, kommen die Menschen zu kurz. Wo die Wirtschaft diktiert, wird die Umwelt zerstört, der soziale Friede, die Gerechtigkeit. Die Demokratie muss für die Menschen da sein, nicht nur für die Wirtschaft, die Lobbys, die Rattenfänger. Die Demokratie muss einen Ausgleich schaffen. Sonst kann der Frust zu groß werden. Sonst werden euch eines Tages die Bomben um die Ohren fliegen, euch die Penner auf die Füße steigen.

Es gibt keine Fußball- oder Basketballplätze mehr in Kasachstan. Keinen Park mehr, keinen Radweg, keinen Treffpunkt für Jugendliche. Kein Geld, sagen die Politiker und erhöhen ihre Diäten. Kein Geld, aber da ist Geld für das riesige Parkhaus in der Innenstadt, Geld für sportliche Großereignisse, Geld für den Ausbau des Flughafens und die damit verbundene Verlegung des Flusses, Geld ist da für das, was mehr Geld bringt, die Frage ist nur, wer dieses Geld einsackt, und ich weiß, wer ganz bestimmt nichts davon sieht – wir.

Das Flugzeug hat das Ende der Startbahn erreicht. Es wendet. Es beschleunigt. Die Maschinen röhren, das Flugzeug hebt ab. Ich schließe die Augen. Ich verlasse Kasachstan. Ich komme zurück nach Deutschland. Irgendwann komme ich zurück. Aber jetzt muss ich erst mal meine Kräfte sammeln.

Maga sagt, wir müssten darauf vertrauen, dass, wer immer die Welt und das Leben geschaffen hat, es gut mit uns meint. Dass die Tränen, der Schmerz, die Verzweiflung nicht umsonst waren. Ich vertraue darauf.

Und es ist schön, zu vertrauen. Diese Hoffnung ist das Einzige, das wir wirklich jemals besitzen können. Alles andere verlieren wir früher oder später sowieso.

Ich bin immer noch Skinhead. Sieh mich an! Ich trage Doc Martens, Bomberjacke, Fred Perry und Jeans. Mein Kopf ist rasiert und in meiner Tasche hab ich Kassetten von Laurel Aitken, *Mr. Review* und den *Böhsen Onkelz*. Ich bin immer noch Skin. Der Skinhead-Kult ist der geilste Kult der Welt. Leider glauben das auch viel zu viele Ratten, und die wahren Skins werden immer weniger. Aber der Kult ist zu geil, als dass man ihn den Ratten überlassen darf. Deshalb bleibe ich Skin.

Ich sehe aus dem kleinen Fenster des Flugzeuges, sehe Kasachstan unter uns, Kasachstan und große, weiße Wolken, die Art von Wolken, die ich so liebe, und ich sehe Maga neben mir, die ich noch tausendmal mehr liebe als die Wolken und den Kult. Als Maga ihren Kopf an meine Brust legt und meine Hand ihre unverletzte Hand streichelt, da fühle ich das vollkommene Glück. Und ja, ich weiß, es sind nur Augenblicke. Ich weiß, sie dauern nicht für immer. Aber alleine dieser Augenblick, hier und jetzt mit Maga zu sein, unendlich glücklich zu sein, ist es wert, dieses, mein Leben gelebt zu haben. Diese Gefühle in mir sind zu groß für meinen Körper, zu groß für meinen Verstand, sie sind größer als das Weltall, größer als Gott, sie sind alles, alles, was je existierte, was je sein wird.

Diese Gefühle sind das Ende der Welt.

# Quellen der Songzitate im Text

S. 15 *Böhse Onkelz*: Keiner wusste, wie's geschah
S. 17 *Böhse Onkelz*: Das Leben ist ein Spiel
S. 19 *Sturztrunk*: Krieger
S. 23 *Böhse Onkelz*: Bomberpilot
S. 33 *Böhse Onkelz*: Freibier
S. 35 *Böhse Onkelz*: Wenn du einsam bist
S. 51 *The Specials*: Skinhead Moonstomp
S. 52 Peter Tosh: You can't fool me again
S. 53 *Böhse Onkelz*: Wilde Jungs
S. 66 *Böhse Onkelz*: Am Morgen danach
S. 74 Bob Dylan: Romance in Durango
S. 78 *Angelic Upstarts*: Never return to hell
S. 81 *Böhse Onkelz*: Türken raus
S. 81 *Böhse Onkelz*: Nie wieder
S. 83 *Die Ärzte*: Schrei nach Liebe
S. 97 *Böhse Onkelz*: Deutschland
S. 101 Laurel Aitken: Skinhead
S. 104 *Böhse Onkelz*: Frankreich '84
S. 109 *Böhse Onkelz*: Vereint
S. 111 *Böhse Onkelz*: Tanz auf deinem Grab
S. 113 *Anti-Nowhere-League*: I hate people
S. 114 *Rude & Visser*: Letter in the mail
S. 120 *Anti-Nowhere-League*: I hate people
S. 120 *Rude & Visser*: Letter in the mail
S. 124 *Böhse Onkelz*: Heute trinken wir richtig
S. 127 *Madness*: It must be love
S. 135 *Böhse Onkelz*: Hass
S. 142 *Böhse Onkelz*: Ohne mich
S. 144 *Böhse Onkelz,* Stolz
S. 144ff. *Böhse Onkelz*: Bullenschwein
S. 161 *Sham 69*: If the kids are united
S. 168 *Kiezgesöx:* Terrorist
S. 175 Jimmy Cliff: The harder they come
S. 175 Bob Dylan: Romance in Durango

S. 182f. *Böhse Onkelz*: Jetzt oder nie
S. 207 *Böhse Onkelz*: Vereint
S. 211 Bob Dylan: Romance in Durango
S. 212 *Böhse Onkelz*: Mexiko
S. 212 Bob Dylan: Romance in Durango
S. 215 *Böhse Onkelz:* Fußball und Gewalt
S. 216 *Böhse Onkelz*: Mädchen, Mädchen
S. 217 Bob Dylan: Romance in Durango
S. 221 *Special A.K.A.*: Racist friend
S. 223 *Mr. Review*: Rainy day
S. 225 *Böhse Onkelz*: Finde die Wahrheit

# Dank an:

die legendäre Reichenauer Gang, vor allem an Emy Gruber und Toni Karagiannidis („Was schaust du denn so schön aus dem Fenster?!“), aber auch an Bernd Mätzler, Ugi Yilmaz, Cordula Hernler, Sandra Z. und das böse Mädchen aus Schweden, Birgitta Gustafsson.

Florian Gahleitner (fürs Philosophieren und Blödeln)

Charlie & Peter Weinold vom Kickboxclub Gebr. Weinold in Innsbruck (für Blut, Schweiß und Tränen)

Klaus Farin (für die Geduld und das Vertrauen)

Yoly Hernández Fernández (fürs Korrigieren und den Voodoo-Zauber)

Lilian Schreiber (für so vieles, dass hier kein Platz fürs Aufzählen ist … thanx a lot, Lily!)

meine Mutter & meinen Vater, Michaela & Kai und all die Raidtschen und Netzerschen Cousinen und Cousins, ohne die mein Leben ein einziger Irrtum wäre!

# Der Autor:


André Pilz, Jahrgang 1972, hält sich mit diversen Jobs über Wasser und ist Gitarrist einer Oi!-Punkband. „No llores mi querida – Weine nicht, mein Schatz“ ist sein erster Roman.

Klaus Farin:
**Buch der Erinnerungen** - Die Fans der Böhsen Onkelz
Erweiterte Neuauflage 2005! 18 Euro, ISBN 3-86546-034-8

Die vier Musiker der Frankfurter Band Böhse Onkelz, in den 80ern die bedeutendste Kultband der Skinheadszene, heute die kommerziell erfolgreichste deutsche Heavy-Metal-Band, haben in ihrer Karriere gewaltige Identitäts- und Image-Wandlungen vollzogen. Und ihre Fans? Gingen sie den Weg mit? Was verkörpern die Böhsen Onkelz heute für ihre jüngeren Fans, die die rechtsradikale Phase nur noch aus den Medien kennen? Eine spannende Frage, zumal bei einer Band, mit deren Texten sich die Fans so hochgradig identifizieren wie bei kaum einer zweiten. Der Band enthält zum einen einen Beitrag des Autors zum biographischen Werdegang der Band sowie parallel dazu Beiträge von mehr als 60 Fans der Band über ihr Selbstverständnis und ihre Interpretationen der Bandgeschichte, -texte und -leidenschaft.

**In jeder guten Buchhandlung**

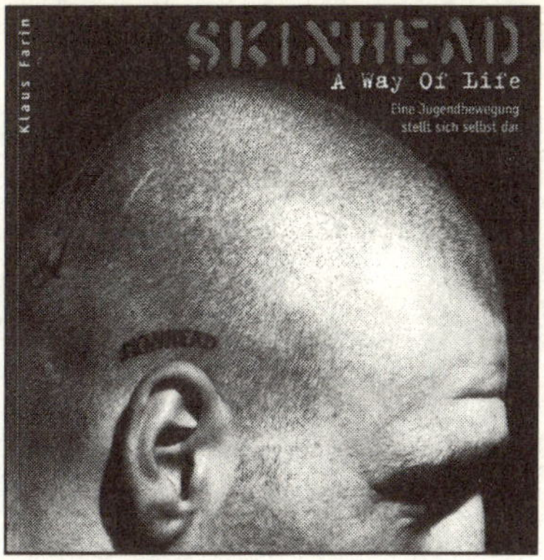


Klaus Farin (Hrsg.):

**Skinhead - A Way Of Life**
Eine Jugendbewegung stellt sich selbst dar.

168 Seiten, 15 Euro
ISBN 3-933773-05-9

Mehr als zweihundert Skins aus dem gesamten Spektrum der Szene vom „Blood & Honour"- bis zum Redskin haben zu diesem Band Texte beigetragen und damit eine bislang einzigartige Darstellung der Skinheadkultur in Deutschland möglich gemacht.

Stefan Michael Bar:

**Fluchtpunkt Neonazi.**
Eine Jugend zwischen Hakenkreuz und Knast

156 Seiten, 15 Euro
ISBN 3-933773-07-0

Eine „braune RAF" existiert in Deutschland nicht, verkünden Staatsschützer immer wieder. Stefan Michael Bar war einer der wenigen Neonazis, dem sie den Aufbau einer rechtsextremen Terrororganisation zutrauten: Ein Fanatiker, getrieben von glühendem Antisemitismus und Hass auf den deutschen Staat, Aktivist der „Anti-Antifa", in mehrjähriger Haft „gestählt". Und plötzlich - ein „Aussteiger". In diesem Buch erzählt er seine Geschichte.

**oder unter www.jugendkulturen.de**